国学名著讲读系列

诗经讲读

刘毓庆 杨文娟 —— 著

华东师范大学出版社
—上海—

王元化　顾问
胡晓明　主编

图书在版编目(CIP)数据

诗经讲读/刘毓庆,杨文娟著.—上海:华东师范大学出版社,2021

(国学名著讲读系列)

ISBN 978-7-5760-1758-8

Ⅰ.①诗… Ⅱ.①刘…②杨… Ⅲ.①《诗经》-诗歌研究 Ⅳ.①I207.222

中国版本图书馆 CIP 数据核字(2021)第 094325 号

诗经讲读

著　　者　刘毓庆　杨文娟
组稿编辑　曹利群
责任编辑　乔　健
特约审读　李　莎
责任校对　陈梦雅　时东明
封面设计　夏艺堂艺术设计
版式设计　卢晓红

出版发行　**华东师范大学出版社**
社　　址　上海市中山北路 3663 号　邮编 200062
网　　址　www.ecnupress.com.cn
电　　话　021-60821666　行政传真 021-62572105
客服电话　021-62865537　门市(邮购)电话 021-62869887
地　　址　上海市中山北路 3663 号华东师范大学校内先锋路口
网　　店　http://hdsdcbs.tmall.com

印 刷 者　浙江临安曙光印务有限公司
开　　本　787×1092　16 开
印　　张　20.75
字　　数　358 千字
版　　次　2021 年 8 月第 1 版
印　　次　2021 年 8 月第 1 次
书　　号　ISBN 978-7-5760-1758-8
定　　价　68.00 元

出 版 人　王　焰

(如发现本版图书有印订质量问题,请寄回本社客服中心调换或电话 021-62865537 联系)

目录

二、祭歌篇

三、史诗篇

九、祝颂篇

十、杂感篇

序

王元化

中国自古以来有着十分浓厚的人文经典意识。一方面是传世文献中有丰富多样的文化典籍（这在世界文化中是罕见的），另一方面是千百年来读书人对经典的持续研讨和长期诵读传统（这在世界历史上也是罕见的）。由于废科举，兴新学，由于新文化运动和建立新民族国家需要，也由于二十世纪百年中国的动乱不安，这一传统被迫中断了。但是近年来似乎又有了一点存亡继绝的新机会。其直接的动力，一方面是自上而下地提倡大力弘扬和培育民族精神，另一方面更主要是自下而上，由民间社会力量以及一些知识分子推动的又一次"传统文化热"，尤其表现在与八十年代坐而论道的文化批判不同，一些十分自发的社会文化教育形式的新探索。譬如各地开展的少儿诵读经典活动，一些民间学堂的传统文化研习，一些民办学校、农村新兴私塾等，对学习传统经典的恢复，以及一些大学里新体制的建立等。其时代原因，表面上看起来与中国近十年的经济活力与和平崛起有关系，其实比这复杂得多。至少可以提到的是：转型社会的道德危机和意义迷失所致社会生活的新问题及其迫切性；世界范围内各种思想的相互竞争相互激荡；在全球经济一体化和科技至上的社会环境中，公民社会的人文精神品质正在迅速流失；在这个背景下，青年一代人中国文化特质正在迅速丧失；中国近现代思想史上，由文化激进主义而带来的弊端渐渐显露，中国文化由遭受践踏到重新复苏的自身逻辑以及文化觉醒；以及从经验主义出发，从社会问题出发，实用地融合各种思想文化的资源以有利于社会全面发展和人的全面发展的新视野，等等。总之，一方面是出现了重要的新机会，另一方面也有前所未有的危机。惟其复杂而多元，我们就不应该停留于旧的二元对立的思路，不应该坚执于概念义理的论争，不应该单一地思考文化思想的建设问题，而应该从生活的实践出发，根据我们变化了的时代内涵，提炼新的问题意识，回应社会的真正需要，再认识传统经典的学习问题。

所以,这套书我是欣然赞成的。在目前中国文化的发展出现前所未有的新机会,同时也是出现前所未有危机的情况下,华东师范大学出版社愿意做一点负起社会责任的事情,体现了他们的眼光、见识和魄力。如果有更多的出版社和文化单位愿意援手传统文化积累培育工作,中国文化的复兴是有希望的。是为序。

二〇〇五年七月二十二日

《诗经》导读

今天，无论哪一部中国文学史，也不管是高中或是大学教材，凡是介绍《诗经》的文字，几乎都会明确地告诉你：《诗经》是我国最早的一部诗歌总集。如果再介绍得深一点的文字，便会进一步告诉你：以前的经学家给《诗经》上面加了许多政治教化的内容，掩盖了《诗经》的本来面貌。只有以文学的眼光来研究《诗经》，《诗经》才算是恢复了本真。但是要知道，在过去的两千多年中，《诗经》却是以"经"的绝对权威存在于中国历史的。她的经学意义要远大于她的文学意义，她对中国文化史的巨大影响主要在"经"而不在"诗"。如果我们简单的仅仅以"文学"来对待，她的文化意义必然要受到巨大损伤。因而现在我们需要面对历史与现实，对她做出客观的分析、认识与重估。

一、《诗经》的结集及其文化意义

就《诗经》的产生而言，虽然她的每一篇其本质都是文学的，然而她的结集，她的权威性与神圣性的出现，她的广泛影响，却是与周代礼乐制度密切相联系的。她不仅表现了周代礼乐制度笼罩下的人类生活的各个层面，表现了礼乐文明即"周代理性精神"激荡下的人们的种种思考和心灵感受，同时她是作为礼乐文明的一部分而产生、而存在的，她的各篇诗歌，都是配合着"周礼"而演唱或演奏的。在什么样的场合演奏什么样的诗，这是不能含糊的。在大学，作为学习《诗经》的一般知识必须要知道的是，《诗经》收录了自商末（或说周初）到春秋中叶的诗歌305篇，存目311篇，其中六篇有目无辞。共分风、雅、颂三部。其中《风》诗分《周南》《召南》《邶》《鄘》《卫》《王》《郑》《齐》《魏》《唐》《秦》《陈》《桧》《曹》《豳》等十五国风，有诗160篇。《雅》分《大雅》《小雅》，有诗105篇。《颂》分《周》《鲁》《商》三颂，有诗40篇。《诗经》诗篇所产生的地域，大略在山东、河南、山西、陕西，及湖北、安徽北部等地。其作者成分很复杂，有民间歌手，也有文人之流；作者的身份有帝王和朝廷重臣，也有宦官、走卒和农夫、农妇。然而时间跨度如此之长，地域分布如此之广，在人类物质财富尚不发达、靠竹简艰难地记录语言的时代（在当时抄录一部

《诗经》所耗财力、人力,必然是很大的),如果不是礼乐制度的需要,不是出于政治功利目的,我们很难想象,有人会为一部"纯文学"的集子、为简单的情感抒发,去耗费大量人力、财力进行一项对国计民生没有意义的工程。因而我们说,《诗经》一开始就不是作为文学启动的。

关于《诗经》的结集,古人认为有两次。《毛诗序》与郑玄《诗谱序》,都把《诗经》分成了正、变两个部分。郑玄曾明确地指出,"正经"部分(即"二南"《周颂》以及《小雅》中的前十六篇,《大雅》中的前十八篇)产生在王道兴盛的周朝初期,是成王、周公时就编定的。"变经"部分("正经"之外即为"变经")则是周懿王之后王道衰微的产物。但王道虽衰,王泽未泯,人尚知"发乎情,止乎礼义"(《诗序》)。"孔子录懿王、夷王时诗,讫于陈灵公淫乱之事,谓之变风、变雅"(《诗谱序》)。这两次,无论哪一次编辑,其目的都不在"诗歌总集",而是认为:一部《诗经》所体现出的就是"王道"与"王泽",它是人间一种正气、真情的荡漾,具有"经夫妇,成孝敬,厚人伦,美教化,移风俗"的重大意义。

但正、变的观念,在现存《诗经》文本中并看不出来,因此现在大多数学者不相信也不采用这种说法。一般认为这些诗有两个来源,一是"采诗",即由官方派出的专门人员从民间采集来的诗;一是"献诗",是公卿大夫提供的。这些诗汇集到了周太师那里,被编成了诗集。但无论是"采诗"还是"献诗",同样其目的都不在"文学"。采来的诗,要由太师配上乐,演奏给天子;公卿献诗,也是要工师们演唱给天子的。这是当时的一种制度。"采诗"是为了观民风,知得失;"献诗"是为了规谏王者,补察时政,都是有政治功利目的的。

在春秋时代列国间就流传着一个《诗》的本子。当时赋诗、引诗之风盛行。在外交场合上,各国诸侯和使臣为了政治目的举行聚会,往往要赋诗言志。似乎任何重大的国际问题,都可以在诗礼赋咏中不知不觉地获得解决。如《左传·文公十三年》:

> 公如晋朝,且寻盟。卫侯会公于沓,请平于晋。公还,郑伯会公于棐,亦请平于晋。公皆成之。郑伯与公宴于棐,子家赋《鸿雁》。季文子曰:"寡君未免于此。"文子赋《四月》,子家赋《载驰》之四章,文子赋《采薇》之四章,郑伯拜,公答拜。

在这里,双方似乎什么事儿都没发生,实际上在《诗》礼往复之中,暗自交锋了两个回合。郑国要和晋国修好,希望鲁文公辛苦一趟,到晋国去说情。赋《鸿雁》诗,义取诗中"爰及矜人,哀此鳏寡"两句,意思是要鲁国可怜他。季文子代表鲁文公赋《四月》，义取篇中"四月维夏，六月徂暑。先祖匪人？胡宁忍予"几句，意思是说：文公远行跋涉，太劳累了，想回家。这等于拒绝了郑国的请求。郑国的子家赋《载驰》之四章，义取"控于大邦，谁因谁极"两句，意思是：郑国是小国，有急难，不找鲁帮忙再去找谁呢？这简直有点跪下来哀求的意思。季文子赋《采薇》，义取"岂敢定居，一月三捷"二句，意思是：好吧，就为你再辛苦一趟。"诗拉沓称引，各个不言而喻，而当时大国凭凌、小国奔命之苦，凄然如见"①。值得注意的是，春秋各国使臣赋、引诗篇，基本上都集中在《周颂》"二雅""二南""三卫"中。《左传》记载赋诗引诗约180余次，就有154次在这个范围内。这反映了当时通行的《诗经》本子的内容。虽然也有偶及《郑》《唐》《秦》诸国风者，但属特例，因为《郑风》只有郑人赋，《秦风》只有秦人赋，《唐风》是为晋人赋②。当时在各诸侯国的乐师手里，也保存着通行本没有的一些诗，如鲁国乐师保存的诗乐就比较多，只是没有广泛传播开来，因此未能被广泛引用。

关于《诗经》的最后编定，我们看到最多的记载是"孔子编诗"说。这几乎是汉代人的一个共识。如《史记·孔子世家》说：

> 古者诗三千余篇，及至孔子，去其重，取可施于礼义，上采契、后稷，中述殷、周之盛，至幽、厉之缺，始于衽席……三百五篇，孔子皆弦歌之，以求合韶、武、雅、颂之音。

这是说，孔子时见到的诗有三千多篇，其中有相当多是重复的，还有些是残篇断简无法演奏、不能用于礼乐的。于是孔子一是"去其重"，把重复的、大同小异的去掉；二是"取可施于礼义"，将能用于礼乐者取出，如此而得者不过三百余篇而已。关于这个记载，后来人怀疑者甚多。但根据刘向校书的情况看，司马迁之说是可信的。刘向校书时，从各方搜集到的荀子文章有322篇，因重复去掉的就有290篇，最后定著只有32篇，所剩也只有十分之一。搜集到管子文章共564篇，去掉重复的478篇，定著86篇，所剩还不到六分之一③。这样看来，孔子编《诗》，十去其九，完全是情理中的事。

孔子编《诗》，并不是单纯的学术活动，而是一项蕴含着巨大文化意义的事业。在孔子看来，《诗经》是以周代文化为基本内容的华夏传统文化最可靠的载体。周文化是在对夏、商文化的继承、损益中发展起来的一种具有浓郁的人文主义精神

① 劳孝舆：《春秋诗话》卷一，《丛书集成初编》本，商务印书馆1936年版，第2页。
② 请参考《冈村繁全集》第一卷《周汉文学史考·〈诗经〉溯源》，上海古籍出版社2002年版。
③ 严可均校：《全上古三代秦汉三国六朝文》，中华书局1958年版，第332页。

的文化。这种文化以礼乐文明为主体,以人伦道德为核心,呈现出了温情脉脉的特点。但春秋时代,这一文化传统受到了来自两个方面的威胁。一是华夏集团内部的礼崩乐坏,二是四夷交侵,对华夏文化的冲击。在这种情况下,孔子自觉地肩负起了"复兴礼乐"与"承传文化"两项巨大的使命。他一方面建立经典体系与文化学统,使这个经过数千年历史洗练的文化传统能得以延续;一方面则积极做着振兴礼乐的努力。而这二者在《诗经》的编定中获得了统一。《诗经》的编定,是奠基这个"经典体系"与"文化学统"最重要的一部工程。《诗经》不同于《书》《易》的庄重与神秘,也不同于《礼》《乐》的制度性与目的性,它是民族心灵世界的自觉表达,运载着民族的情感、精神、气质、心理、意识、观念、思想、价值判断等一切内在于人的东西,是民族文化精神最具体、最形象、最深刻的展示。在中国文化的承传中,它不单纯可以传递一种文化知识,而且还有"兴、观、群、怨"的功能。它凭着一种情感力量,能唤起华夏民族的内心世界,从而调动起群体的民族情绪,并使华夏文化以鲜活的状态影响多种文化群体,使之接受这一文化体系,达到"以夏变夷"的目的。同时,《诗经》又是一部乐歌总集,是复兴礼乐的根据。孔子编《诗》之所以要"取可施于礼义(仪)",以求"合《韶》《武》《雅》《颂》之音",实际上就是要复兴礼乐制度,法文、武、成、康之道,再致盛世。正因如此,所以在"六经"中,孔子最看好《诗经》。《论语》一书中,记载孔子论《诗》引《诗》的就多达十六条;先秦其他典籍如《左传》《礼记》等载及孔子及其弟子言《诗》的也不下百余条,而且孔子还把《诗》强调到不学习它就不会说话、不知道怎么做人的程度。

虽然孔子复兴礼乐制度的希望未能实现,但其建立的以《诗经》为代表的经典体系与文化学统,却在深刻地影响着中华民族的历史。中华民族历尽劫难,然而没有在劫难中消亡,反而更加壮大,就是因为有这个经典文化体系的存在。无论是鲜卑人、女真人、蒙古人,还是满洲人,他们必须首先接受这个经典文化体系,才能为中国人所接受,最终又在这个文化体系中将自己化于无形。可以说,没有这个经典体系,就没有今大的中华民族!

二、《诗经》的特色及其文学贡献

"三百诗人岂有师,都成绝唱沁心脾。"《诗经》艺术之妙,为历代所称颂。就其特色而言,约略有四:

一、从精神本质上看,《诗经》最显著的特色是现实精神。《诗经》绝少幻想色彩,而多的是实实在在的生活描写。它从多方面展现了当时广阔的社会生活画面,以及在这种社会背景下生存的人们的真实感受。像《国风》,或写婚恋,或写田猎、畜牧、采集以及行役、出征等,所写的都是实实在在的事与实实在在的人。虽说写到得意之处,也有神采飞扬的一面,如《桑中》,言"云谁之思,美孟姜矣""云谁之思,美孟弋矣""云谁之思,美孟庸矣"。反复申说:"期我乎桑中,要我乎上宫,送我乎淇之上矣。"得意之情溢于言表,但毕竟没有超越现实,没有像《离骚》那样,幻想与远古的神女恋爱。像《豳风》中的《鸱鸮》这样的禽言诗,乍看起来,颇有浪漫色彩,可是它所叙述的事情,所讲的道理,所表现的情感,都是非常现实的。《颂》诗部分虽说多与祭祀相关,是在人与神之间建立联系,但却"敬鬼神而远之",人始终与神保持着距离。因而这些颂诗,表示的是人对神的敬畏与祈求,是立足于现实立场上对神的期盼。《雅》诗中的叙事诗,虽说也有像《生民》那样的神话史诗,但它记述的是一个传自远古的神话故事,是作为历史故事认真记述的,并不存在作者任意编造、虚构的问题。至于《风》《雅》中的讽刺时政的诗,特别是二《雅》中的政治讽刺诗,其现实精神体现得就更为突出了。

二、从感情基调上看,《诗经》基本上所表达的是欢乐的情调。虽然其中也有些严肃庄重的作品,如《雅》《颂》中关于祭祀的庙堂之歌;也有些"怨诽"之作,如二《雅》中忧时伤乱的诗篇。但就其整体而言,诗人们对生活是热情的、乐观的、充满希望的。像《硕鼠》篇,虽是对现实生活极端不满,可却没有绝望,而是表现出了对"乐土"的向往;《伐檀》篇虽说是对"不稼不穑"的不满,可从"坎坎"之声中,却可以感受到他们对于劳动创造世界的赞美;《七月》篇虽写的是一年的劳苦,可在年终的"朋酒"中,却有获得了"万寿无疆"的快乐;《节南山》虽说是情绪激愤,骂权贵尹氏有些不留情面,可最终却表达了"式讹尔心,以畜万邦"的希望。像《邶风·北门》《大雅·桑柔》等篇,在发泄不满情绪中,又把现存的不合理现象紧结到了天命上,以此来化解自己心中的不平。读《诗经》,明显地感到其中没有《楚辞》的那种偏激。《礼记·经解》说:"入其国,其教可知也。其为人也温柔敦厚,《诗》教也。"其之所以用"温柔敦厚"概括《诗》教的作用,就是因为《诗经》中有一种温柔敦厚的情感力量,足以感化人心,化解人心中的不平与悲伤。

三、从语言风格上看,《诗经》所呈现的是自然质朴之美。它朴素、自然,纯为天籁。《芣苢》,通篇十二句,只在"采采芣苢,薄言采之"两句上反复,每反复一次,改动一字,不见一丝刀迹斧痕。像《鸡鸣》:"鸡既鸣矣,朝既盈矣。匪鸡则鸣,苍蝇之声。"反复对话,平淡如水,没有丝毫矫揉造作。《大雅》中的诗,如《烝民》:"人亦有言:柔则茹之,刚则吐之。维仲山甫,柔亦不茹,刚亦不吐。"《江汉》:"江汉汤汤,武夫洸洸。经营四方,告成于王。"虽略带着几分文雅,但也只是辞达而已。有时也有铺张,如"捄之陾陾,度之薨薨,筑之登登,削屡冯冯"(《緜》)之类,但也表现得很自然,犹如水入石滩,虽有波澜,而无着意修饰的迹痕。故元张观光《论诗》说:"三百余篇岂苦思,个中妙处少人知。籁鸣机动何容力,才涉推敲不是诗。"

四、从艺术手法上看,《诗经》最突出的特色是比兴。比即以彼物比此物,兴是托物起情。比、兴像两把金梭,织出了东周诗坛的春天。据学者们的研究,《诗经》中有明喻,如"手如柔荑,肤如凝脂,领如蝤蛴,齿如瓠犀"之类;有隐喻,如"于嗟鸠兮,无食桑葚;于嗟女兮,无与士耽"之类;有借喻,如"就其深矣,方之舟之;就其浅矣,泳之游之";有比拟,如"隰有苌楚,猗傩其枝;夭之沃沃,乐子之无知"之类。关于兴,学者们又分为起情不取其义的兴,如"彼黍离离,彼稷之苗。行迈靡靡,中心摇摇"之类;有比喻意义的兴,如"关关雎鸠,在河之洲。窈窕淑女,君子好逑"之类;有渲染气氛的兴,如"桃之夭夭,灼灼其华。之子于归,宜其室家"之类。《诗经》305篇,毛氏标兴的有116篇。毛氏未标而郑玄以兴作解的还有若干篇。至于比,那就更多了。因而比兴成了《诗经》艺术的一个亮点,为历代学者所乐道。

闻一多先生也说过:"《三百篇》的时代,确乎是一个伟大的时代,我们的文化大体上是从这一刚开端的时期就定型了。文化定型了,文学也定型了,从此以后两千年间,诗——抒情诗,始终是我们文学的正统的类型,甚至除散文外,它是惟一的类型。赋、词、曲,是诗的支流,一部分散文,如赠序、碑志等,是诗的副产品,而小说和戏剧又往往以各自不同的方式夹杂些诗。诗不但支配了整个文学领域,还影响了造型艺术,它同化了绘画,又装饰了建筑(如楹联、春帖等)和许多工艺美术品。"①

《诗经》对于中国文学的贡献,就其要者而言之,大略有五:

一、确立了中国诗歌的抒情传统。打开世界各民族诗歌史的第一章,我们看到许多民族都是以史诗开场的。如巴比伦有《吉尔伽美什史诗》,希腊有《荷马史诗》,英格兰有《贝奥武夫》,法兰西有《罗兰之歌》,德意志有《尼伯龙根之歌》,俄罗斯有《伊戈尔远征记》……而我们则是以简短的抒情诗讴歌生命。《诗经》305篇,绝大多数都是抒情的。十五《国风》,实际上就是十五组抒情诗歌。《大雅》中的《生民》《公刘》《緜》等几篇,被后人视为周民族的史诗,这是在《诗经》中叙事成分

---

① 闻一多:《闻一多全集》第一册,生活·读书·新知三联书店1982年版,第202页。

最多的几篇。但严格地说，都不是纯粹的叙事诗。作者是充满着对祖先的崇拜、虔诚与敬爱来讲历史的。因而在叙述中，散发出浓郁的主观抒情气息。这就形成了中国诗歌以抒情为特色的基本传统，直接影响到了古人的诗歌观念与两千年诗歌的历史。陆机《文赋》即言："诗缘情而绮靡。"清宋荦《漫堂说诗》更说："诗者，性情之所发，《三百篇》《离骚》尚已。"在这一观念中，叙事被排斥在了诗之外。两千年文学史，诗人从头唱到尾，唱出了中国人的喜怒哀乐，也唱出了中国文化的一片祥和。

二、丰富了中国文学的语言府库。《诗经》作为最早的诗歌总集，它们所创造的文学语言与语汇，要多于文学史上的任何一部作品。有人统计，仅《诗经》单音词就有 3900 个，复合词 1000 个。这些词都是原创性的，且对事物的表达亦甚精确。如表示手的动作，就有采、掇、捋、撷、挹、拊、折、投、搅、搔、执、摇、揭、扫、抱、击、拔、招、按、提、挠、授、拾、抽、掺、持等数十个单词，以表达手的数十种不同状态。仅马的品名，就有驷、骊、騆、駹、驒、骓、骐、骢、鱼、騢、駰、骝、骃、骍、骆、雅、骧、骒等十数种。还创造了大量的形容词、成语等，如驰驱、匍匐、窈窕、辗转、翱翔之类，以及一日三秋、二三其德、高高在上、爱莫能助、爱屋及乌、忧心忡忡、小心翼翼、战战兢兢、巧言如簧、天作之合等等。中国的成语绝大多数为四言，显然与《诗经》以四言为基本句式有关。而且可以说"四言"句式的奠定，是《诗经》对中国文学语言贡献最大的一点。四言句式乃出于人对于自然韵律的感悟。关关、嘤嘤、交交、呦呦，这是来自自然的声音，传递的是自然界生命的信息，然而它过于简短，构不成节奏，形不成韵律，自然也不是艺术。双声相叠，便有了节奏，有了韵律，便成了艺术，而且与来自自然界的那种明快的声音相呼应，体现出了人与自然相和谐的甜美。于是四言就构成了艺术语言的最小单位。同时这种句式，既不失诗的韵律，也有很强的介入散文文体的能力。融入文中，则使文具有了诗的美感。

三、孕育了多种诗体的语言形式。《诗经》以四言为主，但同时为了表达之顺畅而自由变化，随意伸缩，于是在诗歌韵律的规范下，又创造出了多种语言形式。如有一言句："敝，予又改为兮……还，予授子之粲兮"（《郑风·缁衣》）；有二言句："祈父，予王之爪牙"（《小雅·祈父》）；有三言句："振振鹭，鹭于飞。鼓咽咽，醉言归。于胥乐兮"（《鲁颂·有駜》）；有五言句："谁谓雀无角，何以穿我屋。谁谓女无家，何以速我狱"（《召南·行露》）；有六言句："五月斯螽动股，六月莎鸡振羽"（《豳风·七月》）。有七言句："宜尔子孙振振兮"（《周南·螽斯》）。丰富的语言形式，孕育了多种诗体。

四、开创了中国诗歌的比兴艺术。比兴是中国诗歌一种特殊的创作方法,故《文心雕龙》中专列有《比兴》一篇。所谓比兴,其实就是"立象以尽意"的创作艺术。《周易·系辞》说:"书不尽言,言不尽意……立象以尽意。"有些事物,用抽象的语言很难表述清楚,如用一种形象来比喻或象征,意义便会呈现出来。《周易》中有"易象",这"象"便是为"尽意"而设的。诗歌中的比兴与《易》中的"象"是相同的,故宋儒陈骙《文则》(上)说:"《易》文似《诗》","《易》之有象以尽其意,《诗》之有比以达其情。"清儒章学诚说得更明白:"《易》象通于《诗》之比兴"(《文史通义·易教下》)。比兴不仅能把语言难以表达的意思表达出来,还可以使诗篇变得形象生动,婉转含蓄。如《东山》诗:"蜎蜎者蠋,烝在桑野。敦彼独宿,亦在车下。"这里是用野蚕蜷屈野外桑田的情景比喻士兵野宿,虽不言行军之苦,但风餐露宿之苦已在不言之中了。这种艺术表现,直接为后世诗赋创作所继承,成了中国诗歌有别于他国诗作的一个显著特色。

五、树立了诗预时政的诗歌典范。在最早的诗学理论《诗序》中,就把三百篇与"王道兴衰"联系在了一起,反映了中国诗学发轫期的诗学观念。这种观念直接影响到了后世的诗歌创作。同时我们也看到,在《诗经》的《雅》《颂》中,确实存在着不少直接干预时政的诗篇,有的是从肯定的角度正面参与的,如《颂》诗及"正雅"部分,这部分诗以歌颂为主,肯定了现存政治及统治的合理性。有些则是以否定的态度干预政治的,古人称这部分诗为"怨刺诗"。怨刺诗大约占到了《雅》诗的三分之一,这些诗刺的对象,上不避王公,下不避庶人;刺的方式也是或冷嘲热讽,或直刺无隐;刺的目的并不单纯在发泄,而是望其一反于正。《诗经》这种政治情怀与干预时政的创作倾向,为中国诗歌树立了以天下苍生为怀的典范,由是而形成了中国诗歌思想的主流。

三、《诗经》所体现出的诗歌潮流的三次变迁

《诗经》风、雅、颂三个部分,在产生时间上,学者们基本上有一个相同的认识,即《周颂》产生较早,其次是《大雅》,再次是《小雅》与《国风》中的大部分。这个时间上的先后错落,其实也反映了早期诗歌潮流的三次变迁。

第一次是宗教性祝诵祭唱之作的兴起,时间大约在西周穆王之前。

这里涉及到了诗歌起源的问题。一般学者从逻辑出发,认为诗歌是随着劳动呼声产生的,生民之初就有了诗。但据先秦文献记载与"诗骚"提供的文本依据,

中国诗歌乃是由宗教性的祭歌开场的,而且是伴随着乐舞进行的。《吕氏春秋·古乐》中记述的最古老的歌舞,如朱襄氏之瑟、葛天氏之乐、陶唐氏之舞,黄帝的《咸池》、颛顼的《承云》、帝喾的《康歌》、帝尧的《大章》等,都是与宗教意义相联系的。这是先秦人根据传说所作的记录①。在《诗经》与《楚辞》中,最古老的部分也是与宗教祭祀相联系的歌辞。《楚辞》中有《九歌》,据《山海经·大荒西经》与《离骚》《天问》的记载,其原本是天上的曲子,是夏启到上帝那里做客时带回人间的。《九歌》这个神秘来源的传说,即证实了其原初的宗教性意义。现存《九歌》的内容都是关于祭祀各种神灵的,只是一般认为它经过了屈原的润色、修改,注入了屈原自己的情感。而《诗经》中的《商颂》《周颂》,则是商、周两代的祭祀歌辞②,是今存全部诗歌中最古老的部分。

据人类学家的考察,歌舞起源于祭祀仪式。这个结论得到了文献与古文字所提供的信息的支持。郑玄《六艺论》中说:"礼其初起,盖与诗同时。""礼"字古文字作"豊"或"丰",根据文字学家的研究,这个字从珏从壴,珏代表玉,是祭神之物;壴代表鼓,即表示用乐③。因为与祭祀有关,所以后来又加了"示"旁而写作了"礼"。"礼"其原初本是指祭神活动中的行为准则,即《说文》所云:"礼,履也,所以事神致福也。"行礼必有乐相从,而在所有的乐器中,鼓是最具有震撼力与神秘性的,即如《五经要义》所说"鼓所以检乐,为群音之长也"④,故古文"豊"以"壴"来代表乐。文字学家对"豊"字"玉、鼓奉神"原初意义的揭示,正与人类学家"歌舞起源于祭祀仪式"的考察相互发明,使我们对这一问题有了更清楚的了解。这也证实了《商颂》

①《尧典》所记为唐虞之世的事,中有"诗言志,歌永言"之语,接着提到了"神人以和",似乎这也在暗示诗与祭祀的联系。到汉代郑玄,则开始对旧的记载产生怀疑,他一方面认为"诗之道"起于唐虞之世,而另一方面又怀疑大庭之世有抒情歌咏之作(参见《诗谱序》及孔颖达疏)。到南朝沈约,则完全摆脱了先秦关于诗乐舞孪体产生的记载,提出了"歌咏所兴,宜自生民始"的理论(《宋书·谢灵运传论》)。在这里不讨论这个问题的是非,只依据"诗骚"文本提供的线索,来客观地描述先秦诗歌演变的几个阶段。

② 关于《商颂》产生的时代,学术界有不同看法。在毛诗系统中,认为它是商代的作品。鲁诗、韩诗派则认为它是春秋时宋国人的作品。近代以来,像魏源、皮锡瑞、王国维等,都对此作了考证,否定了《商颂》为商时作品。特别是王国维的《说商颂》,利用甲骨文资料,又从地理、语言等角度,论证了《商颂》为宗周中叶以后之诗作,影响甚大。但八十年代以来关于《商颂》时代的讨论,又出现了肯定《商颂》为商人遗作的倾向。参见刘毓庆《商颂非宋人作考》(山西大学学报 1980.1)、张松如《商颂研究》(南开大学出版社 1995 年版)。

③ 裘锡圭先生认为"豊"本是一种鼓的名称(《中华文史论丛》1980 年第二辑《甲骨文中的几种乐器名称》)。林沄先生认为"豊"字从珏从壴(即鼓),"这至少反映古代礼仪活动正是以玉帛、钟鼓为代表的"(《古文字研究》第十二辑《豊豐辨》,中华书局 1985 年版)。于省吾先生主编的《甲骨文字诂林》也同时指出:"豊当与乐有关"。

④ 虞世南:《北堂书钞》卷一百八引,中国书店 1989 年版,第 414 页。

《周颂》作为至今保存的上古诗歌中最古老部分的合理性与必然性。

《诗经》中保存有五篇《商颂》，这是商人的祭歌，大约产生在商末。但在语言上有周人修改的痕迹。《周颂》则是保存完好的周人祝诵祭唱之辞，大约产生在西周前期，即文、武、成、康、昭、穆时期。《史记·周本纪》说，周公"兴正礼乐，度制于是改，而民和睦，颂声兴。"郑玄在《诗谱序》中也说："周公致太平，制礼作乐，而有颂声兴焉。""制礼作乐"，这是周人在文化与政治制度上的一项重大举措，诗歌在这个时代能获得繁荣，与此大有关系。可以说，一部《诗经》，就是周代礼乐文明制度下的产物。而《周颂》则是礼乐兴正之初的产物。所谓"颂声兴"，一个"兴"字即表示了一种潮流的出现。说明当时这类歌子很多，而《周颂》中保存下来的只是一部分。《诗序》说："颂者，美盛德之形容，以其成功告于神明者也。"从《周颂》现存的诗篇看，这里有郊祀歌，有祭祖歌，也有合祭、祈谷、报赛等之类的歌子，它们的基调则主在颂美。其中也有些特殊，如《访落》《敬之》《小毖》几篇，像是周王悔过、自警的作品，不过这也表现了盛世之君的一种胸怀和气度，仍是值得赞美的。《周颂》中充溢着一种肃穆庄严的气氛，展示了周人对各种神灵的敬畏、感念与祈求的真诚，以及周人务实、勤苦、拘谨、小心翼翼的生活态度。

《周颂》语言简短，体式简古，这与西周早期青铜器上富有神话色彩的纹饰图案与简短的金文、谨严的字体风格，是完全一致的。说明它是周初那种特定的文化生态中的产物。从《商颂》和《周颂》看，它们的语言句式，虽四言为主，但毕竟杂言句式亦复不少。特别是《周颂》开头的一部分，如《昊天有成命》："昊天有成命，二后受之。成王不敢康，夙夜基命宥密。于缉熙！单厥心，肆其靖之。"七句中，三言、四言、五言各两句，六言一句，显然属于杂言。像《清庙》，八句中杂两句五言；《维天之命》八句中，杂有五言、六言各一句；《维清》四句中，杂六言一句。像《大武》乐曲中的几章也是这样，《酌》八句中，五言、六言各一句；《赉》六句中，五言两句，三言一句；《桓》九句中，两句是三言。而且这些诗用韵也不规律。这代表了周代早期诗歌的基本形态，反映了上古诗歌由不规则的杂言向四言发展的过程。

第二次诗歌变迁，是以宫廷乐歌的兴起为标志的。时间是西周中期到晚期，代表作是以"正雅"为核心的部分《雅》诗。"正雅"的时代，郑玄、孔颖达等认为与《周颂》同期，孙作云先生则认为这些诗全部产生在宣王之世[①]。但我们发现，在《小雅》中屡屡出现的"万寿无疆""以乐嘉宾"之类的词语，在《大雅》和《周颂》中没

---

① 孙作云：《诗经与周代社会研究·论二雅》，中华书局1966年版。

有见到,而在《大雅》中频频见到的"朋友""岂弟"之类词语,《周颂》则没有出现。这反映了这三组诗产生时代上的不同。如果结合周代金铭中不同语汇出现的时代来看,正《大雅》、正《小雅》应该分别代表了西周中期和晚期的诗歌创作。这从西周铜器铭文及纹饰中也可以找到旁证。西周恭、懿之后,金铭由简约走向敷陈;字体由浑重谨严,逐渐走向轻细舒散;纹饰则由幻想化走向写实化,开始"脱去神话传统之束缚,而有自由奔放之精神"①。同时钟铭中披露:西周前期,钟都是乐神用的,而后来则出现了"用乐嘉宾"之类的铭文。诗歌由《颂》而《雅》的变化,即由短简到长篇、由庙堂之音到朝廷之乐、由"乐神"到"乐人"的变化,与西周彝器形象的变化基本上是一致的。

朱熹《诗集传》于《小雅》之首曰:"雅者,正也,正乐之歌也……正《小雅》燕飨之乐也,正《大雅》会朝之乐,受厘陈戒之辞也。故或欢欣和说,以尽群下之情;或恭敬齐庄,以发先王之德。"这个看法基本上是正确的。《雅》与《颂》内容上的这种变化,所反映的正是诗歌潮流的变迁,而这种变迁,乃是随着礼由神坛祭祀向人间燕飨朝会典礼仪式的回落进行的。在关于周代典礼仪式的文献记载中,我们频繁见朝会燕飨用乐的内容,这种风气自然促进了宫廷及燕飨之作的繁荣。

《大雅》部分最有代表性的是关于周族历史的几篇诗歌,如《生民》写周先祖后稷的诞生、发迹,《公刘》写周人的迁徙、发展,《緜》写古公亶父经营岐周,《皇矣》从太王、太伯、王季开辟岐周写到文王伐崇,《大明》从王季写到武王灭商。习惯上把这几篇诗称作周族史诗。这些诗较系统地记述了周族起源、迁徙、发展、壮大、夺取天下的历史。基调仍是颂美,但不像是在祭坛上,而是在宫廷演奏。《大雅》中的其他篇章,如《崧高》写申伯,《烝民》写仲山甫,《韩奕》写韩侯,《江汉》写召虎,《常武》写南征之功等,这些诗作都是带有史诗性质的,都写得气象宏阔,有一种正大之气,可能都是在当时宴会上演唱的。无论语言表达,还是叙事艺术,都比《周颂》有了长足的进步。《雅》诗脱去了《颂》诗那种稚拙之气与神秘之光,将杂言净化为四言,将诗歌的押韵规律化,结构艺术化,建立了完善的四言诗式,为四言诗的发展奠定了坚实的基础。

诗歌第三次变迁,是由描写社会生活内容诗作的大量出现为标志的。时间大约是西周末到春秋中叶,代表作是《国风》及部分变雅。主要变化是叙事性的消减与抒情性特色的凸显。这个变迁是以西周末期社会的剧烈动荡为背景的。

---

① 郭沫若:《两周金文辞大系图录考释·彝器形象学试探》,上海书店出版社1999年版,第2页。

西周末,其初是厉王被逐,其后是幽王被杀。在这被逐与被杀的背后,隐藏着君昏、臣暗、民病、国亡的实际内容。虽然宣王曾有过短暂的中兴,但还是无法挽回周王朝灭亡的命运。这时怨刺之声,兴于朝野,幽王朝尤甚。前人关于"《小雅》怨诽"的评论,就是以变小雅中大量幽王时代怨刺之作的存在为根据的。周室东迁,变风产生,诗歌创作似乎出现了社会化的倾向。在二《雅》中,诗歌的作者多是贵族或官员,而《国风》的作者则多是下层民众。

由于诗歌创作的社会化,保存这个时代诗篇的《国风》与变雅便出现了复杂的局面。它们的作者,有贵族,有平民,有小史,有役夫,有猎人,有农夫,有樵夫,有弃妇,有闺妇,有贵妇,有少女,有舞女,有弃儿,有女奴,有孝子,有忠臣,等等,似乎包括了社会上所有阶层的人群。从内容看,田猎、畜牧、采集、农蚕、求爱、相思、单思、怀亲、感怀、悼亡、失恋、欢会、抗婚、贺婚、娶亲、嫁女、谢媒、贺寿、祝福、送别、行役、出征、刺贪、刺淫、刺政、刺乱、夫妻反目、邻里劝架、朋友防间、孝子思亲等,几乎包括了全部的人类生活内容。而且有些内容、题材,是在后世诗歌中很难找到的。从地域而言,《周南》《召南》涉及到了汉江流域,《邶风》《墉风》《卫风》号称"三卫",是卫国的诗,产生在以淇县为中心的河南北部、山西东南部(如《式微》《旄丘》即为黎国人的作品,黎在今山西省的黎城、潞城一带)。《王风》是东周王都一带的歌子,约当于今河南洛阳、沁阳、温县、偃师一带。《郑风》产生在河南中部的新郑一带。《齐风》的产地在山东省的临淄一带,《魏风》的产地在山西的运城一带,《唐风》的产地在山西的临汾一带,《秦风》产生在陕西,《陈风》产生在河南淮阳、柘城和安徽亳州一带,《桧风》的产地在今河南密县一带,《曹风》的产地在山东的荷泽、定陶、曹县一带,《豳风》的产地在陕西的彬县、旬邑以及甘肃的庆阳一带。地域如此之广,内容如此之丰富,作者如此之众多,如果没有诗歌思潮的驱动,很难相信在以竹简与口传为主要传播手段的东周时代,这些诗歌能够汇集在一起。《左传》中各国使臣相会,燕享之间,赋诗言志,诗酒风流,盛于一时。这种情景,也证实了当日人们对于诗歌的热情。

四、《诗经》研究史的变迁

关于《诗经》的研究,其主流也是"经"的研究,这从《诗经》结集的那个年代就开始了。我们可以简单地划分为八个阶段。

第一个阶段即春秋时代,这是《诗》学的发生期,其主要特点是"赋诗断章"。

崇尚"诗礼"是这个时代的文化主流,故而在诸侯争霸的战火狼烟中,"诗礼风流"构成了一道风景线。各国使臣在外交场合下,斗才斗智,赋诗言志,表现出了一代士君子风流儒雅的风采。而对于诗的文学灵动性的把握、探求与领悟,则是彬彬君子文化修养与文学才情的最佳体现,也是士君子的立身之本。故而在这个时代,人们关注的是"诗"作为"文"的一面。孔子说:"言之无文,行而不远。"所强调的是文学语言在时空中的传播力。而所谓"不学诗,无以言",所强调的则是诗的文学表达功能。"诗"可以使语言变得活泼灵动,使人变得文采飞扬,使庄重严肃的会盟燕享变得情趣盎然起来。春秋人的"断章赋诗"可以说是从根本上把握了诗的品格,体现着诗之所以为诗的无限可阐释性。

第二阶段是战国,这是《诗》由诗升而为"经"的时代。这个时代的开启者是孔子,他将《诗》的意义引向了人伦道德方面,使《诗》向"经"迈出了第一步。其后《诗》学专著则开始出现,《诗》学理论开始建构,《诗》的经典意义开始确立,出现了《诗序》《孔子诗论》《尔雅》等解经著作。其中最主要的是传为孔门弟子子夏所作的《诗序》。20 世纪《诗》学界普遍认为《毛诗序》是汉代人的作品,而近些年由于地下出土的文献旁证,许多学者倾向于《毛诗序》为"先秦旧物"。《毛诗序》提出了不少重大课题,如"六义""四始""美刺"等概念,以及风、雅、颂的定义、各篇的主旨等,并从本体论与价值论两个不同的角度对诗歌的发生与功能作了认识。这些都成了两千多年来《诗经》研究不枯竭的话题。

第三个阶段是两汉。这是《诗经》学全面经学化并走向鼎盛的时期。这个时期传《诗》者主要有齐、韩、鲁、毛四家,前三家在汉武帝时即被立于学官,介入了官方意识形态的建构,属于今文派。《毛诗》因后出,未能立于学官,长期在民间传播,属于古文派。四家《诗》的学者共同努力,将《诗经》经典化、神圣化、政治化、历史化,创造了一个经学的时代。各家都有不少著述,而今传于世的只有毛亨、毛苌所撰的《毛诗故训传》(简称《毛传》)与郑玄为《毛传》所作的《毛诗传笺》(简称《郑笺》),今传世的《毛诗传笺》也就包括了《毛传》和《郑笺》,这被学者们认作是《诗经》学的第一面里程碑。此书,一是以"诗"为政治教化的工具,大讲美刺;二是以史附诗,将诗历史化;三是文字训诂,以探其古义。由此而建立起了《诗经》"汉学"的传统。这种作风,明显地体现着注重传统的文化精神,与以历史为价值判断尺度的思维倾向,以及创造政治神话、确立权威意识、稳定世界秩序的主流意识形态。

第四个阶段是魏晋至唐。这是一个儒家文化失去"独尊"、继而又复获"独尊"

的历史变化时期。在此期间,儒学传统若续若断,经典阐释极为贫乏。在《诗经》学史上,则出现了没有创造、惟有诠释旧注的时代。这时最流行也最权威的《诗经》学是"毛诗"的两家注,即毛氏的"传"与郑氏的"笺"。许多人在到底毛、郑谁更准确地把握住了《诗经》的基本精神上争辩,出现了《毛诗驳议》《毛诗问难》《毛诗笺传是非》《毛诗异同评》等之类的著作。因政治上的南北对峙,又形成了经学上南北不同的学风。唐孔颖达奉敕作《毛诗正义》,则调停毛、郑,汇综南北,代表了这个时代的最高成就,也反映了意识形态领域由分裂而整合的过程。但从魏到唐的四百多年间,真正明"经"者并无几人,而大多学者所研究的实际上是经典的注释。孔氏之注疏,实是"注"学发展的高峰。这反映了这个时代思想界创造力的衰微与贫弱。

第五个阶段是中唐以后至宋、元,这是理学由微而盛的时代,也是旧的《诗经》被推翻、新的《诗》学威权重新建立的时代。理学之兴,强化了一代学者的怀疑精神,他们有一种大气概,敢于向权威挑战。在《诗经》研究上他们开始了对《诗序》的发难。从中唐韩愈即开始"疑序",经宋欧阳修、苏辙等,到郑樵、王质等发展到顶峰,将《诗序》彻底否定。朱熹《诗经集传》(简称《诗集传》或《朱传》)则在宋儒研究的基础上,以平和之气,弃序不用,就诗论诗,酌采毛、郑,以意逆志,多得风人之旨,代表了宋代"诗经学"的最高成就。其特点大略有二,一是摆脱前人"附诗于史"的附会之谈,强调对诗的独立感受;二是强调理会诗之义理,以求达到心性修养的目的。其后南宋与元代的《诗经》学,其实多数是对朱熹《诗》学的诠释和发挥。不过与魏晋隋唐人用"字释句解"的方式诠释《毛诗传笺》者不同,宋元人诠释"朱传",主要是从义理上阐发,从整体上把握它的意义。由此中国主流文化精神与意识形态发生了巨变。

第六个阶段是明。这个时代,朱熹学说占据了意识形态领域,制艺取士盛于一时。《诗经》研究出现了两种趋向,一是诠释"朱传",出现了如梁寅《诗演义》、胡广《诗传大全》等之类大量羽翼"朱传"的著作。二是为"制艺"讲经。因为八股制艺主在文章,是要"代古人语气为之",这就要体会经典语气,代圣人立言;同时写作上要讲究一定的文采、艺术,即"体用排偶"。为揣摩圣贤语气,就须从《诗经》内在的意义入手,体会其中的情味,体会诗人的心灵世界。为八股文写作,就须进行艺术批评。由此使《诗经》研究出现了由经学到文学的潮流,产生了数百部此类著作。加之嘉、隆以降,阳明心学兴起,创新意识笼盖了《诗》学研究领域,故而出现了百花齐放的景象。最有代表性的则是孙矿《批评诗经》、徐光启《诗经六帖》、戴君恩《读风臆评》、锺惺评点《诗经》等几部著作。他们或以格调言《诗》，或以"诗在言外"说《诗》之味，或以"格法"说《诗》法，或视《诗》为"活物"，将《诗经》的文学研究推向了高峰。

第七个阶段是清代，这是一个考据学昌盛的时代。这个时代朱子思想仍统治着意识形态领域，故此时很难创造出能够影响历史的有价值的思想，但用考据手段在传统文化的领域里探索、开掘，却使中国文化博大精深的内在世界，真正向世界敞开。这个时代的《诗经》学，习惯上分为"汉学"和"宋学"两派。"宋学"主力于义理，"汉学"主力于考据。"宋学"因步趋于宋儒，鲜有发明，故对后来的研究影响不大。而"汉学"家的大批考据著作，如王引之的《经义述闻》，胡承珙的《毛诗后笺》，陈奂的《诗毛氏传疏》，马瑞辰《毛诗传笺通释》，王先谦的《诗三家义集疏》，俞樾的《群经平议》等，在名物考据、文字训诂、典章制度、历史考订等方面，都作出了卓越的成就，成为现代《诗经》研究中引用率最高、采纳观点最多的一批著作。此外号称独立于汉、宋两家之外的《诗》学著作，如姚际恒的《诗经通论》、崔述的《读风偶识》、方玉润的《诗经原始》等，在对《诗》旨的把握、理解以及诗意的分析上，对二十世纪的《诗经》研究都产生了很大的影响。像姚氏的《通论》，曾被人认作是开辟《诗经》文学研究新航线的巨著。

第八个阶段是 20 世纪，这是现代《诗经》学生成的时代。这个时代最突出的特点是：抛弃了以往"经"的观念，把《诗经》纯作为古代文化遗产来对待，从文学、历史、哲学、民俗、语言、文化学等多个角度，对《诗经》展开了研究，并且由传统单一的经注模式，转向了纵横论辩的论著模式。像顾颉刚、郭沫若、闻一多、郑振铎等一批大家，都曾以摧枯拉朽之势，给旧《诗》学以颠覆性冲击，并以崭新的观点，启迪着一代学人。这个时代的最大贡献，被学者称作是：揭去了旧经学堆积的层层"瓦砾"，还《诗》以本来的面貌。这是中国文化史上一场空前的大革命。

五、《诗经》研究的偏失与新出路

确实，20 世纪，在一批优秀学者的努力下，《诗经》研究出现了崭新的局面。综合研究与深入探讨问题的论著，超出了以往的任何时代。但同时《诗经》研究也出现了偏失。

第一个偏失是，否定了《诗经》之为"经"，也彻底否定了"旧经学"，但自己却掉进了"新经学"的泥淖。就两千多年的中国历史而言，几乎没有一个文化人不读

《诗经》的。面对《诗经》有两种不同的价值取向，一种是通过学习内化为自己的一部分，一种是研究其中所蕴有的意义。后者的行为产生了大批可供后人继续研究的思想性、学术性著作，是属于经学的。而前者，则或见诸于行为表现，或形之于诗文与艺术创作，是属于文学的。但即使对诗文及艺术创作的影响，大半也是因为她作为"经"的绝高地位所致。即如鲁迅所说：假如现在有人写出"关关雎鸠"那样的诗去投稿，定会被编辑扔进纸篓的。我们必须面对这样的现实，也就是说，无论用哪一种方式阅读、接受《诗经》，都无法摆脱《诗经》作为"经"的巨大影响，她作为一种文化精神，已融化于传统中国人的学术思想、文学艺术创作、行为表现之中。每个时代人对《诗经》的理解、阐释、接受，都体现着每一个时代文化主流精神与主流意识形态的变化。20世纪的《诗经》研究者声称颠覆传统、开辟了《诗经》研究的新时代。但请想一想：在20世纪前半叶，"个性解放"的呼声高涨之际，学者们一时把目光放到了《诗经》中的两性关系的表现上，发掘出了一批所谓赤裸裸的表现性生活与感受的作品，以此而高扬性的合理性，从而使《诗经》"婚恋"诗的研究成为这个时代最引人注目的成果。五六十年代在"阶级斗争"理论风靡一时之际，《诗经》于是变成了最早体现"阶级斗争"的教材。八九十年代文化研究热兴起，《诗经》于是又成了文化的百科全书。难道这种从《诗经》中为现行社会思潮或政治行为寻找理论根据的研究方法，不正是"经学"的新形态吗？

第二个偏失是，既然把《诗经》认作是纯文学作品，于是便用20世纪的文学观念来研究《诗经》。而20世纪从西方引进的某种"统一"的文学观念，将文学的价值认定在了"反映生活"上，于是《诗经》研究者便配合社会的政治与文化思潮，来研究《诗经》中的婚恋生活、妇女生活、阶级斗争生活，甚至从《诗经》中寻找"奴隶社会"或"农民起义"的影子。把一部《诗经》认作了是周代社会生活的镜子，不但否定了《诗经》作为传统文化的载体，也忽略了其作为文学展示人类心灵世界的意义。

简单地说，如果本着20世纪的《诗》学观念与思路继续前行，其结果：第一，可能会把大批前人的《诗》学著作认作是"思想垃圾"而予以抛弃；第二，可能会将《诗经》的文学研究认作是本体研究，而将其他研究视为另类或"前文学"研究；第三，可能会把《诗经》与后世的诗文小说放在同一个平台上，在"进化论"思想的支配下，视其为幼稚之物；第四，可能会将《诗经》的意义局限在文学的领域，将研究《诗经》的意义局限在"文学史"的描述上，而将其他方面的研究都视为异端邪说；第五，可能会把《诗经》的阅读简单地理解为学习知识、了解历史或文学欣赏。这样，

《诗经》完全可以不与当代人生发生关系，将《诗经》封存起来，也不过是在现代人的视野中删除了305篇古老而失去生机的诗歌而已。这并非危言耸听，事实也正是这样，如现在除几部清人的考据著作之外，大量《诗》著被尘封已久；《诗经》被划归于中文系的课目，而历史、哲学等系则鲜去问津；《诗经》因古老而可读性衰减，有学者主张用《红楼梦》取而代之，等等，这种情况不能不引起我们的深思。

我们应该接受20世纪《诗》学的经验与教训，调整我们的学习、研究思路。把关注点集中在对《诗经》当代意义的追寻上。

而《诗经》的当代意义与其历史意义一样，最主要的还在于她的"经"的地位。尽管《诗经》的本质是文学的，她固然是天生丽质，但她要不是乘坐"经"的"圣驾"，浩浩荡荡地穿行于历史的城镇村乡之中，怎能博得万千之众的"围观"与"喝彩"？怎能产生巨大的历史影响？《诗经》的基本素质虽是"文学"的，而她的文化血统、她的地位身份则是"经"的。"诗"是她自身所具有的，"经"则是社会、历史赋予她的殊荣。如果曾经是"皇帝"，即使被打倒，在经济和政治权利上被剥夺得一干二净，在世人心目中他仍然不是普通人，他的影响要远远大于普通人。《诗经》就是如此。因而对于《诗经》的学习与研究，应该同时从"诗"与"经"两个方面进行。

析而言之，从经的角度考虑，我们不但要面对作为"元典"的《诗经》，还要正确对待历代由《诗》而产生的大量阐释性著作。要看到《诗经》与每个时代人的精神生活的联系，及其与每个时代思想文化变迁的联系，与整个中华民族思维、心理、气质、精神、性格等形成的联系。要把《诗经》作为一种文化载体来认识、理解和接受。

从根本上说，《诗经》是周代礼乐文明制度的载体。"礼"包括人的行为准则、道德规范、尊卑秩序以及礼仪规矩等。人的嗜欲好恶，都由礼来节制。"乐"是指音乐。"礼"负责规范人的行为，"乐"则负责调和人的性情，人的喜怒哀乐之情，都可以通过乐来表达，同时也可以在乐声中化解。所以古人说："礼所以经国家，定社稷，利人民；乐所以移风易俗，荡人之邪，存人之正。""礼乐"的目的在于教化，诱导人向善，让社会处于"和谐"状态。孔子一生奔波，所追求的目标就是"礼乐制度"的实现，即社会和谐的永恒存在。孔子编《诗》，提倡《诗》教，目的多半也在此。后儒秉承孔子之志，将礼乐文明作为一种社会理想，融入了《诗经》的诠释之中。古代文人群体"皓首穷经"的耐性，犹如成千上万只蜜蜂构筑巢穴那样，在意识形态领域，构筑起了礼乐文明的金字塔，并在一代又一代人的诗学阐释中，不断丰富着以"礼乐文明"为核心的文化思想体系，这形成了一个强大的传统，有力地规定着黄河、长江流域这个人类族群的心理结构、思维方式和价值取向。可以说,不读历代的《诗》学著作,就不能从根本上理解什么是"汉文化"。如果我们自作聪明,对旧《诗》学予以彻底否定,那否定掉的可能不只是一种诠释观点,而是一种文化传统。而这种文化传统最为特异之处就在于它"贵义贱利",不为物欲所动,志在完善人格,构建和谐,为万世开太平。尽管《诗经》所代表的"礼乐文明",两千年来只作为儒家的一种社会理想和奋斗目标,存在于观念形态与文化精神之中,但有力地遏制了物欲膨胀、道德滑坡现象的及早发生,以致保持了两千多年来东方世界人与自然、人与人之间的相对和谐与稳定。比之二、三百年即把地球折腾得乌烟瘴气的"拜金主义"文化来,难道这种文化思想不是当今世界更为需要的吗?《诗经》作为一种文化载体的当代意义,不正在此吗?

从文学的角度来说,《诗经》最少有三个层面的东西,需要我们认真对待。第一是语言的层面,即形式表现的层面。大量关于《诗经》语言艺术与语言风格的论著,以及关于《诗经》复叠形式的研究,都是在这个层面上努力的。而且《诗经》作为一种与自然的韵律相合无间的语言,其所具有的魅力,是值得我们永远学习与效法的。第二是生活的层面,即在内容层面上作者着力展开的生活世界。在这个层面上,《诗经》像一幅周代社会的画卷,其丰富性与多彩性,最为20世纪的研究者所关注。我们从中可以认识到礼乐文明制度下人们的生存状态,并从那个时代人的苦乐忧喜中,感受到文学对于生活的"保鲜"处理。不仅可以从中获取种种知识,获得快感,而且还可以获取许多创作的启示。第三是心灵的层面,这个层面包括了内在于人的一切。这是《诗经》作为文学最主要的一个方面,"语言"所构织的是"生活世界",而生活世界的素材所构织出的则是心灵图像。内在心灵支配着人的外在表现,人的行为实际上是心灵的外向化。在《诗经》所描述的"生活世界"背后,隐存着一个无限深广的心灵世界,这个时代人的情感、思想、意识、精神、思维、性格、心理、良知等诸多方面,都在这个世界中展开。人类的生活形式在不断变化,有可能会面貌全非,而人心、人情却相去不远,因而在这个层面上,《诗经》所具有的那种情感力量与道德信念,最能唤起人们的内心世界。而且《诗经》也正是在这个层面上与当代人生发生了关系,我们可以由此而进入《诗经》的情感世界,与那里的人进行对话、交流,同时在那里发现我们昨天的影子,从而更深刻地认识我们自己。对于这个层面,明清学者留意者尚多,到20世纪,反被"反映生活""反映现实"的文学观念,遮挡了人们的视野,影响了人们在这个领域的探索。这是我们今天学习、研究《诗经》的应该特别注意的。

　　总之,我们今天学习、研究《诗经》,绝不能忽略其作为"经"对于中国文化与文学的影响,以及其所创造的文化对于当代人类的意义。作为"经",我们要看到社会与历史赋予她的"深厚"与"博大",以及其在铸造民族礼乐文化精神中的煌煌功绩;作为"诗",则要看到她的"鲜活"与"灵动",感受先民心灵深处的声音。

　　当然我们所作的讲读,并不能满足读者这方面的要求,只是我们尽量广泛地采纳了前人的研究成果,在诗的文本上用了较多的力,对于"经"的方面也尽可能的有所观照,祈望对读者有所启迪。

　　(本导读及本注本,有部分观点受惠于李蹊先生,在此谨表谢意。)

一、婚　恋　篇

关　　雎(周南)

关关雎鸠①,在河之洲。窈窕淑女②,君子好逑③。
参差荇菜④,左右流之⑤。窈窕淑女,寤寐求之⑥。
求之不得,寤寐思服⑦。悠哉悠哉⑧,辗转反侧⑨!
参差荇菜,左右采之⑩,窈窕淑女,琴瑟友之⑪。
参差荇菜,左右芼之⑫,窈窕淑女,钟鼓乐之⑬!

【注释】

① 关关:指雎鸠和谐的鸣叫声。雎鸠:鱼鹰。旧以为此诗是以雎鸠鸟比喻爱情。不确,此处是以雎鸠求鱼以喻男子求爱。

② 窈窕:宫室幽深之状,此处形容淑女居所。"窈窕淑女"犹言"大家闺秀",后世所谓"闺秀",即延此意。淑女:贤淑的女子。

③ 好逑:配偶。逑一作仇,闻一多以为"好仇"即"妃仇",与"匹俦"声义并同。《左传》"嘉耦曰妃,怨耦曰仇"。男女之情,可合而不可离,合之则为"嘉耦",如胶似漆,即所谓之"妃";离之则为"怨耦",相思成恨,即所谓之"仇"。

④ 参差(cēn cī):长短不齐貌。荇菜,多年生水草植物。茎细长,叶卵圆形,背面带紫红色,漂浮在水面上。

⑤ 流:摎的借字,训"求",意为寻求。

⑥ 寤:醒着。寐:睡着。这里指白天黑夜都在思念淑女。或以为寤寐是偏义复合词,即言睡梦中,亦通。

⑦ 思服:思念。

⑧ 悠:长远、长久,此指忧思不绝。

⑨ 辗转:形容忧思失眠、卧不安席之貌。辗转:转动。反侧:伏卧称反,仄卧称侧。

⑩ 采:采集。象征求爱。

⑪ 琴瑟:古代的两种弦乐器。琴,五弦,或七弦。瑟,二十五弦或二十三弦。友:友爱、
　 亲近。"琴瑟友之"当指"琴挑",汉代司马相如以琴曲挑动卓文君,即属此类行为。

⑫ 芼:菜,《仪礼·特牲馈食礼》《少牢馈食礼》《礼记·内则》等,郑注皆曰:"芼,菜也。"
　 此处指以荇菜为菜以祭祀神灵。

⑬ 钟鼓乐之:当指击打钟鼓以庆贺新婚。

【讲评】

　　《关雎》是一篇乐新婚的诗,其中讲述的却是一个男子获得爱情的故事,这样
在婚礼上演奏可以增加趣味性。有人根据《礼记·郊特牲》"昏礼不用乐""昏礼不
贺"的记载,否定《关雎》为乐初昏的诗。但《礼记·曲礼》又有"贺取妻"、婚婪为酒
食以召乡党的记载,而且《诗经》中《车辖》写新婚也说"式燕且喜""式歌且舞",说
明《郊特牲》的记载是有问题的。不可据以说诗。

　　就诗的内容而言,首章写"艳遇",二章写"求爱",三章写未得之苦,四章写相
恋之欢,五章写既得之乐。诗中虚构了一个故事,故事大约是说:一位公子在水边
遇到了一位小姐,他爱上了她,可是不能马上得到她。他拼命地思念她,竟至于
"寤寐思服""辗转反侧"。终于在幻境(或梦境)中得到了满足。后两章即是对幻
境的描述。此诗之妙在于入"山穷水尽"之地,忽逢"柳暗花明"之景。既感"求之
不得"之苦,忽又现琴瑟钟鼓之乐。转悲为喜,化忧为乐,于幻境中完成了恋爱、结
婚的乐事,可谓死处逢生。但这"生",绝不是一般的"生",而是对苦闷现实的超
脱,也是对美好生活的追求和向往。戴君恩《读风臆评》说:"诗之妙全在翻空见
奇。此诗只'窈窕淑女,君子好逑'一句,便尽了,却翻出未得时一段,写个牢骚忧
受的光景。又翻出已得时一段,写个欢欣鼓舞的光景。无非描写'君子好逑'一句
耳。若认作实境,便是梦中说梦。"可谓善会诗义。人或不明,疑此为错简。如日
本青木正儿《诗经章法独是》,即以此诗为两篇诗的误合。然而此诗为三百篇之
首,人所悉知,其误谈何容易!

【问题讨论】

　　《诗经》的编辑不是为了诗歌,而是为了礼乐,它是周代礼乐文明的载体。《关
雎》放在《诗经》的第一篇,自然是为礼乐文明而设的。《毛诗序》说:"《关雎》,后妃
之德也。《风》之始也,所以风天下而正夫妇也。故用之乡人焉,用之邦国焉。"这

一句话说尽了编辑《关雎》意义之所在。它之所以能"风天下而正夫妇",主要是因为他的内容是"乐得淑女,以配君子"。尽管《关雎》写的是男女之情,但能"发乎情,止乎礼义","乐而不淫,哀而不伤",终以礼合,代表着人间正道。《毛诗传》发挥了这个意义,说:"后妃说乐君子之德,无不和谐,又不淫其色,慎固幽深,若雎鸠之有别焉。然后可以风化天下。夫妇有别则父子亲,父子亲则君臣敬,君臣敬则朝廷正,朝廷正则王化成。"这听来有点离谱,其实都是由诗生发的。

现在的学者,看到"后妃之德也"几个字,就以为是胡说。其实不然。从诗中所写到的"窈窕淑女"看,"窈窕"是描写的宫室幽深之状,这显然是大贵族才有的居所。诗中提到"琴瑟""钟鼓",这都是大贵族所享用之物,非一般人能有。诗中提到"君子",在《诗经》中,"君子"除女性称自己丈夫外,无一例外的皆指大贵族。因此这篇爱情诗乃是产生在贵族间的,说它写后妃,可能有传说上的根据,不可轻易否定。

【文化史拓展】

1. 关于"关关雎鸠"

古人把"关关"释作了雌雄相应之和声,因而把雎鸠当作了爱情鸟。如《毛传》说:"关关,和声也。雎鸠,王雎也,鸟挚而有别……后妃说乐君子之德,无不和谐……"《郑笺》说:"王雎之鸟,雌雄情意至然而有别。"《薛君韩诗章句》说:"雎鸠贞洁慎匹。"《易林·晋之同人》说:"贞鸟雎鸠,执一无尤。"从孔颖达到朱熹,以及至今大量的《诗经》注本,都在沿袭着汉儒的解释。闻一多先生是一位最富创见的学者,而其解"关关雎鸠"一句时,仍沿"雌雄情意专一""尤笃于伉俪之情"一说。但要知道雎鸠又名鱼鹰,据郭璞《尔雅》注说,它属于雕类,"今江东呼之为鹗,好在江渚山边食鱼。"作为一种猛禽,用来形容爱情,实在不伦不类。再则,以"关关雎鸠"为夫妻和谐象征之说,是缺少根据的。因为在《诗经》的时代,我们没有发现以鸟喻夫妻的证据。日本著名的《诗经》研究专家松本雅明先生就曾说过:就《诗经》来看,在所有的鸟的表现中,以鸟的匹偶象征男女爱情的思维模式是不存在的(《诗经诸篇の成立关する研究》昭和三十三年版第55页)。不仅在古籍中没有,在春秋前的古器物图案中,也难找到雌雄匹配的鸟纹饰。在良渚文化遗物及金铭图饰中,出现有连体鸟型器物与双鸟纹饰,但那多是为对称而设计的,并看不出雌雄相和的意义来。据闻一多先生《说鱼》一文揭示,《诗经》中的鱼连及食鱼的鸟乃是男女求爱的隐语。孙作云先生《诗经恋歌发微》则进一步指出:《关雎》以鱼鹰求鱼,象征男子向女子求爱。赵国华先生《生殖崇拜文化论》在此基础上,对上古时代诗歌及器物图案中的鱼、鸟作了全面考察,认为鸟与鱼有分别象征男女两性的意义。并进一步认为雎鸠在河洲求鱼,乃是君子执著求爱的象征。这一解释可以说是基本正确的。

2. 关于"窈窕淑女"

因此篇"窈窕"与"淑女"连言,后世遂将"窈窕"作为形容女性体态、容貌美好之词,出现于诗歌、文章及口语中。但"窈窕"之本义如何? 何以其有美好之意? 则鲜有问津者。考汉唐经师关于"窈窕"约有六家异说。《毛传》:"窈窕,幽闲也。"此其一。《文选》卷二十一颜延年《秋胡诗》李善注引薛君《韩诗章句》曰:"窈窕,贞专貌。"《汉书·匡衡传》亦云:"窈窕淑女,君子好仇,言能致其贞淑,不贰其操。"匡衡学《齐诗》,是齐、韩同说。此其二。《郑笺》释"窈窕淑女"为"幽闲处深宫贞专之善女",盖合毛韩两家之意而增益"深宫"二字。此其三。扬雄《方言》卷二曰:"美状为窕,美心为窈。"《释文》引王肃云:"善心曰窈,善容曰窕。"是合德貌而言之,此其四。《楚辞·九歌·山鬼》王逸注:"窈窕,好貌。"王逸学《鲁诗》,此盖《鲁诗》说。此其五。孔颖达《正义》曰:"窈窕者,谓淑女所居之宫,形状窈窕然。故笺言幽闲深宫是也。传知然者,以其淑女以为善称,则窈窕宜为居处。"此其六。

六家异说,实不外乎三种指向:一、指"容貌"言,二、指"德性"言,三、指"居处"言。后儒多在此三种意义指向的基础上发挥阐释。姚际恒《诗经通论》云:"'窈窕'二字从穴,与窬、窝等字同,犹后世'深闺'。"此说最有道理。《说文》说:"窈,深远也。""窕,深肆极也。"是"窈窕"本义为言洞穴之幽深,即如张舜徽先生《说文约注》卷十四所云:"窈窕二字本义,皆言穴之幽深宽闲,故字从穴。"据考古学及人类学家研究,人类的历史有几百万年之久,这几百万年间,人类几乎是在穴居中度过的,真正脱离穴居也只有几千年。《诗经·绵》记周先人居处曰:"陶复陶穴,未有家室。"《周易·需》:"需于血,出于穴。"《墨子·节用》曰:"古者人之始生,未有宫室之时,因陵丘掘穴而处焉。"先民初以自然之洞穴为居处,后由山地进入平原,仍沿穴居之俗而构制宫室。《后汉书·东夷传》:"挹娄土气极寒,常为穴居,以深为贵,大家至接九梯。"《旧唐书·北狄传》:"靺鞨……无屋宇,并依山水掘地为穴,架木其上,覆之以土。"在殷墟发掘中,曾发现许多竖穴窦窖,深深浅浅,方方圆圆,形状各异,学者们认为此与远古的穴居习俗有关。所谓"窈窕"者,其初当是形容居处洞穴之状。黄土高原至今仍存有穴居洞处的风俗,即所谓"土窑洞",其俗富有者窑洞深而宽,贫寒者则浅而窄。即如《后汉书》所云"以深为贵"。《毛传》以

"幽闲"释"窈窕","幽"有深意,"闲"有宽意,所言正指洞穴之深宽。而当先民由山丘移居于平原、构制房屋之后,"窈窕"一词便伸引了形容宫室幽深之意。

古代大贵族女子,每居于后室,即所谓深宫之中。其婚前每要进行隔离教育,其隔离每于幽避之所,即所谓深闺之中。扒娄穴居,"以深为贵",此是穴居者普遍的价值观念。"窈窕"形容闺门幽深之状,此深闺自非寻常人家女子所居。故"窈窕淑女"便具有了后世所谓"大家闺秀"之意。春秋人观念,每以出身高贵为美,如姜姓为姜太公之后,乃大国齐之国姓,在当时地位至为显赫,故"孟姜""齐姜"之类,在《诗经》中每作为"美女"之代称(《衡门》"岂其取妻,必齐之姜";《桑中》"云谁之思,美孟姜兮"),即是明证。又《礼记·昏义》言:"古者妇人先嫁三月……教以妇德、妇言、妇容、妇功。"处于"窈窕"深宫的少女,正当豆蔻年华,即所谓之黄花闺女,自然容貌姣好,体态嫩柔,再经过教育,有教养,懂妇道,便多有了端庄闲雅之态,专贞贤淑之德。故此"窈窕"便引申有了言女子美好之意。《毛诗》所谓"幽闲",《韩诗》所谓"贞专",《鲁诗》所谓"好貌",皆是"窈窕"之引申义而非本义。因人类日益远离穴居时代,故"窈窕"本义随着历史日渐隐晦,其滋生之义反彰。如《汉书·杜钦传》"求窈窕",《王莽传》"有窈窕之容",张超《诮衣赋》"但愿周公,配以窈窕",皆以"窈窕"为女色,兼贤淑闲雅之意在内。杨向奎先生以为"淑女"指经过笄礼而待字的女子(《宗周社会与礼乐文明》,人民出版社 1997 年版第 269 页)。其说甚佳。经过笄礼,表示已成熟,至于最佳状态,故以"淑"而总言其好。

3. 关于"琴瑟友之"

《诗集传》说:"友者亲爱之意也。"这个解释很好。这里当是指"琴挑"。胡适在《谈谈〈诗经〉》一文中言及《关雎》篇时说:"他用了种种勾引女子的手段,友以琴瑟,乐以钟鼓,这完全是初民时代的社会风俗,并没有什么希奇。意大利、西班牙有几个地方,至今男子在女子的窗下弹琴唱歌,取欢于女子。至今中国的苗民还保存这种风俗。"此说颇有见地。《风俗通义·声音》篇曰:"雅琴者,乐之统也,与八音并行,然君子所常御者,琴最亲密,不离于身,非必陈设于宗庙乡党,非若钟鼓罗列于虡悬也。虽在穷阎陋巷,深山幽谷,犹不失琴。"《白虎通·礼乐》篇说:"琴者,禁也,所以禁止淫邪,正人心也。"并引《诗传》曰:"大夫士琴瑟御。"又说:"瑟者,啬也,闲也,所以惩忿窒欲,正人之德。"《乐府诗集》五七《琴曲歌辞》:"琴者,先王所以修身理性,禁邪防淫者也。是故君子无故不去其身。"根据这些记载,我们可以明白两点:一、琴瑟是上古贵族男子常携带之物,特别是琴,无故不去其身,可能这本身就是其高贵地位与有教养的标志;二、琴瑟皆有禁邪防淫的功能,所谓禁邪防淫,当是指禁止不合于礼的行为,特别是爱情行为。"君子御琴瑟"与"禁邪防淫"是相联系的。在初民社会,男女之间求爱方式多种多样,《诗经·将仲子》说的越墙攀树,即孟子所谴责的"越东墙而抱其处子",那是其中的一种比较野蛮的方式。而以琴瑟传递爱情信息,则是一种文雅的恋爱方式,且合于当时的礼俗即道德规范,流行于上流社会中。《白虎通·礼乐》篇曰:"夫礼乐所以防奢淫。"《周礼·大司徒》注曰:"礼所以节止民之侈伪,使其行得中。乐所以荡正民之情思,而使其心应和也。"男女相思,发之于琴瑟之声,不为鲁莽之行,此即礼乐防淫之谓。《拾遗记》卷一记神话中白帝之子、皇娥之恋说:"帝子与皇娥并坐,抚桐峰梓瑟。皇娥依瑟而清歌……"《郑风·女曰鸡鸣》篇言男女之相亲昵曰:"琴瑟在御,莫不静好。"《小雅·常棣》篇曰:"妻子好合,如鼓琴瑟。"皆可证琴瑟的意义所在。在当今一些民族中,也时可见到以音乐传情相爱的习俗。如布依族青年,常用弹月琴的方式邀请姑娘"囊哨"(谈情说爱)。林谦光《台湾纪略》记土人风俗:"男在外吹口琴,女出与合,当意者告于父母,置酒邀饮同社人,即为配偶。"《苗族调查报告》(国立编译馆民国二十五年版)说:"苗族之婚姻,为自由结婚,男子于所恋女子之屋外吹笙,发美妙而有趣之音节,如能使女感动,则为夫妇。又于踏月吹笙之夜亦行之。"此外,菲律宾不少青年在月光下用吉他向他倾心的姑娘求爱;缅甸钦人中,小伙子们常用竹笛向姑娘求爱。在汉族中司马相如琴挑卓文君、张生琴挑崔莺莺的故事,可谓家喻户晓,小说《万锦情林·张于湖记》《西湖二集·邢瑞君弹琴遇水仙》《春莺柳》《刘生觅莲记》《意外缘》《梅兰佳话》等,戏剧《竹坞听琴》《东墙记》《玉簪记》等,皆以琴为爱情使者,将相爱的男女结合在一起。此皆可为"琴瑟友之"的注脚。只不过琴瑟之恋,在上古为守礼节之行,而在后世则为风流佳话。此自然是由于观念变化的结果。

4.《关雎》余韵

这首婚礼歌,其流风余韵至今还鲜活地流布于民间。如湖北一些地方至今结婚时仍活剥此诗,如说:"关关雎鸠进新房,在河之洲看新娘。窈窕淑女生贵子,君子好逑状元郎。""关关雎鸠一块屏,在河之洲两个人。巧言令色真好看,君子好逑做夫人。"

【文学链接】

《关雎》写君子思淑女曰"悠哉悠哉",《终风》写思情人曰"悠悠我思",《泉水》曰"我心悠悠",《子衿》曰"悠悠我心"等。历代注家都说:"悠,思也","悠,忧貌"。

其实这是一个特意用水的绵长来表现愁思的汉字。"悠"字从"心",表示是一种心理状态;从"攸",攸亦声,《说文》说:"攸,行水也,从攴,从人,水省。""攸攸"为水流之貌,如《卫风·竹竿》云:"淇水悠悠",字亦作"滺滺","攸"加"心"则成"悠",本意则是表示愁思如流水一样绵长不断。即如张舜徽《说文解字约注》所说:"悠从攸声,声亦兼义,谓忧思之长也。"后世用水形容愁思者甚多,如:"请量东海水,看取浅深愁"。"思归若汾水,无日不悠悠"(李白)。"问君能有几多愁,恰似一江春水向东流"(李煜)等。究其原因,可能与人类早期的生活,特别是女性水畔生活有关。

【集评】

《韩诗外传》卷五:"子夏问曰:'《关雎》何以为《国风》始也?'孔子曰:'《关雎》至矣乎! 夫《关雎》之人,仰则天,俯则地,幽幽冥冥,德之所藏;纷纷沸沸,道之所行。虽神龙化,斐斐文章。大哉!《关雎》之道也,万物之所系,群生之所悬命也。河洛出图书,麟凤翔乎郊,不由《关雎》之道,则《关雎》之事将奚由至矣哉? 夫六经之策,皆归论汲汲,盖取之乎《关雎》。《关雎》之事大矣哉! 冯冯翊翊,自东自西,自南自北,无思不服。子其勉强之,思服之。天地之间,生民之属,王道之原,不外此矣。'子夏喟然叹曰:'大哉!《关雎》乃天地之基也。'"

贺贻孙《诗触》云:"'求之不得,寤寐思服。悠哉悠哉,辗转反侧',此四句乃诗波澜。无此四句则不独全诗平叠直叙,无复曲折,抑且音节短促,急弦紧调,何以被诸管弦乎? 忽于'窈窕淑女'前后四叠之间插此四句,遂觉满篇悠衍生动矣。"

陈继揆《读风臆补》云:"诗道性情,本无所谓景也。三百篇中之兴,如此诗之关雎、流、荇,有似乎景,后人因以成风云月露之词,景遂与情并言,而兴义以微。然唐诗犹是有兴,宋诗鲜焉。后乎此者,景尚不成,何况于兴? 故学诗当从《国风》始。"

桃　　夭 (周南)

桃之夭夭①,灼灼其华②。之子于归③,宜其室家④。
桃之夭夭,有蕡其实⑤。之子于归,宜其家室。
桃之夭夭,其叶蓁蓁⑥。之子于归,宜其家人。

【注释】

① 夭夭:旧以为少好貌,钱锺书以为有笑意。按,"夭夭"在这里当有三重意思,一是笑
貌,形容花之姣好;二是倾折貌,形容花枝之随风倾倒;三是盛艳貌,即"妖"字,形容
花之繁荣美好。

② 灼(zhuó)灼:鲜明光艳貌。华,同花。

③ 之子:此子,这个女子(古代出嫁的女子亦称"子",所谓"女子"犹今之"女孩")。于
归:女子出嫁称"于归",也单称"归"。

④ 宜:善。《礼记·内则》"子甚宜其妻",郑注:"宜,犹善也"。此处引申为和顺之意。
"室家"当指一门之内。

⑤ 蒉(fén):果实硕大丰满之貌。于省吾《泽螺居诗经新证》以为"蒉"为"斑"之假字,即
谓"桃实将熟,红白相间,其实斑然"。亦通。

⑥ 蓁(zhēn)蓁:叶子茂盛貌。

【讲评】

这是一首祝贺姑娘结婚的诗歌。诗人以"夭夭"的桃树兴起对姑娘的赞美,并
祝福她出嫁后婚姻美满,生子相夫,给丈夫及其家人带来和睦和幸福。

全诗气氛欢快而热烈。只"夭夭""灼灼"数字,便写尽春风桃面,喜气洋洋。
此即"物呈情态"法。句法一正一倒,自有奇趣。二"其"字将上下文气贯通。"宜"
字紧与上"夭夭""灼灼"相呼应。可谓"人面桃花相映红"。每段只调换一两个"关
键词",由"华"而"实"而"叶",使喜庆的气氛渐次展开,而且预示着小家庭未来的
美满和幸福,给人以希望,给人以追求。

此诗之妙,在于它选择了最易表达人们喜悦心情,和最能唤起人们青春生命
活力的事物作为起兴的材料,将结婚时欢乐的气氛生动地表现了出来。桃花——
生命狂热的象征,它最能唤起人心灵深处的冲动,点燃勃勃生命之火。所不同的
是,《桃夭》不像后世小说那样侧重于艳情的描写,而表现的是一种情感,一种气
氛,一种青春生命之活力。

【问题讨论】

《诗序》说:"《桃夭》,后妃之所致也。不妬忌,则男女以正,婚姻以时,国无鳏
民也。"这是编诗之意,并非作诗之意。诗写的是民间婚嫁之事,编者所取则在"婚
姻以时"上。因诗大约与《关雎》产生在同时期,表现出的是一种欢快的情调,因而

便与后妃挂上了钩。所谓"不妬忌""男女以正""国无鳏民",都是由诗生发出的意思,是诗的经学的意义。《诗经》作为"经"毕竟存在了两千多年,不可因其非诗之本义而否定其经学意义。

【文化史拓展】

《礼记》云:"仲春之月,桃始华。"而桃花盛开之时,也正是古之男女大会之日。《周礼》有云:"仲春之月,令会男女,于是时也,奔者不禁。"桃花狂放,男女情发,这种生活经验的无数次重复,在民族的心灵中留下了深深的痕迹。因而在古代文学中,桃花往往与狂热的情欲联系在了一起。《本事诗》中有这样一个故事:青年才子崔护,在一村庄桃树下面遇见了一位妙龄女郎。第二年春天,鬼使神差,他又到了这里,可是桃花依旧,人事已非。于是他写道:"去年今日此门中,人面桃花相映红。人面不知何处去,桃花依旧笑春风。"是桃花引起了他内心的骚动。《桃花庵》中少年尼姑陈妙禅,看到了盛开的桃花,那生命之火,再也无法抑制,终于爆发了与少年书生张学富如火如荼的爱情。《婆罗岸》中修行了数百年的白花蛇,却经不起"春天桃花大放"的刺激,演出了一段欲火勃发的故事。在古代戏剧小说中,像《桃花艳史》《桃花影》《桃花扇》等,无不与情欲有关。今人又称艳遇叫"桃花运""桃色事件",文学作品中桃花与女色的微妙联系,不正是发轫于《桃夭》吗?

【集评】

《姜斋诗话》云:"'桃之夭夭','其叶蓁蓁','灼灼其华','有蕡其实',乃穷物理。夭夭者,桃之稚者也。桃至拱把以上,则液流蠹结,花不荣,叶不盛,实不蕃,小树弱枝,婀娜妍茂为有加耳。"

林锡龄《诗经审鹄要解》云:"夭夭训少好,重在少上,可以稚弱衰老作衬,以桃少则华盛,兴女贤则家宜。"

何焯《义门读书记》云:"'宜其室家',此言其相匹也;二章'宜其家室',变文言家室者,见其相成也;三章'其叶蓁蓁',又谓其枝条之盛,兴家人也。"

汉　广（周南）

南有乔木①,不可休息②。汉有游女③,不可求思。

汉之广矣,不可泳思④。江之永矣⑤,不可方思⑥!

翘翘错薪⑦,言刈其楚⑧。之子于归,言秣其马⑨。

汉之广矣,不可泳思。江之永矣,不可方思!

翘翘错薪,言刈其蒌⑩。之子于归,言秣其驹⑪。

汉之广矣,不可泳思。江之永矣,不可方思!

【注释】

① 乔木:高大的树木。一说枝干上竦的树木。

② 休:止息。一说借为庥,即庇荫。息:语助词,与下面的"思"字同。

③ 汉:汉水。游女:出游的姑娘。或以为女神。

④ 广:指汉水水面宽阔。泳:潜水。这里指泅渡。

⑤ 江:旧以为长江,但古代南方与长江有联系的不少水道都称江,此处当指汉水。永:长,指水流很长。

⑥ 方:筏子,这里用作动词,即以筏子渡河。

⑦ 翘翘(qiáo):草木众多秀起貌。错薪,错杂的草薪。

⑧ 言:语词,有"就"、"于是"之义。刈(yì):割取。楚:牡荆,属灌木,紫花。俗又称荆条。盛夏割取,捆束成把,以做薪柴。

⑨ 秣(mò):喂马。

⑩ 蒌(lóu):指蒌蒿。

⑪ 驹:古说高五尺以上的马称驹。此处泛指马。

【讲评】

　　这是一首单恋的歌。主人公是一位男子,他在汉水之曲见到了一位姑娘,他爱上了这位姑娘,但隔着茫茫汉水,他无法向她表达自己的情意,又受制于礼的规定,他又不能渡过水去与她相爱。限于身份、地位的悬殊,他不可能娶她,也不敢说娶她,只希望能常在她身边服侍她。哪怕姑娘要出嫁,他也愿为她割草喂马。他隔水望着那姑娘,发出无限浩叹,其怅惘之情溢于言表。诗反复咏叹"汉广""江水",形成一种悲伤的基调,不仅描写了主人公苦闷忧伤的情怀,而且展现了一个宏远的景象,使所追求的对象,处之茫茫烟波,令人可望而不可及。用如此雄厚的笔法,描写如此广阔的意境,体现如此深刻的感情,这确是一个创举。

　　诗首章写女不可求。高树、烟波,意境空阔。后四句缭绕往复,韵味深长,可

29

谓"盈盈一水间,脉脉不得语"。二、三章写思之深。"之子于归"二句,有"虽为执鞭,所欣慕焉"之意。犹唐人香奁诗云:"自怜输厩吏,余暖在香鞯。"末四句,三叠三唱,不易一字,有千回百转之妙。

【文化史拓展】

1. 古代文化背景

这是一篇典型的上古性隔离制度下产生的诗作。

远古的性隔离制度演至周代,已蒙上了文明的幕纱,而为辟雍、泮宫所代替。《礼记·王制》提到辟雍、泮宫两种不同等级的大学的名称。所谓辟雍,乃是一个四面环水的高地,高地上建有厅堂式草屋。泮宫形式相同。周代学校的这种模式,是一种古老制度的沿袭。这种模式的前身,是女性隔离的宿舍或女校。所谓辟雍、泮宫,很可能是男女学校的通名。辟者,别也;泮者,分也。辟雍、泮宫皆蕴有隔离的意思。而那种水环绕之的地理形势,实在与传说中的女子国没有什么两样。《诗经》中出现的"在河之洲""宛在水中央""泉源在左,淇水在右"之类的歌咏,其实都是对这种背景的描写。周代的性隔离,主要是伴随着婚前教育进行的。据记载,贵族女子成年期要进行一段时间的婚前教育,时间的长短少则三个月,多则不定。《仪礼·士昏礼》说:"女子许嫁,笄而醴之,称字。祖庙未毁,教于公宫三月。若祖庙已毁,则教于宗室。"《礼记·昏义》也说:"古者妇人先嫁三月,祖庙未毁,教于公宫;祖庙既毁,教于宗室。教以妇德、妇言、妇容、妇功。"这里记载的是士的女儿的婚前教育,大夫与诸侯的女儿书上虽然没有明确记载,但根据当时的情况,只能是时间更长。根据人类学家的考察,在原始部落中,越富有的家庭,姑娘婚前教育的时间就越长。这期间女子是完全与男性隔离开来的。《诗经》中《关雎》《汉广》《蒹葭》等,所描写的都有点像学宫内外的恋情。就拿这篇诗来说,其中提到"江之永矣,不可方思"。"方",鲁诗作"舫"。《说文》说:"方,并船也。"《尔雅·释言》说:"舫,泭也。"孙炎注云:"筏也。"不管是两船相并,还是竹木筏子,总之是渡水的便利工具。江汉再长再广,也是可以用这种方式渡过的,可是这里却说"不可方思",这是为什么呢? 今之学者多以为"不可泳""不可方"数句,只是一个比喻,表示游女难于接近。但这样解释,显然是有问题的。因为乘筏是可以渡水的,而求女却是不可得的,用"可能"的事情比喻"不可能"的结果,这显然是违背常理的。著名学者余冠英先生,则把"方"字改释为"周匝",云:"就是环绕。遇小水可以绕到上游浅狭处渡过去,江水长不可绕而渡。"(《诗经选》,人民文学出版社

1957年版第9页)可是我们却找不到"方"可训为"周匝"的证据来。其实我们只要把这篇诗放在性隔离制度的文化背景下,问题便迎刃而解了。《毛诗序》说:"《汉广》,德广所及也。文王之道被于南国,美化行乎江汉之域,无思犯礼,求而不可得也。""无思犯礼"四字,非常有力。这是说,汉水并非真的"不可方",而是渡水求爱,那是违犯礼的规定的。所以不能做,只能望水兴叹。

2. 其他民族有关的文化风俗

据文化人类学的研究,在人类社会的初期,世界上大多数民族都实行过两性禁忌与性隔离制度。谢苗诺夫在其大著《婚姻和家庭的起源》中,曾列举了世界各地存在过狩猎性禁忌的48个地区和民族,与在一般经济活动中存在过性禁忌的73个地区和民族。这些性禁忌短则一天、两天,长则达几个月不等。而在近世许多原始部落中则存在着婚前隔离,如中非地区有一种女子育肥房的风俗,性成熟期的女孩被隔离开来,有时长达数年之久。在不列颠哥伦比亚的凯利尔印第安人中,性成熟的女孩要被隔离三四年,人称为"活埋"。在太平洋南部的萨摩群岛,女孩在幼儿时期的头几年,就生活在完全没有男孩子的同性同龄伙伴之中。她们在村子的一角被人严加守护(〔美〕露丝·本尼迪克特《文化模式》,三联书店1988年版第29~32页)。在阿拉佩什人中,女孩月经初潮即被隔离,听从告诫进行一系列的仪式。经过一段时间,仪式完结,方许与丈夫圆房(参见〔美〕玛格丽特·米德《三个原始部落的性别与气质》,浙江人民出版社1988年版第84~89页)。印度尼西亚的望加锡人,青年男女在结婚前一周,便被家人幽禁。尼泊尔的尼瓦尔少女,在月经初潮之前或初潮之日开始,要守闺房11天。这11天中,不让见到阳光和任何男人(张殿英主编《东方风俗文化辞典》,黄山书社1991年版第232、260页)。多哥的卡必耶族,女孩十八岁时要举行"阿奔社"成人仪式。成人仪式的第一阶段就是要过九天的幽居生活(段宝林、武振江主编《世界民俗大观》,北京大学出版社1988年版第521页)。在大洋洲、亚洲、非洲、美洲、澳大利亚等地方都存在过姑娘住宅(营地)和男子住宅。在我国西南的彝族中,则存有"西尼蒙格"形式,意即"妇女会议",专门讨论有关妇女的问题(《彝族风俗志》,中央民族学院出版社1992年版第92页)。谢苗诺夫说:"在高加索的一些民族那里,曾记载有专门的'女子住宅'和'姑娘住宅',相应的女人集团和姑娘集团都到那里消磨时光。在西非,在吉尔伯群岛和加罗林群岛(密克罗尼西亚),也都发现过专门供妇人们集会的住宅,并且都是禁止男子进入的。总之,几乎在前阶级社会的所有民族中都存在一些专门的建筑(住宅、窝棚等),妇女在向成年状态转变的时期、在月经来潮时期和分娩时期,都必须住在这种建筑物里,与男人们严格隔离开。"(〔苏〕谢苗诺夫《婚姻和家庭的起源·从乱婚到两合氏族群婚》,中国社会科学出版社1983年版第216页)虽然目前人类学家对现存原始部落中的性隔离制度,以及原始人对其自身习俗的解释,相互间存在着很大的分歧,但这种事实的存在,则是无可怀疑的。原始的性隔离方式也有种种不同。凯利尔印第安人是在荒野中建茅舍隔离,萨摩群岛的土著是于村子的一角隔离。这大概取决于环境条件。而在中国上古,在川泽交错的背景下,将水边高地作为隔离地点,则是最理想的选择了。

3. 关于汉水女神

《汉广》中所提到的"汉有游女",韩诗以为指的是汉水女神。现在的学者大多都不同意韩诗的这一解释,其实韩诗触及了一个深邃的问题。在中国古代的文学作品与神话传说中,出现了一批水上女神女仙向人献爱的故事。如:《世本·姓氏篇》说,廪君乘土船(即陶壶,如匏胡芦,也称腰舟)至盐阳,盐水女神想方设法强把他留住,与之结欢;宋玉的《高唐赋》说,高唐神女,曾向楚王自荐枕席;曹植《洛神赋》说,洛水女神风流多情,向行客献爱;《列仙传》说,郑交甫在江汉之湄遇到了江妃二仙女,二仙女遂与之赠物结情;《水经·江水注》引《玄中记》说,阳新有一男子,于水边得衣羽女仙,遂与共居;《敦煌变文集·句道兴〈搜神记〉》说,田昆仑见三女在水中洗澡,匿其一女衣服,女遂而与之成亲;明彭大翼《山堂肆考》(宫集卷二四)说,南昌有少年见美女七人,脱彩衣浴于池中,戏藏其一衣,少不能去,遂与之结为夫妻。在民间盛传的牛郎织女的故事,大略相同。西湖盛传的白娘子与许仙的恋爱故事,都是在水边结爱成欢的。在这些传说中或是女子主动向男子献爱,或是男子略表其意,女子便慷慨应诺。从这里,我们看到了远古人类生活的幻影。这些女神女仙,乃是远古时代由长期性隔离而导致的性放荡的女性的化身,因而她们表现出了大胆、热情、率直的性格。韩诗把"游女"解释成汉水女神,应当是在远古传说的基础上立说的。

【文学链接】

《古诗十九首》:"迢迢牵牛星,皎皎河汉女。纤纤擢素手,札札弄机杼。终日不成章,泣涕零如雨。河汉清且浅,相去复几许?盈盈一水间,脉脉不得语。"

【集评】

辅广《诗童子问》说:"三章之末,皆终之以不可求之意。所谓言之详,辞之复,所以见其敬慕又能自已之意也。"

胡绍曾《诗经胡传》说:"自屈宋以来,骚人词客,多生江汉,而大堤女儿,相传旧矣。'二南'为三百篇之首,亦考风之一端也。作此诗者,庶几好德如好色,然若原携厥偶,徒作魂摇,殊觉多劳无谓。"

陈继揆《读风臆补》说:"'汉之广矣'四句,宋之问《明河篇》祖此。"

方玉润《诗经原始》说:"此诗即为刈楚、刈蒌者而作,所谓樵唱是也,近世楚、粤、滇、黔间,樵子入山,多唱山讴,响应林谷。盖劳者善歌,所以忘劳耳。其次大抵男女相赠答,私心爱慕之情。有近乎淫者,也有以礼自持者。文在雅、俗之间,而音节则自然天籁也。当其佳处,往往入神,有学士大夫所不能及者。"

江　有　汜（召南）

江有汜①,之子归②,不我以③。不我以,其后也悔④!
江有渚⑤,之子归,不我与⑥。不我与,其后也处⑦!
江有沱⑧,之子归,不我过⑨。不我过,其啸也歌⑩!

【注释】

① 江:长江。汜:小水从大水分流出来,又入于大水叫汜。一说指水涯。

② 之子:那个人。归:指姑娘出嫁。

③ 以:与,有相处、相好之意。

④ 悔:悔恨。

⑤ 渚:水中的小洲。

⑥ 与:同"以"。

⑦ 处:病的意思。《吕览·爱士》注:"处,犹病也。"这里指心病,即忧伤。

⑧ 沱:江的别流,称沱江。或以为与汜同。

⑨ 过:访问、探望。《吕览·贵直》注:"过,犹见也。"这里与前文中的"以""与"应为同义。

⑩ 其啸也歌:吹声长鸣叫啸,放长调号唱叫歌。此指因内心痛苦而嚎哭悲歌。

【讲评】

这是一首男子失恋之诗。诗中之所以几次提到江汜、江渚、江沱,是因为这些地方是古代男女相聚之地,很可能也是他们的爱情策源地。主人公当是一位小伙子,他曾经在江边与一位姑娘恋爱,可是这姑娘突然嫁给了他人,令他痛苦不已。但由于自尊心和特有的坚强性格,使他没有痛哭流涕,病倒躺下,而是以自负、自信来安慰自己,心想:"她一定会后悔的!"诗中反复念叨"其后也悔""其后也处""其啸也歌",便是他内心放不下这位姑娘、深陷痛苦而不能自拔的表现。这种以自负、自信而自慰的男子失恋心理的表现,不仅在"三百篇"中,就是在后世的文学作品中,也是很少见的。方玉润疑此为"商妇为夫所弃"之诗,虽较旧说为优,但与女性的心理不甚切合。

每章均以"不我"形式的叠句为转折,只更换"悔""处""啸歌"数字,便把主人公由望其悔而望其忧,而更望其悲的心理痛苦加重过程,描画出来了。

【问题讨论】

从诗中看,写的是男女之间的矛盾,但《诗序》说:"《江有汜》,美媵也。勤而无怨,嫡能悔过也。文王之时,江沱之间,有嫡不以其媵备数,媵遇劳而无怨,嫡亦自悔也。"认为写的是嫡妻媵妾间的事情。现在学者多认为这毫无根据,故对此说不予考虑。其实《诗序》应该是有根据的,不过所谓"美媵",并非诗之本义,而是此诗作为房中乐的乐用意义。此诗在"二南"中,"二南"为房中乐,是在后宫中演奏的,它的作用是和谐嫡妻媵妾间的关系,故有了"美媵"一说。

【文化史拓展】

根据文化人类学的研究,在人类社会的初期,各民族皆实行过两性禁忌与隔离制度。这种制度主要是因避免狩猎集团内部,为争夺女性而发生的纠纷产生的。因为原始人类在生产力极端低下的条件下,是靠着集团的团结合作获得猎物而生存的。而争夺女性的纠纷,却涣散生产过程中人们精神的专注,严重地影响到狩猎生产,而导致集团食物紧缺,以至威胁到集团联合体的生存。于是产生了生产季节的性禁忌。即在生产过程中,禁止发生任何两性间的交往和接触,遂形成了两性隔离制度。这种制度在原始人群变为氏族之后,不仅没有消失,甚至更加完善,而且处处是女人们抱成团,与男人们隔开。这种现象在近世的许多原始部落中,还大量残存。我国古籍中提到的女儿国,实际上就是性隔离制度的神话表述。性隔离方式各地不同,凯利尔印第安人是在荒野中建立茅舍隔离,萨摩亚岛人是于村子的一角隔离,中国古代则是在水中隔离。据胡厚宣研究,古代黄河流域川流湖泊甚多,地势卑洳,人皆丘居。因而性隔离也便利用这种自然条件,于水中择一高地,筑起茅舍,让成年女性居于其中。《山海经》说:"女子国……水周之。"所谓女子国,也就是被隔离的女子集团。用水把怀春的少男少女残酷地分开,青春欲火像奔腾于地下的岩浆,一有空隙便喷涌而出。当开禁之日到来时,成群的青年男子,奔向水边,与怀春女子疯狂地做爱。用人类学家谢苗诺夫的话说,就是"疯狂地、毫无拘束地性交,即真正的放荡"。"这种性本能就是这样像急风暴雨一样的激烈,以至只能用长时期得不到性本能满足来解释"(《婚姻与家庭的起源》)。水作为防线将男女隔开,又作为开禁的门户,使男女在这里交融了。正因如此,才出现了圣母在水边受孕的神话,如伏羲之母受孕于雷泽之畔,商契之母受孕于玄丘之水,尧母受孕于三河,禹母受孕于山泉。性隔离与生产季节有关,性放荡自然也是有季节性的。这放荡的季节,逐渐凝固成一种节日风俗,这便成了后来的祓褉、赛神、庙会等风俗,也即《周礼》所说的"仲春之月,令会男女"的习俗。因此春日的水边便发生了许许多多男女悲欢离合的故事。当平日男女相思、相怨之时,情不自禁地便会想到水边那难忘的时刻。由于民族这种经验的无数次的重复,无数次的欢乐和悲哀便在民族心理留下了深深的痕迹。这痕迹就像一条深深开凿过的河床,生命之流在这条河床中奔涌。这痕迹,这河床,就是一种原始意象,它诱发着人类的原始冲动。这正是《诗经》中大量爱情诗作与水密切相联的症结所在。也是此篇每章开头都吟及"江有汜""江有渚""江有沱"的缘由所在。

野 有 死 麕（召南）

野有死麕①,白茅包之②。有女怀春③,吉士诱之④。

林有朴樕⑤,野有死鹿。白茅纯束⑥,有女如玉⑦。

舒而脱脱兮⑧,无感我帨兮⑨。无使尨也吠⑩。

【注释】

① 野:郊外野地。麕(jūn):獐子,鹿的一种。

② 白茅:多年生草,高一二尺,自生于山野中,叶细长而尖如矛,故名茅。三四月开白花,细实,根很长,白软如筋而有节,可以捆薪草。古人习用白茅垫食品以行祭,此处言以白茅包鹿,以献淑女,以示敬重。

③ 怀春:情思。古时男女狂欢节多在春季,所以称男女相思为"怀春"。

④ 吉士:风华正茂的小伙子。"吉"本意为好,《诗经》中的"士"与"女"多指未婚男女青年。诱,引诱。

⑤ 朴樕(sù):小榭木。叶与花都像柞树(橡树),有斗如橡子而短小。

⑥ 纯束:捆束。指将死鹿与砍下来的榭树枝,用白茅根捆在一起,作为聘礼。

⑦ 如玉:形容女子容貌美丽。

⑧ 舒而:舒然,舒缓从容之貌。或说:舒为语助词。而:即尔,你,指男子,即"吉士"。脱脱:通娧娧,美好貌。此句言男子仪态从容安好。或说:脱脱为轻缓,是女子劝男子动作轻缓一点。

⑨ 感:同撼,动摇。帨(shuì):佩巾。古人衣服以腰带束缚,佩巾固定在腰间,作拭物之用。女子出生,悬帨于门右。出嫁时,母亲亲手系于女腰间。此句言男子没有轻薄之举。一说动佩巾实则是解带脱衣的举动,是一种粗鲁的行为。这里女子要求男子勿动其佩巾,是拒绝男子非礼的含蓄之言。

⑩ 尨(máng):多毛狗,或以为杂毛狗。此处当指女子家的守犬,一说是男子的猎犬。吠:狗叫。

【讲评】

　　这首诗完整地描述了乡村中发生的一个爱情故事。有景、有情、有物、有人、有活动、有发展,在三百篇中,别具一格。首章交待故事起因与背景。开首一个"野"字,展了阔野画面。"死麕""白茅",点缀画面一角。"士""女"一出,生机遂现。"怀""诱"二字将画面化静为动。二章写男子献物求爱。章首"林"字补进一抹野色。"朴樕""死鹿""如玉",暗藏"诱"字。这既给画面延伸了深度和广度,也更进一步点明了此乃男女爱情之事。而"有女如玉",则镜头推进一程,清晰地写出了姑娘的美丽。末章从女子眼中写出男子从容有礼的形象。以缓笔入手,以缓笔收束。"无感我帨兮"一句具有双重心理效应:连上句读,则似庄严持重,连下句读则又似带几份惊惧。联系上下句而统读之,则女子"怀春"之愿望——激动与期盼,娇羞与欣慰,都跃然纸上。

　　《诗序》说:"《野有死麕》,恶无礼也。天下大乱,强暴相陵,遂成淫风,被文王之化,虽当乱世,犹恶无礼也。"这应当是编诗之意,而不是诗之本义。后儒据此多以为是贞女拒暴之词,显然有失诗旨。

【文化史拓展】

1. 关于猎物献爱

这是一篇具有社会学价值的诗篇。在原始社会中,男子向女子求婚,往往猎取兽物献于女子,女子若收下猎物,便意味着接受了对方的爱情。至今在亚洲、美洲的一部分民族中,仍存在着这种习俗(见郑宾于《中国文学流变史》)。诗中所描写的正是男子向女子献猎物求爱的情景。这种习俗随着狩猎生活的消退,逐渐简化为用鹿皮替代。《仪礼·士昏礼》说:"纳征,玄𝄃束帛、俪皮。"所谓皮,就指的是鹿皮,故《说文》解释"庆"字说:"行贺人也,从心,从夊。吉礼以鹿皮为贽,故从鹿省。"清儒顾镇看到了这一点,因此在《虞东学诗》中,对此诗作了独特的解释,他说:"《士昏礼》:纳征,束帛、俪皮。注云:皮,鹿皮。是昏礼当用鹿皮也。执皮者必摄之,故以包束为言,而茅又纯洁之物,可以藉礼,《易》所谓'薄而用可重'者是也。当昏礼杀止之时,女之当嫁者,有如玉之德,求女之吉士,可不用俪皮为礼以相诱导乎?《昏礼》自纳采、问名以至亲迎,礼仪周备,节次从容。舒而脱脱,无急遽,无苟略也。'感帨''龙吠',则躁急欲速,非从容诱导之谓矣。故两言'无以'戒之,正与'脱脱'句相足,迫切求之,则转失矣。"

2. 关于帨巾

帨巾有女性象征的意义。古代有女子出嫁,母亲为亲结帨巾相劝勉的习俗。故《毛诗·东山传》说:"母戒女,施衿结帨。"同时古代还有生下女孩,在门右挂帨巾的习俗,如《礼记·内则》说:"生男子,设弧于门左;女子,设帨于门右。"帨巾也叫作蔽膝,郭茂倩《乐府诗集》卷四十六引《古今乐录》说:"少帝时,南徐一士子,从华山畿往云阳,见客舍有女子,年十八九。悦之无因,遂感心疾。母问其故,具以启母。母为至华山寻访,见女,具说闻,感之,因脱蔽膝,令母密置其席下,卧之当已。少日果差,忽举席,见蔽膝而抱持,遂吞食而死。"这都可以做帨巾为女性象征的佐证。(参见闻一多《诗经通义》)

【文学链接】

钱钟书先生以此为男女幽会之诗,并将"龙吠"作了阐发。这是一个很有趣的体会。男女幽会,最怕人知,而狗一叫,便会惊动他人,因此在中国偷情文学中,狗始终充当着不光彩的角色,如:汉乐府《有所思》写女子得知自己的情人另有所爱,一气之下想与他断交,可是马上想到了"鸡鸣狗吠,兄嫂当知之"。唐诗《醉公子》也写道:"门外狨儿吠,知是萧郎至。划袜下香阶,冤家今夜醉。"钱钟书先生曾举李商隐《戏赠任秀才》诗中"卧锦茵"之"乌龙",裴铏《传奇》中昆仑奴挝杀的"曹州孟海"猛犬,以为即龙之流裔。这种理解虽不一定准确,但也可启发人做更多的联想。

匏 有 苦 叶 (邶风)

匏有苦叶①,济有深涉②。深则厉③,浅则揭④。

有弥济盈⑤,有鷕雉鸣⑥。济盈不濡轨⑦,雉鷕求其牡⑧。

雝雝鸣雁⑨,旭日始旦⑩,士如归妻⑪,迨冰未泮⑫。

招招舟子⑬,人涉卬否⑭。人涉卬否,卬须我友⑮。

【注释】

① 匏(páo):一年生草本爬藤植物,上结果如壶,故又称葫芦。长而瘦上曰瓠,短颈大腹曰匏。渡深水时系在腰背,可以不沉,所以又叫腰舟。苦叶:枯叶。苦、枯通。叶枯说明葫芦已成熟,可用以渡河。

② 济:水名,在卫国境内。"深涉"与"苦叶"对应,涉亦当为名词,即渡口。

③ 厉:连衣渡水。

④ 揭:撩起下裳。

⑤ 弥(mí):水满貌。与下面的"盈"字相应。

⑥ 鷕(yǎo):雉鸣声。

⑦ 濡:沾湿。轨:车轴头。

⑧ 牡:雄性的动物,此处指雄野鸡。诗以雌求雄,喻女求男。

⑨ 雝(yōng)雝:雁叫声。

⑩ 旭日:初升的太阳。旦:天明。

⑪ 归:当训"思""怀","归妻",犹今言"想老婆"。

⑫ 迨(dài):趁。泮(pàn):意为合(闻一多说),旧以冰泮为冰散,恐非。因上言"匏有枯叶",自当是在深秋未结冰之时,不当指冰消言。

⑬ 招招:召唤之貌,或释为摇摆之貌,亦通。舟子:船夫。

⑭ 卬(áng):我。马瑞辰以为"姎"(yāng)之借字,女性自称之词。此句是说"别人渡河我不渡"。

⑮ 须:等待。友:情人。

【讲评】

　　这是一篇渴求爱情、婚姻的女性之歌。主人公是一位待时而嫁的女子。她所在的地方是水边,她所期求的是男子的爱。她希望小伙子大胆点,渡过水来与她相见,而声称自己就像一只雌野鸡一样,等着与那雄的来交配。这是一个粗野的比喻,而这种粗野,也最能表现原始本能的力量,它足以引发血肉之躯意识深处的震荡。特别是那个"牡"字,下得实在惊人。从古文字中可以看出,"牡"字就是在"牛"旁加了一个雄性生殖器。"雉鸣求其牡",实在带有纯粹性满足的意味。古礼规定,"霜降逆女,冰泮杀止"(《荀子·大略》),而现在匏叶已枯,河冰未结,正是结婚的好时节。于是她更是急不可待了。她认为没有什么能阻止情人的到来(一章),情人不该、也没有什么理由不来(二章),而且他应该快点到来(三章),自己也正在期待着他的到来(四章)。她深深地陷入了焦虑之中,眼前冉冉上升的红日,耳边雍雍鸣叫的飞雁,而雁正是古人用来作聘礼之物,这里自然有了一层希望男子以雁为贽、快来求亲的意义。诗的首二章以济深可渡和雌雉求牡,描写了女子的性焦虑。后两章通过眼前景、胸中情,描写女子痴疑的神态。诗篇主要描写少女的心理活动,间而织入了季节(匏有苦叶,自是深秋)、时间(旭日始旦)、物候(鸣雁)、地点(济有深涉)、场面(招招舟子)等。不仅使诗篇充满了生活气息,而且有效地突出了女子在这特殊环境中的感情。

【问题讨论】

1. 关于"深则厉,浅则揭"

　　《毛传》把这个"厉"解作是连衣渡水,后来的学者多感到不可理解,如明儒季本《诗说解颐》说:"厉,危也,若今之浮水,其事危也。旧说谓以衣涉水曰厉,则水深之中,亦岂能兼衣而涉哉? 揭以摄衣涉水为义,则在浅处庶几可通耳。"何楷《诗经世本古义》则以为"厉通作砅,《说文》云:履石渡水也。"戴震《毛郑诗考正》又说:"既以衣涉水矣,则何不可涉? 似与诗人托言不度浅深,将至于溺不可救之意未协。许叔重《说文解字》:'砅,履石渡水也。'引《诗》'深则砅'。字又作濿,省用厉。

郦道元《水经注·河水》篇云：'段国《沙州记》："吐谷浑于河上作桥，谓之河厉。"'此可证桥有厉名。诗之意以浅水可褰衣而过，若水深则必依桥梁乃可过。喻礼义之大防，不可犯。卫诗淇梁淇厉并称，厉固梁之属也。"其实《毛传》的解释并没有错，因为周代没有今天我们所穿的连裆裤，只有胫衣，膝以上大腿无衣。故《曲礼》说："暑毋褰裳，褰则下体露。"《拾遗记》记苏秦、张仪"遇见坟籍，行路无所题记，以墨书掌及股里，夜还而记之"。因臂有袖子遮蔽，而大腿上没有裤腿，仅有裳衣覆盖而已，所以不书于臂而书大腿。渡水时，水浅则提裳而涉，以不湿衣服为限。水深如果提衣过膝，则必然露出隐微处，则为无礼，就必须连衣渡水。所以说"水深则连裳衣而渡，水浅则提起裳衣而过。"参尚秉和《历代社会风俗事物考》。

2. 关于"士如归妻"

《郑笺》解释说："归妻，使之来归于己，谓请期也。"古经师多从此说。但这话听来实在别扭，因为"归"古代是指女子出嫁的，并没有"嫁妻"一说。故高亨先生以为这是言男子入赘到女家的。显然这有点太离奇了。我们认为，这"归"字当训为"怀"，归、怀古音近，相通。《礼记·缁衣》："私惠不归德"注："归或为怀。"《匏风》"怀之好音"，《传》"怀，归也"，是其证。怀即思念。"归妻"当即今所谓的"想老婆"。

【文学链接】

张宁《题匏叶图》诗云："匏叶苦未萎，济水盈弥弥。褰裳不可渡，招舟非我俪。鹥雉良足异，鸣雁当何时？周行坦如砥，却顾安趑趄。"意虽稍近，情理未洽。

静　女（邶风）

静女其姝①，俟我于城隅②。爱而不见③，搔首踟蹰④。
静女其娈⑤，贻我彤管⑥，彤管有炜⑦，说怿女美⑧。
自牧归荑⑨，洵美且异⑩。匪女之为美⑪，美人之贻。

【注释】

① 静女：犹"淑女"。或以为静训善、美。姝（shū）：漂亮。

② 俟(sì):等待。城隅:城上的角楼。

③ 爱:通薆,隐蔽。一说喜爱。

④ 搔首:挠头。踟蹰(chí chú):徘徊。

⑤ 娈(luán):美丽。

⑥ 贻(yí):赠送。彤管:红笔管,是宫中女史所用之物。或以为乐器,或以为茅芽,或以为辛夷花。

⑦ 炜:鲜明貌。指彤管红而有光。

⑧ 说(yuè)怿(yì):心里喜欢。女:同"汝",指彤管。

⑨ 牧:野外牧地。归:读馈,赠送。荑(tí):初生的茅草。或以为"荑"与"彤管"是一个东西。

⑩ 洵(xún):确实。异:奇异,新异,不同寻常。

⑪ 匪:非。女:汝。

【讲评】

这篇诗写的是一位卫君宫中的女子与一位牧人的幽会故事,描写了这对青年男女相约、相戏、相见、相赠的情景。诗用不同的手法,凸显出了两种不同的性格。对男子,主要通过心理活动的描写,表现了其痴情、憨厚和单纯的性格。他赴约时是那样的怀有兴致,情人藏而不见时,又是那样的焦急。他不是用机智对付情人的戏弄,而是"搔首踟蹰",显得憨厚、可笑、可爱。当姑娘给他礼物时,他又是那样的喜出望外。左一个"姝",右一个"美",赞不绝口。对于女子,诗篇则是通过她的行动来表现性格,藏身逗乐和馈物寄情的举动,表现了她的活泼、开朗、大方。女子的主动、机灵和男子的老实、被动,形成了鲜明对比,造成了强烈的艺术效果。诗篇的用笔也非常紧凑,正如《诗经体注图考》所云:"通诗只一个'爱'字尽之。首言未见而思,后言既见而赠,乃得赠而爱其人。又因其人而美其赠。无非辗转相爱之昵意。"

【问题讨论】

《诗序》说:"《静女》,刺时也。卫君无道,夫人无德。"这是编诗者之意,是要通过这诗,来说明卫国风俗的。而诗所写则是男女幽会之事。值得注意的是诗中出现了"彤管"一词。后世学者或以为是红管草,或以为是"茅芽",或以为是红管的笛子,或以为是针管。主要原因在于认定这是一篇民间男女幽会诗,故而多从民间男女通殷勤之物上考虑。但《毛传》《郑笺》以及《左传》中都说得非常清楚,彤管就是赤笔管,是宫中女史所用之物。《毛传》说:"古者后夫人必有女史彤管之法,史不记过,其罪杀之。后妃群妾以礼御于君所,女史书其日月,授之以环,以进退之。生子月辰,则以金环退之,当御者,以银环进之,著于左手,既御,著于右手,事无大小,记以成法。"毛氏没有注明出处,但显然是有成文的。由此分析,这位静女,应该就是宫中的一位女史。陈子展先生曾有此论,其说可从。

诗的第三章,"自牧归荑",旧以为也是女子向男子赠物,并或以为女子是一位牧人。其实相反,这里是写的男子。二章是"贻我彤管",是女子赠男子。三章则是男子赠女子礼物。"美人"在古代可指女性,也可指男性。如《邶风·简兮》"西方美人",即指男性舞师。

【集评】

万时华《诗经偶笺》云:"'搔首踟蹰',自写光景似肖;'匪女之为美',情致婉然可掬。"

陆奎勋《陆堂诗学》云:"愚谓'俟我于城隅',即汉诗所谓'西北有高楼'也;'贻我彤管',即所谓'遗我尺素书'也;'匪女之为美',即所谓'此物何足贵'也。但古骚人多以闺中之幽独,喻己之不悦于君友。若竟作男悦女词,即靖节《闲情》亦为白璧瑕矣。"

陈继揆《读风臆补》云:"通诗以爱字为主,管与荑无所谓美,曰'有炜',曰'且异',以所爱及所不爱也,皆从一爱字生出。然其传神处,尤在'搔首踟蹰'四字。"

新　　台 (邶风)

新台有泚①,河水弥弥②。燕婉之求③,籧篨不鲜④!
新台有洒⑤,河水浼浼⑥。燕婉之求,籧篨不殄⑦!
鱼网之设,鸿则离之⑧。燕婉之求,得此戚施⑨!

【注释】

① 新台:指齐女出嫁所居住的地方。一说是卫宣公为邀儿媳所筑的台。泚(cǐ):鲜

　　明貌。

② 洒洒:水盛满貌。

③ 燕婉:柔和美好。之求:是求。

④ 籧(qú)篨(chú):本意是粗竹席围成的矮而粗的盛草料器物,这里喻指仰不能俯身
　　的鸡胸病。不以寿死曰鲜。"不鲜"即"不死"。

⑤ 洒(cuǐ):高峻貌。

⑥ 浼(měi)浼:水盛貌。

⑦ 不殄(tiǎn):同上文"不鲜"。或以为不美。

⑧ 鸿:大雁。鸿与"公"古音同,是双关语,鸿是捕鱼的水鸟,大腹,类似野鸭子,这里是
　　比喻卫宣公的贪情、淫乱与丑陋。离:同"罹",本义是遭到、遭遇,这里从鸿雁的角
　　度说,指落网。

⑨ 戚施:蟾蜍,这里喻指驼背。

【讲评】

　　这是一篇女子悲伤嫁非其人的诗。《毛诗序》说:"《新台》,刺卫宣公也。纳伋之妻,作新台于河上而要之,国人恶之,而作是诗也。"今之学者多从旧说。按:据《左传·桓公十六年传》说:"卫宣公烝于夷姜,生急子,属诸右公子。为之娶于齐,而美,公取之,生寿及朔。"《毛诗序》与《左传》说略同。像夺媳之类的丑闻,在春秋并不罕见。如楚平王为儿子建娶秦国女子作媳妇,媳妇还没有到家,便听说其容貌惊人。于是干脆夺为己有,为儿子改求。但筑新台占媳之事,则不见于《左传》《国语》,崔述在《读风偶识》卷二中就曾说:"未至而先筑台,又不于国而于河上,欲何为者?"认为此与宣公"了不相涉"。这个怀疑是有道理的。因为筑台非一日可成,不可能在迎亲的短暂时间内完工。而且诗中对新台带有赞美、欣赏的口吻,不像是讽刺卫宣公的。若以旧说解诗,新台为宣公所筑,目的是金屋藏娇。那么"燕婉之求"应当是写宣公筑台的目的了,可恰恰相反,却写的是齐女的心事。这样诗中便出现了明显的矛盾。如果我们把台理解为齐女嫁前的生活环境,问题就好解决了。这台筑在水岸边,所以说"新台有泚,河水弥弥"。"泚"是鲜明之貌,"弥弥"是水平满貌。从这里可以看出这是一块不容玷污的圣洁之地。水同时有象征礼的意义。在这里的女子对未来的生活都充满了幻想,她们总希望能嫁个如意郎君。"燕婉是求",是其心之意,可现在却嫁了个该死的糟老头。《易林·归妹之蛊》说:"阴阳隔塞,许嫁不答。《旄丘》《新台》,悔往叹息。"这代表了齐诗的观点。

从"阴阳隔塞"一语中,似乎可以看出,这里的"河水浼浼"也带有阻隔阴阳的意义。

首章写得非所望。只写"河水""新台",不写其事,难言之事,自在不言之中。"燕婉"二句,笔锋忽转,写出齐女沮丧。"籧篨"写宣公既无人性,又无人形。二章"洒"字遥承上"泚"字,写出倒水楼台。不说宣公淫乱,反说齐女失配。退一步写法,正深一层笔力。三章再言所得非所求。"鸿离"自大煞风景。

【文化史拓展】

"新台"的性质,其实就是上古女子嫁前被隔离的地方,与后来所谓的绣楼是一个概念。这种风俗看来是非常古老的,我们可从远古传说中获得新的认识。屈原在《离骚》中写道:"望瑶台之偃蹇兮,见有娀之佚女。"这个传说在《吕氏春秋》及《史记》等古籍中皆有较详明的记述。《吕氏春秋·音初》篇说:"有娀氏有二佚女,为之九成之台以处之,饮食必以鼓。帝令燕往视之,鸣若谥隘。二女爱而争搏之,覆以玉筐。少而发视,燕遗二卵,北飞遂不反。""九成之台"即屈子所谓之"瑶台"。"佚女"王逸释为"美女",后人又有"游女""奔女""遗女"等多种解释,其实最有道理的是林仲懿《离骚中正》的解释,他说:"佚女,盖隐言也。犹《易·屯卦》二爻辞'女子贞而不字'之义。""女子贞不字",是说女子守贞不许嫁。女不嫁正所谓之"处女"。二女高处台上,不能与人接触,只有击鼓,才有人送来饮食,说明她们是被隔离的。《北史·高车传》也有一段相类似的记载:"俗云:匈奴单于生二女,姿容甚美,国人皆以为神。单于曰:'我有此二女,安可配人?将以与天。'乃与国北无人之地筑高台,置二女其上,曰:'请天自迎之。'经三年,其母欲迎之。单于曰:'不可!未彻之间耳。'复一年,乃有老狼昼夜守台嗥呼,因穿台下为空穴,经年不去。其小女曰:'吾父处我于此,欲以与天。而今狼来,或是神物,天使之然。'将下就之,其姊大惊曰:'此是畜生,无乃辱父母!'妹不从,下为狼妻而产子,后遂滋繁成国。"所谓"欲以与天",就是想让与天婚配,大约与藏族姑娘"戴天头"的成人礼差不多。藏族姑娘长到十五岁,大人要为她举行"与天结拜夫妻"的仪式。仪式之后即表示姑娘成人,可以自由恋爱。而上古的性隔离往往是与成人礼相联系着的。《仪礼·士昏礼》云:"女子许嫁,笄而醴之,称字。"郑玄注:"笄,女之礼,犹冠男也。"《礼记·内则》云:"女子十有五年而笄。"注:"谓应年许嫁,笄而字之。其未许嫁,二十则笄。"杨向奎先生说:《昏礼》及郑注都有些前后颠倒,应当是成人而后笄,笄而后待嫁,并不是许嫁而后笄,笄而后成人(《宗周社会与礼乐文明》,人民出版社1992年版第259页)。这是完全正确的。成年礼是一个人生历程,有娀氏二女在瑶台,齐女在新台,单于女在高台,这正是上古女性这个历程的一个基本仪式。

桑　　中 (鄘风)

爰采唐矣①？沬之乡矣②。云谁之思③？美孟姜矣④。
期我乎桑中⑤,要我乎上宫⑥,送我乎淇之上矣⑦。
爰采麦矣⑧？沬之北矣。云谁之思？美孟弋矣⑨。
期我乎桑中,要我乎上宫,送我乎淇之上矣。
爰采葑矣⑩？沬之东矣。云谁之思？美孟庸矣⑪。
期我乎桑中,要我乎上宫,送我乎淇之上矣。

【注释】

① 爰:于何。一说乃。唐:草名,又名菟丝,细弱蔓生,附于其他草上而生长,古诗中常用来喻女性,如古诗:"与君为新婚,菟丝附女萝";杜甫诗:"菟丝附蓬麻,引蔓故不长。嫁女于征夫,不如弃路旁。"本篇也当是喻女性。旧以为唐又名女萝,非是。

② 沬乡:沬是卫邑名,即朝歌。一说与牧通,即牧野,在朝歌之南。"乡"指郊内之地。

③ 云谁之思:思念谁人。云,语辞。之,是。

④ 孟姜:姜姓的大姑娘,兄弟姐妹之长者称孟。

⑤ 期:约。桑中:即桑间或桑林之中,是男女会聚之地。《汉书·地理志》:"卫地有桑间濮上之阻,男女亦亟聚会,声色生焉。"

⑥ 要:邀约。上宫:疑指桑林中的宫室。

⑦ 淇:水名,在沬邑东,青年男女多在这里聚会。

⑧ 麦:旧以为小麦,疑非。小麦非野菜,不应云"采"。由上章"唐"与下章"葑"字推之,似当指草属。或即瞿麦,瞿麦又名野麦、大菊、巨句麦等。叶似小竹而细窄,其茎纤细有节,高尺余,细实如麦,内有小黑子,其嫩苗可食(参见《本草纲目》)。

⑨ 弋(yì):通姒(sì),夏后之姓。

⑩ 葑(fēng):蔓菁。

⑪ 庸:姓氏。春秋不见有庸姓,何焯以为即鄘,钱大昕认为字通闾,俞樾认为通熊,即

有熊氏。

【讲评】

这是一首男女约会的情歌。根据诗中所写的约会之地——桑中、上宫、淇上，可知这是在男女盛会时所唱的歌子，并非幽会。因为桑林之中、淇水之上，是卫国男女聚会的地方。诗写男子应女子之约，而到桑中、上宫相会，会后又送他到淇水上，然后分手。歌声中充满了欢快喜悦之情。

【文化史拓展】

1. 关于"桑中"

"桑中"，孙作云认为即"卫地桑林之社"，这大致是不错的。《吕氏春秋·顺民》篇云："昔汤克夏而正天下，天大旱，五年不收，汤以身祷于桑林。"《帝王世纪》："汤祷于桑林之社。"由此可知，所谓桑林之社，就是因社的周围有许多桑树。所谓桑中、桑间，也就是桑林之中，桑林之间。商汤有桑林之社，殷有桑林之乐、桑林之舞，宋是商的后裔，卫是商之故地，宋、卫承商之流风，所以都有桑林之社。《墨子·明鬼》云："燕之有祖，当齐之有社稷，宋之有桑林，楚之有云梦也。此男女之所属而观也。"也就是说，这是一个男女聚会的好地方。男女之所以在这里相聚，是因为这里有神社。社神乃是古代的土地神。《说文》说："姐，蜀谓母曰姐，淮南谓之社。"《淮南子·说山》注云："江淮谓母曰社"。看来社乃是代表母性的女神。对社神的崇拜实在带有生殖崇拜的意味。而原始时代的祭社活动，往往有男女聚会的内容。

《周礼·地官·媒氏》说："凡男女之阴讼，听之于胜国之社。"为什么男女之讼，还要听断于社神呢？自然在原始人的观念中，社神不仅主宰着大地的生养，也主宰着人间的婚配。根据人类学家对原始部落的考察获悉，祭社活动，往往伴随着性行为。他们认为这样能刺激作物生长，获得来日的丰收。社之前后要植之以树。宋卫之地，社之周围则多植以桑树，所以称桑林之社。于是桑林也就成了男女狂欢的地方。《楚辞》说大禹与涂山之女私通于台桑，所谓台桑，就是桑林之台。

祭社是古代民间最热闹的活动。《礼记·郊特牲》云："唯为社，单出里。"这就是说唯有祭社活动，"里"中的男女老少才全都出动参加。这是男女青年恋爱的最好时机。《华阳国志》卷十云："常以二月八日社"，《周礼·媒氏》云："中春之月（二月），令会男女，于是时也，奔者不禁。"所以在这个节日里，桑林中异常热闹。《左传·成公二年》所谓"桑中之喜"，就是指男女的艳遇。《桑中》就是在这样的节日里唱的情歌。

2. 关于"上宫"

所谓"上宫"，当是建于淇水之上、源于远古女性公所的"女性学宫"。平时是贵族女子隔离受教之所，而在一定的季节，便成了行乐之地。就如辟雍既是游乐之地，也是举行各种典礼仪式的地方一样。王先谦说"上宫盖孟姜所居"，这是有一定道理的。《易林·艮之解》说"上宫长女，不得来同"，司马相如《美人赋》说"上宫闲馆，有美人独处"，都披露了其与女性隔离之宫的联系。

今有一些研究者，见到诗中有孟姜、孟弋、孟庸之类的词语，于是便说这是"卫人讽刺贵族男女幽期密约的诗篇"，或以为是"揭露卫之统治阶级贵族男女淫乱之作"。殊不知孟姜、孟弋乃是诗人对自己情人的美称，犹如后人称西子、毛嫱。同时因诗歌演唱的需要，略易数字以叠章复唱，并非真有一男得三女之事。读诗绝不可胶柱鼓瑟。

3. 关于"淇上"

"淇上"就是淇水之上。淇水边也是卫国男女聚会之所，因此在《诗经》"三卫"表达男女之情的诗歌中频繁出现。如《淇奥》篇说："瞻彼淇奥，绿竹猗猗……有匪君子，终不可谖。"这是一位姑娘对一位贵族男子的赞美与思念。《竹竿》说："籊籊竹竿，以钓于淇。岂不尔思，远莫致之。"《有狐》说："有狐绥绥，在彼淇梁。心之忧矣，之子无裳。"这显然所表达的都是男女相思相怜之情。《氓》中遭到不幸婚姻的女子三次提到淇水，显然淇水是她伤心之处。

【文学链接】

这首诗对后世诗文的影响极大，"桑中"这个带有固定内涵和情境的词语，不断地出现在文学家的笔下。"下有芍药之诗，佳人之歌。桑中卫女，上宫陈娥。春草碧色，春水渌波，送君南浦，伤如之何！"（江淹《别赋》）类此者举不胜举。直到清初蒲松龄在《聊斋志异》中还以"桑中之游"指称男女私情，使小说叙事具有典雅蕴藉之风。

蝃　蝀 (鄘风)

蝃蝀在东①，莫之敢指②。女子有行③，远父母兄弟。

朝隮于西④,崇朝其雨⑤,女子有行,远兄弟父母。

乃如之人也,怀昏姻也⑥。大无信也⑦,不知命也⑧。

【注释】

① 蝃蝀(dì dōng):虹。旧以为婚姻错乱则虹气盛。

② 莫之敢指:《诗总闻》云:"今人犹言不可指,指则手生肿也。"按:今辽宁东部老人常对小孩子说,用手指点彩虹,指头上要长疔。晋南亦有此说。

③ 有行:即指有了为妇之道。行,道。懂得了为妇之道,便可以出嫁。一说出嫁。

④ 隮(jī):《毛传》训升,郑以为升气,实指虹。

⑤ 崇朝:终朝,即午前。旧说朝见虹是阴雨的征兆。俗言"天气要下雨,娘娘要出嫁。"即由此生出。

⑥ 怀:旧以为思念,王先谦《诗三家义集疏》以为字通"坏","坏昏姻"言其败坏婚姻之正道。

⑦ 大无信:太不守信誉。

⑧ 命:父母之命。

【讲评】

本诗主题,毛诗认为"止奔",三家以为"刺奔"。词虽异而义实同。何楷以为刺宣公夺儿媳事,方玉润以为此是与《新台》相为唱答之诗。《新台》刺宣姜,此设为宣姜之意以答之。这样与具体的人与事联系起来,反觉牵强了。从诗意看,似乎有两个方面的意思,一是认为女子出嫁乃天经地义之事;二是婚姻而不讲信誉,不知父母之命,则是不可取的。诗旨则在于刺不守婚约而私奔。

诗的前两章是说就像那彩虹出现,阴晴风雨是有定规的;男女之间的结合也应该遵守社会规范,嫁了人就该谨守妇道,忠实于自己的丈夫。因为远离了父母兄弟,没有亲人的帮助和指导,就要牢记父母平日的教诲。第三章紧紧照应前两章而言,指责"乃如之人"的不守基本的信用规范、不遵守父母之命的行为。从章作为结尾,连用四个"也"字,厌恶慨叹之意如见。

【问题讨论】

关于"女子有行"

"女子有行,远兄弟父母",在《诗经》中出现了好几次。《蝃蝀》篇《郑笺》说:

"行，道也。妇人生而有适人之道，何忧于不嫁而为淫奔之过乎？"《竹竿笺》说："行，道也。女子有道当嫁耳，不以不答违妇礼。"《泉水笺》说："行，道也。妇人有出嫁之道，远于亲亲，故礼缘人情，使待归宁。"郑玄随文为义，虽有随意之嫌，但释"行"为"道"，却始终如一。显然他是有根据的。清儒觉得这个解释难以说通，于是作了新解。陈奂《诗毛氏传疏·蝃蝀》云："行，谓嫁也。女子必待命行以为礼也。"王先谦《诗三家义集疏》亦云："行，嫁也。"现在的学者大多从清人之说，而却忽略了上古礼俗。为什么《诗经》中要反复提到"女子有行"呢？如果说仅仅是指出嫁，显然淡乎寡味。郑玄解作"适人之道""出嫁之道"，显然是结合上古礼俗立说的，只是没有说明白罢了。所谓"道"就是指"妇道"。这是女性教育的主要内容。即《礼记·昏义》所云："古者妇人先嫁三月，祖庙未毁，教于公宫；祖庙既毁，教于宗室。教以妇德、妇言、妇容、妇功。""女子有行"正是指女子经过了婚前教育，学得了"妇德、妇言、妇容、妇功"，有了"为妇之道"，紧接着的人生旅程便是嫁人，远离亲人，所以说"远兄弟父母"。

【文化史拓展】

此篇以虹作为起兴之物，曾引起诸多争议。关于虹的解释，可分为经师的与民俗的两个系统。经师们"虹，阴阳之气交也"之类的说法，乃是高度理性化的产物，自然不能以之解释民间的歌唱。民间关于虹的解释，则带有神话性质，它可以帮助我们理解本诗。《异苑》说："古语有之曰：古有夫妻荒年菜食而死，俱化成青绛，故俗呼美人虹。"《古今图书集成》引《东瓯后记》说："魏明帝正光二年夏六月，首阳山中有晚虹下饮……良久，化为女子，年十六七……明帝召入宫，幸未央宫，视之，见其容貌姝美……帝欲通幸而色甚难。复令左右拥抱，声如钟磬，化为虹而上天。"这些材料虽然远晚于《诗经》，但我们知道民间传说是有持久性、继承性的。可以看出，在人民心目中，虹是美丽的，它既可以是女性，又可以是男性。它是天地间的一弯深情，又是不带有欺诈性的一曲纯真，是美的化身，又是美满爱情的象征。这正是诗为什么要以虹起兴婚姻的缘故。这里自然也有性崇拜的原始意识的残迹遗存。

淇　奥（卫风）

瞻彼淇奥①。绿竹猗猗②。有匪君子③，如切如磋④，
如琢如磨。瑟兮僴兮⑤，赫兮咺兮⑥。有匪君子，
终不可谖兮⑦！

瞻彼淇奥，绿竹青青。有匪君子，充耳琇莹⑧，
会弁如星⑨。瑟兮僴兮，赫兮咺兮。有匪君子，
终不可谖兮！

瞻彼淇奥，绿竹如箦⑩。有匪君子，如金如锡⑪，
如圭如璧⑫。宽兮绰兮⑬，猗重较兮⑭。善戏谑兮⑮，
不为虐兮⑯！

【注释】

① 淇奥（yù 亦音 ào）：淇水弯曲处。一说奥为水名。

② 绿竹：绿即菉，又名王刍，叶似竹细薄，俗称淡竹叶。竹，即萹竹。宋儒则认为绿竹
即绿色之竹。猗猗，美盛貌。

③ 匪：通斐，文彩貌。

④ 切、磋、琢、磨：《毛传》中"治骨曰切，象曰磋，玉曰琢，石曰磨。"这里是形容君子有修
养之貌。

⑤ 瑟：清洁鲜明之意。这里形容君子德行之洁美。僴（xiàn）：娴雅，形容君子的举止。

⑥ 赫：光明正大貌。咺（xuān）：通愃，心胸开阔貌。

⑦ 谖（xuān）：忘。

⑧ 充耳：即两鬓边垂的耳瑱。琇（xiù）莹：指充耳玉瑱晶莹明澈。琇，次于玉的宝石，
莹，晶莹光泽之貌。

⑨ 会弁（biàn）：合缝处饰有玉石的皮冠。

⑩ 箦（zé）：丛积之貌，形容茂盛。

⑪ 金、锡：两种金属。金、锡须锻炼才能成器，作为装饰之用。

⑫ 圭、璧：玉制品。圭长方形，上端尖。璧是圆形，中有小圆孔。此是以圭璧形容君子
品质之美。

⑬ 宽、绰:雍容大方貌。宽,宽容;绰,和缓。

⑭ 猗重较:"猗"通"辖",是车旁边人所倚靠的横木或厢板。辖上有曲钩外反叫较。较上更设曲铜钩,叫重较。这是贵族乘坐的车子的装饰。此句描写车饰堂皇富丽。或以为"猗"同"倚",靠着。

⑮ 戏谑:指言谈风趣。

⑯ 虐:粗暴。

【讲评】

《淇奥》篇,《毛诗》以为"美武公之德",三家诗未见异辞。看来这个说法是有一定根据的。不过,诗篇开首言"淇奥""绿竹",末言"宽绰""戏谑",与纯粹歌德的诗不大相类,当出于异性之口。闻一多、孙作云等以为是爱情诗,近是。诗篇开首言"瞻彼淇奥",淇奥是淇水曲处,乃卫国男女春季聚会之地。诗中言及淇水者,多与爱情婚姻有关。其次,诗云"善戏谑兮",在《诗经》中"戏谑"多指男女相戏。如《溱洧》:"维士与女,伊其相谑,赠之以勺药。"《终风》:"终风且暴,顾我则笑,谑浪笑敖,中心是悼。"此诗也当与男女之事有关。此诗所赞美的乃一位贵族男子,他雍容娴雅,端庄大方,博得了一位女子的深爱。因为在淇奥狂欢的季节里,他们曾一起欢乐过。因此他的音容笑貌,给她留下了深刻的印象。

诗的第一章望欢乐之地,思相乐之人,无限兴会,于"瞻"字后,出许多"如"字、"兮"字,似痴似狂。然后便进入了对情人真切细致的回忆之中。切、磋、琢、磨、瑟、僩、赫、咺,八字精密有神。"终不可谖"句,倒补一笔,坚劲有力。二章"充耳""会弁",就其堂堂正正貌再赞叹一番。只易数字,意境便新。三章写"君子"德性、风度、气派、性格,皆有分寸。"戏谑"二句,见雅人风流。末尾虽不再重复"终不可谖",而咏叹悠然,终是难忘情怀。

我们需要特别在意的是,歌者记忆中的这位君子,不是因为他的地位和财势,而是因为他的全部的"德"与"行"。尽管诗中也说到他的服饰和车辆的华贵,但还是强调了他的温雅,不像其他贵族那样高傲和粗蛮。这与《诗经》国风部分其他的恋爱诗有着明显的区别。古人说是歌颂卫武公,这也是有可能的。一般的爱情诗只注重对纯粹的毫无其他任何条件的情感的抒发,表现着人类最原始的最本能的情感。但这首诗却歌咏了情人那英俊潇洒的外貌和高贵的品德,歌咏着那难以忘怀的言谈举止,强调了人的温厚文雅的谈吐行为。这些属于"人"更高层次的东西,成为爱情的重要依据,反映了社会的理性精神的普及,表现了人们对原始情感向道德靠拢、融合并升华的意向。

【集评】

陈继揆《读风臆补》云:"以宽绰、戏谑写道学,此决无人晓得,发人多少聪明。"

氓(卫风)

氓之蚩蚩①,抱布贸丝②。匪来贸丝,来即我谋③。

送子涉淇④,至于顿丘⑤。匪我愆期⑥,子无良媒⑦。

将子无怒⑧,秋以为期⑨。

乘彼垝垣⑩,以望复关⑪。不见复关,泣涕涟涟⑫。

既见复关,载笑载言。尔卜尔筮⑬,体无咎言⑭。

以尔车来,以我贿迁⑮。

桑之未落,其叶沃若⑯。于嗟鸠兮⑰,无食桑葚⑱;

于嗟女兮,无与士耽⑲! 士之耽兮,犹可说也⑳。

女之耽兮,不可说也!

桑之落矣,其黄而陨㉑。自我徂尔㉒,三岁食贫㉓。

淇水汤汤㉔,渐车帷裳㉕。女也不爽㉖,士贰其行㉗。

士也罔极㉘,二三其德㉙。

三岁为妇㉚,靡室劳矣㉛。夙兴夜寐㉜,靡有朝矣㉝。

言既遂矣㉞,至于暴矣㉟。兄弟不知,咥其笑矣㊱。

静言思之,躬自悼矣㊲。

及尔偕老㊳,老使我怨㊴。淇则有岸,隰则有泮㊵!

总角之宴㊶,言笑晏晏㊷。信誓旦旦㊸,不思其反。

反是不思㊹,亦已焉哉㊺!

【注释】

① 氓:旧注为民,实为野人。蚩蚩,痴昧之貌,一说敦厚貌、笑嘻嘻貌。

② 布:麻葛织成的布。贸:交易。

③ 即:就,这里有找的意思。谋:这里指商量婚事。

④ 子:这里指男子。

⑤ 顿丘:地名。

⑥ 愆(qiān)期:拖延期限。

⑦ 良媒:好媒人。

⑧ 将(qiāng):请、愿。

⑨ 期:指婚期。

⑩ 乘:登。垝垣:"垝"通"危",当训高。此处指高墙,即城垣。

⑪ 复关:复即反回,关指关卡、城关。此二句言登上城墙以望男子再进城来。

⑫ 泣涕:因悲伤而落泪。涟涟:泪流不断貌。

⑬ 尔卜尔筮(shì):尔,当读为乃。"卜"指用龟甲占卜,"筮",指用蓍草算卦。

⑭ 体:幸。咎言:凶辞。

⑮ 贿:财物。

⑯ 沃若:沃然,桑叶嫩润茂盛貌。

⑰ 于嗟:悲叹声。鸠:当指鹘鸠,好食桑葚。

⑱ 桑葚(shèn):桑树上结的果实。形似苍耳子而稍大,无刺,味甜微酸,可食。

⑲ 耽:通妉,沉浸于欢乐之意。

⑳ 可说:堪说。或以为"说"借为"脱",即解脱之意,亦通。

㉑ 其黄而陨:指叶黄而落下。陨,落。诗中两次提及桑叶,学者众说纷纭。由诗义推之,"沃若"当是象征双方情盛意浓——即热恋与度蜜月之时。桑陨当指情意衰落——即开始实际生活之后。

㉒ 徂:往,这里有"嫁"的意思。

㉓ 三岁:泛指多年,犹今说"好几年"。食贫:生活贫苦。

㉔ 汤(shāng)汤:水盛之貌。也可读作荡荡。

㉕ 渐:浸湿。帷(wéi)裳:车上的布幔。此二句指女子被弃时。

㉖ 爽:差错。

㉗ 贰:改变。一说"贰"之讹,与"爽"同训。

㉘ 罔极:无定准,指反复无常。

㉙ 二三其德:三心二意。

㉚ 妇:媳妇,已嫁称妇。

㉛ 靡室劳矣:不以室内之劳为劳。

㉜ 夙兴夜寐:早起晚睡。

㉝ 靡有朝矣:没一朝不如此。

㉞ 言既遂矣:计谋既成,言,谋也。遂,成。此句指已达到目的。旧训"言"为"我",或训为语辞。

㉟ 暴:暴虐。

㊱ 咥(xī)其:咥然,耻笑貌。此二句言兄弟不知自己内心的痛苦,反而嘲笑自己。

㊲ 躬自:自身,自己。悼:悲伤。

㊳ 及:与。偕老:一同到老。

㊴ 老使我怨:"老"指上"偕老"之事。意即这样只能使我怨恨。

㊵ 隰:下湿地。泮:同畔。

㊶ 总角:男女未成年时头上结成的发角。宴:当从别本作卝(guàn)。卝,即总角之貌。一说宴通晏,即欢乐。

㊷ 晏晏:温柔貌。

㊸ 信誓:诚信的盟誓。旦旦:明貌。或以为恳恻颖诚之貌。

㊹ 反是不思:"是"指誓言,违背誓言而不加考虑。

㊺ 亦已焉哉:也就算了吧。

【讲评】

这是一首离异诗。女主人公在自由恋爱中执着地实现了自己的愿望,但她又不得已而离开了那个家。其中叙述了种种曲折,种种纠葛,细致地表现了她极其复杂的情感体验。

诗中叙述的实际上是一出家庭悲剧。自《诗序》提出"男女无别,遂相奔诱;华落色衰,复相背弃"之后,唐宋以来的治诗者,多遵而不疑。朱熹说:"此淫妇为人所弃,而自叙其事,以道其悔恨之意也。"辅广《诗童子问》则更明确指出此为"弃妇"之辞。今人多从之。但从氓与女子不同的身份与社会地位,被抛弃者实是氓而非女子。

《卫风·氓》中的男主人公,是一位"野人",是一位穷困潦倒者。尽管他"抱布贸丝",生活仍还是没有着落,女到其家之后,竟至于"三岁食贫"。这则是此家庭破裂的一个因素。其次,从女主人公的家庭出身来看,她家的附近有商业市场,她的居地有高墙环绕,到她家还须经过关卡,自然她是一位"城市小姐"了。她的家庭无疑是"国人"阶级的。在周代,"国人"与"野人"虽同为自由民,而他们却是隶属于两个不同阶级的。"野人"是受压迫阶级,而"国人"则属于统治阶级,他们的经济地位、政治权力都有显著的不同。吴荣曾《周代的农村公社》总结为四个方面:①野人的租税、徭役都比国人为重;②国人有服兵役的义务,野人则无资格当兵;③国人有被选拔为官吏的权利,野人则无;④国人有参与谋"国迁""立君"的权利,野人则无权参加。这里还应该加一条:国人有受教育的权利,如《周礼·大司徒》"以乡三物教万民(注意乡字)……三曰六艺:礼、乐、射、御、书、数。"而野人则没有资格。所以郑玄说:"氓犹懵懵无知貌。"国人与野人阶级地位、政治权力、经济状况的差别,正是诗篇中男女主人公关系破裂的根本原因。宋黄震《黄氏日抄》四云:"'以我贿迁',则女有资财;'三岁食贫',则男家无以养之。此女子一时为其所诱,已既不堪,遂反目而相弃。"这是很有见地的。女子因过不惯男家的穷日,更受不了男子暴躁的性格,故弃而自去,悔及当初。非氓有意弃妇。

概观全文,首章言初恋之时。写出男子诡秘踪迹,女子脉脉深情。文笔曲折,一回责望,一回安慰,情事曲尽,极顿宕扬抑之致。二章言出嫁。思之深,望之切,情之挚,全在一忧一喜中显出。三章言自悔。此章宕接,以缓文势,使文气生动而有余味。应转笔而不急转,却从远处提起,迂曲迟回,增得多少悲悔!四章怨男。"矣"字黯然魂销。涉淇而来,涉淇而去,景物依然,人事全非,正伤心独至处。"食贫"不堪受,"士贰"不能忍,此正家庭破裂缘由。五章写自伤。自身辛苦,换得"氓"一个"暴"字。本已可伤,又赢来兄弟一个"笑"字,更是可伤。"寥落悲前事,支离笑此身",呻吟低徊,回肠欲绝。凭许多悠长"矣"字,便也使人魂销。末章言断缘。"总角之宴",勾起多少往事!"亦已焉哉",了却多少心事!一拈一甩,跌宕有致。

我们说,人类任何一把理性之剑从任何一个角度插入,都将伤害到不应该伤害的地方。《氓》提供的东西,不但指示着过去人类曾经存在的事实,也指向人类遥远的将来必定仍然存在而无法解决的问题。一部《氓》的阐释史,很具备中国理性精神确立后的婚姻史观的价值,具有宝贵的文学观念演变史的价值。

【问题讨论】

1. 关于"氓"

"氓"现在学者都释为民,而且认为氓是一个喜新厌旧、品格鄙劣的男子。其实这是没有根据的。我们从以下几方面对"氓"的身份进行分析。首先从氓的阶级地位上说,他是被压在社会最下层的"野人"。先秦时代,氓与民是有着明显的区别的。如《晏子春秋·内篇·谏上》云:"发粟于民,据四十里之氓。"《孟子·公孙丑上》:"则天下之民,皆悦而愿为之氓矣。"民与氓对举,亦可见其一斑。根据《周礼》记载,周时有"乡""遂"制度。当时把邦土分为国和野两大区域。"国"、"野"的分界处——即相交处名叫"郊"。郊以内为"国",也叫"乡"。郊以外为"野",又叫"遂"。在国的叫"国人",在野者就叫"野人"。野人的特殊称谓就叫"氓",《周礼·遂人》说:"凡治野,以下剂致氓,以田瑞安氓,以乐昏扰氓,以土宜教氓稼穑……"郑玄注说:"变民言氓,异外内也。氓犹懵懵无知貌。"氓的队伍,可以说是一群外来户,这从《周礼》中也可以看出来。明杨慎说:"若是本国之氓,已授田矣,又何必以田安之;已安土矣,又何必以土宜教之乎?"故《说文》段注说:"自他归往之民,则谓之氓,故字从民从亡。"这些外来户,最初有一些是战争俘虏。《左传·宣公十二年》说:"其俘诸江南,以实海宾",即是战俘充实荒野的例证。当然也还有一些获免的奴隶和一些逃亡的平民。由此可知,氓的阶级地位,是仅高于奴隶的自由民。统治者一方面对他们进行力役剥削,另一方面还要根据氓个人的具体农业收入,进行实物剥削。由于"力役"与"实物"的双重剥削,这样就使得野人的生活极端贫困,有时不得不搞副业——经商来维持生活,即《酒诰》所云:"肇牵牛运服贾,用孝养厥父母。"

2. 关于"垝垣"

《毛传》说:"垝,毁也。"郑笺根据《毛传》则释为"毁垣",后人便据此以为指倒塌的墙,或以为指墙的缺口。但无论是倒塌的墙,还是墙的缺口处,要望得很远,都是不容易的。这是由一般乡村间"爬上墙头向外看"的习惯而推想出来的。虽说也讲得通,但其意不佳。如果我们结合以下的"复关"看,便会发现,"垝垣"应该指的是高大的城墙。明冯复京《六家诗名物疏》卷十七说:"《庄子》云:'鹊上城之垝。'司马彪曰:'垝,最高危限之处。'《释名》云:'垣,援也,人所依阻以为援卫者也。'"冯氏把垝和垣分为二,认为垝指城上高处,垣指城垣。这个解释似比旧说要好些。我们认为"垝"通"危"。《庄子·缮性》篇释文:"危,崔本作垝。"是二字相通之证。危当训高。《礼记·缁衣》"则民言不危行,而行不危言矣"注:"危犹高也。"《庄子·盗跖》篇"去其危冠",释文引李云:"危,高也。"危垣指高墙,即城垣或郭墙。《墨子·备城门》:"百步一亭,高垣丈四尺,厚四尺。"只有登上城墙,才能瞭望见远方男子的行踪。

3. 关于"复关"

《毛传》说："复关,君子所近也。"朱熹说复关是"男子之所居",因"不敢显言其人,故托言之耳"。王应麟《诗地理考》、冯复京《六家诗名物疏》等皆引《太平寰宇记》"澶州临河县复关城,在南黄河北阜也。复关堤在南三百步,自黎阳下入清丰县界",以说明复关是地名。王先谦又以为即重关,高亨则以"关"为车厢,"复关"指回车。其实如果与上文的危垣联系起来,问题就很容易解决了。复即反回的意思,即《说文》所说:"复,行故道也。"徐锴引《周易》"七日来复"语以说明其意,这是很对的。"关"则指郊关。卫国当时有近关,有远关。《毛传》所谓"君子所近",指的是近关。《左传·襄公二十六年》记太叔仪从近关出,就指的是此地。郊关内为国,郊关外为野。郊关是乡下人进城必须经过的关口,也是在城垣上可以看得见的地方(参陈奂说)。此二句是说登城墙,以望男子再进城来。

木　　瓜 (卫风)

投我以木瓜①,报之以琼琚②。匪报也,永以为好也③。
投我以木桃④,报之以琼瑶⑤。匪报也,永以为好也。
投我以木李⑥,报之以琼玖⑦。匪报也,永以为好也。

【注释】

① 投:投赠,给予。木瓜:是一种落叶灌木的果实,长椭圆形,淡黄色,有芳香味,可食。

② 报:报答。琼:美玉;琚:佩玉的一种。琼琚,这里指珍美的佩玉。

③ 好:结好之意。《字诂》:"盖合二姓以成配偶,所谓好也。"

④ 木桃:楂子。一说木桃、木李皆"文避不成辞而相从者"。

⑤ 瑶:佩玉。

⑥ 木李:又名木梨。与木瓜、木桃为同类植物。

⑦ 玖:佩玉名。一说次于玉的黑色石。

【讲评】

《诗序》云:"《木瓜》,美齐桓公也。卫国有狄人之败,出处于漕。齐桓公救而封之,遗之车马器服焉。卫人思之,欲厚报之,而作是诗也。"此当是用诗之义而非诗本义。正如崔述所说:"夫齐桓存卫,其德厚矣,何以通篇无一语及之,而但言木瓜之投? 感人之德者固如是乎?"朱子疑此为"男女相赠答之辞"。稍为近是,故今人多从之。

这当是一首男女相悦而互相赠答的诗,其中保存了非常珍贵的具有民俗学价值的信息。在瓜果成熟的日子,男女聚会,女子把自己采集的果实投给她中意的男子,男子则回报玉佩以定情。这就可以确定婚姻关系了。闻一多说:《木瓜》诗当是言"女之求士者,相投之以木瓜,示愿以身相许之意,士亦嘉纳其意,因报之以琼瑶以定情也……意者,古俗于夏季果熟之时,会人民于林中,士女分曹而聚,女各以果实投其所悦之士,中焉者或以佩玉相报,即相约为夫妇焉。"此说最为得之。《木瓜》诗即男女相爱投瓜报琚之歌。

"报之以琼琚"的"报",乃是表示对女子爱情的回应。男子之所以要报之以玉类饰物,大概是因为:其一,玉乃男子随身佩带之物,有象征男子的意义;其二,古人认为玉乃具灵性之物,具有超自然的力量,可以避邪,保佑平安,有吉祥之意;其三,三代时由于人们对玉审美价值的体认,使玉有了象征君子德行的意义,即所谓"君子比德于玉"。男子将玉佩赠给女子,意味着把自己的心交给了女方,也意味着对女方的良好祝愿和对自己品格的肯定。

【文化史拓展】

在人类的原始分工中,男子从事狩猎,女子从事采集,瓜果之属为女子所有,故《春秋元命苞》云:"织女星主瓜果。"男悦女则相赠以猎物,如云"野有死鹿,白茅纯束,有女如玉";女悦男则赠以果类,如《左传·庄公二十四年》云:"女贽不过榛栗枣修。"今西双版纳勐猎傣族中,女子求爱,往往唱情歌与男子答对,相邀其坐于自己身边,以槟榔果相敬。《晋书》言:"潘岳少时,挟弹出洛阳道,妇人遇之者,见其貌美,投之以果,遂满载以归。"清田雯《黔俗记》云:"犵家……贵阳、都匀、镇宁、普安皆有……亦于孟春跳月。用绿巾编为小圆球,如瓜,谓之花球,视欢者掷之。在室奔而不禁,嫁乃绝之。"通俗小说如《绣球缘》《南唐演义》等,皆有抛绣球招婿之事。此类当即投瓜、投桃古俗之遗存。(参闻一多说)

诗中的"报"字也很值得注意。这个"报"不是一般的报答,而有男女相报的特殊意义。《日月》篇有"报我不述",《左传·宣公三年》有"文公报郑子之妃",广西平南将男向女家报知结婚日期叫"报吉",湘潭地方叫作"报日",台湾地方把向新妇娘家告知婚讯息叫"报包"。

大　　车(王风)

大车槛槛①,毳衣如菼②。岂不尔思③?畏子不敢④。

大车啍啍⑤,毳衣如璊⑥。岂不尔思?畏子不奔⑦。

谷则异室⑧,死则同穴⑨。谓予不信⑩,有如皦日⑪!

【注释】

① 大车:贵族乘坐的车子。一说牛车。槛(kǎn)槛:车声。

② 毳(cuì)衣:《毛传》"大夫之服"。雷学淇以为礼服之一种。牟庭、闻一多等则以为毳衣是车上蔽风雨的帷帐,用毛制成。菼:初生的芦苇,此处比喻毳衣的青绿。或以为即"毯"字之借。

③ 尔:你。

④ 子:指其所爱的男子。一说指听讼大夫。

⑤ 啍(tūn)啍:犹槛槛。

⑥ 璊(mén):玉赤色。这里是形容毳衣的颜色的。

⑦ 奔:私奔。

⑧ 谷:有进食五谷之义,引申为生活、活着。异室,两地分居。

⑨ 同穴:合葬在一个墓穴。

⑩ 予:我。谓予不信,谓我的话无信凭。

⑪ 有如皦日:有此白日。如,此。皦(jiǎo),白,光明。

【讲评】

　　这首诗的主题,古代学者众说纷纭。我们认为,这是一首爱情诗。是写一个女子坚贞的爱情。她与男子被迫分离,她想摆脱压迫,争取自由,与男子一同逃跑,但又有所惧而不敢采取行动。因此她发誓,即使生不能同室,死也要同穴。爱到深处,爱到极点,必然是两个生命的融合——生命的过程即使不能同度,生命的终点也应该合一。当然,这不过是一种决心而已,事实上,人的生命作为一种社会性的历程,生与死都不能自主,更何况死而同穴。因而,这首诗的悲剧性的指向十分值得品味。

诗首章言爱之忧虑，她担心男子不敢大胆地表示对她的爱。二章"不奔"甚于"不敢"，又深一层，看出女子追求爱的大胆。这二章虽写相思，但有所顾虑。第三章则写女子誓不相离，进一步表现了其对爱的执著和坚定。

【问题讨论】

《诗序》云："《大车》，刺周大夫也。礼义陵迟，男女淫奔，故陈古以刺今，士大夫不能听男女之讼焉。"此毛诗之义。《列女传·贞顺传》云："夫人者，息君之夫人也。楚伐息，破之，虏其君使守门，将娶其夫人而纳之于宫。楚王出游，夫人遂见息君。谓之曰：'人生要一死而已，何至自苦！妾无须臾而忘君也，终不以身更二醮。生离于地上，何如死归于地下乎！'乃作诗曰：'谷则异室，死则同穴。谓予不信，有如曒日！'息君止之，夫人不听，遂自杀，息君亦自杀，同日俱死。"朱熹以为是大夫能以刑政治其邑，淫奔者畏而歌之。王雪山以为"妇人见贵人声势被服之盛，私心慕之"。明丰坊伪《诗传孔氏传》云："周人行役而讯其室家，赋《大车》。"《读书呓语》四云："《大车》之诗，愚谓此男子从役于外，而寄家之语也。不敢，不敢失伍也；不奔，不敢亡归也。故言生不得同室，死犹可收尸合葬也。"季本谓此为"弃妇誓死不嫁之诗"。今高亨则云："这首诗的主人是个妇女，他们夫妻被迫离异，诗中写妇和丈夫同车而行（当是他送她回娘家去），她鼓励丈夫同她一起逃往别处，并自誓决不改嫁。"以上诸说，虽非全无道理，但毕竟难以证信。

根据诗中所表达的情感，《列女传》的记载是有一定道理的。但牟庭认为，据《左传》，楚灭息，以息妫归，生堵敖及成王，并没有自杀。因此此诗也不可能是息夫人所作。"且息夫人诗，又不应在王风。此必西周卿大夫夫妇为戎人所虏，其妇不肯屈节，与其夫皆自杀，诗家传闻其事，而失其姓名，因以息夫人事附会之耳。"陈了展先生认为息妫与息大人为二人，写诗的是息大人而非息妫。亦可备一说。

【文学链接】

后世《华山畿》之同棺，《孔雀东南飞》之化树连枝、化鸟悲鸣，《梁山伯与祝英台》之入墓穴而化蝶，殆由此诗最后一章化生。

将 仲 子 (郑风)

将仲子兮①,无逾我里②,无折我树杞③。岂敢爱之④?

畏我父母。仲可怀也,父母之言,亦可畏也⑤。

将仲子兮,无逾我墙⑥,无折我树桑。岂敢爱之?

畏我诸兄。仲可怀也,诸兄之言,亦可畏也。

将仲子兮,无逾我园⑦,无折我树檀⑧。岂敢爱之?

畏人之多言。仲可怀也,人之多言,亦可畏也。

【注释】

① 将:请。一说为语辞。仲子,当是人名,女子的情人。

② 逾:越过。里:里居、住所,周代的农村组织五家为邻,五邻为里,里外有墙。"逾里",指越过"里墙"。

③ 杞:木名,俗名刀柳、筐柳。此句是要男子不要用缘墙攀树的方式来与己相会,以免折断树枝,被人发现。

④ 爱:相爱,一说有吝惜之义。

⑤ 怀:思念。

⑥ 墙:这里指院墙,与上文里墙有别。

⑦ 园:屋后的空地。

⑧ 檀:木名。李时珍云:"檀有黄白二种,叶皆如槐,皮青而泽,肌细而腻,体重而坚,状与梓榆荚类相似。"

【讲评】

这是一首情歌,但它所述说的乃是人类从理性觉醒后普遍的矛盾:在爱情与理性之间,在社会规范与个人行为之间,这种矛盾和痛苦是永恒的——从人类理性觉醒后,直到人类遥远的未来。

这篇诗表现了一个女子在家庭社会的压力下,一方面要恋爱,一方面又惧于舆论压力的矛盾心理。她确实在深深地爱着这个男子,而环境压力,又使她不敢大胆地追求理想和幸福。她在爱的边界上徘徊着,呻吟着。为消除痛苦,她希望抹掉男子在自己心中的地位,而又不忍心说不爱他,只是说不敢爱。但男子却是执着地追求幸福的强者,他勇敢地攀树越墙,与情人相会。他不顾世人的非议,由逾里而逾墙、逾园,越来越大胆。事情也由父母而诸兄而众人,越来越张扬得广远。而女子却越来越惊惧不安。

首章言因畏父母之言,女子不敢与意中人相爱。"岂敢"句一跌,"仲可"句一扬,婉转深入。将"畏母父"与"仲可怀"二者细心较量,有柔情,有苦恼,亦有畏惧。二章言畏诸兄不敢与男子相爱。三章言畏众人而不敢相爱。

【文化史拓展】

逾墙、逾里,是一种原始的求爱方式,孟子说"逾东家墙而搂其处子则得妻",说明当时在民间尚存此俗。汉乐府《有所思》中女子回忆与情人初恋时云:"鸡鸣狗吠,兄嫂当知之。"西南少数民族中也有婚前秘密同居的习俗,皆为古之遗风。

女 曰 鸡 鸣（郑风）

女曰:"鸡鸣。"士曰:"昧旦①。"子兴视夜②,明星有烂③。将翱将翔④,弋凫与雁⑤。

弋言加之⑥,与子宜之⑦。宜言饮酒,与子偕老⑧。琴瑟在御⑨,莫不静好⑩。

知子之来之⑪,杂佩以赠之⑫。知子之顺之⑬,杂佩以问之⑭。知子之好之,杂佩以报之。

【注释】

① 士:男子的通称,诗中多指未婚男子。昧旦:昧通未,未旦即天未明。一说指天快亮。

② 兴:起,这里指起床。视夜:察看夜色。自此下四句为女谓男之词。

③ 明星:指启明星。有烂:明亮貌,同灿烂。诗凡"有"字加于形容词前者,多有状物之意。

④ 将:请,亦可释为且。翱翔,徘徊,这里指游猎。或以为指鸟飞翔。

⑤ 弋(yì):用带丝绳的箭鸟称弋。凫、雁:野鸭与鸿雁。二者都是水鸟,所以常连称。这里主要是言雁而及凫的。雁是古时定婚时纳采用的礼。此是女子劝男子赶快准备婚礼,以求爱情合法化。

⑥ 加之:加通嘉,即嘉礼。《大明》朱传:"嘉,婚礼也。"此句言射雁而备婚礼。

⑦ 宜:当读为仪,"仪"即匹配之义。

⑧ 偕老:一同到老。

⑨ 御:用,《孔疏》释为"侍御",有相从、相伴的意思。故御有时指妻。此句是言士女感情的谐调。

⑩ 静好:美好,静通靖,善。或释为安静,似较迂曲。

⑪ 来:恩勤。

⑫ 杂佩:集诸玉而成的佩饰,故叫杂佩。赠:牟庭、江有诰、戴震皆以为当作贻。与来为韵,训赠送。

⑬ 顺:和顺,一说训爱。

⑭ 问:赠送、慰问。

【讲评】

这是一篇男女在婚前幽会时的对话,她想象着将来美好的夫妻生活,情景及人物心理形象生动,堪称妙绝。

第一章是男女幽会的背景,他们衷心相爱,私相合欢。鸡鸣声惊破了他们的美梦。姑娘着急地催小伙起床,小伙儿却说天还没亮。于是姑娘又说:"你起来看看吧,启明星升那么高了。你去猎雁,备好礼,赶快来说媒吧。"接着第二章写姑娘想象男子射到了雁,送来了婚礼,他们结合了,非常美满。第三章是写男子赠信物于女。一章是现实的,二章是虚幻的,三章又从幻想中回到了现实,却以虚实相参之笔写出。第一章惊惧,第二章甜蜜,第三章热闹。变化自然,不见痕迹,确是一篇好诗。故《朱子语类》云:"此诗意思甚好,读之使人有不知手舞足蹈者。"

从心理描写来看,各章是按照情感逻辑发展而来,不露痕迹。女子性怯,偷情自怕人知,故闻鸡鸣,急催男去;男子胆壮,恋枕不起,故推以未明。女子再借射雁备礼催之。两种心理活动及其表情跃然纸上;女之惊惧、焦急,男之恋情、赖床情状,如在眼前。二章写女子幻想中情事。首句咬定上章末句,以虚逆实,以实生虚。由"弋"字生出许多联想,别是一番情味。三章是男词,写殷勤之意。三个

"知"字,便见平时留心处。从自己心中写出女子心意,是虚写实情;赠之、问之、报之,本来一句可了,却一而再,再而三,极写自己殷勤不已之意,是写实情。

【问题讨论】

关于《女曰鸡鸣》的主旨,约有六说:一、《诗序》:"刺不说德也。陈古义以刺今,不说德而好色也。"二、欧阳修《诗本义》以此"古贤夫妇相警励以勤生之语",朱传袭此。三、王质云:"当是君子与朋友有约,夫妇相警以晓,恐失期也。"四、龚橙《诗本谊》据《易林·丰之艮》"鸡鸣同兴,思配无家。执佩持凫,莫使致之",以为"《女曰鸡鸣》,淫女思有家也"。五、牟庭《诗切》据《易林》以为"此盖悼亡之后,追想平生居室相与警戒之事","为思其亡配而作也"。六、陈子展《诗经直解》以为:"《女曰鸡鸣》,叙一家弋人(猎鸟者)夫妇向晨问答有关家常生活之诗。"此六种观点以欧阳氏说最为流行。他们之所以认士女为夫妇,就是因为诗开头描写了情床对话。接着又出现了"饮酒""偕老"之类的词语。但既然是夫妇,自是一家,夫妇自当以相互照料为务,又何必"赠之""问之""报之",馈赠情物?古诗中一般这种情况,多出现在未婚男女中。如《静女》《木瓜》《丘中有麻》《溱洧》等,都言及热恋男女赠送信物之事,却未见夫妇相馈送者(除离别外)。此诗不应例外。有人解末章的"子"字为宾客(毛、郑旧说),如此则与一二章意不相贯,判若两诗,所以朱鹤龄斥之为"甚谬"!牟氏"悼亡"说,也无根据。唯龚氏"淫女思有家说",尚有几分可取处。

【文化史拓展】

在《诗经》的爱情诗作中,"士"多指未婚男子。"士"之原意本指男性生殖器,这从古文字中看得甚是清楚。他在爱情诗歌中出现,是带有原始气息的。在今晋南一些地方,未成年男孩,其名多叫"鸡古儿"或"鸡娃",也叫"士儿",本意就是指男根。结婚之后,一般便由大名代了。此与《诗经》中的情况很相似。再则在今西南少数民族中,相当多的地方,都有男女婚前秘密同居的习俗。父母见之,也装作不知。纳西族的"阿注"婚姻,即是明显的例子。

【文学史链接】

狗在爱情文学中往往充当着不光彩的角色,我们在《野有死麕》篇中已曾言及,此篇则是写鸡鸣惊情人的。情人相会,鸡一叫就意味着天要亮,就要分手,因而在文学中出现了憎鸡报旦的现象,如六朝乐府《读曲歌》:"打杀长鸣鸡,弹去乌臼鸟。愿得连冥不复曙,一年都一晓。"徐陵《乌栖曲》:"绣帐罗帷隐灯烛,一夜千年犹不足。惟憎无赖汝南鸡,天河未落犹争啼。"李廓《鸡鸣曲》:"星稀月没上五更,胶胶角角鸡初鸣。征人牵马出门立,辞妾欲向安西行。再鸣引颈檐头下,月中角声催上马。才分地色第三鸣,旌旗红尘已出城。妇人上城乱招手,夫婿不闻遥哭声。长恨鸡鸣别时苦,不遣鸡栖近窗户。"温庭筠《赠知音》:"翠羽花冠碧树鸡,未明先向短墙啼。窗间谢女青蛾敛,门外萧郎白马嘶。星汉渐移庭竹影,露珠犹缀野花迷。景阳宫里钟初动,不语垂鞭上柳堤。"此种情况在小说中也有出现。(参钱钟书《管锥编》)今俗称偷情为"偷鸡摸狗",便是由此而来。

<h2 style="text-align:center">狡　　童_(郑风)</h2>

彼狡童兮①,不与我言兮。维子之故②,使我不能餐兮。
彼狡童兮,不与我食兮③。维子之故,使我不能息兮④。

【注释】

① 狡童:犹言傻小子。《诗蠲》云:"后人用冤家、可憎字,以为爱极之反词,大约类此。"
② 子:当读为"兹",古字通。"维子"即为兹、为此。
③ 食:闻一多以为指性交。
④ 息:寝息。

【讲评】

　　这是一首表现夫妻或情人间情感风波的诗作。小伙子生了气,对姑娘不理不睬,害得姑娘食不甘味,寝不安席。她太钟情了,也太脆弱了。她没有想着去解决矛盾,也没有想着解脱自己,而只是为之苦恼,非常令人同情和可怜。

　　首章言食不甘味。夫妻、情人间,吵闹乃是乐趣,只怕不理不睬,此最是寂寞难耐处。末章则言寝不安席,进一步突出了姑娘对爱情的执著和对小伙子的难以割舍之情。

【问题讨论】

旧有学者以此为政治讽刺诗,如云:"《狡童》,刺忽也。不能与贤人图事,权臣擅令也"(《诗序》);"忧君为群小所弄也"(《诗经原始》)。王懋竑《白田草堂存稿》卷二十四《偶阅义山无题诗因书其后》云:"何事连篇刺狡童,郑君笺不异毛公。忽将旧题翻新曲,疏义遥知脉络同。"此虽是嘲以君臣之义解义山《无题》诗的,实连毛、郑也一起按倒。陈子展先生仍从毛氏云:"《狡童》,郑贤臣刺昭公忽,不能深相信任而作。"并借《白鹭洲主客诗》故事,举箕子《麦秀歌》"彼狡童兮,不与我好兮"为证(旧说箕子所云狡童指殷王纣)。但《麦秀歌》不见于先秦古籍,其格调也不类古诗,当为后人臆作,不可以此作为证据。《诗序》之说,当是用诗之义,非诗本义。

【文化史拓展】

关于"不与我食"句,闻一多曾列举了《汝坟》《衡门》《候人》等篇中之"饥"字,与《株林》中之"食",以及《汉书》中之"对食",以证明"食"乃是指性交。吴世昌《〈汉书·外戚传〉'对食'解》,也有同说。但何以以"食"而喻性交? 二氏则未能深究。窃以为此观念实源自于上古图腾神话。神话有言:帝喾之妃,梦吞日而生一子。契母简狄,因食玄鸟之卵而有孕。禹母有莘氏,吞月精而生禹。在今之诸多少数民族中,也有祖先因食鹿肉、食朱果等而生人的传说。这里谓吞、食、含等口的动作,可能都是性交的隐语。因为男女性交与口吞食甚为相似,故有此隐语。

褰　　裳（郑风）

子惠思我①,褰裳涉溱②。子不我思,岂无他人?
狂童之狂也且③。
子惠思我,褰裳涉洧④。子不我思,岂无他士⑤?
狂童之狂也且!

【注释】

① 惠:旧以为爱。当为语助词。

② 褰(qiān)裳:揭起衣裳。褰,用手提起。涉溱(zhēn),渡过溱水。溱是郑国水名,《说

文》及《水经》作㳔。水出河南密县邲城西北鸡络坞下。因经邲城,所以又叫邲水。

③ 狂童之狂:之,其,那样。犹言傻瓜是那样的傻。也且,语尾词。

④ 洧(wěi):郑国水名。即今河南的洧河。发源于登封县东阳城山,东流至新郑县,会溱水。

⑤ 他士:其他小伙子。

【讲评】

　　这是一篇非常活泼的情歌。在春天溱洧水涨、男女开禁之日,青年男女可享受充分的性自由。这首歌当是在这一特殊的环境下,由女子唱出的。姑娘想得到爱情,她看中了对岸的小伙儿,向他示意,可是小伙儿太老实,不大理解姑娘的心意。于是她唱歌来挑逗他,骂他是笨蛋。姑娘的坦率和开朗,是极富有情趣的表现,在后世诗作中,实在是不多见的。今不少研究者认为这是女子戏谑情人的诗歌。男子不来找姑娘,姑娘就说出了赌气的话。这无疑也是很有趣味的解说。

风　　雨(郑风)

风雨凄凄①,鸡鸣喈喈②。既见君子,云胡不夷③。

风雨潇潇④,鸡鸣胶胶⑤。既见君子,云胡不瘳⑥。

风雨如晦⑦,鸡鸣不已。既见君子,云胡不喜。

【注释】

① 凄凄:风雨寒凉貌。

② 喈喈:群鸡齐鸣之声。

③ 云胡不夷:如何不喜悦。云,如;胡、何一声之转,云胡,即如何。夷:平,指心安。

④ 潇潇:风雨交加貌。一说风雨声。

⑤ 胶胶:群鸡乱鸣之貌。

⑥ 瘳(chōu):病好了。因伤离别,忧思成疾,所以这里用了个"瘳"字。《群经平议》以为借作"憀",同"聊",训为乐。亦通。

⑦ 晦:昏暗。

【讲评】

这是一篇描写夫妻在黎明风雨时,久别重逢的诗。在长久的离别之后,一个风雨交加的黎明,相思成疾的妻子终于见到了归来的丈夫。

此诗之妙,在于它既描写了重逢的时间、环境、心情,也暗示了过去的忧苦。诗先言风雨,造成一种阴惨的气氛,再言鸡鸣,点明这是一个寂寞的黎明。这是人家夫妻在温柔之乡酣睡的时候,也正是孤守空房的少妇孤枕难眠的时候。触景伤怀,无限忧伤。像这样的夜,这位少妇不知熬过了多少。现在又是一个风雨之夜。这一切,诗中并没有明言,但从诗人相见的喜悦之情中,我们又不难看出。如此,我们说此诗明是言相见之乐,实是写离别之苦。以乐映苦,其苦益苦;以苦衬乐,其乐更乐。较之单言忧苦或欢乐,更深一层。

首章写相见之乐。风雨、鸡鸣,一片阴惨。"空馆相思夜,孤灯照夜雨"。"既见"一句,化悲为喜,了却多少心事。由相见之乐,见出别离之苦。二章写病愈。一个"瘳"字,翻见出她过去多少忧苦。末章"如晦"字括上"凄凄","潇潇";"不已"总上"喈喈""胶胶",幽忽入神。杜诗"邻鸡野哭如昨日",似从此出。喜字总上"夷""瘳",收束极妙。

【文化史拓展】

在中国人的观念中,风雨乃是阴阳交合的一种表现形态,是生命起始的必然过程。《周易系辞》云:"天地氤氲,万物化醇;男女构精,万物化生。"所谓"氤氲"实际上指的就是天地间的风云之气。风行于地,云升于天,"云行雨施,品物流行"。风以动之,雨以润之,生命于是乎发生。男女构精与天地交合,乃属异质同构。天地大男女,男女小天地。故而在中国传统文化中,"风""雨"皆成了男女之事的象征,"风"象征的是情,而"云雨"则象征的是男女交合。《风雨》开首所描写的"风雨凄凄",也当有象征夫妇之交合之意。所谓"夷""瘳""喜",亦当是写性心理。

【文学链接】

"风雨如晦,鸡鸣不已"在后世诗文中,经常被用来表现君子的坚贞品质。取诗中"鸡鸣"有时,即使是风雨之夜,也要照常"啼明"。《南史》卷二十六《袁湛传》载:"愍孙(袁粲)峻于仪范,废帝裸之,迫使走。愍孙雅步如常,顾而言曰:'风雨如晦,鸡鸣不已。'"表现了袁粲镇定如常的大度和坚贞不变的节操。艺术大师徐悲鸿画雄鸡图,题曰"风雨如晦,鸡鸣不已",亦以鸡鸣喻君子之风,这就是从春秋时期"赋诗言志"以来的所谓"用诗",而非诗之本义也。

【集评】

焦琳《诗蠲》云:"此诗凄绝动人之处,要在各章上二句。而上二句所以动人之故,因其实境。若以比世乱君子不改其度,则所比尚未明,本句已以非实境而不足以动人矣。三百篇,篇篇皆万代绝唱,不应如是拙也。"

焦琳又言:"先言风雨,早已前半夜冷入单衾。声繁枕孤,言念君子,不知更是若何甘苦,积忧如病不可禁。当然尚望有寐,纵不能梦见容辉,庶可聊息倦眼。无端又鸡声喧叫,看来此夜又是终夜无眠。"

子　　衿（郑风）

青青子衿①,悠悠我心②。纵我不往③,子宁不嗣音④?
青青子佩⑤,悠悠我思。纵我不往,子宁不来?
挑兮达兮⑥,在城阙兮⑦。一日不见,如三月兮。

【注释】

① 衿:旧以为衿是衣领,以为青领是当时的学生服。据文意,当为系琼琚等物的带子。

② 悠悠:思念貌。

③ 纵:纵使,即便使……

④ 宁不:何不。嗣音:寄信。嗣通诒,寄赠(《韩诗》说)。

⑤ 佩:佩玉。

⑥ 挑、达:往来貌。

⑦ 城阙:孔颖达认为城上观楼,武亿《群经义证》认为古者城阙在南方,故城阙即城南。

【讲评】

这是一篇写女子相思、怨望的诗。女子思念着他的情人,她珍贵地保存着男子赠送给她的信物,这信物是男子原先随身佩带的佩饰,上系着青色的佩带。她看到这爱情的"使者",倍加相思。《静女》所谓"非汝之为美,美人之贻",也是这个意思。正因为如此,《子衿》中的女主人公,才会看着"信物",产生"悠悠"之思。她埋怨男子不来找她,也不给她传个口信。她生气,她不安,但没有悲伤,因为他们离别的时间并不长,只有一天。不过这一天,对于那热恋的情人来说,是多么的漫长。首章责其忘情。首句写睹物,二句写思人,三句宽己,四句责人。一句一折,有无限属望。二章言爱极似恨,如怨如慕。三章自述中情。前二章从虚空中荡漾成章,此章方写实景。先责其不寄信,再责其人不来,在忧思绵绵之中,遂有"一日三月"之感。

【问题讨论】

《诗序》以此为"刺学校废也"的诗。朱子以为"淫奔之诗"。一归之于政治,一归之于民俗。两者都是为了匡俗。钟惺虽云"坐青衿以淫奔,当加罪一等。"其实说刺学校不修,何尝不当问罪? 只凭"青衿",何得知就是"学子"? 礼虽有"父母在衣纯以青"之文,但父母在世之人甚多,又怎能与学生扯在一起? 今人注《诗经》者,多修正朱子之说,以为这是写女子等候男子不至的诗。这是较符合情理的。不过仍从旧说释"青衿"为青衣领,以为指男子,则有可商。牟庭《诗切》云:"古之学于国学者与妻俱。《汉书》称王阳学问居长安,妇取东家枣;王章学长安,独与妻居,卧牛衣中涕泣。是西汉时沿古周遗法,学者皆以妻从往也。此诗盖郑之远鄙之人,学于国学,而父母在家,其妻留侍,不得从往。因寄衣巾而作诗曰:'青青子衿',见其具父母也;见其具父母者,知我不往之为有礼,而责彼不来之义正也。"此说虽近于荒唐,但对我们很有启发。首先他认为此是由寄物而想到人的。这要比忆人之青领而代指其人之说,远高一筹。

【文化史拓展】

衿,旧以为衣领,以为青领是当时的学生服。但据下章言"子佩",衿、佩当有联系,衿,疑即佩衿,《尔雅·释器》:"佩衿谓之禭。"郭注:"佩玉之带上属。"《方言》曰:"佩紟谓之裎。"郭注:"所以系玉佩带也。"紟、衿通。《广韵》:"裎,佩带也。"佩衿即系琼琚等物的带子。下章之佩,即带子上所系的佩物。二者实指一物。《玉藻》云:"凡带必有佩玉。"此当是言女子看着男子赠予她的信物——青色的佩带,思念着男子的到来。所谓"子衿",就是"你的佩带"。

【文学链接】

曹操《短歌行》:"青青子衿,悠悠我心。但为君故,沉吟至今。"用的正是《毛诗》旧说对"衿"的解释,其情感于诗意极近,纵魏武怀天下之志,然明君美人(贤才)的情感意象却是中国文学中植根最深的。

野 有 蔓 草 (郑风)

野有蔓草①,零露漙兮②。有美一人,清扬婉兮③。
邂逅相遇④,适我愿兮⑤!
野有蔓草,零露瀼瀼⑥。有美一人,婉如清扬⑦。
邂逅相遇,与子皆臧⑧!

【注释】

① 蔓草:蔓延的草。

② 零:落下。漙(tuán):犹团团,露珠盛多之貌。

③ 清扬:目光明亮貌。婉:美好貌。

④ 邂(xiè)逅(hòu):不期而会。或以为名词,指男女结合的对象。

⑤ 适:合。

⑥ 瀼(ráng)瀼:露多貌。

⑦ 婉如:即婉然,美好貌。

⑧ 皆臧:臧,善,皆臧,即相好。顾颉刚、闻一多等训"臧"为"藏","皆"为"偕",指一同
藏匿起来。可从。或疑男女相恋而至作爱不应如此之速。然民俗使然,不必惊诧。

【讲评】

这是一首男女幽会的情歌。在一片露水洒满草地的田野,在清晨或者是黄昏;他们可能是早就相互认识,然而没有机会;也可能是素不相识,但心有灵犀。现在,他们不期而遇……

首章写合愿。"邂逅"二字是耀眼处,正所谓一见钟情。但章法、用词须细致体会:"有美一人",初见则令人眼前一亮;"清扬婉兮",写出了女子柔情万种。"婉"字下得扎实,不止于身段轻盈,且是传其温柔之情矣;"兮"字轻轻一拖,传达出男子多少惊讶,多少喜出望外!结尾之"适我愿兮",更须拖长声来读,方能见得

这青年多日之"愿",于无意间得"适"的满足感。且首言夜景,中道人美,末言适情,有远景,有特写,清晰如画。二章则以反复中有变化。"适愿"就一人言,"偕臧"就两人言。

这幅画的永恒魅力将会世世代代吸引我们的目光,使我们在它面前久久地凝神、伫立……

【问题讨论】

《诗序》则以为这是写"男女失时,思不期而会"的。郑玄则以为,《野有蔓草》是描写仲春二月"草始生霜为露"时,男女盛会的事情。这是符合情理的。《朱传》说这是"男女相遇于野田草露之间","各得其所欲",说得更为具体。吴德旋《初月楼文续集》则云:"《集传》说决不可从。《序》以为思遇时,盖思得君子为国而被其膏泽。然既云邂逅相遇,则亦不必属之于思。其诸朋友相赠答之辞欤?曰适我愿,曰偕臧,或相励以勤问学,或相勉以辛功业,皆须得时如野草被零露而生茂豫也。盖其闻学相思已久,幸于邂逅之遇,而因以道其欣喜之情,致其绸缪之意如此。"《樗园诗评》则云:"《野有蔓草》,思君子也。"于此读诗则可,解诗则非。

【文学链接】

此诗与《山有扶苏》《狡童》等都和近代的山歌差不多。《萚兮》篇像是这些诗的引子。现在许多少数民族中,还盛行着这种男女对唱山歌的习俗。这些歌子新鲜、活泼,充满生活气息,非常有魅力。

溱　洧 (郑风)

溱与洧①,方涣涣兮②。士与女,方秉蕳兮③。

女曰:"观乎?"士曰:"既且④。""且往观乎?洧之外⑤,

洵訏且乐⑥!"维士与女,伊其相谑⑦,赠之以勺药⑧。

溱与洧,浏其清矣⑨。士与女,殷其盈矣⑩。

女曰:"观乎?"士曰:"既且。""且往观乎?洧之外,

洵吁且乐!"维士与女,伊其将谑⑪,赠之以勺药。

【注释】

① 溱、洧:郑国二水名。

② 方:正,或以为并。涣涣:水流弥漫貌。

③ 蕳:香草,又名都梁香,即泽兰。可杀虫毒,除不祥,故郑人方春三月于溱洧之上,士女相与秉蕳而祓除。

④ 既且:既通暨,暨训息。且,语助词。或以为假作徂,训往,亦可。

⑤ 洧之外:当指离水岸不远的平阔之地。

⑥ 洵:实在。訏:广大。乐:本意是快乐,引伸为热闹。

⑦ 伊:与维同,语助词。相谑:相互调笑。

⑧ 勺药:香草名。闻一多云:"勺药,媒妁之药。"

⑨ 浏:水清亮貌。

⑩ 殷:众多。

⑪ 将:闻一多《风诗类钞》:"将,相将也。相将犹相并。"

【讲评】

这是一篇具有很高民俗学价值的诗,也是记载上古时代春日男女水边盛会盛况最为详备的诗,宛如一曲水畔的"青春之歌"——在春意盎然的水边,士女们熙熙攘攘,手持香草,婉转地表达他们的心曲。

在由上古"性开禁"而凝固成的节日里,青年男女收拾齐整,来到水边,互赠芳草,以求得到异性的欢心。诗首四句先写春景物态,宛然如画。中五句问答,顿挫婉转,语态毕现。末三句言笑结情,情态烂漫。物态、语态、情态,交织绮密。两"方"字神色飞动,下转两"且"字,有顿挫之势。复以"且"字扬起,继以"维"字、"伊"字,千回百转,妙趣横生。情感的波澜就像那"涣涣"的溱、洧春水,始终是推动诗中男女主角行为的动力。二章"浏""清"二字,摹写波光,给"涣涣"补一笔,折射出阳光灿烂,春光明媚。"殷""盈"二字又将镜头拉开,复现大场面的热闹盛况,以"秉蕳"一笔,则令人想象多少钟情男女在重复这同样的故事。然则溱、洧"涣涣"和"浏清"的春水,就是那永不衰竭的爱情,从缅邈的远古直到茫茫的未来。

【文化史拓展】

《艺文类聚》四引《韩诗》说:"三月桃花水之时,郑国之俗,三月上巳,于溱洧两水之上,执兰招魂续魄,拂除不祥。"《汉书·地理志》引此诗,颜师古注曰:"谓仲春之月,二水流盛,而士与女执芳草于其间,以相赠遗,信大乐也,惟以戏谑也。"其实,韩、颜都是以汉唐以后的习俗说诗的。在《诗经》的时代,这种习俗的主要目的,就是"合男女"。即《周礼》所谓"司男女之无夫家者令会之"。在这个节日里,男男女女都得格外地讲究外表。如《夏仲御别传》云:"仲御诣洛,到三月三日,洛中王公以下,莫不方轨连轸,并至南浮桥边禊。男则朱服耀路,女则锦绮粲烂。"(见《艺文类聚》引)男朱女锦,实际上是要求得到异性的欢心。在这期间,青年男女是可以自由恋爱的。许多青年的爱情便都是从这水边的相会开始的。正因为如此,所以《诗经》中许多爱情诗都要写到水,这种习俗延至后世,演变为迎神、庙会、修禊等活动。

【集评】

冉觐祖《诗经详说》云:"今俗逢节赛神,优人扮戏,谓之会。而往观者辐辏其地,毂击肩摩,谓之赶会。民间夫妇,抱携子女,络绎于途。至则夫为妇导,周回遍观。观已择地而坐。夫为之买果食诸物,妇子餍饮而返。比户皆然,不以为嫌。郑俗好游,想当如是。"

鸡　　鸣(齐风)

"鸡既鸣矣①,朝既盈矣②。""匪鸡则鸣③,苍蝇之声。"

"东方明矣,朝既昌矣④。""匪东方则明,月出之光。"

"虫飞薨薨⑤,甘与子同梦⑥。""会且归矣⑦,无庶予子憎⑧。"

【注释】

① 既:已经。

② 朝(zhāo):早晨。盈:通逞,训尽、极,即"至"的意思,指太阳完全从天边露出来。

③ 则:之。这两句只是男子敷衍之词。

④ 昌:指日光。或以为昌训始,指一天的开始,亦可通。

⑤ 薨(hōng)薨:蚊虫飞鸣声。

⑥ 同梦:同入梦乡。

⑦ 会：当指男女之幽合。或以为训"当"。且：当。或以为姑且。或以为"会且"为一个词，当"即将""顷刻"讲。

⑧ 无庶予子憎：无，无使；庶，众；予，我；子，你。"予子"即我们，此句意是不要让人讨厌我们。

【讲评】

在男女幽会的情歌中，这是比较有特色的一篇。诗中表现了男子与女子各自不同的心理状态，写出了男女幽会时女子惊惧、男子恋床的情景。因为他们在幽会，故胆怯的女性时时警惕着，只怕天亮了被人发觉。所以一听见鸡叫，便催着让男子快起来离开。男子并不像女子那样胆小，也不愿意过早的失去这样的机会，所以就以"苍蝇之声"来欺人，当然也在自欺。

此诗一惊一答，诙谐幽默。一章写女闻鸡催士，士借蝇声敷衍。两个"既"字微妙地表现了人物心理状态，有刚闭眼而又忽然警觉的光景。须体会在衽席之上先有一段似闻非闻的情景，故一触其声，便蹴然而起，蹙然而告。写女子心中时时警惕的心态真实如画。"蝇声"之答，如见男子恋枕光景。二章写女子见东方发亮，再次急催男子。士再次用月光敷衍。辅广云："玩绎其辞，则其战兢警惕，真有临深履薄之意。"三章又以众言可畏催士。首二句以情言，后二句以理言，故突然而起，突然而翻，语态婉然。三次警告其实一意——女子不安甚至恐惧的心情，言愈迫而心愈急；而男子一再拖延敷衍，男子愈拖延，则女子愈急迫。全诗充满了生活气息，极富趣味性。最后一句，颇似《西厢记》中红娘谓："小姐回去波，怕夫人觉来。"

【问题讨论】

此篇毛诗以为"思贤妃"，韩诗以为写"谗人"，齐诗以为"鸡鸣失时，君骚相忧"。后世说诗者多出入于旧说而时有修正。顾镇《虞东诗学》曾总括宋儒以来说云："《黄氏日抄》云：古说皆谓贤妃欲其夫之早起，误以蝇声为鸡声。至曹氏始谓哀公以为蝇声，严氏宗之，谓鸡未鸣之前无蝇声也。愚按：据曹氏说，蝇声晚，鸡声早，哀公既不欲早起，何反以声之早者为晚？其显自相矛盾。白云许氏以一章为贤妃之相警，二章为国君相拒。安溪李氏复疑月出之光为日出之光。不知诗人摹拟贤妃神情，恍惚疑似，蝇声月光，皆归想象，无容泥滞。"何楷《古义》则以为："贤妃谓君毋谓鸡声为早，过此以往不但闻鸡声，将有苍蝇之声。"李惇《群经识小》亦以"月"为"日"之误,以为"臣朝君辨色始入,君日出而视之",故贤妃以日出警戒之。恽敬《大云山房文稿初集》以为贤妃御君常恐溺于晏安,故首章以迟而误早,次章以早误迟。"其情事之惝恍如此"。姜炳璋《诗序补义》则以前二章是惊疑自语,末章才是告君之语。焦琳《诗蠲》则以为三章全是贤妃的话,是贤妃对君的温存、诙谐,使其清醒不能再睡,并举自己老婆警自己早起的故事以证明之。这些新说之生,皆为未能打破"贤妃""贤夫人"及"君"之樊篱之故。

绸　　缪(唐风)

绸缪束薪①,三星在天②。今夕何夕,见此良人③?
子兮子兮,如此良人何?
绸缪束刍,三星在隅④。今夕何夕,见此邂逅⑤?
子兮子兮,如此邂逅何?
绸缪束楚,三星在户。今夕何夕,见此粲者⑥?
子兮子兮,如此粲者何?

【注释】

① 绸缪:缠绕精密之貌。指束薪。束薪:捆扎的柴草。可能指烛薪,是婚礼所用之物。《诗经》中凡言及"薪"的地方,大多与婚恋有关,其意即在于此。下文束刍、束楚与此意同,只是变文协韵罢了。

② 三星:三通参,星宿名,二十八宿之一。

③ 良人:好人,古代女子称丈夫为良人,这里指新郎。

④ 隅:角。此处当是天之一角。首章言"在天",此章言"在隅",下章言"在户",以参星在天空的位置表明时间逐渐到深夜。

⑤ 邂逅:不期而会。这里引申为难得之喜。

⑥ 粲者:美人,指新妇。

【讲评】

这是一首新婚之夜闹新房之歌。新婚之夜闹新房,是全世界很多民族都保持的习俗。所以全诗以闹房的年轻人的对唱展开对新人的挑逗。闹新房者先对新妇说:你对这样的"良人"怎么办? 又对新郎说:对这样的美人(粲者)当如何? 中间一章则是对一对新人说的,赞美他们是美满的结合。首章戏新妇见新郎。"束薪"二句,写出婚夜院落景况。"今夕何夕",有多少庆幸! 如幻如梦,有喜来恨晚之意。末一个"何"字,有说不出的光景。二章戏新婚夫妇初见。"邂逅"二字,摹喜出望外神情。末章戏新郎见新妇,惊羡之情溢于言表。

【问题讨论】

《诗经》中每言及薪,多与婚恋相关。赵国华认为:作为薪柴的植物是用来象征女性的。这种解释颇为新奇,只是缺少根据。我们认为,薪与婚恋的关系,当是建立在古人的物质生活基础上的。在煤炭发现以前,薪柴可以说是文明社会的支柱。有了薪柴,人才有可能摆脱茹毛饮血的困扰,步入文明的门坎。因此古人对薪柴非常重视,为政者往往将采薪之便作为一项国策考虑。如《周礼·天官·甸师》云:"帅其徒以薪蒸。"《左传·昭公二十年》云:"薮之薪蒸,虞候守之。"晁错《论贵粟疏》也曾言及农民"伐薪樵"之劳。清初官员有给薪之制,我们现在称工资曰薪水、薪金、薪俸,都是由古人伐薪之劳而来的。我们可以想象,在远古时代,生产工具落后,钝刀重斧,采一担柴薪,要花费多大的精力;而男子将成捆的薪柴送给未来的丈母娘,免除他们采薪之忧,这是多么的实惠! 再则,伐薪、束薪,本是男子之事。男子手握大斧,伐柯积薪,那正是男性力量的显示,表示他有足够的能力养活妻儿。在新婚之夜,于庭院中点起一把把火炬——束薪,体现的正是男性的威力。因而薪便与性联系了起来。《小雅·车辖》说:"陟彼高冈,析其柞薪……鲜我觏尔,我心写兮。"看来就是把采下的薪柴送给了心爱的姑娘。《召南·野有死麕》也说:"林有朴樕,野有死鹿,白茅纯束,有女如玉。"这则是将薪柴与猎获的鹿一并都送给了心爱的人。《毛诗后笺》说:"古婚礼或有薪刍之馈。"可谓一语破的。

由男子向女方赠送必需的生活用品,而逐渐凝固为一种礼俗,有了红绸束薪相赠或新房内置一束象征束薪的新筷子的习俗。刘大白《白屋说诗》云:"现在我们绍兴底婚礼中,还有'柴新郎,炭新妇'的礼节,它的办法,是在迎娶的时候,男家把柴用红绒缠绕着,送到女家去,女家也把炭用红绒缠绕着,送到男家去。"此亦可备一说。瑶族之俗,嫁女送柴,叫"送嫁柴"。此或为古俗之存。

【文化史拓展】

闹洞房是一种古老的习俗。《汉书·地理志》云:"燕地……嫁取之夕,男女无别,反以为荣。"《风俗通义》云:"汝南张妙会杜士,士家娶妇,张妙缚杜士,捶二十下,又悬足指,士遂至死。"《抱朴子·疾谬》亦云:"俗间有戏妇于稠众之中,亲属之前,问以丑言,责以慢对。"据民俗学家研究,这种习俗,乃是原始时代共妻制的残存。《绸缪》所反映的正是这种情况。今民间闹新房,往往有通宵达旦者,而此诗所咏也为彻夜闹房之事。《诗志》引《诗揆》云:"星随天转,而正东'在天',夜久而东南'在隅',夜分而正南'在户'。"钱钟书云:"窃谓此诗首章托为女子之词,称男'良人';次章托为男女和声之词,故曰'邂逅',义兼彼此。末章托为男子之词,称女'粲者'。单为双,双而单,乐府古题之'两手纤纤',可借以品目。"此亦可备一说。

【集评】

方玉润《诗经原始》曰:"此贺新婚诗耳。'今夕何夕'等诗,男女初昏之夕,自有此惝恍情形景象。不必添出'国乱民贫,男女失时'之言,始见其为欣庆词也。《诗》咏新昏多矣,皆各有命意所在,唯此诗无甚深义,只描摹男女初遇,神情逼真,自是绝作,不可废也。"

蒹　　葭_(秦风)

蒹葭苍苍①,白露为霜②。所谓伊人③,在水一方。
溯洄从之④,道阻且长⑤。溯游从之⑥,宛在水中央⑦。
蒹葭萋萋,白露未晞⑧。所谓伊人,在水之湄⑨。
溯洄从之,道阻且跻⑩。溯游从之,宛在水中坻⑪。
蒹葭采采⑫,白露未已。所谓伊人,在水之涘⑬。
溯洄从之,道阻且右⑭。溯游从之,宛在水中沚⑮。

【注释】

① 蒹(jiān)葭(jiā):蒹俗名荻,葭俗名芦,都属多年生草本。苍苍,深青色,形容茂盛。

② 为霜：如霜。

③ 谓：通惟，思念。伊人：伊训彼，即"那人"。此言所要会见的那人。

④ 溯洄：朝向。洄，渊，指渊源。溯洄即朝着水渊源的方向。从：就，此处是接近之意。

⑤ 阻：艰难。长：遥远。

⑥ "游"：通"流"，溯流是指朝着流水的方向。

⑦ 宛：分明可见貌。一说好似，仿佛。萋萋：茂盛貌。

⑧ 晞：晒干。

⑨ 湄（méi）：水岸。

⑩ 跻：《毛传》："升也。"这里是道路陡高之意。

⑪ 坻（chí）：水中的小洲。

⑫ 采采：茂盛貌。

⑬ 涘（sì）：水边。

⑭ 右：右通周。周，绕也，即迂回弯曲之意。

⑮ 沚：水中的沙洲。

【讲评】

《蒹葭》是《诗经》中最富影响力的篇章之一。它所写的正是男女性隔离的苦闷之情，但抒情的方法却具有更强烈的现代意味。

此诗所写，与《汉广》相近（参见《汉广》讲评）。篇中云，"伊人"在水一方，无论怎么样也无法与她相会，因为她"宛在水中央"。表现的当是被水隔离开的情人的悲伤。"伊人"所在的"水中央"，就是由神话中"女子国"演变而来的女性学宫，即辟雍、泮宫之类。"伊人"当即性成熟时期被隔离教育的女性。在深秋里，男子站在蒹葭苍苍的水畔，遥望着水的一方——女子所在的学宫，心中升起了无限怅意，水阻挡了他们的相会，一种美好的理想被一泓秋水隔在彼岸。这就是诗的真实内容。

此诗之妙，确在其意境的空灵飘渺上。蒹葭、白露、秋水、伊人，构成了一种虚幻的意境。仿佛可见，却又无处可寻。秋色茫茫，水波渺渺，天地空旷，人影恍然。笔底凄凉，心底亦怆然。

从章法用词上看，一章首二句写秋光满目，一片凄凉。"苍苍"摹秋色，"白露"摹秋光。"所谓伊人"句，神魂隐跃；"在水一方"句，写出云烟缥缈，茫茫无际景象。不可求得之意，隐在此中。"溯洄""溯游"，写往来寻求；"阻""长""中央"，构出求不得境况。"宛"字妙在绘出若隐若现情景。二、三章"晞""已"，照应上面的"霜"

字,暗示出时间与空间的转移。描绘出了诗人寻觅之久、嗟叹之深,且愈转愈深、愈转愈长。

【问题讨论】

《诗序》云:"《蒹葭》,刺襄公也。未能用周礼,将无以固其国焉。"宋儒欧阳修、王安石、苏辙皆遵序之说。朱子则以为无可考,王柏《诗疑》亦云:"《蒹葭》不类《秦风》也。所怀之人,未有以证其正不正也。"宋之后,歧说纷出。或以为慕隐君子者(伪《诗说》),或以为愁老畏死者(《诗经笺余》),或以为伤时感俗者(《樗园诗评》),或以为周之遗贤,守先王之道者(《诗所》),或以为言百里奚、蹇叔故事者(《诗切》),或以为汉水上游祭祀女神者(日本白川静《诗经研究》)。此外还有人以此诗为写朋友相思念者,或以为是情人相思者,黄中松则说:"《蒹葭》一诗,通篇设喻,其文迹,其旨远,言不尽意,而意常在所言之外,诚未易得其旨趣之所归也。"从诗所表现的背景而言,我们认为定位为情诗比较合理。

【集评】

戴君恩《读风臆评》云:"宛转数言,烟波万里,《秋兴赋》《山鬼》伎俩耳。"

万时华《诗经偶笺》云:"此诗意境空旷,寄托玄澹。秦川只尺,宛然三山云气,竹影风声,邈焉如仙。大都耳目之下,不乏幽人,豪杰胸怀,自有高寄。只此杳杳可思,正使伊人与作诗者,俱留千古。不尽之味,不必问其所作何人,所思何侣也。'蒹葭'二句,形容秋江景物,总非笔墨所至,此与'袅袅兮秋风,洞庭波兮木叶下',已置古今文人秋咏都落下风。至今容与寒汀者,一念此语,不独意会,且觉心伤。'在水一方',原从浩淼波光之外,若灭若没,若隐若现,恍见此境,与下'道阻且长''宛在水中央'更无二际。此等处境象,自知语言皆赘。"

牛运震《诗志》云:"国风中第一飘渺文字,极缠绵,极惝恍,纯是情,不是景;纯是窈远,不是悲壮。感慨情深,在悲秋怀人之外,可思不可言。"

王国维《人间词话》云:"《诗·蒹葭》一篇,最得风人深致。"

月　　出 (陈风)

月出皎兮①,佼人僚兮②,舒窈纠兮③,劳心悄兮④。

月出皓兮⑤，佼人懰兮⑥，舒忧受兮⑦，劳心慅兮⑧。

月出照兮⑨，佼人燎兮⑩，舒夭绍兮⑪，劳心惨兮⑫。

【注释】

① 皎：洁白貌，此处指月光。

② 佼人：佼通姣，好。佼人犹美人。僚：好貌，通嫽。

③ 舒：舒迟。一说发声词。窈纠：形容体态的美。或以为"舒"的修饰语，即舒缓的身姿。

④ 劳心：忧心。悄：犹悄悄，忧愁貌。

⑤ 皓：月明亮貌。

⑥ 懰：通嬼，妖冶之貌。

⑦ 忧受：行步舒迟之貌。朱熹以为忧思。

⑧ 慅（sāo）：忧思不安之貌。

⑨ 照：光明貌，同昭。

⑩ 燎：是明亮之义，此言所想念之人光彩照人。

⑪ 夭绍：通要绍，谓体态之美。

⑫ 懆：今本作惨，据戴震、段玉裁等考证改。懆即忧愁不安之貌。

【讲评】

诗人面对一轮明月，想到自己的意中人，她是那么美好，那么惹人喜爱，令他辗转难忘，忧伤不已。

从诗的格调、意境考察，此诗为怀人之作；从诗对所怀人体态之描写看，当以男子思念女子为宜。每章前三句以月光起兴，写女子容貌之美，一片痴情全在此中。末句以"劳心"收束，有流淌不尽的相思之情，忧伤之意。

【问题讨论】

《诗序》云："《月出》，刺好色也。在位不好德，而说美色焉。"未言具体刺何人。后儒则将其与陈灵公联系起来，如王质云："'舒'，谓征舒也；'佼人'，谓夏姬也。当是灵公、孔宁、仪行父与夏姬宣淫至夜，征舒不无所惭，内扰不安。"但从诗之格调、意境考察，似为怀人之作。其所怀之人，朱子以为是"男女相悦而相念"，伪《传说》以为是"朋友相期不至"。焦琳则说："无论何人，苟非萍水浮交，则相见之时，必有悦服快心之处。相别之后,应得缠绵不尽之思。安可一见怀人之作,称道伊人之美,便疑为男女之情耶? 何所乐,何所益耶?"此说较为有理,但从诗对所怀人体态之描写看,仍当以男女相思为宜。故朱善《诗解颐》云:"《月出》之诗,其悦之也至矣,其思之也切矣,其忧之也深矣。"焦竑《焦氏笔乘》曰:"《毛诗》:'月出皎兮,佼人僚兮。'见月怀人,能道意中事。"

【文学链接】

曹操诗云:"明明如月,何时可辍。忧从中来,不可断绝。"盖从此诗化出。李白《送祝八》:"若到天涯思故人,浣纱石上窥明月。"杜甫《梦李白》:"落月满屋梁,犹疑见颜色。"常建《宿王昌龄隐处》:"松际露微月,清光犹为君。"王昌龄《赠冯六元二》:"山月出华阴,开此河渚雾。清光比故人,豁然展心悟。"此类甚多,大抵出自《陈风》也。

候　　人 (曹风)

彼候人兮①,何戈与祋②。彼其之子,三百赤芾③。
维鹈在梁④,不濡其翼⑤。彼其之子,不称其服⑥。
维鹈在梁,不濡其咮⑦。彼其之子,不遂其媾⑧。
荟兮蔚兮⑨,南山朝隮⑩。婉兮娈兮⑪,季女斯饥⑫。

【注释】

① 候人:掌管治安和边境出入的官吏。

② 何:荷之本字,金文象人肩扛戈状。戈、祋(duì):皆兵器。祋:即殳(shū)。一说"城郊市里,高悬羊皮,有不当入而欲入者,暂下以惊牛马曰祋"(见《说文》)。

③ 三百赤芾(pèi):芾即蔽膝,又叫韠。赤芾,即赤色的蔽膝,旧以为大夫以上的官服。今按:上言"彼其之子",是指其人之服饰。据金铭,赤芾为君主赐臣下之物,"三百"当指国君赐"彼其之子"赤芾之多,也就是说,那人多次受到国君的赏赐。百或读为"曲踊三百(mò)"之"百",即勉励,三励,即多次勉励以赤芾。

④ 维:其,指示代词。鹈:水鸟名,又名鹈鹕、淘河,好群飞,常沉水食鱼。此诗是以鹈

喻女子所爱的男子,即上章所谓有"三百赤芾"者。梁:鱼坝。

⑤ 濡:沾湿。

⑥ 不称其服:这里是女子戏谑男子的隐语,鹈鸟不肯沾湿双翅,懒得下水,自然捞不到鱼。那人不主动向女子求爱,自然也得不到爱情。所以女子着急地说,你就不配穿那身官服。

⑦ 味:鸟喙。

⑧ 遂:当训"成"。媾:指男女婚媾。不遂其媾,即言不成其婚姻。这是女子责男子,不主动点儿,就想得到老婆。

⑨ 荟(huì)、蔚(wèi):本意是草木盛多之貌,这里形容云气盛貌。一说言云雾之浓。一说云气鲜明多彩。

⑩ 南山:曹国南边的山。隮:或以为升云,闻一多以为指虹,是女性的象征。

⑪ 婉、娈:柔顺美好貌。

⑫ 季女:少女。饥:旧以为饥饿,闻一多以为指情欲。

【讲评】

　　这是一篇女子向男子调情的诗歌。这从《诗经》爱情诗所惯用的象征物,如虹、鸟之类中,便可以看出来。女子爱上的是一位贵族小伙子,他是候人(约当于今之警察)的长官。女子看到那些扛戈执殳的候人,就想到了那位青年长官的威武形象,想到了他多次受到国君嘉奖的情景。但那位小伙子,在爱情问题上,却不那么大胆、主动,于是女子戏谑他:"你不配穿那身武官服。"意思是责怪他不够勇敢。鹈鸟不湿嘴是捕不到鱼的,小伙子不下手,是得不到女人的。这里是用当时男女交际的隐语(见闻一多《说鱼》)暗示男子。随后她又表达了自己急于得到爱情的迫切心情。

　　通篇为女子所唱,首章言意中人之权威。首二句绘出"候人"威风凛凛之貌,于不言中暗示出其长官的才智、权威。末二句言意中人受赐之丰,暗示出受宠、受用,前途无量情景。从两个"彼"字中,表现出女子欣喜之情。二、三两章从责怨男子不主动求爱中,表现出女子的失落。末章写出女子急切期待之情。

黄　　鸟 (小雅)

黄鸟黄鸟①,无集于榖②,无啄我粟③。此邦之人,不我肯谷④。言旋言归⑤，复我邦族⑥。

黄鸟黄鸟，无集于桑，无啄我梁⑦。此邦之人，

不可与明⑧。言旋言归，复我诸兄⑨。

黄鸟黄鸟，无集于栩⑩，无啄我黍⑪。此邦之人，

不可与处⑫。言旋言归，复我诸父⑬。

【注释】

① 黄鸟：黄雀。喜吃粮食，于农业危害较大。

② 榖：楮树。

③ 粟：谷子，去糠叫"小米"。

④ 谷：善，善待。

⑤ 旋归：即还归。言：语辞，犹"乃"。

⑥ 复：返回。邦族：邦国家族。

⑦ 梁：粟类。

⑧ 明：盟之借字，这里有信用、结盟之意。

⑨ 诸兄：邦族中诸位同辈。

⑩ 栩：柞树。

⑪ 黍：即黍子。又称黄米。

⑫ 与处：共处、相处。

⑬ 诸父：族中长辈即伯、叔之总称。

【讲评】

　　此诗，旧异说纷纭，胡承珙总结各家说："此诗自《传》《笺》以来，人人说殊。王氏、苏氏以为贤者不得志而去。《吕记》《严缉》以为民适异国、不得其所之诗。然以经文证之，此言复我邦族，与《我行其野》之复我邦家正同。彼明言昏姻之故，而与此诗相次，则此诗自亦为家室相弃而作。毛、郑之说不可易矣。"据毛、郑之意，此为妇人所作。妇人不堪其苦，有归宗之意。陈子展先生因而认为这是一篇弃妇诗。郭沫若则认为此与《硕鼠》同，是刺剥削者的诗。但就原诗看，这似乎更像一首入赘者自道其苦的诗。在古代男子就婚于女家，是被人瞧不起的。《秦始皇本纪》："三十三年，发诸尝逋亡人、赘婿、贾人略取陆梁地。"《六韬·练士》："有赘婿，

人虏欲掩迹扬名者。"将赘婿与亡人、人虏并列,其地位可想而知。诗以驱黄鸟咒语起兴,黄鸟群飞群落,同食一片庄稼,以喻他被众人群起而攻之的窘迫处境。即表现对此邦之人的仇恨,说明他不被看重,不仅仅是岳父家及其家族,而是整个社会都瞧不起他。家里家外,他简直无立锥之地。而所言此邦之人不与我为善,不可结盟,不可与相处,并不言他如何劳累,如何吃不饱穿不暖,可见自己在这里所受的委屈与精神痛苦,都是人格的低贱和凌辱,是精神的摧残。

全诗三章一意,皆言此邦不可居,而望归故国。但假如父兄邦族可以依靠,当初又何至于入赘异国他乡呢? 所以这是故作强词,正自可怜处。

二、祭 歌 篇

楚 茨(小雅)

楚楚者茨①,言抽其棘②,自昔何为③?我艺黍稷④。
我黍与与⑤,我稷翼翼⑥。我仓既盈⑦,我庾维亿⑧,
以为酒食。以享以祀,以妥以侑⑨,以介景福⑩。
济济跄跄⑪,絜尔牛羊⑫,以往烝尝⑬。或剥或亨,
或肆或将。祝祭于祊⑭,祀事孔明⑮。先祖是皇⑯,
神保是飨⑰。孝孙有庆⑱,报以介福,万寿无疆!
执爨踖踖⑲,为俎孔硕⑳。或燔或炙,君妇莫莫㉑。
为豆孔庶㉒。为宾为客,献酬交错㉓。礼仪卒度㉔,
笑语卒获㉕。神保是格㉖,报以介福,万寿攸酢㉗!
我孔熯矣㉘,式礼莫愆㉙。工祝致告㉚:徂赉孝孙㉛。
苾芬孝祀㉜,神嗜饮食。卜尔百福㉝,如几如式㉞。
既齐既稷㉟,既匡既敕㊱。永锡尔极㊲,时万时亿㊳!
礼仪既备㊴,钟鼓既戒㊵。孝孙徂位㊶,工祝致告:
神具醉止㊷,皇尸载起㊸。鼓钟送尸㊹,神保聿归。
诸宰君妇㊺,废彻不迟㊻。诸父兄弟,备言燕私㊼。
乐具入奏㊽,以绥后禄㊾。尔肴既将㊿,莫怨具庆(51)。
既醉既饱,小大稽首(52)。神嗜饮食,使君寿考。
孔惠孔时(53),维其尽之(54)。子子孙孙,勿替引之(55)!

【注释】

① 楚楚:繁密貌。茨,蒺藜,草本植物,生于陆地,果实有刺。

② 抽:除,拔除。棘:棘刺,这里指蒺藜。

③ 自昔何为:自古以来就是如此垦田,这是为何。自昔,自古。

④ 艺:种植。

⑤ 与与:蕃盛貌。

⑥ 翼翼:与"与与"意近。

⑦ 仓:粮仓。

⑧ 庾(yǔ):圆形露天粮囤。亿:盈,满。

⑨ 妥:安坐。侑:劝,指劝进酒食。

⑩ 介:借为匄,乞求。景福:洪福。

⑪ 济济:严肃恭敬貌。跄跄:步趋有节貌。

⑫ 絜:通挈(qiè),持。一说洁(jié),洗干净牛羊以供祭祀用。

⑬ 烝尝:冬祭祖先曰烝,秋祭祖先曰尝,此处泛指祭祀。

⑭ 祊(bēng):宗庙、祠堂门内设祭坛之处。

⑮ 孔明:特别完备。孔:甚。明:犹备。

⑯ 皇:或以为尊大;或以为彷徨,即神灵徘徊。

⑰ 神保:神灵。一说指神所依凭之神尸。神食所享曰飨。

⑱ 孝孙:主祭之人。庆:福祥,可贺之事。

⑲ 执爨(cuàn):指执掌炊事之人。爨,即灶,厨房。踖(jí)踖:形容执炊者干练敏捷之貌。

⑳ 俎:礼器。孔硕:很大。

㉑ 君妇:旧以为指天子或诸侯之妻。疑君当为群之借,群妇指族中诸妇。莫莫:犹勉勉,敬勉之意。一说言"清静而敬至"。

㉒ 孔庶:甚多。庶:众多。

㉓ 献酬交错:主人向客敬酒曰献,主人先自饮再劝宾为酬。

㉔ 卒度:尽合法度。卒:尽。度:法度。

㉕ 卒获:尽得其宜。获,得,指得其宜,恰到好处。或读获为矱,训为法度。

㉖ 格:至,来到。

㉗ 攸:犹是。酢:报。

㉘ 我孔熯矣:言我们很虔敬。熯(nǎn):敬惧,于省吾以为即谨之本字。

㉙ 礼:礼仪。莫愆:没有差错。

㉚ 工祝：官祝。致：传达。

㉛ 徂：通“且”，犹“以”。赉（lài）：赏赐，赐予。

㉜ 苾（bì）芬：馨香，浓香。孝祀：享祀，指神灵享受祭祀。

㉝ 卜：赐予。

㉞ 几：期的借字。式：法度。

㉟ 齐：同斋，庄重恭敬貌。稷：敏捷。

㊱ 匡、敕：匡，匡正；敕，谨饬。

㊲ 锡：同赐。极：至，善，指福气。

㊳ 时：犹“是”。万、亿：代称无数多。

㊴ 备：齐备。

㊵ 戒：告。《郑笺》：“戒诸在庙中者以祭礼毕。”一说犹备。

㊶ 徂位：往位，指祭毕主人归回原位。

㊷ 具：俱，皆。止：语尾助词。此为臆想之事。

㊸ 皇尸：对神尸的美称。尸，祭祀时代表先祖受祭的活人。

㊹ 送尸：象征送走神灵的活动。

㊺ 诸宰：众位膳夫。君妇：群妇。

㊻ 废：去；彻：通撤，撤退。不迟：不迟缓，犹如“敏疾”。

㊼ 备言燕私：此指祭祀礼毕，送走宾客，留下同姓再继续私宴。备，尽，完全。燕私，私宴。

㊽ 奏：演奏。

㊾ 绥：安。禄：福。后禄，将来之福禄。

㊿ 将：善，美。

(51) 莫怨既庆：指参加宴会的人皆相庆贺而无怨词。

(52) 小大稽首：指老少长幼都行稽首礼，表示告辞。稽首，叩头。

(53) 惠：顺利。时：善。

(54) 维其尽之：《孔疏》：“维君德能尽此顺时之美。”

(55) 替：废止。引：延长。言不要废弃此礼，要永远继承下去。

【讲评】

这是一首贵族祭祀祖先神灵的诗。从耕耘、丰收到做酒食，从各种祭品的摆列到念诵祭辞，从送神到送宾客和祭祀完毕的家宴，写得井井有条，让我们了解到古代祭祀的整个过程,对我们了解古代民俗有极高的价值。

《诗序》说:"《楚茨》,刺幽王也。政烦赋重,田莱多荒,饥馑降丧,民卒流亡,祭祀不飨,故君子思古焉。"但诗中无一讽刺之语,故朱熹改云:"此诗述公卿有田禄者力于农事,以奉其宗庙之祭。"然而从诗中所行之礼看,又非公卿所当有。清儒姚际恒曰:"《小序》谓'刺幽王',说者因谓'思古以见今之不然'。按此唯泥'自昔何为'一句耳。不知此句正唤起下'黍、稷'句,以见黍、稷之所由来也。其余皆详叙祭祀,自始至终,极其繁盛,无一字刺意。而说者犹争之,何也?《集传》不用《序》说,是已;然以为公卿之诗,又非也。彼第以《仪礼·少牢馈食》例之,谓其为公卿。不知鼓钟送尸,《仪礼》所无;祝称'万寿无疆',《天保篇》亦云'君曰卜尔,万寿无疆',此岂臣子所可当乎!"方玉润云:"此诗之非为公卿作也,他不具论,即鼓钟送尸,乃奏《肆夏》,为天子礼乐。"郭沫若《青铜时代》则认为:"这首诗,在年代上比较更晚,祭神的仪节和《少牢馈食礼》相近。彼礼,郑玄云'诸侯之卿大夫祭其祖祢于庙之礼',虽不一定就是这样,但足见其礼节之晚。主祭者的'孝孙'可能是周王,可能是哪一国的诸侯,也可能是卿大夫。在春秋末年鲁之三家已用'雍彻',季氏已用'八佾舞于庭',天子、诸侯、卿大夫的仪式并没有什么区别了。"其说亦可参。

诗前三章言祭前诸事。首章主酒食言,年丰物备,以见酒食之美。方玉润曰:"首章总冒,先从稼穑言起,由垦辟而有收成,有收成而得享祀,由享祀而获福禄,盖力于农者所以为神飨,致其诚也。"是祭前一段文字。二章主牛羊言,而见祀事之盛。三章主俎豆言,以见祀事之敬。徐光启曰:"三章皆一时事,但每章各发一意耳。"四章写祭祀祝告神灵,是正祭。五章写祭毕送神。六章写祭毕私宴同姓。在有条不紊的叙述中,可以看出参与祭祀者庄严肃穆的态度和怀抱着一颗虔诚礼敬的心。

【文化史拓展】

岑家梧先生《西南民族文化论丛》中说:"我家琼州澄迈县每年春节,在祠堂举行祭祖时,有嘏辞一节,即用一年纪在60以上的老人,于读祝文后,老人走到神主牌的前面,供案的后面,面向着地下的祭主,并以草席遮面,先咳嗽三声,然后以严肃的词调云:'祖考命工祝,承致多福无疆,于尔孝孙,赖尔孝孙,使尔受福于天,宜稼于田,福寿万年。子子孙孙,勿替引之。'"其所记代表祖考的"老人",当即此诗之"神尸"。

【集评】

孙月峰《批评诗经》云："气格宏丽,结构严密,写祀事如仪注,庄敬诚孝之意俨然,有景有态,而精语险句,更层见错出,极情文条理之妙。读此便觉三闾《九歌》,微疏微佻。"

姚际恒《诗经通论》云："煌煌大篇,备极典制。其中自始至终一一可按,虽繁不乱。"

牛运震《诗志》云："此篇叙祭祀之事最为详备,直如一则《礼经》。然意思笃厚,情致生动,终不是呆疏礼书也。"

清　　庙（周颂）

於穆清庙①,肃雍显相②。济济多士③,秉文之德④。
对越在天⑤,骏奔走在庙⑥。不显不承⑦,无射于人斯⑧。

【注释】

① 於(wū)穆:叹美之词,犹言"呜乎美哉"。清庙:清静之庙。

② 肃雍:恭敬和顺之貌。显相:有显著之德而助祭者。相,助,指助祭者。

③ 济济:恭敬齐整之貌。多士:指参加祭礼的人。

④ 秉:执。文德:指有教养,通礼仪。是西周以来人们最崇尚的最高的道德修养境界。

⑤ 对越:即"对扬",答谢、称扬之意。

⑥ 骏:敏疾、迅速。

⑦ 不显:伟大之意。不承:有强盛、威烈、美善之意。

⑧ 无射(yì):爱怜不舍之意。

【讲评】

《诗序》说:"《清庙》,祀文王也。周公既雒邑,朝诸侯,率以祀文王焉。"从内容看这是周人的一篇祭祖的诵辞。是否祭文王,诗中没有明确的表现,至于作者是否周公,就更难说了。但此诗排列在《周颂》的第一篇,因此一般认为是周开国之初的作品。诗赞美祖先崇高的文德——无所不包、无所不容的胸怀和道德境界。格调庄严肃穆。

需要特别指出的是,虽是祭祀神灵,但诗中强调的还是"人"的道德——参加助祭的人是"显相",怀念祖先的重点在"文德",末句尤其落脚在对于"人"的爱护和关怀上。从西周开始,中国古代思想史才真正地进入了理性不断强化和加深的阶段。

【集评】

张以诚《毛诗微言》云:"《清庙》一启,万国之冠冕毕集,盖新率诸侯以祭,灵爽固是肃然。"

万时华《诗经偶笺》云:"'清庙'句轻。'显相'说'肃雍','多士'说'秉德',此行文错举妙于炉锤处。"

牛运震《诗志》云:"不必铺扬文德,从助祭之人看出。'秉德''无射',自然深厚。对神之词深不得浅不得,妙在质而能深。沈奥动荡,有一唱三叹之音。"

天　作(周颂)

天作高山①,大王荒之②。彼作矣③,文王康之④。
彼徂矣岐⑤,有夷之行⑥。子孙保之。

【注释】

① 作:生,造就。高山:指岐山。在今陕西省岐山县东北。周自文王之祖古公亶父由豳迁于岐山之下后,才开始强大起来。
② 大王:即文王之祖古公亶父,武王时,追尊为大(太)王。荒:有。
③ 作:旧训"治理",杨树达先生训为"始"。
④ 康:读为赓,继续。
⑤ 徂:通"阻",险阻。
⑥ 夷:平坦。行:道路。有了平坦道路。

【讲评】

《毛序》说:"《天作》,祀先王先公也。"朱熹说:"此祭大王之诗。"从诗意来看,虽然提到太王和文王,但主要对象是"岐"而不是"王"。姚际恒《诗经通论》云:"《小序》谓'祀先王、先公',诗中何以无先公?《集传》谓祀大王,诗中何以又有文王？皆非也。季明德曰：'窃意此盖祀岐山之乐歌。按《易》升卦六四爻曰王用享于岐山，则周本有岐山之祭。'此说可存。邹肇敏本之为说曰：'天子为百神主。岐山王气攸钟，岂容无祭；祭岂容无乐章。不言及王季者，以所重在岐山，故止挈首、尾二君言之也。'又为之核实如此。"按：何楷、方玉润亦同此说。细品诗意，当为周王祭祀岐山的诗无疑。

【集评】

牛运震《诗志》云："朴致古调。只就岐山写出大王文王之功，极有浑浩草昧之气。"

陈仅《诗诵》云："《颂》之《天作》，限即《雅》之《皇矣》。雅者，告君之辞，主于畅达，故累累数百言而不厌其多；颂者，告神之辞，归于谨严，故寥寥六七句而不嫌其少。"

思　　文 (周颂)

思文后稷①，克配彼天②。立我烝民③，莫匪尔极④。
贻我来牟⑤，帝命率育⑥。无此疆尔界⑦，陈常于时夏⑧。

【注释】

① 思文："思"为语词，"文"指文德。后稷：周人的始祖。

② 克：能。言后稷能配上帝。

③ 立：定。烝民：众民。

④ 极：中极，表率。这是说：安定万民，莫不是以你为表率的。

⑤ 贻：遗留。来牟：来是小麦，牟是大麦。

⑥ 率育：普遍养育。言上帝命令以此遍养下民。

⑦ 疆、界：都是指疆域。

⑧ 陈：布陈。常：当读为"尝"，食。此指布食于中国。时夏：此夏。夏，中国。

【讲评】

这是祭祀周族祖先后稷的诗，主旨在于歌颂后稷养民之功，但语言极其简练。

与《大雅·生民》对后稷的描述加以比较,可以看出《雅》与《颂》语言形式上的不同。颂辞盖来源于原始巫术的祝祷之辞,以简练直接为上。这不止是因为当时语言的抽象能力较差,更重要的是向神灵祈求要目的明确,无须过多的修饰。后世逐渐趋繁,阿谀兴而辞费矣,美文作或质失矣。故孔子曰:"质胜文则野,文胜质则史。"

【集评】

张七泽云:"后稷配天,一事也。《生民》述事,故词详而文直;《思文》颂德,故语简而旨深。《雅》《颂》之体,其不同如此。"(《毛诗微言》引)

牛运震《诗志》云:"'立极''陈常',皆后稷之文德也。括稷教稼,只'来牟''率育'二语,他人颂稷,必不如此下笔。"

有　　　　瞽(周颂)

有瞽有瞽①,在周之庭②。设业设虡③,崇牙树羽④。
应田县鼓⑤,鞉磬柷圉⑥,既备乃奏,箫管备举⑦。
喤喤厥声⑧,肃雍和鸣⑨,先祖是听。我客戾止⑩,
永观厥成⑪。

【注释】

① 瞽:目闭不开的盲人。古代以盲人充任乐官,这里指乐师。

② 庭:指宗庙中的前庭。

③ 设业设虡(jù):这句是说支起挂乐器的木架。

④ 崇牙:也叫枞。树羽:在崇牙上装饰上五彩鸟羽。树,插。

⑤ 应:小鼓名,因其与大鼓之声相应,故名应。田:大鼓。一说小鼓。古奏乐,先击的小鼓叫棘(yìn),又叫朔,有引导、开始的意思。后击的叫应,有"应和大鼓"的意思。或以为"应田"与"悬鼓"相对,指的是一物,并非两种鼓。这种鼓在大鼓之侧,"以引大鼓言之,故谓之棘,以承大鼓言之,故谓之应。"县鼓:县,通悬。悬挂的鼓。

⑥ 鞉(táo):即摇鼓,亦作鼗。旁有两耳,耳上系两硬物,下有手持的木柄。持木柄摇

动,所系硬物即甩动击打鼓面。磬:玉或石制成的打击乐器。柷(zhù):乐器名,呈方斗形,中有椎柄,用手扳动,椎柄则晃动击打两边,发出声音,作为开始奏乐的一种信号。圉(yǔ):通敔,乐器名,又名楬。木制,形似伏虎,背上有二十七锯齿,以木搏击出声,雅乐将终时奏以止乐。

⑦ 箫:古箫如今之排箫,是以小竹管排编成的。管:管乐,即笛子之类的乐器。

⑧ 喤(huáng)喤:宏亮的乐声。

⑨ 肃雝:和谐的乐声。

⑩ 戾止:到来。戾,到。止,语助词。

⑪ 永:终、一直。成:指乐曲终了。一说此指祭礼完毕。

【讲评】

这是周王在宗庙祭祀先祖的一首乐歌,详细地描述了乐队的组成,盛况空前。《毛序》说:"《有瞽》,始作乐而合乎祖也。"《郑笺》云:"王者治定制礼,功成作乐,合者,大合诸乐而奏之音义。"《孔疏》说:"周公摄政六年,制礼作乐,一代之乐功成,而合诸乐器于祖庙奏之,告神以知善否。"是否始作乐成而奏于祖之诗,则不好说,但诗中描述的在庙堂上奏乐的盛况,确实是像以音乐乐祖先的。

【集评】

凌蒙初《诗逆》云:"说到先祖是听,合祖大旨尽矣,又转出'我客'二句,水穷之处,又出一波,且才见所谓先祖之听,非属渺茫。"

潜(周颂)

猗与漆沮①,潜有多鱼②。有鳣有鲔③,鲦鲿鰋鲤④。
以享以祀⑤,以介景福⑥。

【注释】

① 猗与:赞叹词。漆沮:水名。

② 潜:当从韩诗和鲁诗作涔(cén),把木柴堆在水中供鱼栖息叫涔。

③ 鳣(shàn):又叫黄鱼、蜡鱼。似鳝而短鼻,口在颔下,体有邪行甲,无鳞。据《本草纲

目》说,这种鱼大者可达一二千斤重。鲔(wěi):鲟鱼,长一二丈。

④ 鲦(tiáo):鱼名,又叫白鲦。鲿:又名黄鲿鱼、黄颊鱼。鰋:又名鲇鱼。

⑤ 享:祭献。

⑥ 以介景福:以求大福。介,祈求;景,大也。

【讲评】

　　这首诗是向宗庙献鱼祭祀的歌。鱼是宗教崇拜的对象,用以祭祀宗庙,原本的意义可能在于祈求多子多孙。在古代"人类本身的再生产",是个至关重大的问题,一个部族,一个国家,其繁盛与衰败,首先就看人口的多少,所以,多子多孙,就是吉祥。"多"的意义再一步泛化,则财富、土地无所不包,"鱼"这一意象也就渐渐成为广泛意义上的幸福和吉祥的象征物。现今在产鱼甚少、甚至根本不产鱼的西北地区,逢年过节,往往以木鱼摆在筵席上,更是最有说服力的证明,此乃远古习俗之遗留。

闵　予　小　子(周颂)

闵予小子①,遭家不造②,嬛嬛在疚③。於乎皇考④,
永世克孝⑤。念兹皇祖⑥,陟降庭止⑦。维予小子,
夙夜敬止⑧。於乎皇王⑨,继序思不忘⑩。

【注释】

① 闵:通悯,可怜。予小子:周王自称。小子,本青少年,但对先祖,也可自称"小子"。

② 造:至,善。不造即不幸。

③ 嬛(qióng)嬛:孤独忧伤、无所依靠貌。疚:病,哀痛。

④ 皇考:对已故父亲的美称,这里指武王。

⑤ 永世:终身。

⑥ 兹:此。皇祖:对已故祖父的美称。

⑦ 陟降:指神灵上下天地。庭:指周之王庭。

⑧ 敬:谨慎。止:语词。

⑨ 皇王:这里指先代君王。

⑩ 序：通"绪"，事业。思：语助词。忘：通亡，训遗失、丢掉。

【讲评】

这首诗写于成王除武王之丧，将要执政之时。他到祖庙朝拜，祭告其父王武王和祖父文王，抒发了其内心的哀痛、孤独和对继承王业的担心。开头三句，直抒情怀，"嬛嬛在疚"，写尽丧父孤子之哀痛情状；下面两个"於乎"，写情感逐层深入，真切自然。

【集评】

徐光启《诗经六帖讲意》云："此诗首三言，何等悲怆怨慕。即此便见守成之难，即此便是守成之本。"

陆化熙《诗通》云："开口说个'闵'字，含许多凄怆。其可闵在下二句。国家新造未集，又以皇考限世，茕茕在哀疚之中，岂不可闵？此三句就有惧继序之未能意。永世克孝，以缵绪继述言。不言己之念皇考，而但追想皇考之平生，正思念真切处。"

那（商颂）

猗与那与①，置我鞉鼓②。奏鼓简简③，衎我烈祖④。
汤孙奏假⑤，绥我思成⑥。鞉鼓渊渊⑦，嘒嘒管声⑧。
既和且平⑨，依我磬声⑩。於赫汤孙⑪，穆穆厥声⑫。
庸鼓有斁⑬，万舞有奕⑭。我有嘉客⑮，亦不夷怿⑯。
自古在昔⑰，先民有作⑱。温恭朝夕⑲，执事有恪⑳。
顾予烝尝㉑，汤孙之将㉒。

【注释】

① 猗（ē）、那（nuó）：都是美盛之意。与：欤，叹词。
② 置：陈设。鞉（táo）鼓，鞉鼓有两种，一种是摇鼓，一种是竖起的。
③ 简简：鞉鼓洪大的声音。

④ 衎(kàn):乐。烈祖:称有功业的祖先。

⑤ 汤孙:商汤的子孙,指主祭者。奏假:《毛传》:"假,大也。"《郑笺》:"假,升也。奏升堂之乐弦歌之。"陈奂:"言汤孙奏此大濩之乐以乐我烈祖。"马瑞辰训"奏"为"进","假"为"至",云"上致乎神曰奏假。"今从马说。

⑥ 绥:通遗,赐予。思:语助词。成:与备、福同义。

⑦ 渊渊:鼓声。

⑧ 嘒嘒:管乐之声。

⑨ 和:音节和谐。平:指乐声高低大小适中。

⑩ 依:随着。磬:一种用石或玉制成的打击乐器。

⑪ 於(wū)赫:赞叹显赫之意。

⑫ 穆穆:和美貌。

⑬ 庸鼓,牟庭:"《周礼·春官》郑司农注曰:庸器,有功者铸器铭其功。郑注曰:庸器,伐国所获之器。据此知铭功之鼓谓之庸鼓,铭功之钟谓之庸钟。"有斁(yì):斁通绎,乐声盛大貌。

⑭ 万舞:舞蹈名。有奕:舞容盛大貌。

⑮ 嘉客:指来助祭的诸侯。

⑯ 夷怿:喜悦。

⑰ 自古:与"在昔"同义,都是指从前。

⑱ 先民:指前人。

⑲ 温恭朝夕:言平日温和恭敬。朝夕,犹言整日。

⑳ 执事:做事。有恪(kè):谨慎貌。

㉑ 顾:光顾。烝尝:冬祭曰烝,秋祭曰尝。

㉒ 将:烹飨。

【讲评】

　　这是商人祭祀开国之君成汤的诗。《毛序》说:"祀成汤也。微子至于戴公,其间礼乐废坏。"苏辙《诗集传》曰:"'商人尚声,臭味未成,涤荡其声,乐三阕,然后出迎牲。'故其祀成汤也,取其所植鼖鼓而奏之,以作乐,以乐其烈祖成汤,乐奏而汤孙至。"此诗重在描写祭祀的音乐歌舞,气氛虽在,而章法杂乱。当属简册散乱、整理未工所致。诗中写到了鼖鼓、管、磬、庸、黄、万舞,以听者的感受写想象中神灵的感受,侧面表现音乐的盛大和美好,这种写法,是高明的。开后世曲写、侧写的先河。黄佐《诗经通解》说:"此诗迎牲以鼗鼓,当祭以鼗鼓、以管、以磬,祭成乃以庸鼓、万舞,岂一事自为一成乎? 然味其词,乃若互见而有余音者,此《商颂》所以简古,而曾子歌之也。"其说可参。

【集评】

万时华《诗经偶笺》云:"商人尚声,故盛称其乐。一章臭味未成,涤荡先举时也;二章乐三阕,乃出迎牲时也;三章钟鼓交作,九献既终时也。末二章复言祭意之远,而以气类异之也。始祭以鼗鼓,当祭以鼗鼓、以管、以磬,祭成以庸鼓、万舞,亦互言之也。"

牛运震《诗志》云:"恢语极廉,平语极奥,温语极厉,竦肃深远,诗中有冬气。"

三、史　诗　篇

大　明（大雅）

明明在下①，赫赫在上②。天难忱斯③，不易维王④。
天位殷适⑤，使不挟四方⑥。

挚仲氏任⑦，自彼殷商。来嫁于周，曰嫔于京⑧。
乃及王季⑨，维德之行⑩。大任有身⑪，生此文王。

维此文王，小心翼翼。昭事上帝⑫，聿怀多福⑬。
厥德不回⑭，以受方国⑮。

天监在下，有命既集⑯。文王初载⑰，天作之合⑱。
在洽之阳⑲，在渭之涘⑳。文王嘉止㉑，大邦有子㉒。

大邦有子，伣天之妹㉓。文定厥祥㉔，亲迎于渭㉕。
造舟为梁㉖，不显其光㉗。

有命自天㉘，命此文王，于周于京㉙。缵女维莘㉚，
长子维行㉛，笃生武王㉜。保右命尔㉝，燮伐大商㉞。

殷商之旅㉟，其会如林㊱。矢之牧野㊲，维予侯兴㊳。
“上帝临女，无贰尔心！”

牧野洋洋㊴，檀车煌煌㊵，驷𬴂彭彭㊶。维师尚父㊷，
时维鹰扬㊸。涼彼武王㊹，肆伐大商㊺，会朝清明㊻。

【注释】

① 明明：鲜明貌。言其德鲜明可察。在下：指在人间。或以为明明同穆穆、亹亹，勤勉的意思。

② 赫赫：显盛貌。在上：指在天上。言在下者有明明之德，则在上者有赫赫之命。

③ 天难忱斯：言天命无常而难信。天，天命。忱，相信、信赖。

④ 不易维王：言不可改易者，王也。

⑤ 位：当读为"立"，立、位古同字。适：当为"敌"之借。言天为殷树立的对手，故下言"使不挟四方"。

⑥ 挟：拥有。

⑦ 挚：国名。仲氏：兄弟姊妹排行老二曰仲。任：姓。任姓相传为奚仲之后，为夏后氏车正，封于薛。王夫之以为挚、薛古音相近通用，挚盖薛也。古代称女子先氏而后姓，故曰"仲氏任"。

⑧ 嫔：成妇曰嫔。上二句分言嫁、嫔，嫁当指来嫁，尚未举行庙见之礼。嫔当指嫁后三月的成妇礼。

⑨ 王季：古公之子，文王之父。

⑩ 行：行列，齐等。言德与之相齐等。

⑪ 大（tài）任：即挚仲氏任，太为尊称。有身：即"有孕"，古文字"身"即象人怀妊而大腹之形。

⑫ 昭事：昭其精诚，以事奉之。昭：光明。事：服事。

⑬ 聿：发语词。怀：招来。

⑭ 回：违，或训邪。

⑮ 方国：犹言邦国，方亦是国。

⑯ 有命既集：言天命已集于周。

⑰ 初载：初立，即继承父位。

⑱ 作：作成。合：配偶。言天成其美，使与太姒合成夫妻。

⑲ 洽（hé）：水名，又名合水，源出陕西合阳县西北，今已涸绝。

⑳ 渭：即渭河。涘（sì）：水边。此二句是说在洽水之阳的有莘之女，与在渭水之滨的周文王结成了佳偶。

㉑ 嘉止：嘉礼，指婚礼。止，礼。

㉒ 子：女子，指太姒。

㉓ 俔（qiàn）：譬如，好比。妹：少女。此句言太姒美如天女。

㉔ 文：礼文。厥：其。祥：吉祥。言以纳币之礼定其吉祥。

㉕ 渭：疑此处当指泾。因泾入渭，故有时也称渭。

㉖ 造舟：并船而造浮桥。

㉗ 不显：显耀。此句言其婚姻之荣耀。

㉘ 自：从。言命令自上天发出。

㉙ 于周于京:即"于周京",后一"于"字,乃为了补足成四字句。

㉚ 缵(zuǎn)女:美女。一说训继,言继大任之女事。莘:古国名,太姒出生之国。

㉛ 长子:此句与"缵女"句相对,上指太姒,此当指文王。此言缵女、长子,德相齐等。

㉜ 笃:语词,与"笃公刘"之"笃"同义。

㉝ 右:佑。命:命令。尔:此指武王。

㉞ 燮:燮、袭双声,"燮伐"即"袭伐"之假借。

㉟ 殷商:当读为"敦商",殷、敦音近可通,敦有讨伐之意。

㊱ 会:旝之假借,古代军中所用的一种令旗。一说会合。如林:言旗如林之多。

㊲ 矢:"誓"之借,指誓师。牧野:商郊地名,在今河南淇县南。

㊳ 予:我。侯:是,乃。兴:兴起。

㊴ 洋洋:广阔貌。

㊵ 檀车:檀木所作的车。檀木坚硬,是做车的好材料。煌煌:鲜明壮盛貌。

㊶ 驷騵(yuán):四匹白腹的骏马。騵,赤毛白腹的骏马。彭彭:强壮貌。

㊷ 师:太师,官名。尚父:即吕尚,世称姜子牙。

㊸ 时:犹"是"。鹰扬:如鹰之飞扬。形容其勇猛。

㊹ 涼(liàng):辅佐。

㊺ 肆伐:当作"袭伐"。

㊻ 会朝:会、甲双声,"会朝"即"甲朝",指甲日这天的早晨。清明:指天气清朗。据《吕氏春秋·贵因》记载,武王伐商时,曾"天雨,日夜不休"。疑此指甲子早晨战争结束,天气转晴。

【讲评】

这首诗叙述周人先祖讨伐殷商的伟大胜利。诗以文王为中心,先文王父母之以德相配而生文王,再述文王之德、文王之婚、文王之德配而生有作为之子武王。最后说到武王伐商获成,突出了"天命有德"的主题。诗名《大明》,据《逸周书·世俘解》原本名《明明》,此当是编诗者因《小雅·小明》而易名为《大明》。与诗义无关。诗一章言天辅有德,使殷失统;二章言文王之生;三章言文王之德;四、五章言文王的婚礼;六章言武王之生;七、八章言武王伐商。

【问题讨论】

1. 关于"亲迎于渭"

旧以为渭水。据史载,当时文王在岐周(或说在毕郢),太姒之莘国在合阳,二地皆在渭河之北，并不过渭河，下言"造舟为梁"，显然所说的渭并非今之渭水。此处当指泾水。《山海经·西山经》："榆次之山，漆水出焉，北注于渭。"《水经·漆水注》亦云："漆水出扶风杜阳县俞山东，北入于渭。"渭本在漆水之南，二书俱言北入于渭，显然非今之渭。泾西有二漆水，一南流入渭，一北流注泾以入渭。《西山经》及《水经注》所言，当指北流入泾的漆水。因泾水入渭，所以有时也称作渭。如同湖北境内汉水与夏水合流，故汉水有时也称夏水。周在泾西，莘在泾东，亲迎于泾，于理为顺。

2. 关于"殷商之旅"

此句旧皆以为指殷商的军队。但这样，下文"矢之牧野"的主体便应该是殷商的军队了，可是根据意思，却指的是伐商的军队，显然是有矛盾的。我们认为，这个"殷"字应该读为"敦"。《战国策·齐策》"家敦而富"，《史记·苏秦传》"敦"作"殷"，是二字音近相通之证。敦有讨伐之意，金文习见。如《寡子卣》"以敦不吊（淑）"，《宗周钟》"王敦伐其至"，《常武》"铺敦淮渍"等皆是。《鲁颂·閟宫》说："致天之届，于牧之野。无贰无虞，上帝临女。敦商之旅，克咸厥功。"这几乎全袭《大明》之义，而其文正作"敦商之旅"。这也可证明"殷"字读为"敦"字的正确性。此言伐商之师，下言其众，言其誓师，则一脉相贯，文理畅达。

【历史链接】

《史记·周本纪》："二月甲子昧爽，武王朝至于商郊牧野，乃誓。武王左杖黄钺，右秉白旄以麾。曰：'远矣西土之人！'武王曰：'嗟！我有国家君，司徒、司马、司空、亚旅、师氏，千夫长、百夫长，及庸、蜀、羌、髳、微、纑、彭、濮人，称尔戈，比尔干，立尔矛，予其誓。'……誓已，诸侯兵会者车四千乘，陈师牧野。帝纣闻武王来，亦发兵七十万人距武王。武王使师尚父与百夫致师，以大卒驰帝纣师。纣师虽众，皆无战之心，心欲武王亟入。纣师皆倒兵以战，以开武王。武王驰之，纣兵皆崩畔纣。"

【集评】

张以诚《毛诗微言》引吴师道云："此诗明一家祖孙、父子、夫妇、妇姑皆有圣德，而又有将帅之贤、师众之盛。至于天命之保佑，昭事之聿怀，天与对人又相与为一。诗人形容之备，莫过于此。"

万时华《诗经偶笺》："'明明在上，赫赫在下'二句，一篇纲领。首章述天人相与之机，说来十分痛切。二章以下，述文武以明明之德，受赫赫之命。文武是周家极大关系人，故各本其诞生之自，扬绩缅而言之。末二章犂商，则赫赫之命集矣。”

陈仅《诗诵》：“《大明》八章，六句八句，次第相间，格局宏整。此大雅之体也。六章承天心，天心贵和，故曰‘燮伐’。末章合众力，众力贵武，故曰‘肆伐’。用字俱有精义。”

緜（大雅）

緜緜瓜瓞①！民之初生②，自土沮漆③！古公亶父④，
陶复陶穴⑤，未有家室⑥。
古公亶父，来朝走马⑦。率西水浒⑧，至于岐下⑨。
爰及姜女⑩，聿来胥宇⑪。
周原朊朊⑫，堇荼如饴⑬。爰始爰谋⑭，爰契我龟⑮，
曰止曰时⑯，筑室于兹⑰。
乃慰乃止⑱，乃左乃右⑲，乃疆乃理⑳，乃宣乃亩㉑。
自西徂东㉒，周爰执事㉓。
乃召司空㉔，乃召司徒㉕，俾立室家㉖。其绳则直㉗，
缩版以载㉘，作庙翼翼㉙。
捄之陾陾㉚，度之薨薨㉛，筑之登登㉜，削屡冯冯㉝。
百堵皆兴㉞，鼛鼓弗胜㉟。
乃立皋门㊱，皋门有伉㊲。乃立应门㊳，应门将将㊴。
乃立冢土㊵，戎丑攸行㊶。
肆不殄厥愠㊷，亦不陨厥问㊸。柞棫拔矣㊹，行道兑矣㊺。
混夷駾矣㊻，维其喙矣㊼！
虞芮质厥成㊽，文王蹶厥生㊾。予曰有疏附㊿，予曰有先后(51)，
予曰有奔奏(52)，予曰有御侮(53)。

【注释】

① 緜緜:即绵绵,绵延不绝貌。瓜瓞(dié):瓜,指大瓜;瓞,指小瓜。

② 初生:周人此次迁徙,带有逃难性质,甚是狼狈。故"初生"当指初得获生。

③ 自:始。土:居。一说通"杜",水名。沮漆,即漆沮,为协韵而倒,即今之漆水河。因 其地下湿,故得名"沮"。孟子说太王逾梁山而至于岐下,而漆水正是经乾县的梁山 西麓注入渭水的,是太王由豳迁周必经之路。更主要的是近年在漆水流域发现多 处先周文化遗址。可以证明先周族确实在漆水流域居住过。

④ 古公亶(dǎn)父:即太王,王季父,文王之祖。

⑤ 陶:当读为掏,即掘土。复:是古人的居室形式。大约是把土挖成沟,旁留出口,将 上面覆盖,成地室形式。此种房屋,在今黄土高原,尚可见到。穴:穴窟,指窑洞。

⑥ 家室:指固定的家。一说宫室房舍。

⑦ 朝:当为"周"之音转。周指下"周原",此句是说古公来周原走马视察。

⑧ 率:循,沿着。水浒:水边。当指沣水边。沣水源出于陕西凤翔西北雍山下,东南流 经岐山、扶风入渭。

⑨ 岐下:岐山之下,即周原。岐山,在今陕西省岐山县东北。

⑩ 爰:乃,于是。姜女:姜氏之女,即太王之妻,又称太姜。

⑪ 聿:语首助词。胥宇:相宅。相,察看。宇,居处。

⑫ 周原:岐周原野。膴(wǔ)膴:土地肥沃貌。

⑬ 堇:又名堇葵,味苦。荼:即苦菜;饴:麦芽糖。言此地肥沃,长出的苦菜,味也甘美。

⑭ 爰:乃,于是。始、谋:谋划。始、谋都是谋划之意。

⑮ 契、龟:指用龟占卜。古人用龟甲占卜时,先在甲骨上凿小孔,然后用火烧烤。再根 据小孔处裂纹推断吉凶。契即钻刻。

⑯ 曰止曰时:这句是指龟兆所显示的意思,即"曰止时",言止于此。时,是。一说:时, 善也。

⑰ 兹:此。

⑱ 乃:于是。此下四句每句两"乃"字,后一"乃"都只是为了补足四言,不必强作解释。 慰、止:都指居住。

⑲ 左、右:此指分左右居住。

⑳ 疆、理:指划定地界。理,整理农田。

㉑ 宣:指疏导沟洫。亩:指治其田畴。

㉒ 徂:往。

㉓ 周:普遍。爰:语词。执事:执行其事。此言为建立新居,到处都在忙忙碌碌。

㉔ 司空:官名,掌管工程建筑的官。

㉕ 司徒:掌管徒役的官。

㉖ 俾:使。室家:指宫室房舍。

㉗ 绳:绳墨,准绳。此句指建筑前划线正地基。

㉘ 缩:束。版:筑墙时两头挡土的墙板。用绳索将板与木柱固定后,方可填土打筑。
载:承载。指向夹板中填土。

㉙ 作:造。翼翼:严正貌。或以为形容庙宇整体建筑,两厢对称排开,像鸟的两翼
张开。

㉚ 捄(jiū,一音 qiú):指盛土于器。陾(réng)陾:铲土声。

㉛ 度:投,填。此指投土于夹版中。薨(hōng)薨:填土声。

㉜ 筑:以杵捣土使之坚固曰筑。登登:筑土声。

㉝ 削屡:削平墙土隆高之处。屡、娄,隆一声之转,墙土隆起处。冯(píng)冯:削墙声。

㉞ 堵:一丈为版,五版为堵。兴:起,建成。一说训"作",指动工。

㉟ 鼛(gāo)鼓:大鼓名,长一丈二尺。工地用于鼓舞士气。弗胜:当即"沸腾"之音转,
《十月之交》有:"百川沸腾",指水之腾涌,此则形容劝工之鼓声震荡。

㊱ 皋门:王都的郭门。皋之言高,郭门高大,故谓"皋门"。

㊲ 伉(kàng):门高大貌。

㊳ 应门:王宫的正门。

㊴ 将将:严正貌。

㊵ 冢土:大社。土,通社,祭土地神的地方。

㊶ 戎:戎狄;丑:丑房。戎丑,当指所获的戎狄俘虏。攸行:攸,乃;行,陈列。言将战俘
陈列于社前,血祭社神。

㊷ 肆:语词。不殄(tiǎn):不绝。恤:通禋,指禋祀上帝。

㊸ 殒(yǔn):丧失。问:通闻,指声誉。此二句说:一直不绝于对上帝的祭祀,也没有丧
失声誉的事情。但与下文文意不相贯,疑有错简。

㊹ 柞:柞树,橡栎之一种。棫(yù):小木,丛生有刺,果实如耳珰,紫赤可啖。拔:除净。

㊺ 行道:道路。兑:开通。上二句言柞、棫铲除了,此句则言道路开通了。

㊻ 混夷:又作昆夷、畎夷、犬夷、犬戎,是古代西北部的一个少数民族。駾(tuì):旧训为
"突",指混夷奔突。疑"駾"与下"喙"字误倒。上言其困穷无力支撑,下言其奔突
逃窜。

㊼ 喙:张大嘴喘气貌。

㊽ 虞、芮:二国名,古地当在陕西陇县的吴山、芮水一带。二国连壤,与岐周为邻。质:

正,评断。成:平。传说虞、芮二国因争田而发生纠纷,久而不平,二国之君到周文王处评判是非。到了周境内,见这里的人多耕者让畔,行者让路,入其邑,男女异路,班白不提挈。于是很感动,便不再争田,以其所争之田为闲田而退。天下闻之而归附文王者有四十余国。

㊾ 蹶(guì 或 jué)厥生:蹶当为崛起之意。生,起。此句指文王崛起,霸于一方。所谓"西伯",其实就是"西霸"。

㊿ 予:我们,周人自谓。曰:语词。疏附:当作"胥附",即相归附。

(51) 先后:指在王前后左右辅佐导引之臣。

(52) 奔奏:即奔走,指为其奔走呼号之臣。

(53) 御侮:指抵御外侮之臣。以上四种贤臣,古谓之四邻。

【讲评】

这可说是一篇太王传,讲述太王率领周族逃避犬戎追击、安居周原、振兴周族的历史。

周人在先祖公刘时居于豳地,后来由于戎狄的侵扰,难以生存,才由文王的祖父古公亶父率领逃到了岐山下的周原,并在这里建社、立庙、造宫、作城,使周族走出野蛮的氛雾而步入了文明。

诗首章言太王避狄难逃生至漆水景况。二章言太王相宅,避乱迁国。牛运震云:"极不得意事,却写得雄爽风流。只'来朝走马'一语,形容精神风采如见。"三章言卜居岐周。"堇荼如饴"写土地肥沃,表达出农业部族找到这块土地时的喜悦。四章言经营岐周,五章言作宗庙,六章写工地场景。一连串的象声词,写出繁忙景象,也表现了周族大众的欢腾情绪。徐常吉云:"此章只以'陾陾'等字义玩味,而筑墙之声响景象,宛然入于耳目。岂非赋家之祖!"七章言立门作社。牛运震云:"规模草创,气局宏远,一一写得出。"八章言路开敌窜。四"矣"字,当作四种口气读,或胸怀开阔,或神情悠远,或欢喜雀跃,或嘲讽笑傲,神情跃然。九章言文王崛起一方。四个"予曰",古拗横肆,周人的雄心、信心、壮心都涌现出来,预示着远大辉煌的前程。

这首诗多直觉描画场景,少谨慎规矩之气。我们仿佛觉得作者就是当年太公手下的一员,他仿佛是亲身参与了这种种活动。虽是《大雅》,却写得如此活泼生动,其中重复使用的词语,给人以古朴亲切感,且各具妙处。

【问题讨论】

关于此诗的最后两章,今本可能有些问题。主要出在"肆不殄厥愠"二句,此旧约有四说:一、《郑笺》云:"文王见太王立冢土,有用大众之意,故不绝其恚恶恶人之心,亦不废其聘问邻国之礼。"二、《孟子》赵岐注:"文王不殄绝畎夷之愠怒,亦不能殒失文王之善声闻也。"三、朱熹与赵注略同,只是改文王为太王。四、于省吾读"愠"为"禋",谓此与《云汉》"不殄禋祀"句意同。但不管哪一种,也不能与诗意契合。诗上言立皋门、立应门、立大社,下言除柞棫、开道路、驱混夷。中间突插此二句,如果说是"不绝其恚恶恶人之心",可是下文却无一句与此意相关,所谓"不废其聘问邻国之礼",也毫无着落。若说是不能殄绝混夷之愠怒,而下文却写的是混夷逃跑的消息。于省吾先生的意见虽较旧说为胜,也仍难通。更奇怪的是此章前并没有提到"文王"二字,"立冢土"尚是太王所为,可是《孟子·尽心下》却说:"'肆不殄厥愠,亦不陨厥问',文王也。"若此,则下文"柞棫拔矣"也当是文王之事了。可是据《皇矣》所言,"柞棫斯拔"乃王季前的事。因此笔者认为,此当有错简。"肆不殄厥愠"二句当移于"虞芮质厥成"句前。此诗"柞棫拔矣"以下当是四句一章,前四句末皆有"矣"字,言尚属太王事;中四句句中皆有"厥"字,且愠、问、成、生等字也相叶韵(文耕合韵),此始转入文王之事。最后四句首皆有"予曰有"三字。其原初当如下式:

> 肆不殄厥愠,亦不陨厥问。
> 虞芮质厥成,文王蹶厥生。
>
> 柞棫拔矣,行道兑矣。
> 混夷𫘝矣,维其㖞矣!
>
> 予曰有疏附,予曰有先后。
> 予曰有奔奏,予曰有御侮。

如此则构成非常整齐的三章,且内容也一气相贯,文理通畅。此事《周本纪》中有记载。这可以说是周族历史的大转折(详参刘毓庆《大雅·绵诗新考》《雅颂新考》)。

【历史链接】

关于太王迁周,《史记·周本纪》与《孟子》《庄子》中都有记载。《孟子·梁惠王下》说:"昔者,大王居邠,狄人侵之。事之以皮币,不得免焉;事之以犬马,不得免焉;事之以珠玉,不得免焉。乃属其耆老而告之曰:'狄人之所欲者,吾土地也。吾闻之也,君子不以其所以养人者害人。二三子何患乎无君? 我将去之。'去邠,踰梁山,邑于岐山之下居焉。邠人曰:'仁人也,不可失也。'从之者如归市。"

《庄子·让王》说:"太王亶父居邠,狄人攻之。事之以皮帛而不受,事之以犬马而不受,事之以珠玉而不受。狄人之所求者,土地也。太王亶父曰:'与人之兄居而杀其弟,与人之父居而杀其子,吾不忍也。子皆勉居矣。为吾臣与为狄人臣,奚以异? 且吾闻之,不以所用养害所养。'因杖策而去之。民相连而从之,遂成国于岐山之下。"

《周本纪》说:"古公亶父复修后稷、公刘之业,积德行义,国人皆戴之。熏育、戎狄攻之,欲得财物,予之,已,复攻。欲得地与民,民皆怒,欲战,古公曰:'有民立君,将以利之。今戎狄所为攻战,以吾地与民。民之在我,与其在彼,何异? 民欲以我故战,杀人父子而君之,予不忍为。'乃与私属遂去豳,度漆沮,踰梁山,止于岐下。豳人举国扶老携弱,尽复归古公于岐下。及他旁国闻古公仁,亦多归之。于是古公乃贬戎狄之俗,而营筑城郭室屋,而邑别居之。作五官有司,民皆歌乐之,颂其德。"

皇　　矣 (大雅)

皇矣上帝①,临下有赫②。监观四方③,求民之莫④。
维此二国⑤,其政不获⑥。维彼四国⑦,爰究爰度⑧?
上帝耆之⑨,憎其式廓⑩。乃眷西顾⑪:此维与宅⑫!
作之屏之⑬,其菑其翳⑭。修之平之⑮,其灌其栵⑯。
启之辟之⑰,其柽其椐⑱。攘之剔之⑲,其檿其柘⑳。
帝迁明德㉑,串夷载路㉒。天立厥配㉓,受命既固㉔。
帝省其山㉕,柞棫斯拔㉖,松柏斯兑㉗。帝作邦作对㉘,
自大伯王季㉙。维此王季,因心则友㉚,则友其兄,
则笃其庆㉛。载锡之光㉜,受禄无丧㉝,奄有四方㉞。
维此王季,帝度其心㉟,貊其德音㊱。其德克明㊲,

克明克类㊳,克长克君㊴,王此大邦㊵,克顺克比㊶。
比于文王㊷,其德靡悔㊸。既受帝祉㊹,施于孙子㊺。
帝谓文王:无然畔援㊻,无然歆羡㊼,诞先登于岸㊽。
密人不恭㊾,敢距大邦㊿,侵阮徂共(51)。王赫斯怒(52),
爰整其旅(53),以按徂旅(54),以笃于周祜(55),以对于天下(56)。
依其在京(57),侵自阮疆(58),陟我高冈(59):无矢我陵(60),
我陵我阿;无饮我泉,我泉我池。度其鲜原(61),
居岐之阳,在渭之将(62)。万邦之方(63),下民之王(64)。
帝谓文王:予怀明德(65),不大声以色(66),不长夏以革(67)。
不识不知(68),顺帝之则(69)。帝谓文王:询尔仇方(70),
同尔弟兄(71)。以尔钩援(72),与尔临冲(73),以伐崇墉(74)。
临冲闲闲(75),崇墉言言(76)。执讯连连(77),攸馘安安(78)。
是类是祃(79),是致是附(80),四方以无侮(81)。临冲茀茀(82),
崇墉仡仡(83)。是伐是肆(84),是绝是忽(85),四方以无拂(86)。

【注释】

① 皇:英明、伟大。

② 临:从高处俯视。有赫:即赫赫,严威显明貌。

③ 监观:从高处观察。

④ 求:借为“救”。莫:通瘼,病、疾苦。

⑤ 二:疑为“上”之讹。金文中“上”与“二”形极相近。“上国”与“四国”相对应,当指商国,因其处于尊位,故称“上”。

⑥ 不获:指不得民心。

⑦ 四国:四方的国家。指殷商之外的其他诸侯国。

⑧ 爰究爰度:此句与“此维与宅”句相呼应。爰,于何。一说乃。究,当与“度”同训为“居”。

⑨ 耆:林义光《诗经通解》据《潜夫论》引作“指”,以为当训为“指”,谓意之所向。“言上帝究度四国之怒后,意向于周,以为可作民主。”

⑩ 憎:憎恶。一说增的假借,扩大。式廓:犹“样子”“模样”。此承上下句言,是说上帝

愤怒于商国的失道行为,憎恶商国的那种模样,故选择了周。

⑪ 眷:回顾貌。西顾:向西顾视。周在西,故云。

⑫ 此:此地,指岐周。与:当读为予,予即我。宅:居住。此句是假想上帝说的话。

⑬ 作:读为"柞"。拔除树木曰柞。屏:同"摒",除去。

⑭ 菑(zì):直立的枯树。翳:树荫蔽地者。

⑮ 修:修剪。平:平整。

⑯ 灌:灌木。栵(lì):成行生的树木。

⑰ 启、辟:都是开辟之意。

⑱ 柽(chēng):河柳,生水旁,皮正赤如绛。一名雨师,枝叶似松。椐:节中肿,可以作杖以扶老,故又名灵寿木。

⑲ 攘:除去。剔:剔剪。此指清除繁冗枝条,使之更快生长。

⑳ 檿(yǎn):又名山桑,可作弓及车辕。柘:又名黄桑,叶可以喂蚕。

㉑ 帝迁明德:此句言上帝的心向着有明德之人,故由殷王身上转移到周王身上。

㉒ 串:与贯为叠韵,故其意亦相通。贯有"通"意。夷:平坦之意。载:则。此句承上平治草木言,是说把草木除掉了,杂木丛生之地变成了平坦贯通的道路。

㉓ 厥配:其配。配,指上可配天的君主。

㉔ 受命:接受天命。固:坚固。言牢牢把握着天命。

㉕ 省:视察。一说,善也。

㉖ 柞棫(yù):柞,柞树,橡栎之一种。棫,小木,丛生有刺,果实如耳珰,紫赤可啖。拔:连根拔除。

㉗ 兑:开通。此句言从松柏之中开通了道路。

㉘ 作邦:建立邦国。对:《毛传》:"对,配也。"《郑笺》:"天为邦,谓兴周国也。作配,谓为生明君也。"《诗集传》:"对,犹当也,言择其可当此国者以君之也。"或以为与封字同义。

㉙ 大伯:即太伯,古公亶父的长子,文王的伯父。王季:文王之父。《韩诗外传》说:"古公亶甫有子曰太伯、仲雍、季历。季历有子曰昌。太伯知大王贤昌而欲季为后也。太伯去之吴。大王将死,谓曰:我死,汝往让两兄,彼即不来,汝有义而安。大王薨,季至吴告伯仲,伯仲从季而归。群臣欲伯之立季,季又让,伯谓仲曰:今群臣欲立季,季又让,何以处之?仲曰:刑有所谓矣,要于扶微者,可以立季。季遂立而养文王。文王果受命而王。"

㉚ 因心:用心。友:友爱。《毛传》:"善兄弟曰友。"

㉛ 笃:厚,多。庆:福气,福分。

㉜ 载:乃、则。锡:赐。光:光荣,指王位。一说:光,大也,指大位。

㉝ 丧:丧失。

㉞ 奄有:尽有。

㉟ 度:忖度。

㊱ 貊(mò):勉。一说训静,或当作"莫",训定。德音:好声誉。

㊲ 克:能够。明:明察是非。一说照临四方。

㊳ 类:当指族类,言能团结其族类。

㊴ 长:此言能为人师长。君:言能为人君主。

㊵ 王:读去声,动词(或以为做王,或以为兴旺);大邦:指周。

㊶ 顺:慈和遍服曰顺。比:三家《诗》作"俾",训服从。于省吾以为"比"乃"从"之讹,古文二字形近。又"邦"与"从"叠韵,则此诗本应作"王此大邦,克顺克从",属词与韵读无有不符。

㊷ 比:及,到。

㊸ 靡悔:无遗恨。

㊹ 帝祉:上天之福。

㊺ 施(yì):延续。孙子:即子孙。

㊻ 无然:不要如此。畔援:又作伴奂、畔换、判涣、叛换等,写无定字,当即彷徨、盘桓之音转,犹逍遥之意。

㊼ 歆羡:贪欲。

㊽ 诞先登于岸:此数句是拟想上帝劝文王的话,要文王先占据有利地位。诞,当。岸,高位。

㊾ 密:密须,古国名,姞姓,在今甘肃灵台县西约50里。恭:恭敬。

㊿ 距:通拒,抗拒。言拒周之命令。大邦:指周国。

(51) 阮:古国名,在今甘肃泾川县。徂:往,到。或以徂为古国名。共:古国名,在今甘肃泾川北。

(52) 赫:怒貌。斯:语助词。

(53) 爰:于是。旅:师旅,军队。

(54) 按:遏止。徂:往。旅:军队,指密人侵略阮再侵略共的部队。

(55) 笃:巩固。祜(hù):福,此指国祚。

(56) 对:安。一说扬。

(57) 依:通"殷","依其"犹"殷殷",强盛之貌。

(58) 侵自:进及。此指文王的军队进至阮邦疆土。"自"当读为"洎",训及,至。

㊾ 陟:登。此是说文王收复了被密人占领的失地,登上了高冈。

⑥ 矢:当借为"逝",即"往"的意思。

⑥ 度:度量,规划。一说训宅,居也。鲜原:地名,前人或以为即毕原。此是分指岐周与毕原。周人营毕程自王季始。

⑥ 将:侧,旁边。

⑥ 方:法则,榜样。

⑥ 王:君王。一说:通"往",归往。

⑥ 予:我,上帝自称。怀:心向。明德:品德高尚的人,指文王。

⑥ 以:与。"大声以色"犹言声色俱厉,言不以大声音与怒色对待下民。

⑥ 不长夏以革:不加鞭策对待人民。夏,通榎,楸树细叶者为榎,古人用作刑罚工具。

⑥ 识:有标识之意;知:通智。此句是说不自作聪明。

⑥ 顺:顺从,遵循。则:法则。言其遵循天理。

⑦ 询:谋,有征询、商量的意思。仇方:友邦。仇,匹也。一说敌方。

⑦ 弟、兄:孔疏本作兄弟;今据《后汉书·伏湛传》引改。

⑦ 钩援:攻城时所用的战具。又叫钩梯。长竿首端装有金属钩,钩于城沿,人即可攀援而上,故叫"钩援"。

⑦ 临:临车,即楼车,可居高临下以攻城。冲:冲车,可从旁冲突的战车。

⑦ 崇墉:崇国的城堡。崇,古国名,是商的与国。

⑦ 闲闲:徐缓貌。一说强盛貌。

⑦ 言言:高大貌。一说犹孽孽,将坏貌。

⑦ 执讯:抓获的俘虏。讯,俘虏。连连:接连不断貌。

⑦ 攸:所。馘(guó):割下敌军尸体左耳以记功叫馘。安安:从容不迫貌。

⑦ 类:出师前祭天。祃(mà):出师后军中祭天。

⑧ 致:招致。已克而不取其地。附:通拊,安抚。

⑧ 无侮:不敢欺侮,指四方诸国不敢欺侮周的与国。

⑧ 茀茀:强盛貌。

⑧ 仡(yì)仡:同屹屹。高耸貌。

⑧ 肆:袭。

⑧ 绝、忽:都是灭绝的意思。

⑧ 拂:抗拒。

【讲评】

这是一首叙述周王先祖功德的诗。诗从天命定周说起，叙述了太王辟周、王季修德、文王拓边的过程。诗中特别强调了周人"敬天保民"的思想，这是周人成功的关键，是全诗的主题。一章言天意在周，开端四语，领起一篇大势，从"皇矣上帝"发端，极得体要。篇中"帝迁""帝省""帝度""帝谓"等字，都生根于此。二章言周人创业，三章言周之绩业的发展自太伯、王季开始，四章颂王季之德而过渡到文王，张叔翘云："此诗三王各叙一段，惟叙王季处接太王说下，与上下文相联，又先插入文王，以起后二段意，血脉贯通，此行文之妙。五、六两章言文王伐密之事，七、八两章言文王伐崇之事。伐崇分两层写，前段写得整暇，后段写得严厉。"

【集评】

孙月峰《批评诗经》曰："长篇繁叙，规模阔阔，笔力甚驰骋纵放。然却有精语为之骨，有浓语为之色，可谓兼终始条理。此便是后世歌行所祖。"

钟惺评《诗经》云："古公传季历以及文王，经史中无如此诗说得明备婉至，而立言甚妙，不露嫌疑形迹，大要归之天意。开口便言上帝求民莫，作一篇主意。所谓莫民，不独指古公王季时言。天豫知有纣之虐，而欲传文王以安之，故不得不立王季。况王季又复贤明，'帝省其山'二章，意最详，明古公亦承上帝求莫之意以立王季耳。'帝谓文王'以后四章，详言文王，以终古公，上承天意王季传昌之意，周之王业机缘，决于此矣。言止文王不及武王者，似为古公讳剪商之迹，独于王季章'施于孙子'映带之。以当代人言当代难言之事，无妙于此者。始终意归重文王。"

高侪鹤《诗经图谱慧解》云："通诗须看几个'帝'字，如'帝耆''帝迁''帝省''帝度''帝谓'，总见周之王业，一本于天。而天之眷有周，全在'求民之莫'上。而'莫'民必在明德之君。"又说："诗分三段平看，每二章各自相连，见太王是开王业者，王季是勤王业者，文王是成王业者。俱重'德'字，俱归重天之眷德，而眷德处总以安民为贯。"

牛运震《诗志》云："一篇《周本纪》……长篇结构，不蔓不复，此为大手笔。"陈仅云："此诗次章八'之'字八'其'字，如蛱蝶穿花，蜻蜓点水，奇矣！而四章七'克'字，五章三'以'字，六章七'我'字、四'之'字，七章四'不'字、四'尔'字，卒章八'是'字，层层配合，跗萼相承。且以首章'四方''二国''四国'等字及两'爰'字，三章两'斯'字、两'作'字、三'则'字，四章三'其德'，五章两'无然'，卒章六叠字、两'四方'字，处处钩贯点染之。八章中又用十一个'帝'字作大关键。此种严密整齐文字,谓古人有心,固未必然,谓古人无心,亦不敢信也。”

生　　民(大雅)

厥初生民①,时维姜嫄②。生民如何?克禋克祀③,
以弗无子④。履帝武敏歆⑤,攸介攸止⑥。载震载夙⑦,
载生载育,时维后稷⑧。
诞弥厥月⑨,先生如达⑩。不坼不副⑪,无菑无害⑫。
以赫厥灵⑬,上帝不宁⑭。不康禋祀⑮?居然生子⑯!
诞寘之隘巷⑰,牛羊腓字之⑱。诞寘之平林⑲,会伐平林⑳。
诞寘之寒冰,鸟覆翼之㉑。鸟乃去矣,后稷呱矣㉒。
实覃实訏㉓,厥声载路㉔。
诞实匍匐㉕,克岐克嶷㉖,以就口食㉗。蓺之荏菽㉘,
荏菽旆旆㉙。禾役穟穟㉚,麻麦幪幪㉛,瓜瓞唪唪㉜。
诞后稷之穑㉝,有相之道㉞。茀厥丰草㉟,种之黄茂㊱。
实方实苞㊲,实种实褎㊳,实发实秀㊴,实坚实好㊵,
实颖实栗㊶,即有邰家室㊷。
诞降嘉种㊸:维秬维秠㊹,维穈维芑㊺。恒之秬秠㊻,
是获是亩㊼;恒之穈芑,是任是负㊽。以归肇祀㊾。
诞我祀如何?或舂或揄㊿,或簸或蹂(51)。释之叟叟(52),
烝之浮浮(53)。载谋载惟(54),取萧祭脂(55)。取羝以軷(56),
载燔载烈(57)。以兴嗣岁(58)。
卬盛于豆(59),于豆于登(60),其香始升。上帝居歆(61),
胡臭亶时(62)!后稷肇祀,庶无罪悔(63),以迄于今(64)。

【注释】

① 厥初:其初,当初。民:指周族人民。

② 时:是、此。维:为、是。姜嫄:亦作姜原。神话传说中周人的女始祖,后稷之母。

③ 克:能够。禋(yīn)祀:古代祭上帝的专祭。

④ 弗:除去,免。此言以免无子。或以为当训作"治"。或以为字通祓,即除灾难的祭祀。

⑤ 履:践踏。帝武敏:上帝的脚印。武敏双声,指足迹。一说敏,借为"拇",指脚大拇趾。闻一多认为,"履帝武敏歆"是一种象征性的舞蹈。所谓帝是代表上帝的神尸。神尸舞于前,姜嫄尾随其后,践神尸之迹而舞。其事可乐,故曰"履帝武敏歆",犹言与尸伴舞而心甚悦嘉。舞毕而相携止息于幽闲之处,因而有孕。诗所记即为祭祀所奏之象征舞,则其间情节去其本事之真相已远,自不待言。以意逆之,当时实情,只是耕时与人野合而有身,后人讳言野合,则曰履人之迹,更欲神异其事,乃曰履帝迹。歆:欣,激动惊喜。

⑥ 攸介攸止:"介"为"愒"之假,息也。止,止息。此句当指同居休息的亲昵之事。攸,乃。

⑦ 载:乃,则。震:娠的假借,怀孕。夙:或训早,言得福之早;或以为"孕"之误,即怀孕。

⑧ 后稷:周人始祖。本为官名,"后"与"司"古形义相同,有管理之意,"稷"指谷物,后稷即负责农业的官。相传他是尧舜时的司农之官。

⑨ 诞:语词,犹"当"。弥:满。指姜嫄怀孕十月期满。

⑩ 先生:初生,指刚生下时。达:"蛋"之音转。

⑪ 不坼不副(pì):此当指后稷始生时形如肉蛋,劈裂不开。诗"副"字从刀,即有剖分之意;坼,开。

⑫ 菑:古"灾"字。此指生虽有异,但也没有什么灾难伤及其母。

⑬ 赫:显示。一说通嚇,言姜嫄恐骇其生子之异。灵:灵异。

⑭ 宁:安。此下数句是写姜嫄的心理活动。

⑮ 康:安。盖自责或许禋祀不精洁,不为上帝所安。

⑯ 居然:竟然。子:当读为"兹",二字古相通。"居然生兹",是为生此怪胎而惊异之辞。

⑰ 寘:今作置,弃置。隘巷:狭窄的小巷。

⑱ 腓:通"庇",庇护。字:爱。

⑲ 平林:平原上的树林。

⑳ 会:恰值,适逢。

㉑ 覆翼:用翅膀覆盖。此句指鸟将肉蛋覆于翼下孵化。

㉒ 呱(gū):婴儿哭声。指鸟从蛋中孵出了男孩,他一出来就开始哭。

㉓ 实覃(tán)实讦(xū):指后稷的哭声长而洪亮。实,是。覃,长。讦,大。

㉔ 载路:满路。

㉕ 匍匐:手足并行,即爬行。

㉖ 克:能。岐:为"跂"之借,即企,指举踵;嶷:为"仡"之借,是直立。

㉗ 就:求,找食物吃。

㉘ 蓺:种植。荏:状如苏,高大白色,不甚香,其子研之杂米,作糜甚肥美。菽:大豆。

㉙ 旆旆:本意形容旗帜飘扬之貌,此处是形容植物枝叶盛长之貌。

㉚ 禾役:禾穗。役,当作"颖",颖即禾穗。穟(suì)穟:禾穗下垂貌。

㉛ 幪幪:麻麦茂盛覆地之貌。

㉜ 瓞(dié):小瓜。唪(běng)唪:瓜实丰硕貌。

㉝ 穑:本意是收获庄稼,这里指种植五谷。

㉞ 相:相察。指后稷有看察分辨的本领,能分辨出草与禾,从野生植物中找出禾种。故下面分言"丰草"、"黄茂"。

㉟ 茀:通拂,拔除。丰草:长得旺盛的草。

㊱ 黄茂:指黄色、长势茂美的谷种。

㊲ 实:是。方:通"放",指萌芽刚出土。苞:指禾苗丛生。

㊳ 种:苗肥壮。一说苗出地短。褎(yòu):指禾苗渐渐长高。

㊴ 发:禾茎舒发拔杆。秀,禾初吐穗。

㊵ 坚:谷粒坚硬。好:指谷粒饱满,结实很好。

㊶ 颖:指禾穗下垂。栗:谷之初熟为栗。前言禾穗下垂,此言谷粒成熟,意亦相贯。

㊷ 即:旧释为往、就之意,当为衍文。有邰家室:旧以为有邰是地名,指后稷封于有邰。据上下文义,邰,当作台,为动词,训养。言其庄稼丰收,可以之养活家室。

㊸ 降:降下,指上帝降下好谷种,赐予后稷。

㊹ 秬(jù):黑黍。秠(pī):黑黍之一种,一壳中含有两粒黍米。

㊺ 穈(mén):谷之一种,又名赤梁粟。初生时苗赤色,后渐变青。芑(qǐ):谷之一种,又名白梁粟。初生时苗色微白。

㊻ 恒:通亘,训遍,言遍地种之。

㊼ 获:收割。亩:指成亩成亩的收获。或以为堆积禾于田亩。

㊽ 任:肩挑。负:背负。

㊾ 归:当读为"馈",即给予、赐予。肇祀:肇,郊庙的神位。

㊿ 舂:用杵在臼中捣米。揄(yú):从臼中将捣好的米舀出,字当作"舀",为手从臼中掏

物之意。

(51) 簸:用簸箕扬弃糠皮。蹂:通“揉”,将未脱壳的谷粒用手揉搓使之脱皮。

(52) 释:淘米。叟叟:淘米声。

(53) 烝:同“蒸”。浮浮:热气上腾貌。

(54) 谋:筹划。惟:考虑。此指商议祭祀之事。

(55) 取萧:选取艾蒿。祭脂:以牛肠脂油作祭品。古时祭礼将牛肠脂置于艾蒿上点燃,取其香气。

(56) 羝(dī):公绵羊。軷(bá):旧以为祭行道之神。

(57) 燔:将肉放在火里烧炙。烈:将肉串起来架在火上烤。

(58) 以兴嗣岁:指祈求来年丰收。兴,兴旺,此处作动词。嗣岁,来年。

(59) 卬:当读为“仰”,“卬”即古“仰”字。仰,举也。豆:古代食器。

(60) 登:古代食器,盛肉用。

(61) 居歆:安享。

(62) 胡:大。胡臭(xiù),指浓郁的香气。一说:胡,何也。亶:确实。时:善。

(63) 庶:幸而,庶几。罪悔:罪过。悔,过失。

(64) 迄:至。

【讲评】

这是一篇关于周族开辟的神话史诗,主在记述周人祖先后稷从降生到发家的历史,叙述了他对农业生产的伟大贡献和与农业有关的祭祀活动。诗中最引人注意的是关于后稷出生的传奇故事。姜嫄因为祭祀时踩上了上帝的脚印,于是就怀了孕。可是到期生下的却不是正常的婴儿,而是一个肉蛋。于是就要想法把他扔掉,扔到小巷,牛羊避着他走;扔到树林,遇上了伐木的人。后来扔到了水里,水里结了冰;把他扔在寒冰上,有大鸟飞来,把他抱在身子下,结果孵出了一个小孩。这样后稷便神奇地诞生了。他不久就知道种庄稼,而且庄稼长得很好。由于这一手绝活,他便发了家,成了周族当之无愧的创始人。全诗八章,前三章主要描述姜嫄履迹生子与后稷出生的神异,写得神奇、怪诞;第四、五、六章主要叙述后稷在农业生产方面的天赋,及其在农业生产方面获得的巨大功绩,其间十个“实”字连缀而下,至“实颖实栗”句蓦然换韵,托住作收束,有翩若惊鸿、矫若游龙之致;最后两章写丰收后的祭祀,极力铺陈祭祀的盛隆,写得忙忙碌碌,如见如闻。全诗气氛热烈,带有浓郁的神话色彩。

《史记·周本纪》根据这篇诗,记述后稷的诞生说:姜嫄到野外,见有巨大的脚印,出于好奇,就用脚去踩它,结果就怀了孕,后来就生下了后稷。因为这种怀孕方式很特别,以为并非祥兆,于是就把后稷扔到小巷,见牛马都避着他走;又把他转扔到树林里,恰好遇上了伐木的人;又把他扔到渠中的冰上,没想到有鸟飞来用翅膀来保护他。姜嫄以为神,这才又把他收养起来。因开始想把他抛弃掉,所以后来就取名叫弃。弃小时候就有大志,游戏时好种麻菽之类的农作物,而且他种下的种子长得都很好。长大后好耕作,根据土地之所宜,种植庄稼。大家都效法他。尧知道后,就以他为农师。因他有功于天下百姓,所以尧就封他到邰。这个记载与我们的讲述有出入,主要是对诗篇的不同理解造成的。

【问题讨论】

1. 关于后稷被弃的原因

后稷是姜嫄求子求得的,可是为什么又要把他丢弃掉呢? 司马迁的回答代表了传统经师们的观点,认为是因为姜嫄的怀孕太离奇了。《毛传》认为丢掉他是为了证明他的与众不同。王夫之《诗经稗疏》则说是因后稷生当乱世(姜嫄为帝挚妃,帝挚无道,诸侯伐之。挚即失守,妃嫔御蒙草莽),姜嫄不能保其子,所以要丢弃。李资干《诗经传注》说,后稷生下来像羊羔,"毛蕊气息与兽无二,故弃之"。俞樾《群经平议》认为,后稷被弃的原因是因生下来不哭。其实诗篇中说得很清楚,是因为生下的是个蛋,由于鸟孵才出来的。这个秘密就藏在"先生如达"一句中。"达"字旧以为"羍"之借,即小羊,言如羊生之滑利。诗篇在述到后稷出生时,没有提到哭声。直到辗转丢弃,经鸟覆翼之后,才说"后稷呱矣",显然其间是有问题的。清代学者顾震、李允升、姜炳章、陶元淳、马瑞辰、魏源等,皆看到了这一点,于是认为:人之初生,皆裂胎而出,故难生。惟羊生则连胞衣而下,其产独易。后稷生未出胎,故啼声不闻(见《虞东学诗》《诗义旁通》《诗经广义》《毛诗传笺通释》《诗古微》等)。这个解释比前人大大地前进了一步,也大大地接近于神话的原貌了。但却忽略了一点:羊生并非胞衣包裹而下,也并不滑利。通常是先出前蹄后出头,也是比较艰难的。因而这个"达"字恐不一定是指的羊羔。在黄土高原的一些地方,如晋南,孩子的小名,经常有个"达"字。如孩子叫"建平",他的小名就有可能被叫作"平达";名字叫"国庆",小名就有可能叫"庆达"。这个"达"到底是什么意思,老人们从没有解释过,但有时也用"亲圪塔""亲蛋子"称呼自己的孩子。这里似乎透露了一点信息。"达""塔""蛋"乃是一声之转,这个"达"很可能就是"蛋"之声转。在山西晋中的一些地方,叫"鸡蛋"作"鸡达";忻州的一些地方,称"圪瘩(达)"作"圪蛋"。黄土高原上以"蛋"命名的现象十分普遍,各地都可以遇到黑蛋、白蛋、猪蛋、狗蛋之类的人名。我怀疑这种习俗可能与上古像后稷之类的神话有关。我们从文化比较的角度,从民俗的角度,从神话的角度,对后稷出生的问题作一个全新的认识,便会感到说后稷初生形态是一个"肉蛋"的解释是合理的。正因为他在蛋中,所以下文才有"鸟覆翼之"的情节。鸟孵出了后稷,才听到了"后稷呱矣"的声音。这于文理是非常顺的。如果说"达"是"羊羔",那么"羊羔"与下文"鸟覆翼之"之间有何联系呢? 这显然是说不通的。

2. 关于"有邰家室"

司马迁及大多史学家,据诗中"即有邰家室"一句,而定邰(陕西武功)为周之起源地。《毛传》也说:"邰,姜嫄之国也。尧见天因邰而生后稷,故国后稷于邰,命使事天以显神,顺天命耳。"但此说实不可通。其一,依旧解,此"有邰家室"句与前九句意毫不相贯;其二,古无称封国为家室之例;其三,邰即姜嫄之国,国中自当有君,非其君有大罪,后稷不得再封于此。孔颖达看到了此一矛盾,于是说:尧封后稷于邰,"或时君绝灭,或迁之他所也。"显然这也不能解除人心中的困惑。何楷则据《路史》曲解说:后稷母有台氏在鲁东鄙地,即沂之费县南有骀亭。太王复取于有台氏曰太姜,"姜姓之骀(台),至周犹在,岂得云以是而封稷哉! 不知稷封骀在于武功,而姜姓之骀在于琅邪,固不同也。"这也是难以服人的。其四,旧以邰在陕西武功,据武功及渭水流域考古发掘所得,此地为客省庄二期文化地带。豆为客省庄二期文化中比较常见之物。而在最早的两周文化遗址中却没有发现有豆。说明此地非周之起源地。故而关于周之起源地,当另作思考,不可拘诗为说。钱大昕《十驾斋养新录》卷一云:"《生民》'即有邰家室',据《说文》宋刊本,邑部'台'字下引《诗》曰:'有台家室'(原注:今毛本添入'即'字)。《吕氏春秋·辨士》注引《诗》'实颖实栗,有邰家室',比皆无'即'字。"旧以"有邰"为地名,故添"即"以表示就往之意。此句式与《东门之墠》"有践家室"同。"邰"当依韩、鲁作"台",为动词。《方言》:"台,养也。晋卫燕魏曰台。""有台家室"即"以养家室",言其庄稼丰收,可以之养活家室。此与下章末"以归肇祀"相对成文。

【文化史拓展】

关于肉蛋生人的故事,古书中时有记载。《魏书·高丽传》云:"高句丽者,出于夫余,自言先祖朱蒙。朱蒙母河伯女,为夫余王闭于室中,为日所照,引身避之,日影又逐。既而有孕,生一卵,大如五升。夫余王弃之与犬,犬不食;弃之与豕,豕又不食;弃之于路,牛马避之;后弃之野,众鸟以毛茹之。夫余王割剖之,不能破,遂还其母。其母以物裹之,置于暖处,有一男破壳而出。及其长也,字之曰朱蒙。其俗言'朱蒙'者,善射也。"朱蒙的出生与转弃过程,与后稷十分相似,《生民》中所谓"不坼不副",就是《高句丽传》所说的"割剖之不能破";《生民》所谓"牛羊腓字之",也就是《高句丽传》中所说的"弃之与犬,犬不食;弃之与豕,豕又不食;弃之于路,牛马避之"。这可以作《生民》诗的注脚。《博物志》云:"徐君宫人有娠,而生卵。以为不祥,弃于水滨洲,孤独无有大鹄苍,衔所弃卵以归,覆暖之,乃成小儿,生偃。故宫人闻之,更取养之,及长,袭为徐君。"黎族中流传的其始祖母,相传也是从肉蛋中生出来的。

【集评】

朱善《诗解颐》云:"首章述姜嫄禋祀之祥,二章述后稷降生之易,三章述其生而见弃之事,四章述其幼而种植之志,五章述其教稼穑而后封,六章述其降嘉种而肇祀,七章备言后稷祭祀之诚,八章备言周人尊祖配天之义,以终前章之意。"

陈鸿谟《诗经治乱始末注疏合抄》云:"经传所载帝王之生,未有若后稷之奇者也。降种肇于后稷,万世粒食皆稷功德,是稷之生即民之生也。开头首句便云'厥初生民',煞有深意。中间说到祭祀,又开礼乐之祖,以见教民粒食之功甚宏。周家八百基业绵长,虽数圣相承,实稷开先,须此等巨笔扬厉,洵足配天无愧。"

牛运震云:"一篇《后稷本纪》。此诗本为尊祖配天而作,却不侈陈郊祀之盛,但详叙后稷肇祀之典,故是高一层写照法。极神怪事,却以朴拙传之,庄雅典奥,绝大手笔。"

公　　刘 (大雅)

笃公刘①,匪居匪康②。迺埸迺疆③,迺积迺仓④。
迺裹餱粮⑤,于橐于囊⑥。思辑用光⑦,弓矢斯张⑧。
干戈戚扬⑨,爰方启行⑩。
笃公刘,于胥斯原⑪,既庶既繁⑫。既顺迺宣⑬,

而无永叹⑭。陟则在巘⑮，复降在原。何以舟之⑯？
维玉及瑶⑰，鞞琫容刀⑱。
笃公刘，逝彼百泉⑲，瞻彼溥原⑳。迺陟南冈㉑，
乃觏于京㉒。京师之野㉓，于时处处㉔，于时庐旅㉕，
于时言言㉖，于时语语。
笃公刘，于京斯依㉗。跄跄济济㉘，俾筵俾几㉙，
既登乃依㉚。乃造其曹㉛，执豕于牢㉜，酌之用匏㉝。
食之饮之，君之宗之㉞。
笃公刘，既溥既长㉟，既景迺冈㊱。相其阴阳㊲，
观其流泉㊳。其军三单㊴，度其隰原㊵，彻田为粮㊶。
度其夕阳㊷，豳居允荒㊸。
笃公刘，于豳斯馆㊹。涉渭为乱㊺，取厉取锻㊻。
止基迺理㊼，爰众爰有㊽，夹其皇涧㊾，遡其过涧㊿。
止旅迺密(51)，芮鞫之即(52)。

【注释】

① 笃：旧以为忠厚，马瑞辰以为语词。公刘：周人先祖，是后稷的十余世孙。

② 匪居匪康：当读为“彼居匪康”，言在那里居住不安宁。匪，借为彼；康，安。

③ 迺：同“乃”，于是。埸(yì)疆：指田埂地界。

④ 积：露积，露天积粮处。

⑤ 裹：包装。餱粮：干粮。

⑥ 橐(tuó)、囊：两种不同的口袋。橐者，无底而小，即今之搭包。囊者，有底而大，即今之布袋。

⑦ 思：想。辑：和。引申为和睦、团结之意。或以为同“集”，指把干粮聚集起来。用：以。光：显耀；或以为充实。

⑧ 斯张：乃张，此指拉弓。

⑨ 干戈：盾牌与戈矛，这里泛指兵器。戚扬：旧以为指斧、钺。当读为“疾扬”，指挥动干戈。

⑩ 方：开始。启行：开路，出发。

⑪ 胥:地名。旧训为"相",谓视察。原:视察。旧以为指平原。此句是说视察胥地。

⑫ 庶、繁:都是众多之意。

⑬ 宣:指民心舒畅。

⑭ 永叹:长叹。

⑮ 陟:登上。巘(yǎn):大山之旁别有小山曰巘。这里当是泛指山。

⑯ 何以舟之:旧读"何"如字,读"舟"为"周",即遍、环绕、佩带。言周身环带的是什么。今按:"何"当读为"河",二字古音同相通。"舟"在这里是舟渡的意思。此与上二句相联,是说上山、下原、渡河之事。

⑰ 瑶:似玉的石头。此句与下句相连,指用玉瑶装饰刀鞘。

⑱ 鞞(bì)琫(běng):刀鞘上、下的装饰。容刀:装着刀。指在玉瑶装饰的刀鞘里装着刀。

⑲ 逝:往。百泉:地名。在今宁夏固原市东南。参见王应麟《诗地理考》。

⑳ 瞻:视察。溥原:地名。顾炎武、胡渭以为大原在平凉境内,朱右曾以为即安定郡。其说大致不误。考之古籍,大原实指今宁夏南部与甘肃东部即固原、平凉、庆阳中间的广大平原。

㉑ 南冈:当指固原南的山冈。因公刘由北而南迁,故称所遇之山冈为"南冈"。

㉒ 觏:看见。京:地名。其地当不出古大原的范围。

㉓ 京师:京邑。

㉔ 于时:于是。处处,即"处"的缓言,下三句同。意思是止息、居住。

㉕ 庐旅:庐旅双声,当作"庐庐"或"旅旅",有寄居之意。

㉖ 言言:此与下句当是指迁徙新地之后,众情激昂,商量、筹划问题。

㉗ 依:凭依。或以为通殷,即兴盛。

㉘ 跄(qiāng)跄,步趋之貌。或以为人们往来貌。济济:济字从齐,言多而齐整貌。或以为人多拥挤貌。

㉙ 俾筵:使铺坐席。俾,使;筵,竹席。或以为"俾"当读为"畀",赐。亦通。几:古代席地而坐时可依靠的短腿小桌。

㉚ 登:指登上筵席。依:指依凭小几。

㉛ 造:通祰,告祭。曹:意为豕祭。此句是说在宰猪之前,先告祭猪神。

㉜ 牢:关养牲畜的圈。

㉝ 匏:葫芦一剖为二,作为酒器,称匏爵。

㉞ 君:指为京地君主。宗:指为宗族之长。

㉟ 溥:广。

㊱ 景:同“影”,周为重农业之国,对岁时气候必甚重视。此句是说于高冈之上设立测景之所,以测岁时变化。

㊲ 相其阴阳:此指考察地理阴阳寒暖,以考虑种植之宜。相,视察。山北为阴,山南为阳。

㊳ 观其流泉:指察看水的流向,以考虑灌溉之利。

㊴ 其军三单:旧以为此句指军队言,或以指军队三班轮番相代,或以为“三丁抽一”,或以为“单”读“战”,谓其军多次战斗始得获胜。按:疑此句本作“军其三单”,“军”通“均”,指除田。“单”借为“墠”,指野外地。此句言垦辟京师之野三面的土地。因人依丘阜台地而居,三墠指前、左、右,不包括后。

㊵ 度:测量,考察。隰原:低湿曰隰,高平曰原。

㊶ 彻田:指开垦田地。彻,治。

㊷ 度:通宅。

㊸ 豳:地名,古指甘肃庆阳到陕西旬邑一带。居:语词,犹“其”。允:实在,确实。荒:广大。此句是说在地域开拓中发现了更为广大的豳地。

㊹ 馆:此处作动词用,指建筑馆舍。

㊺ 渭:水名,此处之渭当指泾水而言。因泾水入渭,所以有时也称作渭。乱:横流而渡。

㊻ 厉:同“砺”,初为可以磨治石头的硬石,有了金属的刀,为磨刀石。锻:旧以为矿石。此当指加工石器的石料。

㊼ 止基:址基。理:治理好。

㊽ 众:指人多。有:指财富。

㊾ 夹:指夹岸而居。皇涧:豳地涧名。近年考古发现,在入泾水的马莲河两岸,有较密集的先周文化遗址。皇涧者,大涧也,疑即指马莲河。

㊿ 遡:面向。过涧:豳地涧名。

(51) 止旅:止居。一说旅训众。密:密集。

(52) 芮:通汭,水名。鞫:究,指穷尽之处。

【讲评】

这是一篇关于周族迁徙的史诗,诗中描述了周先祖公刘率领族人,长途跋涉,经过三次迁徙,最后迁至豳地的过程。是研究周部族发展壮大历程的重要史料。

诗一章言迁徙出发,二章言初迁至胥地,三章言再迁至京,四章言定居于京之后的欢欣,五章写京的地脉形胜,六章言迁豳之后的情况。叙事井然。全诗每章都以"笃公刘"起,意义十分突出,这呼唤表现了后世子孙对这位伟大祖先的怀念和崇敬。这种特殊的句式、突出的节奏,除了醒目,还能起到"醒耳"之作用,确实给读者以鲜明而独特的印象。

【问题讨论】

1. 关于迁徙的出发地

关于这次迁徙由何地出发,这是一个非常棘手的问题。传统认为公刘是由邰即今陕西武功迁往豳即今陕西彬县的。但在《生民》中我们已经谈到,邰并非周的起源地,而且《史记》中记载在公刘的祖父不窋时,周人就窜于戎翟之间了,自然公刘也不可能在邰起迁了。再则由邰至豳多不过二百余里,而从《公刘》中的描写来看,他那种为迁徙而作长期准备的情况,也绝不像只迁二百来里地的样子。何楷认为公刘是从庆阳的不窋城起迁的。钱穆先生认为周族起源于山西晋南,邹衡先生认为周文化与太原的光社文化有渊源关系。这些观点自然也都否定了公刘起迁于邰的说法。笔者认为周族早期一度生活在甘肃北部的酒泉、敦煌一带,公刘当是由那里向内地一步步迁徙的。关于周人与甘肃北部的关系,《山海经》《穆天子传》中都有记载。(详见拙著《雅颂新考》)

2. 关于公刘迁徙的路线

关于公刘迁徙的路线,诗篇言之甚详。"于胥斯原""于京斯依""于豳斯馆",三句句式完全相同,"豳"是地名,理所当然"胥"、"京"也应当是地名。这三个地名表示了公刘三次迁徙的地点。前人因误把"胥"当作了动词,又把"京"当作了丘阜,遂使诗篇变得毫无章法。我们细细观察一下就会发现,诗篇的用字是非常妙的,在"胥"这个地方是"原",原是视察的意思,说明周人在此地停留时间很短;在"京"这个地方是"依",依是寄居的意思,说明在这里待的时间稍长些;在"豳"是"馆",馆有居舍之意,说明在此地是久居。这是诗歌表达上的一种方式,当然不一定在"胥"就只是看而没有住,在"京"只是停留而没有生活。甚至有可能这个大迁徙不可能是公刘一代人完成,诗歌只是如此表达而已。以胥、京、豳三地为基点,中间还涉及了几个地名。从胥出发,过黄河(何以舟之),路过百泉、溥原,随而发现了京。在京发展一段时间后,又发现了豳地更广大,于是最后迁徙到了豳。这个线索是很清晰的。

3. 关于"其军三单"

旧以为此句指军队言。《毛传》："单，相袭也。"指军队轮番相代。《郑笺》："大国之制三军，以其余卒为羡。今公刘迁豳，民始从之，丁夫适满三军之数。单者，无羡卒也。"指公刘带领的人员正好够三军之数。王肃以为"三单"指止居时妇女在内，老弱次之，强壮者在外，分三重。朱子言"未详"。王夫之以为是"三丁抽一"之法，"单，一也；三口而一军，故曰三单。"胡承珙说："单，一也，独也。三单者，即《周礼》'凡起徒役，无过家一人'之谓。"谭戒甫以为是指将武装人员用军制编为三部。于省吾以为"单"读"战"，谓其军多次战斗始得获胜。按：旧说难通。戚师桂宴教授说：《诗经》此段上下句法相同，不应此句独异，疑此句本作'军其三单'。"戚师说甚为有理。"相其阴阳，观其流泉，军其三单，度其隰原"，一气相贯。旧因以"军"字指军队，对此句不好作解，遂改读为"其军三单"。实则在西周之前，师旅尚无"军"之称。卜辞、《周易》《尚书》《诗》之《雅》《颂》中，都没有见到称师旅为"军"之例。因此此处的"军"字不可能指军队。"军"当为"均"的借字。《管子·中匡》"过罚以金军"，《小匡》作"金钧"。《庄子·齐物论》"是以圣人和之以是非，而休于天钧"，《庄子·寓言》作"天均"。是军、均相通之证。《大戴礼·夏小正》："率农均田。"注："均田者，始除田也。"《说文》："均，平遍也。"均，又作畇，《尔雅·释训》："畇畇，田也。"郭注："言垦辟也。"单：借为墠，《东门之墠》传："墠，除地町町者。"《说文》："墠，野土也。"段注："野土者，于野治地除草。""均其三墠"，即指垦辟京师之野三面的土地。因人依丘阜台地而居，三墠指前、左、右，不包括后。

江　汉 (大雅)

江汉浮浮①，武夫滔滔②。匪安匪游③，淮夷来求④。

既出我车，既设我旟⑤。匪安匪舒⑥，淮夷来铺⑦。

江汉汤汤⑧，武夫洸洸⑨。经营四方⑩，告成于王。

四方既平，王国庶定⑪。时靡有争，王心载宁。

江汉之浒，王命召虎：式辟四方，彻我疆土。

匪疚匪棘⑫，王国来极⑬。于疆于理，至于南海。

王命召虎：来旬来宣⑭，文武受命，召公维翰⑮。

无曰予小子[16],召公是似[17]。肇敏戎公[18],用锡尔祉[19]。
釐尔圭瓒[20],秬鬯一卣[21]。告于文人[22],锡山土田[23]。
于周受命[24],自召祖命[25]。虎拜稽首[26]:天子万年[27]。
虎拜稽首,对扬王休[28],作召公考[29],天子万寿!
明明天子[30],令闻不已[31]。矢其文德[32],洽此四国[33]。

【注释】

① 江汉:长江与汉水。浮浮:水漂流貌。

② 武夫:指出征将士。滔滔:顺流而下貌。

③ 安:安逸。游:游乐。

④ 淮夷:指淮水流域江苏近海一带的夷族。来求:是求。

⑤ 设:树起。旟:画有鸟隼的旗。

⑥ 舒:通豫,乐也。

⑦ 铺:当读为"搏",击。

⑧ 汤(shāng)汤:水势浩大貌。

⑨ 洸(guāng)洸:威武貌。

⑩ 经营:指往来奔走。当时江汉之间小国尚多,淮夷倡乱,或附和或观望,必非一国,此言经营四方,是说既战而胜,往来奔走于四方叛乱之国。

⑪ 庶:庶几,差不多。定:安定。

⑫ 匪:不。疚:病。棘:急。

⑬ 来极:是极。极:准则。

⑭ 旬:巡。宣:示。以下是宣王册命的内容,这句是要他巡视邦国。

⑮ 召公:召公奭,文王之子,召虎的先祖。翰:桢干,栋梁材。

⑯ 小子:年轻人。

⑰ 似:通嗣,继承。

⑱ 肇:长。敏:通武,继。戎:你。公:祖。

⑲ 祉:福禄。

⑳ 釐,通赉,赏赐。圭瓒:玉柄酒勺。

㉑ 秬(jù)鬯(chàng):用黑黍与郁金香草酿成的酒。卣(yǒu):盛酒器,似壶,有曲柄。

㉒ 文人:指有文德的先人。或以为文人即文王。

㉓ 锡:赏赐。

㉔ 周:岐周。一说指王都。指在周祖庙受册命。

㉕ 自:用。召祖:指召虎祖先召康公,言宣王用召康公受命之典册命召公,表示尊重。

㉖ 拜稽首:即行跪拜礼。拜,拜手,低头双手至地;稽首,磕头。

㉗ 天子万年:这是召虎感谢之言。

㉘ 对扬:答谢、称扬。休:美。即美德,美意。

㉙ 考:郭沫若以为"考"为"簋"之假借字。簋,古代食器。此句是说召虎作祭祀召公奭的铜簋。

㉚ 明明:有道之貌。王念孙以为勉勉之音转,即勤勉。

㉛ 令闻:美好声誉。

㉜ 矢:施,陈。

㉝ 洽:协和。

【讲评】

这是一首歌颂召虎奉宣王之命南平淮夷之乱获得成功的诗。前三章叙召公经略江汉之事,后三章叙召公复命受赐并作簋铭功事。全诗就像一篇用韵文写的簋铭,所以方玉润说《江汉》是"召穆公平淮铭器"。关于它的作者,《毛序》以为是尹吉甫,恐属臆测。朱熹以为"诗人美之"而不言诗人为何人,方玉润以为召公自作,郭沫若更推定此为召伯虎簋铭之一。今传世有《召伯虎簋》,所记与诗为同一事,而辞则有别。二者自然为同期之作。

全诗脉络清晰。一章言水陆二军伐淮夷,二章言成功而归,三章命其疆理四方,四章命其承祖业,五章言拜受策命,六章言纪恩铭勋。

【集评】

陈仅《诗诵》云:"《江汉》叙平夷武功只'告成于王'一句。三章善后,四章以下皆凯旋锡命受赏之事。盖召公元勋,重德奕世宗臣,朝野所望,惟在绳其祖武,致君成康,固不必以武功称美。故其诗与《六月》《采芑》不同,结语提出文德,大旨显然。"又云:"《烝民》诗精微博在,无一点浪墨浮烟;《江汉》诗飞扬秀发,精采百倍。"

姚际恒《诗经通论》云:"宣王命召穆公平淮夷,诗人美之之作。按,此篇平淮夷,下篇平徐国,亦夷也。据诗所称为说,自允。《集传》必以此篇为平淮南之夷,下篇为平淮北之夷。虽徐本近淮,然如其说,则二篇人但知有淮而不知有徐矣,所以来后人之指摘也。郑肇敏曰:'《江汉》明言伐淮夷,《常武》明言征徐国,何必取南、北为目!'"

常　　武（大雅）

赫赫明明①，王命卿士②。南仲大祖③，大师皇父④：
整我六师⑤，以脩我戎⑥。既敬既戒⑦，惠此南国⑧。
王谓尹氏⑨，命程伯休父⑩，左右陈行，戒我师旅：
率彼淮浦，省此徐土⑪。不留不处⑫，三事就绪⑬。
赫赫业业⑭，有严天子，王舒保作⑮。匪绍匪游⑯，
徐方绎骚⑰。震惊徐方，如雷如霆，徐方震惊。
王奋厥武，如震如怒。进厥虎臣⑱，阚如虓虎⑲。
铺敦淮濆⑳，仍执丑虏㉑。截彼淮浦㉒，王师之所。
王旅啴啴㉓，如飞如翰㉔，如江如汉，如山之苞㉕，
如川之流。绵绵翼翼㉖，不测不克㉗，濯征徐国㉘。
王犹允塞㉙，徐方既来。徐方既同㉚，天子之功。
四方既平，徐方来庭㉛。徐方不回㉜，王曰还归。

【注释】

① 赫赫：显盛貌。明明：明察貌。

② 卿士：西周王朝执政大臣，相当于后世的宰相。

③ 南仲：人名，宣王大臣。祖：出行祭祀路神。

④ 大师：即太帅，西周时掌军权的大臣。皇父：人名，周宣王大臣。

⑤ 六师：即六军。

⑥ 脩，通修，整理。戎：兵器。

⑦ 敬戒：警戒。

⑧ 惠：顺。此处当有驯顺柔服远国之意。

⑨ 尹氏：即上章的皇父。

⑩ 程伯休父：程国诸侯名休父者。

⑪ 省：巡视。徐土：徐国的疆土。

⑫ 处：止。

⑬ 三事：三卿。就绪：就业，指安排妥当。

⑭ 赫赫业业：言声势之大，六军戒严之象。业业，震动。或以为同晔晔，言天子形象
　 光辉。

⑮ 舒：徐缓。保：安。作：行。

⑯ 绍：迟缓。

⑰ 徐方：即徐国。绎骚："绎"读为"驿"，言徐国传递之驿见之，知王兵必克，驰走相告，
　 一片骚动。

⑱ 虎臣：形容将帅之勇猛。

⑲ 阚（hǎn）如：阚然，虎哮貌。虓（xiāo）虎：咆哮之虎。

⑳ 铺敦：猛击。铺，通搏、扑，击也。敦：治，伐。淮濆（fén）：淮水之滨。

㉑ 仍：因。丑虏：对俘虏的篾称。

㉒ 截：治理。

㉓ 啴（tān）啴：众多貌。

㉔ 翰：高飞。此句言王师之神速。

㉕ 苞：根本。或以为苞读如抱，言王师驻扎的营盘如山一样环抱。

㉖ 绵绵：连绵不断貌。翼翼：整齐而隆盛之貌。

㉗ 不测：不可测度。不克：不可战胜。

㉘ 濯征：大加征讨。

㉙ 犹：猷，谋划。允塞：确实周密。

㉚ 同：会同，指归顺。

㉛ 来庭：来王庭朝拜天子。

㉜ 回：违，背叛。

【讲评】

　　周宣王元年，东南淮夷叛乱，宣王亲征，取得了胜利，诗人赞美宣王平叛的军威，表现了这位中兴之主的气魄。首章言命将，二章言置副，三章言王师在道而先声可畏，四章言王师至徐而威武奋扬，五章言军势之盛，六章凯旋，归美王道怀远之功。此诗在内容的正大堂皇和气势的煊赫威猛上，都能展示"王师"出征气象，对汉以后的檄文有极大的影响。

【问题讨论】

　　此篇的命名方式与他篇撮诗中字为题者不同,"常武"二字不见于文中,《毛序》说:"有常德以立武事,因以为戒然。"这个解释并不使人满意。王质《诗总闻》:说"自南仲以来,累世著武,故曰常武。"亦未见其是。朱熹《诗序辨说》说:"有常德以立武则可,以武为常则不可,此所以有美而有戒也。"这是就《序》说而补充的。明朱谋㙔《诗故》以为"经文有'奋武'而无'常武'",因此"常武"当是"奋武"之误。方玉润说:"常者,恒也,谓事之有恒者而后可以常焉。盖对变言,而又近乎黩者也。武者,事之变,讵可以为常武乎? 不可黩,又岂可视为恒? 唯当其时,不可不用武以定乱,则虽变也,而亦正焉。匪黩也,乃无忘乎恒耳。周之世武功最著者二:曰武王,曰宣王。武王克商,乐曰《大武》;宣王中兴,诗曰《常武》,盖诗之乐也。此名'常武'者,其宣王之乐欤?"此皆一家之言者,未可为确,待考。

【集评】

　　万时华《诗经偶笺》云:"叙宣王则曰'赫赫明明',曰'赫赫业业',曰'王命',曰'王谓',曰'王奋',曰'王旅',曰'王犹';叙淮夷则'震惊''驿骚''既来''既同'等语,俱口角矜耀,不一而足,须识此意。一、二章命将之事,三章在道,四章至淮,五章形容其兵势之盛,六章则言其功成而凯旋。"

　　陈仅《诗诵》云:"此诗宣王法驾亲征,肤功迅奏,旷世一见之大烈。故其叙述战功,发扬蹈厉……其声震訇,其气严肃,将以耀中兴之功而慑叛臣之胆,后世韩碑柳雅,皆取其宗也。"

玄　　鸟 _(商颂)

天命玄鸟①,降而生商②。宅殷土芒芒③。古帝命武汤④,
正域彼四方⑤。方命厥后⑥,奄有九有⑦。商之先后⑧,
受命不殆⑨,在武丁孙子⑩。武丁孙子,武王靡不胜。
龙旂十乘⑪,大糦是承⑫。邦畿千里⑬,维民所止⑭,
肇域彼四海⑮。四海来假⑯,来假祁祁⑰,景员维河⑱。
殷受命咸宜⑲,百禄是何⑳。

【注释】

① 玄鸟:燕子。《列女传》说:"契母简狄者,有娀氏之长女也。当尧之时,与其姐妹浴于玄邱之水,有玄鸟衔卵过而附之,五色甚好,简狄得而含之,误而吞之,遂生契焉。"

② 商:指商国。

③ 宅:居,住。殷土:指商的土地。

④ 古帝:天帝。武汤:即成汤,因其有武德,故称武汤。

⑤ 正域:征服拥有。正,通征。域,有。

⑥ 方:通旁,广也。厥:其。后:君,指诸侯。

⑦ 九有:九域,九州。

⑧ 先后:指先君、先王。

⑨ 殆:通怠,懈怠。

⑩ 武丁:汤的九世孙,商朝后期的一名卓有功绩的国王。小时曾久劳于野,与百姓共同生活。因而他即位后,知民间疾苦,"修政行德",不仅在经济上有了很大发展,而且讨伐四周不臣服的部落。故《孟子》说:"武丁朝诸侯,有天下,犹运之掌也。"王引之《经义述闻》说:"疑经文两言武丁,皆武王之伪,而'武王靡不胜',则武丁之讹也。盖'商之先君,受命不殆'者,在汤之孙子,故曰'在武王孙子'。'武王孙子',犹《那》与《烈祖》之言'汤孙'也。汤之孙子有武丁者绳其祖武,无所不胜任,故曰:'武王孙子,武丁靡不胜'。传写者上下互讹耳。"按王说可从。

⑪ 龙旂:画着蛟龙的旗。

⑫ 糦(chì):通饎。《说文》:"饎,酒食也。"大饎,指大用酒食祭祀。承:供奉。

⑬ 邦畿:疆界。畿,边境。

⑭ 止:居住。

⑮ 肇域:旧以为肇通"兆",兆域,即疆域。

⑯ 假(gé):通格,至。指四海诸侯都来朝见。

⑰ 祁祁:众多貌。

⑱ 景员维河:此句歧说甚多。马瑞辰以为:景、广一声之转,员、云、运相通。"'景'当读为'东西为广'之'广','员'当读为'南北为运'之'运'。《越语》:'广运百里。'韦注:'东西为广,南北为运。'……商家四面皆河,故合东西南北言之而曰'景员维河'。"姑从马说。

⑲ 受命:指接受天命为王。咸宜:都很合适。

⑳ 百禄:多福。何(hè):即"荷"之本字,"承受"之意。

【讲评】

这是一篇记述商人历史的诗篇,是祭祀殷高宗武丁时所奏的乐歌。诗从商人祖先降生于玄鸟开始说起,然后是成汤,再重点说武丁。与其他诗歌综合考察,我们发现一个明显的事实,即诗中绝不像《周颂》那样总要讲"德",商人心目中最为重要的是"天命",而且坚信不疑。主观的努力只是诚心诚意地祭祀百神。与周人比较,这是一个不可忽视的巨大区别。从这个角度讲,我们大致可以确认,这组《商颂》是商代的作品,起码它所反映的思想意识是商人的,而不是宋人的。试比较一下宋襄公的所为(即战争中对敌方都讲礼、讲仁,终至大败),就会明白,这种祭祀之歌绝非春秋时期的作品,因为那是一个理性高扬的时期,讲礼、讲仁正是时尚;更绝非春秋时期宋人所为。这里我们从思想史的角度讲这组诗可能是商人的作品。综合地看,尽管商人后代宋人在语言上可能修改、文饰了这组诗,但其原初的思想意识却没有修,也无法修改。

诗中保存了一个珍贵的神话,即玄鸟生商。从这个神话我们也就明白为什么古人一直说商人尚黑色,为什么商人称他们的始祖为"玄王",原因就在于燕子是黑色的。

【集评】

沈守正《诗经说通》云:"《小序》云:祀高宗也。诗词最显白易见。朱子为宗庙祭祀之诗,则契、汤、武丁并重,而诗词无起伏矣。惟祀武丁,故本之契,以见商之所由生;本之汤,以见商之所由造。而承之曰'商之先后,受命不殆';以归重武丁曰'在武丁孙子',若曰不在武丁,命亦几乎殆矣,因曰此武丁孙子也。固俨然一武王也,有何不胜乎!"

长　　发(商颂)

濬哲维商①,长发其祥②。洪水芒芒,禹敷下土方③。
外大国是疆④。幅陨既长⑤,有城方将⑥,帝立子生商⑦。
玄王桓拨⑧,受小国是达⑨,受大国是达。率履不越⑩,
遂视既发⑪。相土烈烈⑫,海外有截⑬。

帝命不违,至于汤齐⑭。汤降不迟⑮,圣敬日跻⑯。
昭假迟迟⑰,上帝是祗⑱。帝命式于九围⑲。
受小球大球⑳,为下国缀旒㉑,何天之休㉒。不竞不絿㉓,
不刚不柔,敷政优优㉔,百禄是遒㉕。
受小共大共㉖,为下国骏厖㉗,何天之龙㉘。敷奏其勇㉙,
不震不动,不戁不竦㉚,百禄是总。
武王载旆㉛,有虔秉钺㉜。如火烈烈,则莫我敢曷㉝。
苞有三蘖㉞,莫遂莫达㉟。九有有截㊱,韦顾既伐㊲,
昆吾夏桀㊳。
昔在中叶㊴,有震且业㊵。允也天子㊶,降予卿士㊷。
实维阿衡㊸,实左右商王㊹。

【注释】

① 濬(ruì)哲:深智,大智慧。

② 发:兴发。祥:福祥。

③ 敷:布,治。下土方:即下土四方。

④ 外:指商国之外。疆:疆界,此处作动词。

⑤ 幅陨:即幅员,疆域。

⑥ 有娀(sōng):国名。这里当指契母有娀氏之女。方将:方大。

⑦ 帝立子生商:帝立其子而造商室。

⑧ 玄王:即商之始祖契。桓拨:当读为"巡发",即巡视发地。拨,韩诗作"发",通蕃。

⑨ 受:接受。达:通达,顺利。

⑩ 率履:循礼。不越:不超越礼的规定。

⑪ 遂:犹遍也。视:省视、视察。既:犹而。发:通拨,治也。

⑫ 相土:契的孙子。烈烈,威武貌。

⑬ 海外:旧说指四海之外。截:治,指治理海外之地。

⑭ 齐:通"济",训成。

⑮ 降:降生。

⑯ 圣敬:指明智恭敬之德行。跻:上升,提高。

⑰ 昭假(gé):召请神灵到来。迟迟:久久不息之意。

⑱ 祗(zhī):敬畏。

⑲ 式:法式,楷模。九围:九州。

⑳ 受:通授,授予。球:玉。此指言汤授予诸侯瑞玉,以作信物。

㉑ 下国:指诸侯。缀旒(liú):《毛传》:"缀,表。旒,章也。"即一种标志。言汤为诸侯的表章。

㉒ 何:"荷"的本字,承受。休:美福。

㉓ 絿(qiú):急也。

㉔ 敷政:施政。优优:宽和貌。

㉕ 遒:聚集。

㉖ 共:《毛传》:"共,法。"指图法。

㉗ 骏厖:旧训骏为大,训厖为厚,言汤为下国作英俊厚德之君。

㉘ 龙:通宠,荣宠。

㉙ 敷奏:施展。陈奂以为此句当在"不戁不竦"句下。

㉚ 戁(nǎn)、竦:恐惧。

㉛ 武王:指成汤。载旆:开始起兵出发。载,始;旆,当从鲁、韩作发,谓起师伐桀。

㉜ 有虔:《说文》:"虔,虎行貌。"此形容将士强武之貌。钺(yuè):大斧。

㉝ 曷:通遏,阻挡。

㉞ 苞:树之根本。蘖(niè):木头被砍后复生出的新枝条,此喻韦、顾、昆吾,皆桀之党。

㉟ 遂:生。达:长。

㊱ 九有:九域,九州。截:整齐、治理。

㊲ 韦:豕韦,古国名,为祝融之后,彭姓。顾:古国名,己姓。

㊳ 昆吾:古国名,祝融之后,己姓。夏桀:夏代最后的一位君主。

㊴ 中叶:中世,指成汤时。

㊵ 震:当读为振,言振兴。且:《载芟传》:"且,此也。"业:指功业,大业。

㊶ 允:确实。

㊷ 卿士:执政大臣。这里指伊尹。

㊸ 阿衡:即伊尹。相传:伊尹是作为有莘之女的陪嫁奴隶送给商汤的。因做得一手好菜,为汤赏识。伊尹于是借机以烹调作比,谈到治国平天下,得到汤的器重。后终于帮助汤灭了夏桀。

㊹ 左右:即辅助之意。

【讲评】

与上篇略同,这也是一篇商人的史诗,用于袷(xiá)祭祖先——即把所有祖先集中于太庙,合在一起祭祀。因此诗中从其女祖有娀氏讲起,一直说到成汤。而后以成汤为主,反复颂其聪明智慧、对神灵的礼敬和武功,但还是不讲他有什么"文德"。虽然诗中(四章)也讲到他的宽厚,但那是从他的性格着眼的,还没有上升到"德"的境地,而这性格也就淹没在大篇幅的"勇""武"之中。

一章言商祖聪明之盛而受命之久,开端八字,笼罩通篇精神。二章言商之受命始于契而大于相土,三章言天命会于汤而汤能以聪明受命,四、五两章详言汤敬慎受命之实,六章言汤奉天伐暴以有天下,末章则言汤中兴而得贤佐。

【集评】

牛运震《诗志》云:"遒动精严,叙事处俭切不浮。"

徐常吉说:"此袷祭群庙,故上六章历推群后受命之事,而末及伊尹佐命之功也。一章言商世德之盛而受命之久也,二章言商之受命始于契而大于相土,三章言天命会于汤而汤能以德受命,四、五章详言汤敬德受命之实,六章言汤奉天伐暴以有天下,末节则言汤中兴而得贤佐也。"(《毛诗微言》引)

殷　　武 (商颂)

挞彼殷武①,奋伐荆楚②。罙入其阻③,裒荆之旅④。

有截其所⑤,汤孙之绪⑥。

维女荆楚⑦,居国南乡⑧。昔有成汤,自彼氐羌⑨,

莫敢不来享⑩,莫敢不来王⑪,曰商是常⑫。

天命多辟⑬,设都于禹之绩⑭。岁事来辟⑮,勿予祸适⑯,

稼穑匪解⑰。

天命降监⑱,下民有严⑲。不僭不滥⑳,不敢怠遑㉑。

命于下国㉒,封建厥福㉓。

商邑翼翼㉔,四方之极㉕。赫赫厥声㉖。濯濯厥灵㉗。

寿考且宁,以保我后生㉘。

陟彼景山㉔,松柏九九㉚。是断是迁㉛,方斫是虔㉜。
松桷有梴㉝,旅楹有闲㉞,寝成孔安㉟。

【注释】

① 挞:勇武貌。殷武:《毛传》:"殷王武丁也。"

② 荆楚:即楚国。

③ 罙:同深。阻:险阻。

④ 裒(póu):王念孙读为"俘",即俘虏。旅:师旅。

⑤ 截:割划、治理。其所:其地,指荆楚。

⑥ 之绪:是绪。绪,业。这是说成汤的孙子统治了那里。

⑦ 女:同汝,你。

⑧ 南乡:犹南方。

⑨ 氐羌:古西部的两个游牧部落。

⑩ 享:献,指进贡。

⑪ 王:指朝见。

⑫ 常:通尚,尊敬,崇尚。

⑬ 辟:君。多辟,指诸侯。

⑭ 禹之绩:指经大禹治理过的九州。绩,迹。

⑮ 岁事:每年朝见之事。来辟:来朝。

⑯ 予:施。祸:通"过"。适:通谪,训责。

⑰ 稼穑:耕种。解:通懈。

⑱ 监:监察。

⑲ 下民:天下的人民。严:畏也。

⑳ 僭:越礼。滥:放纵,恣意妄为。

㉑ 怠遑:懒惰偷闲。

㉒ 下国:下间之国,这里指商国。

㉓ 封:大。建:立。

㉔ 商邑:商之都城。翼翼:严正繁盛貌。

㉕ 极:中极,准则。

㉖ 赫赫:显盛貌。

㉗ 濯濯:光明貌。灵:威灵。

㉘ 后生：后世子孙。

㉙ 陟：登。景山：大山。

㉚ 丸丸：圆而直貌。

㉛ 断：砍断。迁：搬运。

㉜ 方：是，乃。斲：同斫。砍，用斧来砍。此句指将运回的木料用刀斧按一定要求，处理成适用的材料。虔：马瑞辰以为削。此指用刀处理木头。

㉝ 桷（jué）：方的椽子。梴（chān）：木长貌。

㉞ 旅楹：排列的楹柱。有闲：即闲闲。空旷广大貌。

㉟ 寝：寝庙。

【讲评】

这是一篇歌颂殷高宗中兴殷道的诗歌。诗中赞美了上天对高宗的恩赐和他的赫赫武功。

这里有两个问题需要说明：一是后人因为诗中言及武丁伐楚之功，因此以为这是宋襄公时的作品，因襄公曾有伐楚之举。此说未必是。《商颂》得以流传，有赖宋人保存之功。正考父时尚有十二篇，而今者仅五篇。此五篇之所以能保存下来，当与其内容有关。宋与楚之矛盾，自然容易使宋人想及其祖征伐荆楚的壮举，以昔日的辉煌填补今日心理之缺憾，《殷武》正可起到这样的作用。据诗中"有截其所，汤孙之绪"之言，似披露了一段鲜为史学家所注意的历史。此意是说武丁伐楚，使"汤孙"统治了那里。今所见楚文化每多与商文化相类，是否与"汤孙之绪"有关呢？二是《孔疏》中讲"高宗有德"，而诗中并无一字谈到高宗的"德"，这正是殷商王朝的特点，他们只崇尚天命和武力，以为有了这两样就可以无往而不胜。所以周人兴起之后，特别强调"文德"，认为"天命靡常"，"惟德是辅"。

一章述武丁伐楚之功，"罙入其阻"一语，有捣穴夺垒之势，正是对武功的崇尚精神。二章述戒楚之词，借氐羌责荆楚，精神震动，是一篇争胜处。三章言诸侯来服，仍然建立在天命和武功之上。其中言及"稼穑匪解"，说明殷商时期也重视农业生产。四章言中兴之本，"下民有严"一句，更值得思考。李泽厚谓殷商崇尚"狞厉之美"（《美的历程》），正是天命的威严和武力的惩罚相融合所形成的敬畏、恐怖的意味——殷商人心目中的天命与武力杀伐是一致的。五章言中兴之盛。六章言作庙以祭。以征伐起，以作庙结。大有以武定天下之意味在。

【集评】

《孔疏》说:"高宗前世,殷道中衰,宫室不修,荆楚背叛。高宗有德,中兴殷道,伐荆楚,修宫室,既崩之后,子孙美之,追述其功,而歌此诗也。"

万时华《诗经偶笺》:"首二章伐荆楚,三章服诸侯,中兴之事也;四章畏天畏民,中兴之本也;五章赫声濯灵,中兴之象也;末章则详其立庙之事。"

又说:"首章'挞''奋'二字,有卓然毅然、鞭笞四夷之意。高宗当积衰之后,稍着一分因仍姑待念头,便夷不振矣……二章责楚之词,义正词严,正是王者正正堂堂、问罪兴师气象。"

陈仅《诗诵》:"此篇高宗中兴之诗,起二句便将英主雄才大略、奋发果断、一时四方人心竦息震动气象,一并写出,是神来之笔。以下五章用意,叠叠衔接,脉络分明,近于周雅矣。"

四、燕 饮 篇

鹿 鸣（小雅）

呦呦鹿鸣①，食野之苹②。我有嘉宾③，鼓瑟吹笙④。

吹笙鼓簧⑤，承筐是将⑥。人之好我⑦，示我周行⑧。

呦呦鹿鸣，食野之蒿⑨。我有嘉宾，德音孔昭⑩。

视民不恌⑪，君子是则是效⑫。我有旨酒⑬，嘉宾式燕以敖⑭。

呦呦鹿鸣，食野之芩⑮。我有嘉宾，鼓瑟鼓琴。

鼓瑟鼓琴，和乐且湛⑯。我有旨酒，以燕乐嘉宾之心。

【注释】

① 呦呦：鹿鸣声。据说鹿群居，有了食物则鸣，呼同类聚食，故此以兴，述招待宾客
　　欢聚。

② 苹：马帚草。

③ 嘉宾：贵客。

④ 鼓：击弹。

⑤ 簧：笙中的舌片。

⑥ 承：奉(捧)。筐：盛币帛的竹器。将：送。古代燕客有侑宾、酬宾之礼，在燕宾时拿
　　些礼物送给客人。

⑦ 好我：言与我相友好。

⑧ 示：告、指示。周行：大道。

⑨ 蒿：草名，有白蒿、青蒿多种，此处当指青蒿。

⑩ 德音：善言。孔昭：甚明。

⑪ 视：看待。恌(tiāo)：轻薄、不厚道。

⑫ 则：法则。效(xiào)：效法。

⑬ 旨酒:美酒。

⑭ 式:语气词。燕:宴会,或以为安乐。敖:乐。

⑮ 芩:草名,生长在沼泽洼地。

⑯ 和乐:和谐欢乐。湛:欢乐之甚。

【讲评】

这是一首周天子宴宾的乐歌。全诗洋溢着欢乐活泼的气氛,有一种太平盛世景象。

就诗的原初意义看,这首诗更直接地表现了周代礼乐文明在政治生活中的意义。它所表现的不是具体的宴会情景,而是一种和谐的君臣关系,是宴会中所洋溢着的祥和之气。君与臣之间不是绝对主宰与绝对服从的关系,而是君待臣以礼、臣对君以忠的相互尊重。首章言燕礼,而望宾以忠告。鼓乐声起,行币劝饮,是初燕时景象。呦呦字传响入神。二章写饮宴,而见宾客之贤,是宴中时情景。三章乐酒并举,见和乐之甚,是宴将终时情景。二章庄重得体,三章和蔼入情,各有其妙。

从诗的主旨上看,重在表现一个“乐”字。主人之乐,在于有贤才令德的“嘉宾”相聚;鼓乐、行币、具酒,则在于乐“嘉宾”。“和乐且湛”,则表现了上下融洽、彼此无猜的欢乐气氛。这种氛围的深入表现就是主人认识到“人之好我,示我周行”的重要性——这是人主与臣下之间最为珍贵的关系,也是古代知识分子所向往的美好情景。

【问题讨论】

1. 关于《鹿鸣》的时代问题

关于《鹿鸣》的时代问题,旧有文王、周公、康王、夷厉、宣王等说。按:当以宣王时为确。全诗欢欣和乐,有一片太平盛世气象,不像夷、厉衰世之作。但也与周初诗不相类。诗中五言“嘉宾”,“嘉宾”之类词,在西周前期诗、文及金铭中,都不曾见到,而在西周晚期以后的诗及金铭中却频频出现,这应当是其产生时代的一个说明。在西周晚期,只有宣王给了周贵族一个希望,使王朝出现了一时的中兴气象。《鹿鸣》及与其相属的正《小雅》十六篇,可能都是宣王中兴时的作品。《礼记·王制》《汉书·艺文志》《孔丛子·巡守》等都有古天子采诗之说的记载,清儒崔述坚决反对,他说克商以后,下至陈灵公,近五百年,为什么前三百年所采诗殊少,而后二百年却那么多呢?其实如果把《诗经》各篇的时代与古书的记载相互结合考察一下,便会发现,采诗的制度可能是宣王时才确立的,所以《小雅》中几乎有四分之三的诗都产生在宣王时,宣王前的诗极少。宣王之后则有大量的风诗。这种制度的确立可能和厉王禁人言论自由而导致败亡的教训有关。采诗的目的之一是为了"观民风,知得失,自考正",其中就蕴有"防民之口甚于防川"的教训在。《鹿鸣》诗说"人之好我,示我周行",也表现出了征寻忠言善告以防覆败的意义。与经过厉王之败的宣王的心态,是很相合的。

2. 关于《鹿鸣》的主旨问题

《鹿鸣》诗旧有美、刺二说。《毛诗序》云:"鹿鸣,燕群臣嘉宾也。既饮食之,又实币帛筐篚。以将其厚意,然后忠臣嘉宾得尽其心矣。"此说甚为明了。而《史记·十二诸侯年表》用《鲁诗》说则云:"仁义陵迟,《鹿鸣》刺焉。"《太平御览》五七八引蔡邕《琴操》云:"《鹿鸣》者,周大臣之所作也。王道衰,君志倾,留心声色,内顾妃后,设酒佳肴,不能厚养贤者,尽礼极欢,形见于色。大臣昭然独见,必知贤士幽隐,小人在位,周道陵迟自以是始。故弹琴以风谏,歌以感之。庶几可复。"我们从《鹿鸣》诗中,实在看不到一点讽刺之意,与衰世君王,留心声色,毫不相涉。因此所谓"刺"当是赋诗之义,非作诗之意。从诗的语气上看,此应当是周王朝的燕宾乐歌。毛序"燕群臣嘉宾"之说是符合诗义的。

【文化史拓展】

宴会奏乐,是周代礼乐制度的一个重要表现方面。这篇诗歌原本是"君与臣下及四方之宾燕,讲道修德之乐歌"(郑玄《仪礼·燕礼》注),即《诗序》所说的"燕群臣嘉宾"之歌。但在周代,这篇诗并不只用于君燕臣下之礼上,因为诗的内容表现了对嘉宾的热情,最能表达主人的心意,因而还被广泛地用于各种燕宾仪式中,成为上下通用之乐。如《仪礼·乡饮酒礼》说:"乐正先升,立于西阶东。工入,升自西阶,北面坐。相者东面坐,遂授瑟,乃降。工歌《鹿鸣》《四牡》《皇皇者华》。卒歌,主人献工,工左瑟,一人拜,不兴,受爵,主人阼阶上拜送爵。"《仪礼·燕礼》说:"工歌《鹿鸣》《四牡》《皇皇者华》……"又曰:"升歌《鹿鸣》,下管《新宫》。笙入三成。遂合乡乐,若舞则《勺》。"《仪礼·大射仪》:"乃歌《鹿鸣》三终……乃管《新宫》三终。"甚至大学入、投壶游戏等,也在奏《鹿鸣》。据臧琳《经义杂记》考证,《鹿鸣》旧曲,汉魏时尚存。晋初,《鹿鸣》曲还在演奏。至晋泰始五年,才不再奏。唐宋时乡贡奏曲,仍有以《鹿鸣》为名者,只是已非旧曲了。

【文学链接】

曹操那首著名的《短歌行》就直接引用了本诗首章的前四句,表现了他宽阔的心胸和恢弘的气象。在诗中,他把贤才当作"嘉宾",当作朋友,表现了对有能力的知识分子的尊重和喜爱。

古代学者多把本诗的主题归于所谓"乞言"(即天子请大臣讲意见)上,其实这不过是对平日臣下表现的一种肯定和感激之意,宴会本身并不在于此。正因为如此,后世的进士及第,天子要设"琼林宴",以招待新科进士,宴会上就要演奏《鹿鸣》曲。

【集评】

蒋悌生《五经蠡测》卷三"鹿鸣"条曰:"首章言初筵之时,始作乐,将币帛以侑宾,而所以娱宾之意,在乎望嘉宾告我以大道。二章言旅酬之礼既行,而又欲其遨游以尽欢也。然其所望于嘉宾者,有不在言语之间,而威仪动作可师可法,所以示我者甚明。'德音孔昭',盛德之著闻也。'视民不恌',其德可以厚人伦、敦风俗也。'君子是则是效',其德可以仪轨百僚也。嘉宾有是德,而设厚礼以飨之,则燕非徒设矣。三章言'和乐且湛',湛有过乐之义,既作乐,承筐以侑宾矣,又燕饮遨游矣,意犹未足,又和乐且湛,可谓过三爵矣。然其所以过于乐者,为娱嘉宾之心,而嘉宾所以可娱乐者,由其德可为师法也,则虽于乐,而不至于淫矣。故古人之燕虽极其欢欣和悦之情,而尊贤贵德之意,未始不流行乎其间也。"

沈守正《诗经说通》云:"旧说因'示我周行'一语,遂谓重乞言。即'嘉宾式燕以敖','以乐嘉宾之心',亦谓乐之正所以乞之也。玩诗旨不然。古人燕飨本以洽上下之情耳,虽瞍诵史谏士传民语,无一日忘乞言。而礼意所重,则在此而不在彼。'人之好我,示我周行',与'嘉宾式燕以敖''以乐嘉宾之心'一例看,人至于好我示我,则疑忌去,慈惠通,其乐可知。皆是自道其设燕之意如此耳。归重乞言,似认客作主矣。"

常　　棣(小雅)

常棣之华①,鄂不韡韡②。凡今之人,莫如兄弟。
死丧之威③,兄弟孔怀④。原隰裒矣⑤,兄弟求矣⑥。

脊令在原⑦，兄弟急难⑧。每有良朋⑨，况也永叹⑩。

兄弟阋于墙⑪，外御其务⑫。每有良朋，烝也无戎⑬。

丧乱既平⑭，既安且宁。虽有兄弟，不如友生⑮。

傧尔笾豆⑯，饮酒之饫⑰。兄弟既具⑱，和乐且孺⑲。

妻子好合⑳，如鼓瑟琴。兄弟既翕㉑，和乐且湛㉒。

宜尔室家㉓，乐尔妻帑㉔。是究是图㉕，亶其然乎㉖！

【注释】

① 常棣(dì)：木名。又叫夫移，即今之郁李。

② 鄂：通萼，即花萼。韡(wěi)韡：光明貌。

③ 威：畏，指死丧可畏之事。

④ 孔怀：十分怀念。

⑤ 裒(póu)：聚，或以为倒毙。

⑥ 求：寻求。

⑦ 脊令：一种水鸟。

⑧ 急难：救急于难。

⑨ 每有：虽有。

⑩ 况：同贶，训赐予。一说读怳(huǎng)，失意貌。

⑪ 阋(xì)：争斗。指兄弟在家中争斗。

⑫ 御：抵抗。务：通侮。言兄弟尽管或有不和，而有外侮，则会出手相抗。

⑬ 烝(zhēng)：众。戎：帮助。

⑭ 丧乱：死丧祸乱。

⑮ 友生：友人。生，疑当为姓，"友生"即"友邦"，友好之异姓。

⑯ 傧：陈列。笾豆：古代祭祀或燕飨时盛果品的器皿。

⑰ 之：是。饫：私燕。

⑱ 具：指兄弟全部到场。

⑲ 孺：通愉。

⑳ 妻子：妻与子。好合：关系融洽。

㉑ 翕(xì)：会聚。或以为和睦。

㉒ 湛：深，此指欢乐之甚。

㉓ 宜：和顺貌。

㉔ 妻帑(nú):妻子和孩子。

㉕ 究:深思。图:考虑。

㉖ 亶(dǎn):确实、可信。然:如此(那样)。

【讲评】

这是一首燕乐兄弟的乐歌。意在提醒人们,同胞兄弟至亲的关系比任何朋友关系更为重要。这是由传统的血缘亲族关系决定的。首章总言人情亲莫如兄弟。平常语最厚,读之可涕。二章以死丧不弃,申言兄弟之亲情。两"矣"字黯然恻然。三章于急难之中,比较兄弟、良朋,再申言兄弟之情至。四章就"御侮"一层,推说莫逆之良朋莫若阋墙之兄弟。意更深一层。五章承上启下,言平安时兄弟反或不如朋友。"不如"二字与"莫如"二字相呼应。六章言兄弟相聚之乐。七章以妻儿和洽作陪衬,申言兄弟相聚之乐。

这首诗的意义,从反面告诉人们,随着社会的发展,个人活动的空间变大,人际关系必然发生变化。兄弟不能选择,朋友是可以选择的。兄弟亲情在现实中的疏离,正是以血缘关系衡量人际关系亲疏、远近、贵贱观念淡漠的信号。

【问题讨论】

1. 关于作者

关于诗的作者,毛、韩二家皆言闵管、蔡之失,意此为周公所作。《周语》云:"周文公之诗曰:'兄弟阋于墙,外御其侮。'"亦以此为周公之诗。《左传·僖公二十四年》则云:"召穆公思周德之不类,故纠合宗族于成周,而作诗曰:'常棣之华,鄂不韡韡……'"周公为成王时人,召穆公为厉宣时人。其所处时相差甚远。杜预调停二说云:"周公作诗,召公歌之。"崔述《洙泗考信录》云:"《诗》云:'死丧之威,兄弟孔怀。'又云:'丧乱既平,既安且宁。'皆似中衰之后,不类初定鼎时语。况作乱者,管、蔡兄弟也,以殷畔者,管、蔡兄弟之亲其所疏而疏其所亲也。而此诗反云'兄弟急难','良朋永叹',兄弟'外御其侮',良朋'烝也无戎',语语与其事相反,何邪?"崔氏从文本入手,指出其与周公身历之事的矛盾,是很有说服力的。《左传》以为召穆公作,当为可信。召穆公世代为周室大臣,身经历王时的大动乱,目睹宗法制度遭到严重破坏,思周德之不类而作此诗,倡兄弟之谊,是完全合乎情理的。

2. 关于"鄂不韡韡"

关于"鄂不韡韡"一句的解释,古来分歧很大。《毛传》解释"鄂"说:"犹鄂鄂然,华外发也。"郑笺以"鄂不"为"萼柎"即花蒂。朱熹以"不"为"岂不",杨慎、焦竑从郑说,并有考证。洪颐煊《读书丛录》"鄂不"条以为"不"假为"柎",《说文》说:"柎,华盛,从艸,不声。"程瑶田《解字小记·不字义说》以为"不"的本意就是花蒂,字象花的鄂足著于枝茎,三垂象华鄂下垂的样子。徐鸿钧《读毛诗日记》以为"不"是"发语声也",没有实际意义。于省吾读为"胡不",以鄂为胡之音转,即何不。今按:鄂通萼,即花萼,位于花之外部,在花发初期有保护花朵的作用。花萼是不会发光的,于改字为说,亦非善策。疑此当是说:常棣之花虽很美丽,但花朵外围的花萼,则不鲜艳。以兴兄弟关系有时看去"不如友生",实则至亲至近。

【集评】

《诗集传》云:"此燕兄弟之乐歌。"又云:"此诗首章略言至亲如兄弟之意,次乃以意外不测之事言之,以明兄弟之情,其切如此。三章但言急难,则浅于死丧矣。至于四章,则又以其情义之甚薄,而犹有所不能已者言之。其序若曰,不待死丧,然后相收,但有急难,便当相助。言又不幸而至于或有小忿,犹必共御外侮。其所以言之者,虽若益轻以约,而所以著夫兄弟之义者,益深且切矣。至于五章,遂言安宁之后,乃谓兄弟不如友生,则是至亲反为路人,而人道或几乎息矣。故下两章乃复极言兄弟之恩,异形同气,死生苦乐,无适而不相须之意。卒章又申告之,使反复穷极而验其信然,可谓委曲渐次,说尽人情矣。"

明陈组绶《诗经副墨》云:"通诗以'莫如兄弟'为主。由死丧说到急难,说到外侮,患难之事备矣,无一之不须兄弟,亦是以明今人之莫如矣。而无奈人之丧乱明而安宁昏也。文气至此一顿,故又开其说于安乐焉。即使以安乐言,饮酒不可无兄弟,妻子不可无兄弟。'是究是图',则所谓兄弟者,然乎否也? 语意曲至。"

清高侪鹤《诗经图谱慧解》云:"通诗八章之中,无非发明'兄弟'一句。试看第二章'死丧'句,惟怀兄弟;积尸原野,惟求兄弟。第三章急难之际惟兄弟,第四章阋墙有变而忽御外侮亦惟兄弟。此皆真心流露,写尽人世间至情。至第五章忽一转,言安宁之后视兄弟反不如友生,是叹世人之失,绝非本来真心也。故六、七、八章,必欲于安宁时认着兄弟,使人一想焉。曰'是究是图,亶其然乎!'此不特作者言情,并唤起千载同胞之人也。"

又云:"前四章写到极惨切、极失神处,而兄弟之情见。后二章写到极熨贴、极重曲处,而兄弟之情亦同见。兄弟一伦,被此说尽。"

伐　木 (小雅)

伐木丁丁①，鸟鸣嘤嘤②。出自幽谷③，迁于乔木④。

嘤其鸣矣⑤，求其友声。相彼鸟矣⑥，犹求友声。

矧伊人矣⑦，不求友生？神之听之⑧，终和且平⑨。

伐木许许⑩，酾酒有藇⑪！既有肥羜⑫，以速诸父⑬。

宁适不来⑭，微我弗顾⑮。於粲洒扫⑯，陈馈八簋⑰。

既有肥牡⑱，以速诸舅。宁适不来，微我有咎⑲。

伐木于阪⑳，酾酒有衍㉑。笾豆有践㉒，兄弟无远㉓。

民之失德㉔，干餱以愆㉕。有酒湑我㉖，无酒酤我㉗。

坎坎鼓我㉘，蹲蹲舞我㉙。迨我暇矣㉚，饮此湑矣。

【注释】

① 丁丁:伐木声。

② 嘤(yīng)嘤:鸟鸣声。

③ 幽谷:深谷。

④ 迁:高迁、上登。

⑤ 嘤:鲁诗本作"鶯"，"鶯"即"莺"。则鲁诗以为"嘤嘤"即黄莺的鸣声。

⑥ 相:察看。或以为是语气词,譬如、譬若。

⑦ 矧(shěn):何况。伊人:是人。

⑧ 神:当为慎,"神之"谓谨慎、慎重地对待其事。听:听从。

⑨ 终:既。

⑩ 许(hǔ)许:锯木声。

⑪ 酾(shī)酒:滤去酒糟。有藇(xù):亦作藇藇,酒味香美。

⑫ 羜(zhù):羊羔,嫩羊。

⑬ 速:招、邀请。诸父:同姓长辈。下"诸舅"则指异姓长辈。

⑭ 宁:或。适:偶尔。

⑮ 微:非。

⑯ 於(wū):发语词。粲:鲜明,引申为干净整洁。

⑰ 陈:摆列。馈:食物。簋(guǐ):装食物的器具。

⑱ 牡:公兽,此指公羊。

⑲ 咎:过错。

⑳ 阪:山坡。

㉑ 有衍:犹衍衍,形容盛满酒杯外溢貌。

㉒ 践:陈列。

㉓ 兄弟:同辈亲友。无远:不疏远,皆在场。

㉔ 民:人。失德:失去朋友之谊。

㉕ 干餱,干粮。以:有。愆:过错。

㉖ 湑(xǔ):用茅草滤酒。我:语尾助词,当读为"呵",犹"兮",即今之"啊"。

㉗ 酤:或以为一宿即熟的酒,或以为买酒。

㉘ 坎坎:有节奏的鼓乐声,以作节拍。

㉙ 蹲蹲:舞蹈貌。

㉚ 迨:及、趁。

【讲评】

　　这是一首燕乐朋友故旧的乐歌,旨在强调朋友的重要。《毛诗序》说:"《伐木》,燕朋友故旧也。自天子至于庶人,未有不须友以成者。亲亲以睦,友贤不弃,不遗故旧,则民德归厚也。"此基本上是符合诗义的。《韩诗》云:"《伐木》废,朋友之道缺,劳者歌其事,诗人伐木,自苦其事,故以为文。"蔡邕《正交文》用鲁诗云:"周德始衰,颂德既寝,《伐木》有鸟鸣之刺。"但诗中洋溢着一片欢乐气氛,一点也看不出刺的意思来。因此韩、鲁之说不可从。

　　此篇可说是《常棣》的姊妹篇,《常棣》强调兄弟之情,此篇则强调朋友之义。强调兄弟关系,是为了血缘内部的团结;强调朋友关系,是为了社会关系的和谐。家庭与社会的双重和谐,是人类幸福的保证。故中国古代把朋友也列入了五种伦常关系之中。

　　此诗首章即言人不可无友,以鸟求友为说,更见求友为天地间的通义。二章言笃友尽其情,肉酒款诸父诸舅。就不可无友之意深入一层。洒扫、酾酒、具羜、陈簋,毕见殷勤之至。两"宁适不来",故作意外之想,正唯恐其不来也。"微我"云云,平心自问,极尽谦恭厚道之情。三章重在表现宴会上亲友之乐,情感真率、友情厚重。最后一"迨"字有味,直是无时不在心上意。

【问题讨论】

1. 关于诗的时代

关于诗的时代，郑玄以为在周文王之时。他说，文王在没有登位之前，曾与友生在山岩之间从事伐木之事。孔颖达又申郑说，以为诗是言文王设酒招待他当日一同伐木的朋友的。清代的焦循对此说表示怀疑，陈子展先生则力辩郑孔之说的合理性。王先谦又申旧说，以为这是周公道文王之事的。这样读诗，实际上是把诗读死了。诗首言伐木，揣其初当先为伐木之歌，言伐木之事及伐木人的心情、感受的。伐木之事一人难以胜任，要搬运大木，必须邀朋呼友，大家一起用力方可完成，故《淮南子》有"举大木者呼邪许"之说。伐木诗理当有乐朋好友的情感表现，故诗人借以表朋友相会之乐。并非诗真与伐木之事有何瓜葛，更与文王毫不相干。从诗的风格、语言来看，很象宣王朝的诗，与《常棣》当为同期之作。而且这两篇诗一言兄弟之情，一言朋友之谊，一尊兄弟而抑朋友，一先朋友而退兄弟，互为表里，从思维方式看，很像一人之为，只是作于不同场合而更换不同说法而已。

2. 关于"坎坎鼓我"四句

关于这四句中的"我"字，前人多解释为第一人称。如郑玄解释"坎坎"二句说："为我击鼓坎坎然，为我兴舞蹲蹲然。"显然是以我为你我之我的。陈奂《诗毛氏传疏》遂解释此为倒装句，意思是说，这两句应该是："我有酒则湑之，我无酒则酤之。"这样解释显然不合诗意。"我"当读如呵，犹兮，即今之啊，为语尾助词。古我、呵、兮音近相通。《曹风·蜉蝣》"于我归处"，郑玄读"我"为"何"，《类篇》："呵通作何。"今本《老子》"兮"字，帛书本皆作"呵"。《战国策·楚策》四："其楚之任也我？"姚宏本与鲍彪本"我"作"哉"，是其可为语尾助词之证。

【集评】

万时华《诗经偶笺》："首章兴人之不可以不求友。下详求友之事。周家明良道合，太和俱从尊俎间流出，须得他一段绸缪缱绻之意。"

又："首章以鸟之求友，形人之求友，却又以伐木与鸟鸣作兴，是其文字极波澜处。丁丁者，声相应也；嘤嘤者，气相求也。出谷迁乔，亦有向于高明意。人欲高明，舍朋友何赖？求字中有脱略名分、全在道德、意气中彼此绾结意。和者，天下泰和也；平者，方隅砥平也；终者，万年如一日也。"

又："伐木无不尽其力，兴笃友无不尽其情。微我二句意最难斡旋。若说来，似富翁召客，意到而止，只似免咎塞责话头，何啻千里！下民之失德亦然。大都朋友之隙常生于递相责望,故此诗之意,但欲尽其在我者,而不问彼之于我何如。"

陈仅《诗诵》:"首章'和平'二字,实此诗纲领。"

鱼　　丽(小雅)

鱼丽于罶①,鲿鲨②。君子有酒,旨且多③。

鱼丽于罶,鲂鳢④。君子有酒,多且旨。

鱼丽于罶,鰋鲤⑤。君子有酒,旨且有⑥。

物其多矣⑦,惟其嘉矣⑧!

物其旨矣,惟其偕矣⑨!

物其有矣,惟其时矣⑩!

【注释】

① 丽(lí):通罹,遭。罶(liǔ):捕鱼用的竹笼。

② 鲿(cháng):黄颊鱼。鲨:又名石鮀(tuó),居沙沟中。

③ 旨:味美。此言主人之酒又多又香美。

④ 鲂(fáng):即火烧鳊。鳢(lí):又名黑鱼,细鳞黑色。

⑤ 鰋(yǎn):鲇鱼。

⑥ 有:充足,富有。

⑦ 物:指宴席所陈饭肴。

⑧ 嘉:美好。

⑨ 偕:齐备。

⑩ 时:时鲜,即新鲜食物。

【讲评】

古代祭祀宗庙之后,君王要招待群臣宴饮。这首诗就是在祭祀宗庙献鱼后,君臣宴饮的乐歌。诗中赞美宴会的食物丰盛,尤其赞美鱼的品种丰富。此祭祀所献之物为多种鱼类,可能与祈祷万物丰收有关,因为鱼象征的是多子、丰收,这来自原始宗教崇拜。前三章一意,无浅深,皆赞酒之美。下三章一意,言物之丰美。

【集评】

季本《诗说解颐》云："前三章皆言酒,乃置酒之通名也。后三章皆言物,则所谓旨、所谓多者,皆以肴言矣。"

戴震《诗考正》云："后三章曰嘉曰旨,皆美也;曰偕曰有,皆备也。多贵其美,美贵其备,备贵其时。"

<h1 style="text-align:center">湛　　露(小雅)</h1>

湛湛露斯①,匪阳不晞②。厌厌夜饮③,不醉无归。

湛湛露斯,在彼丰草④。厌厌夜饮,在宗载考⑤。

湛湛露斯,在彼杞棘⑥。显允君子⑦,莫不令德⑧。

其桐其椅⑨,其实离离⑩。岂弟君子,莫不令仪⑪。

【注释】

① 湛湛:露盛貌。斯:语气词。

② 晞:干。

③ 厌厌:形容夜宴之欢乐盛况。或以为饱足(于饮食)。夜饮:即晚宴。

④ 丰草:茂草。

⑤ 在宗载考:林义光以为"享考宗室"之义。宗,宗庙。考,祭祀宴享。

⑥ 杞:枸杞。棘:酸枣树。

⑦ 显允:光明正大。

⑧ 令德:美德。

⑨ 桐、椅:皆木名。

⑩ 离离:下垂貌。

⑪ 令仪:美好的容止、威仪。

【讲评】

《毛诗序》云:"《湛露》,天子燕诸侯也。"天子设夜宴招待诸侯及朝中大臣,歌者赞美天子和与会者的美德。一章言夜饮之兴,二章言夜饮之所,三章赞美饮者之德,四章赞美饮者之威仪。前三章起兴,以露珠洒在草叶和灌木丛上,比喻天子对诸侯的恩泽;第四章以高大的乔木比喻天子的威仪,梧桐和椅树是做乐器的好材料,这里与礼乐联系起来,以象征天子处处以礼乐规范自己的行为,足以作诸侯的典范。

【集评】

欧阳修《诗本义》云:"据《序》止言天子燕诸侯,而《笺》以二章为燕同姓,三章燕庶姓,卒章为燕二王。后者诗既无文,皆为衍说,由诗有在宗载考之言,遂生穿凿尔。"

姜炳璋《诗序补义》云:"《集传》以前篇(指《蓼萧》)为始燕,此为终燕。按前篇言零露瀼瀼、浓浓,此曰'匪阳不晞',前篇曰'既见君子,燕笑语兮',而此曰'厌厌夜饮,不醉无归',次第秩然。诗人早自下注脚也。前篇初燕,语意阔大。故《序》曰:'泽及四海',此篇终燕,情意笃挚。"

桑 扈 (小雅)

交交桑扈①,有莺其羽②。君子乐胥③,受天之祜④。
交交桑扈,有莺其领⑤。君子乐胥,万邦之屏⑥。
之屏之翰⑦,百辟为宪⑧。不戢不难⑨,受福不那⑩。
兕觥其觩⑪,旨酒思柔⑫。彼交匪敖⑬,万福来求⑭。

【注释】

① 桑扈:鸟名,又名窃脂、青雀、蜡觜。大如鸲鹆,苍褐色,有黄斑点,好食粟稻。

② 莺:文彩貌。

③ 乐胥:快乐。胥,犹"兮"。

④ 祜:福。

⑤ 领:颈。此句言颈羽毛之美。

⑥ 屏:屏障,起护卫作用,故以之喻重臣。

⑦ 翰:读为干,主干、骨干。

⑧ 辟:君,此指诸侯。宪:法式,典范。

⑨ 不戢不难:戢有聚、敛之意,难有忌恨之意。不戢不难,不戢,即不聚敛于财;不难,谓不忌恨于人。

⑩ 不那(nuó):当读为"挪"。"不挪"即"不移",指福降于身,而不他移。

⑪ 兕觥:酒器。觓(qiú):角弯曲貌,形容觥的形状。

⑫ 思柔:思,语助词。柔,形容酒味口感绵柔,十分顺口。

⑬ 彼交匪敖:当从另一本作"匪交匪敖"。交,轻侮。敖,傲慢。

⑭ 求:聚。

【讲评】

　　这是一首周天子宴请诸侯的诗。一位地位重要的诸侯来朝见天子,天子宴请他,席间演奏了这首乐歌。诗的主旨是祝福此人因为在天下诸侯间的地位及对王朝的作用,所以应该享有的幸福。从诗中"万邦之屏""百辟为宪"等句看,其所宴非一般诸侯,故陈子展先生说:"非出为方伯、入为卿士之诸侯实不足以当此。"一章美其受福,二章美其安万邦,三章美为诸侯榜样,四章言宴时能敬,足以受多福。前两章均以"交交桑扈"起兴,从诗中只及于其羽毛的美丽看,这是用来喻其人风采的,或者因桑扈的文采,令人想到其人的"文德"。周人重"文",重修饰(有特殊规定性内涵的外在形式),重"文德",在这些地方都能看得出来。如《小雅·车舝》篇云:"依彼平林,有集维鷮。辰彼硕女,令德来教。"就直接地把鸟的美丽羽毛与女子的教育修养联系起来,而不是与其穿着联系起来。

【集评】

　　姚舜牧《诗经疑问》云:"诸侯来朝于京师,是下交于上,故以'交交桑扈'兴'君子乐胥','受天之祜'泛泛说,所以受祜处,全在'屏翰'上,故次云'万邦之屏'。三章因就屏翰之可为宪处,颂其受福之不那,四章又本其交之匪敖者,颂其福不求而自至。总之则所谓'受天之祜'也。'君子乐胥。受天之祜',是始辞,'彼交匪敖,万福来求',是终辞。"

　　何楷《诗经世本古义》云:"《桑扈》,飨诸侯之礼也。诸侯春见曰朝,天子飨之,疑即九夏中之骜夏。"

宾 之 初 筵(小雅)

宾之初筵①，左右秩秩②。笾豆有楚③，殽核维旅④。
酒既和旨⑤，饮酒孔偕⑥。钟鼓既设，举酬逸逸⑦。
大侯既抗⑧，弓矢斯张⑨。射夫既同⑩，献尔发功⑪。
发彼有旳⑫，以祈尔爵⑬。

籥舞笙鼓⑭，乐既和奏，烝衎烈祖⑮。以洽百礼⑯，
百礼既至⑰。有壬有林⑱，锡尔纯嘏⑲，子孙其湛⑳。
其湛曰乐㉑，各奏尔能。宾载手仇㉒，室人入又㉓。
酌彼康爵㉔，以奏尔时㉕。

宾之初筵，温温其恭㉖。其未醉止，威仪反反㉗。
曰既醉止，威仪幡幡㉘。舍其坐迁㉙，屡舞仙仙㉚。
其未醉止，威仪抑抑㉛。曰既醉止，威仪怭怭㉜。
是曰既醉，不知其秩。

宾既醉止，载号载呶㉝，乱我笾豆，屡舞僛僛㉞。
是曰既醉，不知其邮㉟。侧弁之俄㊱，屡舞傞傞㊲。
既醉而出，并受其福。醉而不出，是谓伐德㊳。
饮酒孔嘉㊴，维其令仪㊵。

凡此饮酒，或醉或否。既立之监㊶，或佐之史㊷。
彼醉不臧㊸，不醉反耻。式勿从谓㊹，无俾大怠㊺。
匪言勿言，匪由勿语。由醉之言㊻，俾出童羖㊼。
三爵不识㊽，矧敢多又㊾？

【注释】

① 初筵：初即席。筵，竹席。

② 左右：筵席左右。秩秩：肃敬而有秩序之貌。

③ 笾、豆：古代食器。楚：行列齐整貌。

④ 殽:菜肴,指豆中所盛鱼肉等菜肴。核:有核果类,即干果,盛于笾中。维:是。旅:
通胪,胪列,陈设。

⑤ 和旨:指酒口感柔和,味道香美。

⑥ 孔偕:指举杯同饮,礼节协调齐一,井然不乱。孔,甚。偕,同。

⑦ 酬:同酬,本义是敬酒,这里泛指举杯劝饮。逸逸:犹绎绎,来往不断貌。

⑧ 侯:即箭靶。古礼射有不同等级的侯。《仪礼·乡射记》:"凡侯,天子熊侯,白质;诸
侯麋侯,赤质;大夫布侯,画以虎豹;士布侯,画以鹿豕。凡画者丹质。"大侯又称君
侯,是最大者。抗:举,指树起。

⑨ 斯:语助词。张:张弓搭箭。

⑩ 射夫:指参赛的射手。同:会聚。

⑪ 献:犹"奏"。发:射箭。功:功力、技能。

⑫ 有:语词。旳:同的,靶中心。

⑬ 以祈尔爵:古射礼,输者饮酒,即受罚酒。祈,求;尔爵,犹言"尔饮"。爵,饮酒器,此
处作动词,即以爵饮酒之意。

⑭ 籥(yuè):古乐器。

⑮ 烝:进,献。衎(kàn):娱乐。烈祖:指有赫赫功绩的先祖。

⑯ 洽:合,配合。百礼:指各种礼仪。

⑰ 既至:已经齐备。

⑱ 有壬有林:言礼仪规模宏大,名目繁多。壬,大;林,多。

⑲ 纯嘏(gǔ):大福。

⑳ 湛:乐。

㉑ 其湛曰乐:即"湛乐"。其、曰皆语词。

㉒ 宾载手仇:指燕射,宾客选取比赛对手。载,则。手,取。仇,耦,指比赛对手。

㉓ 室人:主人。入又:又入,指再次参射。

㉔ 康爵:大爵。

㉕ 时:射中者。或以为"时祭",或以为"时物"。

㉖ 温温:温柔和顺,形容恭谨之貌。

㉗ 反(fàn)反:慎重貌。一说善貌。

㉘ 幡幡:轻率无礼貌。

㉙ 舍其坐迁:按古代饮酒之礼,凡礼盛者坐卒爵,其余则皆立饮。又有升降、兴拜、复
席、复位诸礼。这里指酒后失礼,当坐饮而不坐,当离席而不离。

㉚ 仙仙:通跹跹,舞姿轻盈貌。

㉛ 抑抑:慎密貌。

㉜ 怭(bì)怭:轻薄亵慢貌。

㉝ 号:号叫。呶(náo):喧哗。

㉞ 傞(qī)傞:醉舞歪斜状。

㉟ 邮:尤的借字,过失。

㊱ 侧弁:歪戴帽子。之:是。俄:歪斜貌。

㊲ 傞(suō)傞:乱舞不止貌。

㊳ 伐德:旧训害德、败德。或以为乱。

㊴ 孔嘉:甚美。

㊵ 令仪:善威仪。令,善。

㊶ 监:指监酒之官,宴会上纠察礼仪。古者饮酒,皆立之监,以防失礼。更佐以史,监以察仪,史以记言。

㊷ 佐:助。史:记事记言之官。

㊸ 不臧:不好。

㊹ 式:语助词。从:跟从。谓:当读为"为",犹做,此言不要跟着他们也那样去做。

㊺ 怠:怠慢,无礼。

㊻ 由:从。

㊼ 童羖(gǔ):没角的山羊,指小公羊。

㊽ 三爵不识:此连下句是说:三杯酒就喝昏了头,哪里还敢再劝? 三爵,三杯。不识,不知,指酒后不知事物。

㊾ 矧(shěn):何。又:通侑,劝酒。

【讲评】

这首诗专门写贵族饮酒,由初始的讲究规矩,到酒醉后的各种表现,展示了两千多年前的宴饮场面。诗中也写到古代饮酒的规矩,寓有劝戒之意。首二章写初宴时井然之序,三章写饮酒渐多,由序而乱,泛言饮酒始乎治而卒乎乱。四章写醉后失礼之状,钟惺曰:"画出醉中恶道。"五章则以劝戒作收。描写中寓有刺意。其实,古今"礼数"虽异,而人情世故相去则不远,其宴饮酒醉过程及其饮者酒后醉态,今何尝不是如此? 姚氏所谓"备极形容醉态之妙",确实如此。

【集评】

高侪鹤《诗经图谱慧解》引邹泉云："一射中有三饮酒，'饮酒孔偕'是未射之饮。'举酬逸逸'是将射之饮；'以祈尔爵'是方射而祈胜者之饮。得知此意，便叠叠说下。"

孙月峰《批评诗经》曰："长篇大章，铺叙详备，首两章述礼处甚浓古，三、四写醉态淋漓，末章申戒，收归正，构法匀整。后三章稍露跌荡。"

万时华《诗经偶笺》："首二章言射祭而饮者之善，以发自傲之端。三章言饮者始治终乱，四章则极醉者之状而详言之矣，末章所以戒也。"

又："三章'未醉''既醉'，备述饮酒者常态。然举未醉，正是点次既醉处。四章乃极陈醉者之状。末六句又似闲说道理，以致其咎，嗟儆戒之意。两章语本无伦序，读者正不须纽合分串，然照本文叠叠说去，惩创之旨自见。'不知其秩'，'秩'字即指上'抑抑''反反'言。末章'反耻'以上，设法以防之。'式勿'六句，致告以恐之。'三爵'二句，丁宁以戒之。皆是状不醉者欲告醉者之意。'式勿'以下，皆本上'反耻'来。详讽此旨，想见他醒眼旁观羞愧情状，分明目不忍视，中不能安，拊心跌足之状，宛然在目。此等俱非实话，全要描写意。况数句一直说下不断，'俾出童羖'，盖人至于醉，虽监史二宫，不足纠其失；凡诸义理之言，俱不能入。即此两言，分明是对醉人说话。古人摸写情境，传神肖像如此！"

姚际恒《诗经通论》云："由浅入深，备极形容醉态之妙。昔人谓唐人诗中有画，岂知亦原本于《三百篇》乎！《三百篇》中有画处甚多，此《醉客图》也。"

瓠　叶（小雅）

幡幡瓠叶①，采之亨之②。君子有酒，酌言尝之③。
有兔斯首④，炮之燔之⑤。君子有酒，酌言献之⑥。
有兔斯首，燔之炙之⑦。君子有酒，酌言酢之⑧。
有兔斯首，燔之炮之。君子有酒，酌言醻之⑨。

【注释】

① 幡幡：风吹瓠叶翻动貌。瓠（hú）：瓠瓜，又叫"葫芦"，果实、嫩叶皆可食。

② 亨:即古"烹"字,煮的意思。

③ 酌:斟酒。言:犹"而"。尝:品尝。

④ 斯首:白头。斯,通"鲜",白也。

⑤ 炮:以泥裹带毛肉而烧之曰炮。燔:加肉于火上烤曰燔。

⑥ 献:主人向宾客敬酒曰"献"。

⑦ 炙:用物贯肉在火上烤。

⑧ 酢(zuò):客饮主人所献酒后,向主人回敬酒叫"酢"。

⑨ 醻,同"酬",劝酒。

【讲评】

　　朱熹认为这是一首燕饮诗,当由客人唱出。宴席上并无异馔珍肴,反复咏唱的,不过就是开头说的那碗"瓠叶"汤,还有就是那只野兔头。但气氛却很热烈。我们仿佛看到诗人尝一点兔头肉,夸一句"好吃",喝一口酒,赞一句"好酒"。热烈的气氛表现了真诚的友谊——难得的不是吃喝,而是朋友的那份情谊。

　　首章言初燕,未饮先尝。二章言献酒于宾,三章言客人回敬主人酒,四章言主客相互劝酒。一个小场面、一个生活的小片段,却写出了友情在生命中的重要。白居易云:"绿蚁新醅酒,红泥小火炉。晚来天欲雪,能饮一杯无?""小火炉""一杯酒",包含了多少情谊,多少舒展;展现了多少自由,多少真率。与此诗有异曲同工之妙。

【集评】

　　高侪鹤《诗经图谱慧解》云:"菹不必佳蔬,肴不必异馔。会疏而礼勤,物薄而情厚,真德实意于是乎可验。即一瓠叶必献,一兔首必献,情意何等厚也!"

五、役 行 篇

卷 耳 (周南)

采采卷耳①，不盈顷筐②。嗟我怀人③，寘彼周行④。
陟彼崔嵬⑤，我马虺隤⑥。我姑酌彼金罍⑦，维以不永怀⑧。
陟彼高冈⑨，我马玄黄⑩。我姑酌彼兕觥⑪，维以不永伤。
陟彼砠矣⑫，我马瘏矣⑬，我仆痡矣⑭，云何吁矣⑮！

【注释】

① 采采：采了又采。一说茂盛貌。卷耳：又叫苓耳，一种蔓生植物。一说苍耳。

② 盈：满。顷筐：斜口筐。

③ 嗟：叹息的声音。怀：思念、挂心。

④ 寘：通视，瞻望。周行(háng)：大道。

⑤ 陟：登高。崔嵬：山势高大、不平貌。

⑥ 我：妻子遥想丈夫的处境，代替丈夫说。虺隤(huǐ tuí)，因疲惫而腿软无力貌。

⑦ 姑：姑且、暂且。酌：斟酒(饮酒)。金罍(léi)：青铜制的酒器。

⑧ 维以："欲其"，即希望他。永怀：长久地思念。

⑨ 冈：山脊。

⑩ 玄黄：指黑黄色，即焦枯之色。

⑪ 兕觥：酒器，有直接用兕角制作的，也有用青铜做成兽角形的。

⑫ 砠(jū)：带土的石山。

⑬ 瘏(tú)：马疲惫到气力衰竭的地步。

⑭ 仆：指驾车的仆夫。痡(pū)：疲倦至极。

⑮ 云：发语词。吁(xū)：叹息。

【讲评】

这是一首妻子怀念丈夫的歌。她的丈夫在外服役,思念时时缠绕着她,以至于她无心劳动,并幻化出丈夫在外种种艰难的处境。诗旨悲凉痛切。

首章写思妇思念情人心烦意乱之情景。妙在不是抽象的写苦思,而是用"不盈顷筐""寘彼周行"这样具体而形象的动作来表现。卷耳是易得之菜,顷筐是易满之器,之所以采之不满,正是因心不在此而在彼的缘故。二章拟想征人在外情景。登高望乡,饮酒解忧,怀念之极,又望不"永怀"。此"姑"字、"永"字最有味,总是一个极度想排遣愁意。三章句句用韵,声急音促,心情可见。再就上章意思翻弄一遍,咬定"怀"字,结以"伤"字,妙有深浅。末章登此不遂,又想登彼,总是一腔忧愁难以排遣、抑郁无聊意。添出"仆痛",是加一倍写法。最后一句"云何""吁矣",蕴含着无限的苦悲、忧伤与沮丧。且"吁"字,与首章"嗟"字,遥相呼应,哀响回荡,余音无穷。

【文学链接】

《古诗十九首》中有与此诗类似的描写:"纤纤擢素手,札札弄机杼。终日不成章,泣涕零如雨。"《木兰辞》:"不闻机杼声,惟闻女叹息。"南朝民歌:"朝发桂兰渚,昼息桑榆下。与君同拔蒲,竟日不成把。"唐人张仲素《春闺》云:"提笼忘采叶,昨夜梦渔阳。"可谓中外同情,古今同慨!

屈原在《离骚》结尾处写道:"陟升皇之赫戏兮,忽临睨夫旧乡。仆夫悲余马怀兮,蜷局顾而不行。"与此略同。

从对面着笔的写法,也给后世诗人以极大的启发,如杜甫《望月》的前六句,全从远在鄜州的妻子对自己的思念落笔,所谓"情从对面飞来,而情益厚。"(《杜诗镜诠》)

【集评】

杨慎《丹铅总录》卷十一"唐人主情"条云:"唐人主情,去三百篇近;宋人主理,去三百篇却远矣。匪惟作诗也,其解诗亦然。且举唐人闺情诗,云:'袅袅庭中柳,青青陌上桑。提笼忘采叶,昨夜梦渔阳。'即《卷耳》诗首章之意也。又曰:'莺啼绿树深,燕语雕梁晚。不省出门行,沙场知远近?'又曰:'鱼阳千里道,近于中门限。中门逾有时,鱼阳常在眼。'又曰:'梦里分明见关塞,不知何路向金微。'又云:'妾梦不离江上水,人传即在凤凰山。'即《卷耳》后章之意也。若如今《诗传》解为托言,而不可以为寄望之词,则《卷耳》之诗乃不若唐人作闺情诗之正矣。若知其为思望之词,则诗之寄兴深,而唐人浅矣。"

戴君恩《读风臆补》:"情中之景,景中之情,宛转关生,摹写曲至,故是古今闺思之祖。"

许学夷《诗源辨体》卷一曰:"风人之诗,不特为汉魏五言之则,亦为后世骚、赋、乐府之宗……'陟彼崔嵬,我马虺隤。我姑酌彼金罍,维以不永怀。陟彼高冈,我马玄黄。我姑酌彼兕觥,维以不永伤。'……其句法音调,又乐府杂言之所自出也。今人但知骚、赋、乐府起于楚汉,而忘其所自出,何哉?"

击　　鼓(邶风)

击鼓其镗①,踊跃用兵②。土国城漕③,我独南行④。
从孙子仲⑤,平陈与宋⑥。不我以归⑦,忧心有忡⑧。
爰居爰处⑨,爰丧其马⑩。于以求之⑪,于林之下。
死生契阔⑫,与子成说⑬。执子之手,与子偕老⑭。
于嗟阔兮⑮! 不我活兮⑯! 于嗟洵兮⑰! 不我信兮⑱!

【注释】

① 镗(tāng):鼓声。其:衬词,无意义。

② 踊跃:跳跃击刺的练武动作。兵:兵器、武器。

③ 土国:用土筑城。国,即城。城漕(cáo):筑城于漕。漕,卫国的地名。

④ 南行:向南方进军。

⑤ 从:跟随。孙子仲:人名,当是卫国的将军。

⑥ 平:成,和解。或以为平定。

⑦ 以:与,参与,参与归国的队伍。以归,即同归。

⑧ 有:副词。忡:内心忧愁不宁。

⑨ 爰:乃,于焉、于是。居、处:安居。

⑩ 丧:丢失。

⑪ 于以:于何,在什么地方。

⑫ 契阔:离合。死生离合,说的是一生的始终如一。

⑬ 子:你。成说:说定了。指结婚时两人的约定。

⑭ 偕老:一同终老。

⑮ 阔:离别。

⑯ 不我活:犹今语"不让我活"。

⑰ 洵:信,诚,确实。

⑱ 信:伸。"不我伸",指不能申明自己恳切的诺言。

【讲评】

　　《毛序》云:"《击鼓》,怨州吁也。卫州吁用兵暴乱,使公孙文仲将而平陈与宋,国人怨其勇而无礼也。"《郑笺》云:"将者,将兵以伐郑也。"今之学者如高亨、陈子展等多从旧说。而清儒毛奇龄则驳之云,此篇言"城漕",州吁即已城漕,其后闵二年戴公渡河,不应当庐居或露处漕邑。其二,陈、蔡、宋、卫睦邻,共出兵伐郑,不应当说"平陈"。其三,州吁伐郑,隐四年夏伐郑,围而即还,秋伐郑,败而即还,不应当说"不我以归"(详见《国风省篇》)。姚际恒也曾举六证以驳序说。并认为"此乃卫穆公背清丘之盟救陈,为宋所伐,平陈、宋之难,数兴军旅,其下怨之而作此诗也"。近人王闿运则以为:"土国城漕"是为了防齐,"我独南行"的我,指州吁。

　　我们认为,此诗是否与州吁或卫穆公有关,尚不敢遽定。就其内容看,它是一篇写远征士兵悲苦心情的诗。残酷的战争,使他们随时都有牺牲的可能,由于长期的军旅生活和其他政治上的原因,使他们完全失去了斗志,似乎正在期待着死亡的到来。他们想到久别的家人,想到年轻的妻子,想到夫妇的盟誓,想到如今自己生死未卜,想到誓言不能实现,不觉心酸,痛苦呼号。征人久戍不归而思念家人,这是古代诗歌常见的主题。这首诗可以算是千古军旅生活悲歌之祖了。

　　首章写这位战士的不平,同来的人大都在筑完漕城之后回家了,而他却不幸而选入南征的队伍里,继续服役。"南行"字正是这首诗悲愤、伤绝的原由。一"独"字已略见其愤然不平之气。二、三章言其此去不但延长了他的服役期限,而且真正地走上战场,他的悲伤也由此而强烈。一路上他无心于战事,因此把马也丢了,写出了士兵的怠缓之状,并充分说明他伤心烦乱的程度。第四章句法尤奇。按全章的诗意,四句的逻辑关系应该是:"执子之手,与子成说;死生契阔,与子偕老。"现在这样排列,显然突出了"死生契阔"这种面临战场死生难料的局面,且与上章描述的艰难的行军经历紧密相连;然后才转而把镜头缓慢地拉向记忆:那新婚时两心相誓的情景。这就使现实与记忆交错出现，逻辑似乎错乱，把人物内心的悲伤与烦乱更真实也更充分地展现出来。此章写家室之思，追忆出门情事，伤心不待更言，而此错文叶韵，更是章法奇妙。生死之念、白首之愿，惟战时士卒感受最深。五章是绝望之呼喊，连用两个"于嗟"，四个"兮"字，叹息声与篇首鼓声相应，一边热闹，一边酸楚；一边同伴备战越是火热，一边个人内心深处越是显得孤独和凄凉。

【集评】

徐常吉云："首章言南行之事，二章本南行之故，三章陈怠慢之状，皆自征行之苦而言也。四章追思家室之约，五章恐违家室之约，皆自思家之情而言也。"(《毛诗微言》引)

冉觐祖引《诗经正解》说："通诗皆危苦愁叹之词，首三章是详南行之忧，下二章是思室家之情。以'我独南行'句作主。其序征役之苦，失伍之状，与恐负室家之约，俱跟上'南行'来。惟有忧心，既无斗志，自动私情，意自一串。析言之，则首章言启行之事，次章推其启行之故，三章陈其怠缓之状，皆自征役之苦而言之也。四章述其思家之情，五章恐违室家之约，皆自思家之情而言。总所以怨也。"

雄 雉 (邶风)

雄雉于飞①，泄泄其羽②。我之怀矣③，自诒伊阻④。
雄雉于飞，下上其音⑤。展矣君子⑥，实劳我心⑦。
瞻彼日月⑧，悠悠我思。道之云远⑨，曷云能来⑩？
百尔君子⑪，不知德行⑫。不忮不求⑬，何用不臧⑭！

【注释】

① 雄雉：雄野鸡，羽毛美丽，尾长而有文采，不善飞。于飞：往远处飞去之意。

② 泄(yì)泄：鼓动翅膀飞翔貌。

③ 怀：因思念而忧伤。

④ 诒：亦作遗，遗留、送给。伊：其。阻：忧愁、苦恼。

⑤ 下上其音:声音随野鸡的上下飞翔而忽上忽下。

⑥ 展:诚、实在。

⑦ 劳心:挂心,此处为因操心、挂怀、放心不下而忧愁。

⑧ 瞻:远望。日月:日月往来,以兴君子久行在外不归。

⑨ 云:与下句之"云"同为语气词。

⑩ 曷:何也。此处指"何时"。

⑪ 百:所有的。尔:你们。君子:在位、有官职的君子(大夫)。

⑫ 德行:道德。

⑬ 忮:疾害。求:贪求。

⑭ 何用:何为。臧:善、好。

【讲评】

　　这是一篇妇人怨丈夫行役之诗,古今鲜有异说。但行役者的地位如何? 最后一章其义何在? 则悬而未决。《诗序》以为行役者为"大夫",《朱传》谓是"君子",高亨也认为是"统治阶级"的一员,我们则认为行役者乃是一位统治阶级下层的人员。这从最后一章中便可以看出来。旧以为末章是"思妇念征人之切,故于闺阁中想出一段居身涉世道理"(见《诗经详说》引《正解》)。如果我们从所谓"君子"的地位上去考虑,从旧时代长期存在的社会现象上去考虑,便可以看出,末章乃思妇斥责"百尔君子"之词。谢氏《诗传注疏》云:"胡氏《春秋传》:春秋之时,用兵者非怀私复怨,则利人土地尔。诗云:'百尔君子……'。不忮则能惩忿,不求则能窒欲,然后贪忿之兵亡矣。"此说虽不够全面,也有一定道理。那些贵族老爷们,为了掠夺土地,为了追求政治利益,不惜发动战争,用人民的鲜血,装点他们的勋章。所谓"一将功成万骨枯""死是征人死,功是将军功"者,正是对这种残酷事实的揭露。所以《雄雉》篇责骂"百尔君子"说:难道你们不懂得什么叫道德吗? 你们不要残害百姓,不要谋图私利,干什么不好呢? 言外之意,为什么要让这么多的人为你们卖命? 表现了被压迫者的无限愤慨。这位思妇虽没有"忽见陌头杨柳色,悔教夫婿觅封侯"的细腻典雅,然思念之切实在其上,贵族少妇的心中更多的是红颜易老无人怜的酸楚,而民妇所时时记挂的是行役者的归期、归程,一腔牵挂喷然而发,转化为对发动战争者的愤怒,正是中国文学中世俗精神的淋漓体现。

　　诗第一章自伤自责,而不说破根由。以顿笔作开笔,意自深妙。言外有"但愿在家相对贫,不向天涯金绕身"之意。第二章才说这担心的理由。因为丈夫太老实、太忠诚,不是那种伶俐善于应对的人,话里隐藏着对丈夫深厚的爱。一声长叹,呼出"君子"二字,上章"怀""阻"方有着落。但仍不说破忧"君子"为何故,风神蕴藉。第三章写期盼和忧伤与日俱增。日月往来,岁月悠悠;盼夫归来,未知何日……这是理解全诗精神的要点。"曷云"一句,是通篇精神会要处,盼望、思虑、挂心、忧伤,全聚于此。末章忧思正不可开交处,忽笔锋一扬,痛骂"百尔君子",斥责其疾害、贪求,怨极,愤极。这是思妇对上层社会的谴责,也符合全诗情感发展的逻辑。

【集评】

梁仲孚《诗经精义集抄》云:"一章因其去而思,二章思其来,三章知其不能来而愈思。思到极处,无不可解释,忽扬一笔,转入深处。写'思'字至此,作闺思者更从何处着笔?"

伯 兮 (卫风)

伯兮朅兮①,邦之桀兮②。伯也执殳③,为王前驱④。
自伯之东⑤,首如飞蓬⑥。岂无膏沐⑦,谁适为容⑧?
其雨其雨⑨,杲杲出日⑩。愿言思伯⑪,甘心首疾⑫。
焉得谖草⑬,言树之背⑭。愿言思伯,使我心痗⑮。

【注释】

① 伯:女子对丈夫的亲昵之称。朅(qiè,亦音 jié):勇武貌。

② 桀:通杰,特出的人才。

③ 殳(shū):兵器名。

④ 王:旧说指周王。但据金文,诸侯在国也可称王。前驱:先锋。

⑤ 之:往。

⑥ 蓬:草名,根细身大而枝叶疏散,秋天遇风则拔起,随风狂飞。此喻发之乱。

⑦ 膏:膏脂,即头油、面油之类。沐:洗头用的淘米水。古人男女皆长发,故膏、沐男女皆可用。

⑧ 适:悦。容:妆扮。

⑨ 其雨:将雨,此处是以期盼下雨喻盼望夫之归来。

⑩ 杲(gǎo)杲:日光高照之貌。

⑪ 愿言:思念貌。

⑫ 甘心:甘愿。

⑬ 焉:何。谖草:即萱草,俗名金针,亦称忘忧草。

⑭ 言:乃、而。背:旧以为通"北",指北堂。应作本字解,陆机《赠从兄车骑》:"安得忘
     归草,言树背与襟。"就是活剥此诗的。

⑮ 痗(měi):病。心痗指内心痛苦。

【讲评】

　　这首思妇之诗展示了思妇对丈夫曲折复杂的心态:既骄傲于丈夫作为国家的
豪杰,做了国君此次出征队伍的先锋,又盼望丈夫及早归。

　　此诗之妙,在于对思妇复杂心曲的展示:伯之才武足以自豪,然正以此才武而
东征,至于多日不归也;她希望丈夫立功成名,又极希望丈夫与自己在一起;倘若
终年厮守一处,则荣耀不得,而欲得荣耀,则不得厮守……思念是痛苦的,而又不
能不思念,她心甘情愿地受这份痛苦,因为思念的痛苦中,同时也有无限爱的甘
甜。首章忆"伯"英武风貌,何等兴致!二章思及"伯"远出,是何心绪!"飞蓬"二
字,绘出妇人懒散神态。徐干《情诗》"君行殊不返,我饰为谁容";杜甫《新婚别》
"罗襦不复施,对君洗红妆"似之。三章言望之切。柳永"衣带渐宽终不悔,为伊消
得人憔悴"似之。四章言思之深。徐干《情诗》"忧思连相属,中心如宿醒"似之。

【问题讨论】

　　《郑笺》认为:"卫宣公之时,蔡人、卫人、陈人从王伐郑,伯也为王前驱久,故家
人思之。"郑玄的说法,究竟有何根据,我们已不得而知。但是有一点可疑,这是卫
国的诗,郑在卫之南,为什么诗却说"自伯之东"呢?后人执守笺说,曲为之论,说
什么"伯"是先到京师,然后才从王东行伐郑的(《孔疏》),或说"伯"仕于王朝,其妻
从事于周(《毛诗明辨录》)。其实问题的症结,并不在"东"字上,而在于"为王前
驱"一语。自汉以来,人都以《诗》《书》中的"王"字为天子,故郑氏以为,既然是"为
王前驱",自然与周天子的出征有关了。正好《春秋经》有"蔡人、卫人、陈人从王伐
郑"的记载,于是便自然地将卫人从王伐郑与《伯兮》一篇联系到了一起。姚际恒

就曾肯定《郑笺》说云:"此说是。何也? 据诗'王'字也。不然,卫人何以为王前驱乎?"然而近代金文研究的发展,使我们明白了周代之"王"并非天子的专号,诸侯在国照样可以称"王"。王国维已先发其覆,金铭中有《徐王楚义彝》《吕王作内姬彝》也可作证。《伯兮》中的"王"字自然有可能指卫君了。至于诗中女主人公的丈夫跟随哪一位卫君出征东方,已无从考得其实。

【集评】

范王孙《诗志》云:"先将伯之以才从王掀起,后及闺思,与寻常闺词不同。夫'东方千余骑,夫婿居上头',是妇人极喜事情。'忽见陌头杨柳色,悔教夫君觅封侯',是妇人极酸楚事。一时含着两情,两情并作一绪。"

君 子 于 役（王风）

君子于役①,不知其期②,曷至哉③? 鸡栖于埘④,
日之夕矣,羊牛下来⑤。君子于役,如之何勿思⑥?
君子于役,不日不月⑦,曷其有佸⑧? 鸡栖于桀⑨,
日之夕矣,羊牛下括⑩。君子于役,苟无饥渴⑪?

【注释】

① 君子:妻子对丈夫的敬称。于役:往服役。

② 期:期限。

③ 曷至:言"至于何地",即不知漂泊何方之意。今人多释为何时至家。

④ 埘(shí):凿墙做成的鸡窝。

⑤ 羊牛下来:指太阳落后,羊牛走下山坡回圈。

⑥ 如之:这样。何勿思:怎能不思念。

⑦ 不日不月:言时间不可以日月计算,极写外出的长久。

⑧ 曷:岂,一说"何时"。佸(huó):相会。指与丈夫团聚。

⑨ 桀:通榤。将多枝的树干立于地以栖鸡叫榤,即木桩。

⑩ 括(huó):至,一说会集。

⑪ 苟:且、或,带有期望的口气。

【讲评】

古代不断的战争和无穷的劳役,使无数家庭长期处于夫妻离别的状态,因而所谓"思妇"之诗成为常见的主题。这也是一篇"思妇之辞"。丈夫在外行役,长久不归,妻子在家日日盼望,每当黄昏日落之时,其思念也来得尤其强烈。我们从诗篇中所见到的只是羊牛下山,鸡栖于窠的山村气象,而且诗的语言浅显而情思缠绵,显然是采之村野间巷,而非大夫君子所为。

从艺术上看,这篇诗作具有独特的风格,它从唠唠叨叨的村妇话语中,见出了思妇的哀伤。首章言"曷至哉",想到的只是"劬劳于野"的丈夫,而且这种思念是无法解脱的,所以说"如之何勿思"。此章重在思念。"不知其期",言时之久;"曷至哉",言地之远。有询问,有思念,有怨恨。未及言"思",而思之情已跃然纸上。下径接景物,了无凿痕,而无限感伤,已寓于此中。有情景自然相生之妙。忧思萦怀,物物伤神,直逼出"如之何勿思"一句。

第二章则由对丈夫的思念,联想到了双方的相会,而相会却是不可盼的("曷其有佸"),于是更增添了无限的忧伤。此章重在期会。此思念又转深一层。"不日不月",抚既往;"曷其有佸",伤将来。上章"如之何勿思",沉思绵绵,不能自已;此章"苟无饥渴",知思无用,会无期,故只望生还而已。是情感最真切处。

更值得注意的是,女主人公的苦思是被安排在一个特殊的环境中进行的。诗篇勾勒出了农村黄昏的景色:太阳渐渐落山了,牛羊下山归回山村,鸡也一个个进了窝,下地劳动的人,此时也回家了。这正是家家团聚的时候,而自己的丈夫却不知飘流在何方,这怎能不令人思念呢?山村晚景,暮色苍茫,更增添了孤寂、忧伤之感。她倚门盼夫,而见不到他的影子,频呼"君子"而得不到相应。其内心苦楚可想而知。

【问题讨论】

关于"曷至哉"一句的理解,牵涉到了对全篇艺术结构的认识,因此有必要提出来略作商讨。关于此句的解释,有两种不同意见,一种释作"何时才能回来",一种解为"今至于何处"。前者本之《郑笺》,后者出之《朱传》。胡氏承珙为毛申辩说:"古人行役归期难卜则有之,若聘问遣戍皆有定所,何有不知其所至者?且通章皆言行役之反无期,不应此句独言不知所至也。"殊不知"经营四方""劬劳于野"

的征夫,今天"陟彼北山",明日"率彼旷野",朝夕不暇,生死难卜,哪里能有定所呢?《魏风·陟岵》篇行役者想到自己家人思念自己的情景时说:"父曰:嗟!予子,行役夙夜无已。上慎旃哉,犹来无止。""兄曰:嗟!予弟,行役夙夜必偕,上慎旃哉,犹来无死!"家里即想到了他的"夙夜无已",又想到了他的"死",在这种情况下,哪能想到行役者的"定所"呢?再如古诗《行行重行行》、徐干《室思》、曹植《杂诗》、傅玄《青青河边草》、张华《情诗》等,这些诗篇中的闺妇,哪个知道丈夫的"定所"呢?因此胡氏的申辩是站不住脚的。再从思维规律上分析,一般思念亲人,首先想到的应该是亲人所在何地,其次根据其距家的远近,计算归期。而《君子于役》中的男子,却没年没月的在外行役。时间的长久,意味着离家的遥远,即古诗所谓"相去日已远"。那么丈夫究竟飘泊到了何方?他是死还是活呢?这自然是闺妇要想到的。因此释"曷至哉"为"到了什么地方",顺接"不知其期",文理是非常自然的。次章言"曷其有佸",正是承上章"曷至哉"而言的。如果释"曷至"为"何时回来",一是结构上重沓无次,二是失去了发展的脉络。

【文学链接】

许瑶光诗"鸡栖于桀下牛羊,饥渴萦怀对夕阳。已启唐人闺怨句,最难消遣是昏黄"(见《管锥编》引),朱淑真《秋夜有感》"哭损双眸断尽肠,怕黄昏后到昏黄",赵德麟《清平乐》"断送一生憔悴,只消几个黄昏",正是祖述此诗的。潘岳《寡妇赋》"时暖暖而向昏日,杳杳而西匿。雀群飞而赴楹兮,鸡登栖而敛翼",亦是从此诗化出。

【集评】

牛运震《诗志》引《笺余》云:"读《丁都护歌》,千古有情妇人,只在说不出处伤神耳。此诗提四个'君子于役',哽哽咽咽,抹杀许多诗歌乐府。"

扬 之 水(王风)

扬之水①,不流束薪②。彼其之子③,不与我戍申④。
怀哉怀哉⑤!曷月予还归哉⑥?

扬之水，不流束楚⑦。彼其之子，不与我戍甫⑧。

怀哉怀哉！曷月予还归哉？

扬之水，不流束蒲⑨。彼其之子，不与我戍许⑩。

怀哉怀哉！曷月予还归哉？

【注释】

① 扬之水：旧以为"激扬之水"。不妥，扬当是地名，在今山西省洪洞县境内。此地有涧河，白石累累，如《唐风·扬之水》所咏。王、郑之《扬之水》，当是依《唐风》所改制之词曲。

② 束薪：捆起的薪柴，此句言水小漂浮不起柴薪。下文"束楚"、"束蒲"与此同义。

③ 彼其之子：即那个人。其，语助；之子，是子。

④ 戍申：守卫申国，申是姜姓国，周平王的母舅家。

⑤ 怀：思念。

⑥ 曷：何。予：我。

⑦ 楚：即荆条，又叫牡荆，人多以之为柴薪。

⑧ 甫：古国名。

⑨ 蒲：蒲柳，枝细长而柔。

⑩ 许：国名，故地在今河南许昌东。

【讲评】

这是一首长期远戍他乡，不能与妻子团聚的士卒所吟唱的怨辞。从诗中不难看出，这里主要写了一个戍申士卒的乡思。长期的征人生活，使他与家人分离，有家难归，而妻子又不能相随与戍，于是他只有感叹、期待。"戍申""戍甫""戍许"，反映了戍无定所，归期渺茫。字里行间洋溢着无限哀愁。三章诗十分单纯，每章只更换了两个字，于反复之中，看出空间的转换与时间的推移，而情感也就一章深似一章。

【问题讨论】

这首诗牵涉到一桩历史上争讼已久的公案。史书称，周平王是借他舅氏申国联合犬戎，攻灭西周幽王（平王之父）才得以登上王位的。他东迁后，派兵镇守南方的申、甫、许之地，引起一些后世经学家的纷纷责难。如《诗序》云："《扬之水》，刺平王也。不抚其民,而远屯戍母家,周人怨思焉。"《诗集传》云:"申侯与犬戎攻宗周而弑幽王,则申侯者王法必诛,不赦之贼,而平王与其臣庶不共戴天之仇也。今平王知有母而不知有父,知其立己为有德,而不知其弑父为可怨,至使复仇讨贼之师,反为报施酬恩之举,则其忘亲逆理,而得罪于天已甚矣。"

今按:《竹书纪年》云:平王三十三年,楚人侵申。三十六年,王人戍申。据此则知《诗序》之说较可信。不过平王戍申,当是出于防御,并非出于母舅私情。牟庭《诗切》云:"申、甫、许皆国名,附近东周,当平王始迁,东周戒严,盖以西都从迁之人分戍近地也。卫序云'平王远戍于母家',非也。"方玉润《诗经原始》云:"夫周既东,楚实强盛,京洛形势,左据成皋,右控崤函,背枕黄河,面俯嵩高。则申、甫、许实为南服屏蔽,而三国又非敌,不得不戍重兵以相保守,然后东南可以立国……平王此时不申、甫、许是戍而何戍耶?其所以致民怨嗟,见诸歌咏而不已者,以征调不均,瓜代又难耳。"牟氏、方氏之说可从。崔述亦云:"申与甫、许,皆楚北出之冲,而申倚山据险,尤为要地。楚不得申,则不能以凭陵中原,侵扰畿甸。是以成濮还师,楚子入居于申。鄢陵救郑,子反帅师过申。申之于楚,犹函谷之于秦也。宣王之世,荆楚渐强,故封申伯于申以塞其冲。平王之世,楚益强,而申渐弱,不能自固,故发王师以戍之耳,非以申为舅故而私之也。"此说更简明扼要。

陟　　岵（魏风）

陟彼岵兮①,瞻望父兮。父曰:嗟! 予子②,行役夙夜无已③。
上慎旃哉④! 犹来无止⑤。
陟彼屺兮⑥,瞻望母兮。母曰:嗟! 予季⑦,行役夙夜无寐⑧。
上慎旃哉! 犹来无弃⑨。
陟彼冈兮,瞻望兄兮。兄曰:嗟! 予弟,行役夙夜必偕⑩。
上慎旃哉! 犹来无死。

【注释】

① 岵(hù):指多草木的山。
② 嗟:感叹声。

③ 夙夜：早晚。

④ 上：通尚，希望。慎：谨慎。旃（zhān）：之。语助词。

⑤ 犹：可。无止：不要停留不归。

⑥ 屺（qǐ）：无草木的山叫屺。

⑦ 季：老小。

⑧ 无寐：寐即沫，沫即已，无沫即无已，与上章意同。

⑨ 弃：谓弃此而不复也。

⑩ 必偕：是劝其与伙伴同行止。

【讲评】

这是一篇行役者思家的诗，意义很明了。此诗在写作上别具特色，它不是像一般的征夫诗那样，直接述写劳役者的痛苦和怀念亲人的心绪，而是从行役者的想象中写出亲人的怀念。这样大大扩展了诗篇的容量，它反映的不仅是行役的苦，而是全家的苦，也代表着劳役重压下人们共同的苦难。

本诗情感细腻而深厚，须仔细体会其用字造语之妙。一章思父。不言己思父，却言父思己，反笔写来，更觉深厚。"嗟"字黯然，"慎"字沉重。"犹来"句，语断气连，似有呜咽之声。二章思母。仅换"季""弃"字，确是母亲口吻。娘怜细儿，故云"弃"。借父母声口，写自家心事。投胎夺舍，大奇！三章念兄。一、二章言"止"，言"弃"，都暗暗避过一个"死"字，不敢说出，是老年人心细处。"死"字凶惨，由兄最后道出，是年轻人心情激动处。摹拟入神。起之于望家，终于一个"死"字。更觉弦外有呜咽之声。

【集评】

姚舜牧《诗经疑问》云："'止'谓止彼不思归也，'弃'谓弃此而不复也，'死'则恐其终无相见之期也。三章通说'上慎旃哉'，见父兄之所念子弟，与子弟所念父母者，只在一个敬谨。"

《诗志》引《诗弋》云："初陟岵，于草木中隐隐若有见，尚朦胧不明。故次陟屺，于无草木处望个亲切。次又陟冈，于山最高处，再望个仔细，诗之叙也。"

沈德潜《说诗晬语》云："三段中但念父母兄之思己，而不言己之思父母兄。盖一说出，情便浅也。"

陈继揆云："游子生还，高堂重聚，全在一'慎'字。自古忠臣孝子，无不以谨慎立身者。陈仅曰:'慎'之一字是家人临别丁宁口角,是孝子在途保重心肠,诗人可谓体会入微者。"又云:"白香山诗:'料得家中深夜坐,也应说着远行人',是以此诗为蓝本者。摩诘诗:'遥知兄弟登高处,遍插茱萸少一人',亦是此诗卒章意也。杜诗:'遥怜小儿女,未解忆长安',明知其忆,而反言未解,更进一层。是推陈出新法。"

鸨　　羽_(唐风)

肃肃鸨羽①,集于苞栩②。王事靡盬③,不能蓺稷黍④。
父母何怙⑤! 悠悠苍天⑥,曷其有所⑦?
肃肃鸨翼⑧,集于苞棘⑨。王事靡盬,不能蓺黍稷。
父母何食! 悠悠苍天,曷其有极⑩?
肃肃鸨行⑪,集于苞桑。王事靡盬,不能蓺稻粱⑫。
父母何尝⑬! 悠悠苍天,曷其有常⑭?

【注释】

① 肃肃:鸟翅扑打声。鸨:鸟名,一名野雁,体比雁略大,脚健善走,不善飞。

② 苞栩:丛生的栎树。

③ 王事:政事,此处指征役。靡盬:没有止息。

④ 蓺:种植。

⑤ 怙:依靠。

⑥ 悠悠:这里有遥遥、茫茫之意。

⑦ 曷:何时。所:止。

⑧ 鸨翼:野雁的翅膀。

⑨ 苞棘:丛生的小枣树。

⑩ 极:终了。

⑪ 行:翮(hé),指鸟的羽翼。

⑫ 粱:谷子的一种,穗如狗尾草而味最美者谓之粱。

⑬ 尝:以口体验滋味曰尝。

⑭ 常:正常。

【讲评】

　　这是一首服役者的悲愤之诗。他在艰难的服役中,想到家中父母无人照料,甚至没有吃喝,心中万分焦急,而又无可奈何,他无助地呼喊着茫茫苍天。诗中反复说自己因服劳役而不得归耕赡养父母,故王质说:"诗以种艺为辞,当是农民。"何楷又说:"篇中有艺稷黍等语,似与君子不类。"至于古人关于此诗时代的辨说,都无所据。因为徭役之事,是古代社会长期存在的问题,不可拘于某王某时某事为说。

　　一章忧父母无靠。先言王事之无休,再言农事之荒废,三言父母之无靠。足见罪孽全在"王事"二字。先平平叙事,中间折向切己至痛的"父母何怙";"悠悠"句又一笔扬起,见得内心之忧伤而无可奈何。在吞吐伸缩之间,表现了诗人忧愤之极。二章言父母无食,三章忧父母无物可尝。不独表明了"父母何怙"的关键,且层层深化,其对苍天的呼喊,也就更能体现诗人惨痛的心境。

【集评】

　　《李黄集解》引王氏说云:"始曰鸨羽,中曰鸨翼,卒曰鸨行;始曰稷黍,中曰黍稷,卒曰稻粱;始曰何怙,中曰何食,卒曰何尝;始曰有所,中曰有极,卒曰有常,皆从而为之说。以为中甚于始,终甚于中。"

　　范王孙《诗志》云:"诗词之所及在父母,诗意之所含者不独父母,己之父母之失所,不可尽其词也;国事未定,家有宁宇乎?诗人之含情自远。"

　　《诗经原始》云:"始痛居处之无定,继则念征役之何极,终则恨旧乐之难复。民情至此,咨怨极矣。而为之上者,犹不知所以体恤而安辑之,则养生送死之无望,仰事俯育之难酬,民犹何乐此邦而不他适?而诗但归之于天,不敢有懈王事,则忠厚之心又何切也?论者谓唐人质朴,犹有尧之遗风,不于此见欤?"

　　焦琳《诗蠲》云:"各章三句连读,固不待言。其怙字通言无所恃以度时光;次章无所食,则急迫矣。卒章言不得食,则愈急迫矣。然此但口中出言,分出次序,心中之意,乃无时不极急迫。"

小　戎 (秦风)

小戎俴收①，五楘梁辀②，游环胁驱③。阴靷鋈续④，
文茵畅毂⑤，驾我骐馵⑥。言念君子⑦，温其如玉⑧。
在其板屋⑨，乱我心曲⑩。

四牡孔阜⑪，六辔在手。骐骝是中⑫，骐骊是骖⑬。
龙盾之合⑭，鋈以觼軜⑮。言念君子，温其在邑⑯。
方何为期⑰，胡然我念之⑱？

俴驷孔群⑲，厹矛鋈镦⑳。蒙伐有苑㉑。虎韔镂膺㉒，
交韔二弓㉓，竹闭绲縢㉔。言念君子，载寝载兴㉕。
厌厌良人㉖，秩秩德音㉗。

【注释】

① 小戎:小兵车。俴(jiàn):同栈。收:轸,这里指车。俴收,即"栈车",就是用竹木散材制成的不用革饰的车子。

② "五":当读为"午",即交互。楘(mù):即"历录"之合音,历录即缠绕之意。此处指车衡上交互缠绕的绳索。梁:即衡。辀(zhōu):车辕。

③ 游环:收束马缰绳的铜环。胁驱:中间两服马外的绳索,前系在句衡上,后拴在车轸上,以阻止骖马入辕中。

④ 阴靷(yǐn):引车前行的皮带或绳索。鋈(wù)续:系曳绳的白铜环(参于省吾说)。

⑤ 文茵(yīn):文,花纹;茵,坐垫。这里指车中有花纹的坐具。畅毂(gǔ):指兵车。毂即车轮中心的圆木。畅,长。

⑥ 骐(qí)馵(zhù):马青黑色叫骐马,左后足白叫馵马。

⑦ 言:我。君子:这里是妇人称丈夫。

⑧ 温其:即温然,温和貌。

⑨ 板屋:用木板建成的房屋。

⑩ 心曲:心灵深处,即心田。

⑪ 四牡:四匹公马。孔阜:特别壮盛。

⑫ 骝(liú):同骝,赤身黑鬣的马。是中:为中,中即中间驾辕的两马,又称服马。

⑬ 骍(guā)骊(lí)：身上浅黄色而嘴黑的马叫骍马，黑色的马叫骊马。骖：驾车时在两边的马叫骖。

⑭ 龙盾：画有龙纹的盾牌。之：是。合：指将两盾并排竖立在车上，以防御敌人射来的箭。

⑮ 觼(jué)：有舌的环。䪠(nà)：借为軜，即絷柱（高亨说），此句是言白铜的觼和軜。

⑯ 邑：国都，言在家。

⑰ 方：将。期：归期。

⑱ 胡然：为何这样。

⑲ 伐骊：四马不着甲叫伐骊。孔群：非常协调。

⑳ 厹(qiú)矛：三棱刃的矛。鋚镎(dūn)：矛戟柄末端的平底金属套。

㉑ 蒙伐：大盾。伐，通瞂，即盾。有苑：花纹貌。

㉒ 虎韔(chàng)：虎皮作的弓套。镂(lòu)膺：用金饰弓套，膺指套的正面。

㉓ 交韔二弓：两张弓交错插于韔中，所以备二弓，是预防有坏（王安石说）。

㉔ 闭：又叫弓檠，是保护弓的用具，用竹片制成，弓不用时，缚在弓里，以防弓损伤变形。绲：通捆。縢：绳。此句是言用绳子将弓檠捆在弓上。

㉕ 载：当从韩诗读为再，寝：睡。兴：起。此句言起来又睡下，睡下又起来，反复不能入睡。

㉖ 厌厌：安静貌。

㉗ 秩秩：有序貌，是谓其懂礼节有教养之意。德音：好声誉。

【讲评】

《诗序》云："《小戎》，美襄公也。备其兵甲以讨西戎，西戎方强而征伐不休。国人则矜其车甲，妇人能闵其君子焉。"朱熹在《辨说》中以为未必在襄公之世，而在《集传》中又从序说，并以为此乃妇人之诗。何楷则以为"深居闺合者，安能知军容之盛若此？"伪《孔传》及邹肇敏等以为此襄公遣大夫征戎而劳之之诗。今按：这当是一首秦人的闺妇诗。与《伯兮》《君子于役》相似。但它不像《伯兮》之伤情，也不像《君子于役》的怨怅，正所谓"强武奋发之气见于行间"，表现了秦人的尚武精神。一章言车。不言思念之忧，而只将当日出征时车之装束，细细描绘一番，是欣赏，是得意，也是思念。闺思诗，竟写得如此慷慨，于诗中别创一格。但此章结尾"乱我心曲"一语，则透露出她的担心。二章骐骝骍骊，照应四牡。"龙盾"二句，收上章之驾车，启下章之兵器，是文中天桥。"胡然我念之"，自诘自疑，是深妙语。

三章言兵器。首句说马，与上章"四牡"遥应；下言器械弓盾之备，而以"蒙伐"与上章"龙盾"遥应；"厌厌"与一、二章"温其"遥应。在琐细与反复中，抒发了作者对丈夫深切的情感。结语庄重沉稳——对丈夫深切的爱和怀念都在那赞美之中，而那赞美则归于对社会的责任，使这份情感有了厚度。

【集评】

严粲《诗缉》云："《小戎》之事，铺陈兵车器械之事，津津夸说不已。以妇人闵其君子，而犹有鼓勇之，其《秦风》也哉！"

凌蒙初《诗逆》云："思其人固思其车马，思其车马固思其车马之制度。琐琐屑屑，反反复复，的是空闺闲坐，神往沙场一段痴景。汉魏乐府古诗，亦往往有之。自车制不传，而此诗遂作极艰极奥令辞看。不知古人晓畅车制，虽妇人女子触目冲口皆能成章，初无艰晦也。"

陆奎勋《陆堂诗学》云："此《紫骝马》《折杨柳》之滥觞，首夸军容之盛，旋述戎妇之情，则秦风之杂也。古诗十九首中'东城高且长'，章法正与此同。"

东　　山 (豳风)

我徂东山①，慆慆不归②。我来自东，零雨其濛③。
我东曰归④，我心西悲⑤。制彼裳衣，勿士行枚⑥。
蜎蜎者蠋⑦，烝在桑野⑧。敦彼独宿⑨，亦在车下。
我徂东山，慆慆不归。我来自东，零雨其濛。
果臝之实⑩，亦施于宇⑪。伊威在室⑫，蠨蛸在户⑬。
町疃鹿场⑭，熠耀宵行⑮。不可畏也，伊可怀也⑯！
我徂东山，慆慆不归。我来自东，零雨其濛。
鹳鸣于垤⑰，妇叹于室。洒扫穹窒⑱，我征聿至。
有敦瓜苦⑲，烝在栗薪⑳。自我不见，于今三年！
我徂东山，慆慆不归。我来自东，零雨其濛。
仓庚于飞㉑，熠耀其羽。之子于归㉒，皇驳其马㉓。

亲结其缡㉔,九十其仪㉕。其新孔嘉㉖,其旧如之何㉗?

【注释】

① 徂:往、到。东山:指出征之地。

② 慆慆:通滔滔,有流逝之意,这里形容时久。

③ 零雨:下雨。零,落。濛:细雨迷漫之貌。

④ 曰:同聿,乃。

⑤ 西悲:向西而悲。

⑥ 勿士行枚:"枚"借为"微",微当为徽字之误。古从军将帅的下衣皆有徽识,"行徽"是军服标志。此句是言不再从事穿军服的差事。

⑦ 蜎(yuān)蜎:形容桑虫卷曲之状。蠋(zhú):即蚕。

⑧ 烝:久。

⑨ 敦:犹团团,卧居之貌。

⑩ 果臝(luǒ):即括楼,蔓生植物。

⑪ 施(yì):蔓延。

⑫ 伊威:虫名,又名鼠妇,多生于潮湿之地。

⑬ 蟏蛸(xiāo shāo):即长腿蜘蛛。

⑭ 町疃(tuǎn):杨慎以为即田地。

⑮ 熠耀:明灭不定貌。宵行:或以为夜行,或以为虫名,即萤火虫。

⑯ 伊:维。怀:伤心。

⑰ 鹳(guàn):水鸟名。垤(dié):即小土丘。此当是以鹳鸟感气候之变化而叫,兴妇之感夫之归而叹息。

⑱ 穹窒:即烘室。

⑲ 敦:瓜一个一个的样子。瓜苦:即瓜瓠。

⑳ 栗薪:栗通列,列,即分布排列之意。薪为木柴。栗薪即列薪,是用木枝搭起的木架。

㉑ 仓庚:黄莺。

㉒ 于归:出嫁。

㉓ 皇驳:皇,即淡黄马。驳,杂色马。

㉔ 缡:缡即蔽膝,是女子的佩巾。

㉕ 仪:旧以为婚礼仪式,"九十"言其多。或训仪为匹,此句是说同时归乡的许多年轻

人,都定了对象,办了喜事。

㉖ 孔嘉:很好。

㉗ 其旧:指归来的士兵夫妻重聚者。这两句意思是:一对对新人固然很幸福,那么久别重逢的旧人不是更幸福吗?

【讲评】

这是一首征人还乡之歌。写出了回归路上及回家之后的所见、所闻、所感,以及悲喜交集的复杂心情。

首章忆将归时情景。首四句"徂"字一扬,"来"字一收,三年艰辛,轻轻略过,不言之中,有无限悲伤。归途细雨,天地朦胧,更增得多少惆怅!"曰归"二字,从"不归"中得来,是"悲"中得"喜",而却翻喜为悲,痛定思痛。如蚕野处,车下露宿情景,宛然在目。"独宿""车下",凄然孤旷之态,写尽征夫苦况。二章忆归途情景。叠言细雨归人,雨景添情。中六句写途中所见荒凉景象,睹目伤神。三章忆初归情景。妇闻夫归喜讯,不是喜,而是"叹","叹"字与首章"悲"字遥应,"悲"是实写,而"叹"则是意中景象,景中模拟。"聿至"二字,见他阔别三年,一相见恍然如梦。"瓜苦""栗薪",瞥一眼院落萧条无人料理景象,无限感慨。"自我不见",二句是悲喜交集,不知从何说,不知如何说,但又不能不说而迸出之寒暄语,语淡情浓,弦外余响无穷。此章写归后。"其羽""其马""其缡""其仪",皆从旁观望口吻,是归后所见。黄莺飞鸣,婚车来往,退伍军人,纷纷结婚,新婚燕尔,离人团聚,一片和平气象。欣慰之情,跃然纸上。"其新孔嘉,其旧如之何",反扑一笔,则将以上描写化为背景,其真乐则在一个"旧"字中。犹唐人诗言:"远将归,归未别离时,在家相见熟,新归欢不足。"

【问题讨论】

《东山》,旧或以为周公劳士之作,或以为大夫美周公之作,此皆赋诗之意而非作诗之意。王粲《从军诗》云:"征夫怀亲戚,谁能无此情……哀彼东山人,喟然感鹳鸣。日月不安处,人谁获恒宁?昔人从公旦,一徂辄三龄。"此略能体诗人之情者。而崔述则更直截了当地说:"此篇毫无称美周公一语,其非大夫所作显然;然亦非周公劳士之诗也。细玩其词,乃归士自叙其离合之情耳"(《丰镐考信录》卷四)。今人大多从崔氏之说,而又略作修正云:"这是征人还乡途中想家的诗"。姚奠中先生认为此篇乃写征人还乡后的心情。若说途中作,则周公出征地在东方,战争是在东方发生的,征人西方的家园,并没有遭到战火的破坏,其不应想象家园破败(二章)。再则,若说第二章是想象家园荒凉景象,是家中已无人幸存,则与第三章"妇叹于室,洒扫穹窒"相矛盾。此诗的特点就在于它通过所见、所闻、所感、所想,来体现具体环境经历中的思想感情。诗的着笔点是第三章细雨迷蒙中到家的那一刻。因为那是出征三年的结束。"我徂东山"四句,概括了出征的全过程,而"我征聿至"一句,是转折点。从此倒推,便有未归、将归、途中、到家各阶段,从此下推,便出现了新生活。先生之说极是。

采　　薇(小雅)

采薇采薇①,薇亦作止②。曰归曰归,岁亦莫止③。

靡室靡家④,猃狁之故⑤。不遑启居⑥,猃狁之故。

采薇采薇,薇亦柔止⑦。曰归曰归,心亦忧止。

忧心烈烈⑧,载饥载渴⑨。我戍未定⑩,靡使归聘⑪。

采薇采薇,薇亦刚止⑫。曰归曰归,岁亦阳止⑬。

王事靡盬⑭,不遑启处。忧心孔疚⑮,我行不来⑯。

彼尔维何⑰?维常之华⑱。彼路斯何⑲?君子之车⑳。

戎车既驾㉑,四牡业业㉒。岂敢定居?一月三捷㉓。

驾彼四牡,四牡骙骙㉔。君子所依㉕,小人所腓㉖。

四牡翼翼㉗,象弭鱼服㉘。岂不日戒㉙?猃狁孔疾㉚。

昔我往矣㉛,杨柳依依㉜。今我来思㉝,雨雪霏霏㉞。

行道迟迟㉟,载渴载饥。我心伤悲,莫知我哀!

【注释】

① 薇:野菜名,又名野豌豆。

② 作止:长出来。作,生。止,语气词。

③ 莫:同暮。岁暮,即岁末。

④ 靡:无。

⑤ 狝(xiǎn)狁(yǔn):周代北方的一个游牧民族,即后来的匈奴。

⑥ 不遑启居:无暇休息。

⑦ 柔:指薇始生时的柔弱状态。

⑧ 烈烈:形容忧心如焚之状。

⑨ 载饥载渴:又饥又渴。

⑩ 戍:守。

⑪ 聘:问候。

⑫ 刚:刚硬。

⑬ 阳:指天暖。

⑭ 靡盬:没有休止。

⑮ 孔疚:非常痛苦。

⑯ 来:当读为戾,止、定。

⑰ 尔:即薾,花盛开貌。

⑱ 维常之华:是棠梨的花。常,即棠,甘棠。

⑲ 路:车高大貌。斯:语气词。

⑳ 君子:此指将帅。

㉑ 戎车:兵车。

㉒ 业业:马高大雄壮貌。

㉓ 三:言多次。捷:当训接,言一月之内多次军事接触。

㉔ 骙(kuí)骙:马强壮貌。

㉕ 依:凭依,指乘车。

㉖ 小人:这里指士兵。腓:隐蔽。

㉗ 翼翼:步伐整齐貌。此指战车训练有素。

㉘ 象弭:两端用象骨装饰的弓。弭,弓的两端。鱼服:鱼皮做成的箭袋。服为箙的假借字。

㉙ 日戒:日日戒备。

㉚ 疾:一作"棘",同急,指敌情紧急。

㉛ 往:出征。

㉜ 杨柳:柳树。依依:杨柳柔枝随风摆动貌。

㉝ 思:语气词。

㉞ 霏霏:雪花纷纷扬扬貌。

㉟ 行道:道路。迟迟:长远貌。

【讲评】

这首诗写的是抗击狎狁族入侵的士兵,在艰苦激烈的战争结束后,还归途中,抒发他在整个战争期间思家的悲哀情绪。

此诗大约作于宣王时期,在艺术上很有特点,它是将征人思家忧患的情感放在对景物的描写及军旅生活的述说中来表现的。前三章言归思,以薇菜起兴,薇由始生到柔嫩到刚老,反映着时间的变化;征人之心,则由"靡室靡家"之叹,到"心亦忧止",到"忧心孔疚",则一节甚于一节。四、五章言军旅生活,战而不息,戒而不懈,征戍之苦,自在不言之中,而更反衬出其对和平生活的向往与对家的思念,以及其忧苦之心。第六章分别以"雨雪霏霏"与"杨柳依依"写归途情景与出征时光景,更是一篇精神会聚处。在这里,"依依"与"霏霏",不只表现物态,还是征人情感、心灵的外象化。

【集评】

范晞文《对床夜话》说:"《诗》云:'昔我往矣,杨柳依依。今我来思,雨雪霏霏。'东坡谓退之'始去杏飞蜂,及归柳嘶蜩'与《诗》意同。子建云:'昔我初迁,朱华未希。今我旋止,素雪云飞。'又'始出严霜结,今来白露晞。'王元长云:'昔往仓庚鸣,今来蟋蟀吟。'颜延年云:'昔辞秋未素,今也岁载华。'退之又居其后也。"

辅广《诗童子问》云:"戍者勤苦之情大约有四:一则舍其家室之悲,一则不遑启处之悲,一则家音隔绝之忧,一则雨雪饥渴之苦,诗中备道之。"

沈守正《诗经说通》云:"首四句非止是叙光景。昔之所见,景则和而心则惨;今之所见,心虽乐而景复悲。见往来各有关情处。"

王夫之《姜斋诗话》说:"'昔我往矣,杨柳依依。今我来思,雨雪霏霏。'以乐景写哀景,以哀景写乐景,一倍增其哀乐。"

高侪鹤《诗经图谱慧解》云:"是归期语,须认预道其情。盖去年杨柳,举目惊心,今则雪满弓刀,复滞归人之辙矣。莫知我哀,有九万里之情。"

牛运震《诗志》云:"悲壮凄婉,全以正大之笔出之。结构用意处,更极浑成。后世出塞曲伤于惨而尽矣。"又云:"点染往来光景,自然情深笔端,真有化工。"

方玉润《诗经原始》云:"此诗之佳,全在末章,真情实景,感时伤事,别有深情,非可言喻,故曰'莫知我哀'。不然,凯旋生还,乐矣,何哀之有?其前五章不过追述出戍之形而已。盖壮士从征,不愿生还,岂念室家?曰'我戍未定,靡使归聘'者,虽有书无暇寄也。又曰'忧心孔疚,我行不来'者,虽生离犹死别也。至于在戍,非战不可,敢定居乎？一月三战必三捷耳。若其防守,尤加警戒,猃狁之难,非可忽也。今何幸而生还矣,且望乡关不远矣。于是乃从容回忆往时风光,杨柳方盛;此日之景,雨雪霏微。一转瞬而时序顿殊,故不觉触景怆怀耳。"又云:"末言归途景物,并回忆来时风光,不禁黯然神伤。绝世文情,千古常新。"

四　　月 (小雅)

四月维夏,六月徂暑①。先祖匪人②,胡宁忍予③！
秋日凄凄④,百卉具腓⑤。乱离瘼矣⑥,爰其适归⑦？
冬日烈烈⑧,飘风发发⑨。民莫不谷⑩,我独何害？
山有嘉卉⑪,侯栗侯梅⑫。废为残贼⑬,莫知其尤⑭。
相彼泉水⑮,载清载浊。我日构祸⑯,曷云能谷！
滔滔江汉,南国之纪。尽瘁以仕⑰,宁莫我有⑱？
匪鹑匪鸢⑲,翰飞戾天⑳;匪鳣匪鲔,潜逃于渊。
山有蕨薇㉑,隰有杞桋㉒。君子作歌,维以告哀。

【注释】

① 徂:往,达到。六月为夏季最后的一月,暑热达于极盛,所以曰"徂"。

② 先祖:先人,祖先。人当读为仁。

③ 胡宁:何为,为什么。

④ 凄凄:秋气寒凉貌。

⑤ 腓:病。

⑥ 瘼矣:当依韩诗作斯莫。莫训散,斯也是离散之意。指乱离之中,家人离散。

⑦ 爰:于何。适:往。

⑧ 烈烈:通洌洌,寒冷刺骨貌。

⑨ 发发:暴风声。

⑩ 谷:善,好。

⑪ 嘉卉:好的草木。嘉,好,善。

⑫ 侯:维。

⑬ 废:大。残贼:残害。

⑭ 尤:过错。言树为人所残害,不知犯了什么罪。

⑮ 相:看。

⑯ 构:通遘,遇。

⑰ 瘁:劳苦。仕:事,指在王朝供职。

⑱ 宁:何。有:通友,相亲相友。

⑲ 匪:读为彼。鹎(tuán):雕。鸢(yuān):老鹰。

⑳ 翰:高。戾:至。

㉑ 蕨薇:两种可食的野菜。

㉒ 杞:杞柳。楱:赤楝(sù)。好丛生山中,可为车辋。

【讲评】

　　《毛序》以为这是刺幽王的诗。但又说:"在位贪残,下国构祸,怨乱并兴焉。"不知其所云。高侪鹤以为遭乱自伤之作。王先谦以为这是大夫行役过时,不得归祭,故怨思而作。并据《中论》"古者大夫行役过时不反,犹作诗怨刺"之语,以证《鲁诗》之意。方玉润则以为此"逐臣南迁之词"。按:今从方说。

　　首章言夏行苦暑,怨先祖不能默佑。二章言秋日触景伤时。凌濛初云:"'具腓'字妙。秋日百卉未尽凋枯,且有开花者,结实者,然其受病,政尽在此时。"三章言冬日触景自伤。张以诚曰:"独举三时而不及春,以春日暄妍,万物和畅,与乱世景象原不同。自古治日常少,乱日常多,即四时可想见矣。"四章以树无罪而见残,喻己无故而遭害。五章以水有时清,兴己何时得昭雪。六章言己忠于王事而不见亲信,七章以鸟飞鱼潜反喻己之无所容身,八章自述作诗之由。

北　　　山 (小雅)

陟彼北山①,言采其杞②。偕偕士子③,朝夕从事④。

王事靡盬⑤,忧我父母。

溥天之下⑥,莫非王土;率土之滨⑦,莫非王臣。

大夫不均⑧,我从事独贤⑨。

四牡彭彭⑩,王事傍傍⑪。嘉我未老⑫,鲜我方将⑬。

旅力方刚^⑭，经营四方^⑮。

或燕燕居息^⑯，或尽瘁事国^⑰；或息偃在床^⑱，或不已于行^⑲。

或不知叫号^⑳，或惨惨劬劳^㉑；或栖迟偃仰^㉒，或王事鞅掌^㉓。

或湛乐饮酒^㉔，或惨惨畏咎^㉕；或出入风议^㉖，或靡事不为。

【注释】

① 陟(zhì)：升，登。北山：非实指。按古人认为北方为阴，主死。故言北者，往往有一种悲伤情绪。

② 杞：枸杞。

③ 偕偕：强壮貌。士子：下级官吏。

④ 朝夕从事：指从早到晚忙碌。

⑤ 靡盬：无休止。

⑥ 溥：通普。

⑦ 率：自。滨：水边。古认为大地四周环海，故其边地曰"滨"，此犹言四方之内。

⑧ 不均：不公平。

⑨ 贤：劳。

⑩ 彭彭：马行无休止之貌。

⑪ 傍傍：人不断劳作，不得休止之貌。

⑫ 嘉：嘉许、称赞。

⑬ 鲜：善，称许之意。方将：正强壮之时。将，壮。

⑭ 旅：通膂，指体力、筋力。刚：强健。

⑮ 经营：奔走劳作。

⑯ 燕燕：安闲貌。居息：居处休息。

⑰ 瘁：劳苦。

⑱ 息偃：息卧。偃，仰卧。

⑲ 行：道路。

⑳ 叫号：呼叫号哭。

㉑ 惨惨：忧虑不安貌。

㉒ 栖迟：栖息游乐。偃仰：仰卧。

㉓ 鞅掌：奔波忙碌之貌。

㉔ 湛(dān)乐：欢乐。一说过度享乐。

㉕ 畏咎:怕犯错误。咎,罪。
㉖ 风议:横发议论。风,放。议,议论。

【讲评】

这是一篇怨劳逸不均之诗,意义甚为明了。作者当是周王朝的一个小官员,即"士"阶层中的一员,故有责"大夫不均"之语。他整天为王室奔走,无暇顾家,而又无可奈何,故而发出了这不平的呼声。这呼声既披露了当时社会劳逸、苦乐不均的现状,也反映了作者内心的忧怨。然而既没有抗争命运的意识,也没有愤怒的情绪,这大概即所谓的"温柔敦厚"吧。首章言劳于王事,不暇养父母忧。二章言皆为王臣,而己从事独多。三章言己之劳,与独劳之故。上三章言人间不均之状,四、五、六章则言劳逸之不同。

【集评】

《毛诗振雅》云:"通诗以'朝夕从事'为主。后五章皆根此发,以见役使不均处。须婉至,勿涉怨怼。首章登山采杞,自是羁旅情况。'偕偕'已含'方刚'意,'朝夕'句已含'独贤''尽瘁'等意。但是发端语不可露。'王事'泛言'忧',是亲思己,动劳而忧也。二章'溥天'四句,须重'王臣',遂凡践王,士者皆王臣也。'王臣'兼在位与不在位者,大夫自执政说,'贤'字只就本文言之。'莫非'字'独'字相呼应。三章首二句承'从事'来,言驾四牡以奉行王事也,'未老''方将''方刚',正所谓经略四方之事,不指征伐说。四章以下正所谓'不均'也。每二句要相反说,一宁家,一勤王,一立居,一征逐,重言'燕燕',见安之甚。五章一处优而阁问,一职劳而自伤,一优游而自适,一烦劳而憔悴。六章一沉乐无忧,一畏罪不乐,一从容言之而无为,一拮据为之而靡尽。十二'或'字,皆以彼之逸形容此之劳,其'不均'自见。"

钟惺《诗经评点》云:"'独贤'二字立言甚妙。原不必深解,而'嘉我未老'二句,似为'独贤'二字下一注脚。"

沈守正《诗经说通》曰:"四、五、六章虽言劳逸之不同,亦只两两言之,使人自察其劳苦之意,无怨怼之词,《北山》之所以为厚也。"

陆化熙《诗通》曰:"看数'或'字,未尝粘着自己,而己隐然在中矣。"

姚际恒《诗经通论》曰:"'或'字作十二叠,甚奇。末更无收结,尤奇。"

采　　绿（小雅）

终朝采绿①,不盈一匊②。予发曲局③,薄言归沐④。
终朝采蓝⑤,不盈一襜⑥。五日为期,六日不詹⑦。
之子于狩⑧,言韔其弓⑨。之子于钓⑩,言纶之绳⑪。
其钓维何⑫？维鲂及鱮⑬。维鲂及鱮,薄言观者⑭。

【注释】

① 终朝:整个早晨。绿:王刍,一年生草本,叶细似竹,互生,茎圆,汁可以染黄。

② 匊(jū):掬,捧。

③ 曲局:弯曲,指头发卷曲蓬乱。

④ 薄言:语词。归沐:回家洗发。沐,洗发。

⑤ 蓝:草名,有多种,此处所言当是蓼蓝。

⑥ 襜(zhān):围裙,田业采集时可用以兜物。

⑦ 詹:至,来到。朱子读为"瞻",亦可。此言相约五日为期,结果第六天了还不到来。

⑧ 之子:此子。狩:打猎。

⑨ 韔(chàng):弓袋,此处是说"将弓装入弓袋"。

⑩ 钓:钓鱼。

⑪ 纶:钓丝。此处作动词,即整理丝绳之意。

⑫ 维何:是何。维,是。

⑬ 鲂、鱮(xù):两种鱼名。

⑭ 观者:当读为"爟煮",即举火烹煮之意。

【讲评】

　　这首诗写丈夫行役在外,妇人在家思念之情。婉转曲折,极尽思妇心理特征。其中关于"五日为期,六日不詹"句,不好理解。日本学者白川静把这两句诗与草占巫术联系起来,有一定道理。草占的结果告诉诗人:丈夫五日内就可以回来,可是六天过了还不见人影。这种心神不定而求之于神意的行为,很能反映百无聊赖中的闺妇心情。首二章写因怀人而无心于采摘之事。与《卷耳》首章同一笔法。三章回想往日夫唱妇随之乐。四章单承钓说,章法一变。其中单说钓鱼,其寓意已多次说到,此不赘言。往日的夫妇生活越是值得回忆,如今的寂寞也就更显强烈,其思念也就越是沉重。

【集评】

陈仅《诗诵》云:"《采绿》'予发曲局'两句,唐诗'铅华不可弃,莫是藁砧归'所从出也。后二章追思往日形影不离情事,正不必说到今日而归期杳然,相思不见,业已柔肠寸断。末章单承互见,'维鲂及鱮'叠一句,宛然数了回头数。'薄言观者',摇漾旖旎,无限风神。真绝妙结法。千古闺情诗,此为压卷。"

何 草 不 黄 (小雅)

何草不黄①?何日不行②?何人不将③?经营四方④。

何草不玄⑤?何人不矜⑥?哀我征夫⑦,独为匪民⑧?

匪兕匪虎⑨,率彼旷野⑩。哀我征夫,朝夕不暇⑪。

有芃者狐⑫,率彼幽草⑬。有栈之车⑭,行彼周道⑮。

【注释】

① 黄:枯黄,草衰之色。

② 行:指行役。

③ 将:或训"行",以为:"'何日不行'言日日行也;'何人不将'言人人行也。"

④ 经营:往来。此句意为奔走四方。

⑤ 玄:黑,草枯烂之色。

⑥ 矜:可怜。

⑦ 征夫:服役者。

⑧ 独:岂,难道。匪民:非人,不是人。

⑨ 匪:彼。兕(sì):犀牛。

⑩ 率:循,沿着。旷野:空旷的荒野。

⑪ 暇:闲暇。

⑫ 有芃(péng):犹"芃芃",毛蓬松貌。

⑬ 幽草:草丛深处。幽,幽深。

⑭ 有栈:犹"栈栈",当是形容栈车竹木杂编之貌的。栈车是竹木编制成棚的车,为行役者所使。

⑮ 周道:通向周京之道,指大道。

【讲评】

这是一首写征夫怨愤的诗,诗意甚明。《诗序》以为诗产生于幽王之世。朱谋玮《诗故》以为:"此盖王悦褒姒,数举烽火以召诸侯之师,至则无寇而罢。故诸侯之见役者怨苦之,而赋此诗。"陈鸿谟《诗经治乱始末合抄》以为此反映"桓王黩武"的,都未见其是。一章怨征伐不息,首四字写尽幽荒。二章怨己处于非人的生活状态。三章以兕虎行于旷野,衬征夫之奔波不已。四章以狐行幽草,衬征夫奔于周行。三、四章申言一、二章"独为匪民"之意,实写人如野兽。

【集评】

万时华《诗经偶笺》云:"一章尽人之力,二章尽人之情,三、四章承言,如此,岂非以禽兽待其民乎!"

牛运震《诗志》云:曰:"硬排三'何'字,句横奇之极。只'何草不黄'一语,写来直有天荒地老之况。"又曰:"蹙拗之调,怨而更怒,哀而不思,所谓亡国之音也。"又曰:"通篇写草凡三变,色状都尽。"

陈仅《诗诵》云:"《何草不黄》,赋中之兴。征自秋冬而历春夏,所之草如此,故赋之以起兴耳。"

六、农 事 篇

葛 覃（周南）

葛之覃兮^①,施于中谷^②,维叶萋萋^③。

黄鸟于飞^④,集于灌木^⑤,其鸣喈喈^⑥。

葛之覃兮,施于中谷,维叶莫莫^⑦。

是刈是濩^⑧,为绨为绤^⑨,服之无斁^⑩。

言告师氏^⑪,言告言归^⑫。薄污我私^⑬,薄澣我衣^⑭。

害澣害否^⑮,归宁父母^⑯。

【注释】

① 葛覃(tán):葛藤。葛是一种蔓生植物,皮纤维很长,可以织布。兮:句尾语气词,音呵(ā)。

② 施(yì):延伸、延长。中谷:谷中。

③ 维:同"其"。萋萋:草木叶子繁茂貌。

④ 黄鸟:大小像麻雀,羽毛黄色艳丽,鸣声圆转动听。于:语助词,起着调整音节的作用。

⑤ 集:指鸟降落于树。

⑥ 喈喈:鸟鸣声。

⑦ 莫莫:繁茂而成熟。

⑧ 是:乃。刈(yì):古代割草的镰刀,这里用作动词,即用镰刀割取。濩(huò):用一种无脚的锅煮。葛藤割回来以后,要用锅煮烂。

⑨ 为:这里指织布。绨(chī)绤(xì):葛布细者为绨,粗者为绤。

⑩ 服:穿。斁(yì):厌烦。

⑪ 言:我。告:请求,请告。师氏:这里指女师。古代的妇女五十岁无子,能以妇德教

人者,可为女师,在贵族家中做保姆或管理家务。

⑫ 归:古时女子出嫁称归,这里指嫁人之道。

⑬ 薄:发语词,无义。污:指用灰水、碱水之类污水清洗油渍污垢。用草木灰之类清洗
衣服上的油渍,是古代洗衣时常用的方法。私:即今内衣。

⑭ 瀚:洗。

⑮ 害:"曷"的假借字,同"何"。此句是指清理衣物,看哪些该洗,哪些不该洗。因为洗
多了容易烂。

⑯ 归宁父母:出嫁了以安父母之心。归,嫁;宁,安。《说文》引此句作"以晏父母",晏
是安的意思。联系上文,这是说,女子婚前教育完成,学会了为妇之道,便可以嫁
人,安慰父母。

【讲评】

这是一首收葛歌。表面上看,诗从赞美葛藤的繁茂开始,以归宁父母结束,似
乎不合逻辑。但仔细琢磨,则全诗情感的逻辑自然而又井然:因葛麻的繁茂给人
们带来了生活的安定,所以家庭和睦、夫妇和谐(一章)。二章则直接写葛麻的好
处:"为绤为绤,服之无致。"待做成许多满意的衣服之后,女主人公就迫不及待地
想要回娘家,向父母报告葛麻丰收、衣食丰足的喜讯——让父母放心。一家如此,
家家如此。可以想象,这是一个多么美好的情境。葛麻正以其给人类带来了这么
多的好处,那"葛之覃兮,施于中谷,维叶萋萋""维叶莫莫"的景象,才给人以极大
的愉悦。

全诗三章,虽然一律四言,但从诗歌的内容上,我们能体会到各章的演唱节奏
是不同的。首章写葛之茂美,暗伏一个"妻"字在内。首三句写葛,后三句写鸟,物
色节候,宛然如画。诗篇语调极为缓慢,只有闲闲读来,方可体察出其中之妙。读
"葛覃",眼便可向下视,目光随藤之延,徐徐而伸,至"维叶萋萋",则可止住。读
"黄鸟",眼便须向上看,目光随鸟之飞,徐徐而过,至"灌木"而止,而静听其鸣声。
字字生动,如在耳目之前。二章言治葛,暗伏一个"勤"字在内。末三句写出治葛
过程,精练扼要。"服之无致"句乃一篇要紧处,对葛之赞许、对葛衣之喜爱,俱隐
于此中。三章言瀚衣归宁。用急调唱出,急促之神活现。末二句换韵,引出"父
母"二字。一唤一收,音急节促,急切之情,跃然纸上。首章渗透了女主人公悠长
而深深的喜悦,二章见得紧张而愉快,三章则紧张中充满了兴奋,这就构成了全诗
热烈而欢快的情调。

在原始的分工中,采集工作是由妇女承担的,因而诗篇由葛而写到了少妇,从而于中隐寓了一个少妇的形象。在诗的第一章中,女主人公没有出场,只是通过描写黄鸟和鸣、葛叶萋萋之景,已呈现了家庭和睦和幸福的气氛。第二章通过由葛成服的过程,反映了女主人公的勤劳。朱善《诗解颐》说:"刈而后濩,濩而后绩,绩而后成布,成布而后成衣,其为也有序,其服之也不厌,以所以勤且俭也。"可谓善会诗义。第三章女主人公为归宁澣衣,而唤嬖呼仆的忙碌情景,正说明所治葛衣并非一件,而是很多,故有"害澣害否"的选择问题。由此我们推测这首诗歌,当是配合着舞蹈,由女性来表演收葛、治葛、绩麻、织布、成衣、澣衣全过程的。诗篇以缓调起,用急调收,中点缀以谐音双关语,使诗意含蓄有致。如"萋萋"即"妻妻"的谐音,"喈喈"即"谐谐"的谐音,隐喻未来家庭和谐的前景。"莫莫"即"勉勉"的谐音,隐喻女主人公的勤劳。此正诗之妙处。

【问题讨论】

《葛覃》篇,毛、郑、朱子都以为是写后妃之事的。后之学者又据末章"归宁父母"字样,而以为此所写乃夫人归宁之事。但既是写归宁,为何前两章无一字提及,而却用大篇笔墨写葛滕之茂,写葛之成布、成衣?而且还要特别提出"服之无斁"?如果说是"因归宁而敦妇本",妇女所从事的工作很多,为何要单单言治葛?这都是于理难通的。今人又或以为是女工告假探亲之诗,说虽有趣,理实不足。

就诗意考之,这里所写的中心是葛,而不是人!首章写葛生之茂美,次章言治葛为布为衣,三章承"服之无斁"而来,言澣衣归宁,正是对葛麻的赞许。至于写人,也只是由治葛而引出的,并非诗篇着意要描写的对象。窃疑此乃是原始收葛仪式中所唱的祭祀歌。不少民俗学及人类学资料告诉我们,原始人在万物有灵观念的驱使下,对于所收获的生活必需品,如因食、服所获的动物或植物,都要举行祭祀或施行巫术,以求其灵魂对自己的宽恕。如西非的一些原始部落中,猎获鹿后,即将鹿的尸体安放好,每个人依次走过,用右手抚摩它,感谢它被自己打死,并说:"安息吧,大哥(或大姐)!"地中海沿岸纳维亚产半岛的原始人,则把收获的第一捆谷物称作"某某妈妈"。印第安人中即流行着收玉米季节哭玉米和为玉米祈祷的习俗。这种仪式一般是在大规模收获之前或之后进行,所唱的祈祷歌,内容也多是赞美或乞求之意。收葛仪式当举行于收葛之前,《葛覃》对之描写,不仅赞美了葛藤长势之茂、收获之丰、为布之美,也表达了人们对葛衣的喜爱,自然也充满着先民对葛麻的感激之情。其目的在于求得葛麻更大的丰收。

这里需要补充说明的是,末章虽是承葛衣"服之无斁"而来,但所编入的则是女性婚前教育的内容。这内容主要是"妇功",即由师氏教给女子劳动技能。从收葛,到治葛,到织葛布、做葛衣,清洗葛衣等,这个劳动过程中,都有技术需要掌握。掌握了这些技术,就有了做为人妇的基本技能,然后就可以出嫁了。所以末章提到了请教师氏嫁人之道的事。

【集评】

牛运震《诗志》说:"黄鸟鸣木,不必目睹其景,正好借作治葛前衬托;澣衣归宁,不必实有其事,恰好借作治葛以后烘染。即此可悟古人作诗参活不呆板处。"

芣　苢(周南)

采采芣苢①,薄言采之②。采采芣苢,薄言有之③。
采采芣苢,薄言掇之④。采采芣苢,薄言捋之⑤。
采采芣苢,薄言袺之⑥。采采芣苢,薄言襭之⑦。

【注释】

① 采采:繁茂貌。芣苢:即薏苡,其植株直立,高约一米。

② 薄言:语助词。

③ 有:多,丰富。

④ 掇(duō):拾取,即捡落到地下的芣苢子。

⑤ 捋(luō):手握住条状物,顺着物体往前滑动,将物体上的附着物抹下来。

⑥ 袺(jié):用衣襟兜着东西。

⑦ 襭(xié):将衣襟下摆的两角掖在腰带上,形成一个较大的兜子,用来装东西。

【讲评】

传统认为这是一篇采集歌。虽然芣苢是什么植物,诸家说法不一,但在芣苢宜子这一点上,则是相同的。闻一多以为"采芣苢的习俗,便是性本能的演出"(《神话与诗·匡斋尺牍》),是女性对新生命的热烈追求和希望。并以为"芣苢"音与"胚胎"近。字或作桴苢,桴、胞古音相近。胚胎、胞胎皆新生命之萌芽。因而在这层意义上讲,采芣苢实是一种带有宗教意义的活动,是掇取一种新生命。此说可参。但妇女们采芣苢是为了食用呢？还是一种活动呢？各家则未能明言。我们认为,如果芣苢宜子之说能成立,那么妇女们采芣苢,食用只是一个方面,另外当还有用途。伪申培《诗说》云："《芣苢》,儿童斗草嬉戏歌谣之词赋也。"这个解释颇有趣,也颇有道理。斗草是古代流行于妇女儿童间的一种游戏。春夏期间,百草丰茂,青少年踏青野外,往往采花草斗胜负为戏。其形式有多种,或比采某种花草数量的多少,或比采花草品种的多少,或比质量的好坏,或比草茎的韧性。明田汝成《熙朝乐事》云："杭城春日,妇女喜斗草之戏。"。清李振声《百戏竹枝词·斗草》说："一带裙腰绣早春,踏花时节小园频。斗他远志还惆怅,惟有宜男最可人。""宜男"是一种草,由其命名也知它是与生育有关系的。看来这种活动是带有神秘的宗教意味的,它具有刺激生命诞生与健康发展的意义。这与古人芣苢"宜子"之说是一脉相通的。因此,《芣苢》有可能是上古妇女或儿童斗草相戏的诗歌。在这首诗歌中,蕴含着妇儿们对于生命的关切,以及生命之勃勃活力。

这篇诗的特点,在于它配合着劳动动作,以简短的节奏,明快的韵律,表现了妇女们为斗草取胜、求得吉祥而紧张采集时的热烈场景和欢乐气氛。并稍易数字,便描绘出了妇女们麻利的劳动姿态和劳动过程,"章法极为奇变"(姚际恒《诗经通论》)。

【问题讨论】

从《毛传》始,经师们就大多认定芣苢是一种可以促进生育的植物。《毛传》言宜怀妊,陆玑《草木疏》又言"治难产",今之学者也大多沿用此说,认为采芣苢是为了食用,吃了即可怀孕。丰坊《鲁诗世说》则云："毛氏云:芣苢,车前,宜怀妊。考《本草》则曰:'车前子味甘,寒,无毒,主气癃止痛,利水道小便,除湿痹。久服轻身耐老。'乃神农本经之语,初无怀妊之说。至《唐本草余》等,始云'强阴益精,令人有子',盖因毛说而附会之也。滑伯仁:'车前性寒,利水,男子多服,则精寒而易痿;妇人多服,则破血而堕胎。岂宜子乎？'毛苌陋儒,必欲以'二南'为妇人之诗,故妄为凿说如此。且强阴益精,宕子所欲,而妇人采之,则淫妇耳,岂文王之世所宜有哉!"此说可参。

【集评】

戴溪《续吕氏家塾读诗记》卷一云："《芣苢》,国之妇人作也。《关雎》之化行,则天下和平,妇人皆乐于有子。'采采芣苢',凡六言之,采取、收拾、执衽、襭裙,其同辈相乐,一时嬉戏,尚可想也。"

丰坊《鲁诗世说》云："林希逸曰:《芣苢》一诗,形容胸中之乐,并一乐字亦不说,此诗法之妙。盖当时稚童歌谣如传记所载《康衢》之谣,《击壤》之歌,皆自乐其乐,而莫知其乐之所自,所谓王者之民皞皞如也。至是无一物不得其所矣。太和会合,虽无知之童斗草之戏,偶然之谣词,而皆出于中声。是以太史肄之于乐,夫子录之于经。"

陆深《诗微》云："此诗凡三章,章四句,句四言,总之为四十八字。内用'采采'字凡十三,'芣苢'字凡十二,'薄言'字凡十二。除为语助者,才余五字尔。而叙情委曲,从事始终,与夫经行道途、招邀侪侣以相容与之意,蔼然可掬。天下至文也。即此亦可以见和平矣! 始言'采'者,乃相约之词;继言'有'者,有芣苢也;'掇'先于'捋','袺'先于'襭',条理自然,文化至矣。"

黄光昇云："读此诗者可以意会而不可以迹求,细妇人之词,非天下康熙而无兵戈之扰,夫妇相守而无征役之悲,时和年丰而流离之苦,何以使其优游自得,相与赋诗而乐其事哉!"(《毛诗微言》引)

徐常吉云："风人之旨,雅淡和平,况此又为妇人所作! 看此诗全要模写他一段无事而相乐意思出,方得王民皞皞气象。"(《毛诗微言》引)

范翔《诗经体注图考大全》云："采、有、掇、捋、袺、襭,因其固然,行乎必然,而实不识不知之自然。闲闲说来,自有一种优悠自得,太平无事光景在眼下心头。"

沈德潜《说诗晬语》云："不用浅深,不用变换,略易一二字,而其味油然自出者,妙于反复咏叹也。"

方玉润《诗经原始》云："读者试平心静气涵咏此诗,恍听田家妇女,三三五五,于平原旷野、风和日丽中,群歌互答,余音袅袅,若远若近,忽断忽续,不知情之何以移,而神之何以旷。则此诗可不必细绎而自得其妙焉……今世南方妇女,登山采茶,结伴讴歌,犹有此遗风焉。"

摽 有 梅（召南）

摽有梅①，其实七兮②。求我庶士③，迨其吉兮④。

摽有梅，其实三兮。求我庶士，迨其今兮⑤。

摽有梅，顷筐塈之⑥。求我庶士，迨其谓之⑦。

【注释】

① 摽(biāo)：打落，敲落。一说坠落，一说指树梢。有，语气词。

② 其：它的，指梅树。实：梅子。七：七成，指树上的梅子还剩七成。下面诗中的"三"，亦即三成。

③ 庶士：众多青年人、小伙子。

④ 迨(dài)：趁着。其：指示代词，这或那。吉：好日子、佳期。

⑤ 今：通其，乐也。

⑥ 顷筐：斜口筐。塈(jì)：收取，这里是说收拾打落地上的梅子。

⑦ 谓：朱熹以为"相告语而约可定矣"。一说通汇，训聚会。

【讲评】

这是一首收梅之歌。从诗篇中可以看出，"摽梅""塈梅"是一个完整的劳动过程。"摽"字从手，即用手扑打之意。《说文》："摽，击也"，字或从攴（从手执卜），票声。梅子因小，不好用手采，故须扑打采收。古经师释为"落"，则与下文"塈"（取）字，完全失去了联系。在社会原始分工中，男子多从事狩猎，女子多从事采集，这种习俗在后世仍有遗存。如现在农村摘棉花、收枣，大多仍是由妇女承担，收梅子自然也是妇女们从事的劳动。妇女们一边收梅果，一边歌唱。此诗的主要功能是解除疲劳，表达劳动时的愉快情绪。而原始冲动的爆发，最能驱逐精神、体力的疲劳，造成兴奋欢悦的气氛。因此在原始的劳动歌子中，往往要织进表达爱情或性欲的内容，有些歌子的内容在文雅的中国人看来，简直不堪入耳，而在那特殊的环境中，却能获得特殊的效果。像今南方的采茶歌、一些地方的打夯歌仍可看到这种情况。

"庶士"也不能看得太死，打梅子的妇女们或见一个小伙子走过，或见一群小伙子走过,都无妨与他或他们开玩笑,甚至眼前根本就没什么人,不过就是妇女们自己在"寻开心"罢了。所以,那个"求"字也并不一定就是真的"求",只是顺口说来逗趣而已。姚际恒曾惊诧道:"若为女求夫,但云'士'可矣,或美之为'吉士',奈何云'庶士'乎!"这不必大惊小怪。因为初民两性关系是相当自由、大胆的,没有丝毫的"道学味"。他们甚至以异性朋友多为自豪。元周达观《真腊风土记》就曾云:"人家养女,其父母必祝之曰:愿汝有人要,将来嫁千百个丈夫。"这种习俗,现代文明人看来自然是不可思议的。但是,在古代社会也可能就能成为现实——我们既然把《诗经》看作是文学作品,就要真正地从文学的角度作宽泛地理解。

三章诗反复咏唱着一个中心"摽有梅",反复逗趣"求我庶士",越逗则兴趣越浓,劳动的热情越高,呈现出火热的劳动场面。

七　月（豳风）

七月流火①,九月授衣②。一之日觱发③,二之日栗烈④。
无衣无褐⑤,何以卒岁⑥?三之日于耜⑦,四之日举趾⑧。
同我妇子⑨,馌彼南亩⑩,田畯至喜⑪。
七月流火,九月授衣。春日载阳⑫,有鸣仓庚⑬。
女执懿筐⑭,遵彼微行⑮,爰求柔桑⑯。春日迟迟⑰,
采蘩祁祁⑱。女心伤悲,殆及公子同归⑲。
七月流火,八月萑苇⑳。蚕月条桑㉑,取彼斧斨㉒,
以伐远扬㉓,猗彼女桑㉔。七月鸣鵙㉕,八月载绩㉖。
载玄载黄㉗,我朱孔阳㉘,为公子裳。
四月秀葽㉙,五月鸣蜩㉚。八月其获㉛,十月陨萚㉜。
一之日于貉㉝,取彼狐狸,为公子裘。二之日其同㉞,
载缵武功㉟。言私其豵㊱,献豜于公㊲。
五月斯螽动股㊳,六月莎鸡振羽㊴。七月在野,八月在宇㊵,
九月在户㊶,十月蟋蟀入我床下。穹窒熏鼠㊷,塞向墐户㊸。
嗟我妇子,曰为改岁㊹,入此室处㊺。

六月食郁及薁㊻，七月亨葵及菽㊼。八月剥枣㊽，十月获稻，

为此春酒㊾，以介眉寿㊿。七月食瓜，八月断壶㉛，

九月叔苴㉜，采茶薪樗㉝，食我农夫㉞。

九月筑场圃㉟，十月纳禾稼㊱。黍稷重穋㊲，禾麻菽麦㊳。

嗟我农夫，我稼既同㊴，上入执宫功㊵。昼尔于茅㊶，

宵尔索绹㊷。亟其乘屋㊸，其始播百谷㊹。

二之日凿冰冲冲㊺，三之日纳于凌阴㊻。四之日其蚤㊼，献羔祭韭㊽。

九月肃霜㊾，十月涤场㊿。朋酒斯飨㈦，曰杀羔羊。

跻彼公堂㈨，称彼兕觥㈩，万寿无疆⑭。

【注释】

① 流火：流，向下沉。火，星宿名，即心宿，又名大火。

② 授衣：授予女工裁制冬衣的工作。

③ 一之日：一月之日。周历的一月即夏历的十一月，下二之日、三之日，即二月之日（夏历十二月），三月之日（夏历一月）。《七月》一篇中有两种历法，言七月、九月者，是夏历；言一之日，二之日者，是周历。参华钟彦《七月诗中的历法问题》（《诗经研究论文集》）。觱(bì)发(bó)：风寒貌。一说寒风声。

④ 栗烈：即凛冽，寒貌。

⑤ 褐：粗毛布或粗麻做的衣服。

⑥ 卒岁：终岁。

⑦ 于耜：于，当训往。耜为翻土的农具。"于耜"指下地耕作。

⑧ 举趾：于省吾释"举"为"用"，"趾"为"兹"（兹其），即锄，以为此指锄草。此说有理。但此处并非指锄草，而是指下种后用锄平土，覆盖种子。

⑨ 同我妇子：携同老婆孩子。

⑩ 馌(yè)：送地头饭。一说祭祀田神。南亩：向阳田地。

⑪ 田畯：公田的田官。至喜：非常高兴。

⑫ 载：开始，一说乃。阳：指天气和暖。

⑬ 仓庚：即黄莺，又叫黄鸟。

⑭ 懿筐：深筐。

⑮ 遵：沿着。微行：小路。

⑯ 柔桑:新嫩的桑叶。

⑰ 迟迟:舒缓,舒长。这里指春日白天渐长。

⑱ 蘩:白蒿。祁祁:众多貌。

⑲ 殆及:将与。一训"殆"为"恐"。上句言伤悲,此承上句言悲的原因。

⑳ 萑(huán)苇:芦苇成熟。

㉑ 蚕月:养蚕之月,即三月。条桑:修理桑树的枝条。"条",条理。或以为条为木盛貌。

㉒ 斧斨(qiāng):伐木器具,柄孔圆者为斧,方者为斨。

㉓ 远扬:高出扬起的枝条。

㉔ 猗:同掎,用绳将桑树拉偏一边。女桑:柔嫩的桑树枝,一说小桑树。

㉕ 鸣鵙(jú):鸟名,即伯劳。此处言七月,当有误,王肃以为"七"为"五"字之伪。甚是。

㉖ 绩:绩织。

㉗ 玄黄:玄,黑红色;黄,黄色。这里指丝织品所染颜色。

㉘ 我:指示代词,其。朱:红色,这里用作动词。孔阳:非常鲜艳。

㉙ 秀:不开花而结实曰秀。葽:远志。或以为"秀"指远志结实。

㉚ 蜩:即蝉。

㉛ 其获:指开始收获农作物。

㉜ 陨:落。萚:落叶。

㉝ 于貉:往取貉子。

㉞ 同:聚,会合,指聚众狩猎。

㉟ 缵:继续。武功:练武之事,这里指田猎之事。

㊱ 言:以,或释为我。私:个人占有。豵:一岁的小猪,这里泛指小兽。

㊲ 豣:三岁大猪,泛指大兽。此指将大兽献给国公。

㊳ 斯螽:即蝈蝈。动股,此指斯螽开始跳动。

㊴ 莎鸡:虫名,有天鸡、酸鸡、红娘子等名。

㊵ 宇:檐下。

㊶ 户:门口。一说屋内。

㊷ 穹窒:穹为空隙,窒为塞。

㊸ 塞:堵塞。向:北窗。墐:用泥涂抹。因门用散木枝条编成,须用泥涂抹严密,才能挡住寒风。

㊹ 曰:通聿,乃。为:将。改岁:指过年。

㊺ 处:居。据《汉书·食货志》说,古时乡中之民——即国人,春天则到田野庐中居住,

以便生产;冬天则进"邑"中。

㊻ 郁:郁李,味甜。薁:即山葡萄,可食用。

㊼ 亨:即烹的本字。葵:菜名,有冬葵、春葵、秋葵等名(见《本草纲目》)。菽:豆子的
总名。

㊽ 剥枣:即打枣、收枣。剥即击打。

㊾ 春酒:冬酿经春始成的酒。

㊿ 介:当为匄之借字,即祈求。眉寿:高寿。

51 断壶:摘葫芦。断,摘断。壶,借为瓠,即葫芦,嫩时可食。

52 叔苴:叔,拾取。苴,麻子。

53 荼:苦菜。樗(chū):即臭椿树,未干时烧有臭味。

54 食我农夫:食,养活;农夫,即奴隶。

55 场圃:场,打谷场。圃,菜园。春夏耕种,秋天筑为场以收谷物,所以叫"场圃"。

56 纳禾稼:纳,入;禾稼,泛指农作物。此句言收谷入仓。

57 黍稷重穋:黍,米黍,黄米。稷,谷子的一种。重借为穜,先种后熟的农作物叫穜,后
种先熟的农作物叫穋。

58 禾:谷子。

59 同:聚,集中。

60 上:通尚,则。执:操作。宫功:修房屋之事。指邑居之宅。

61 尔:语气词。于茅:取茅。于,取;茅,茅草。

62 索绹:搓绳。绹,绳子。

63 亟其乘屋:亟,急;其,语助;乘屋,当为覆盖房屋。

64 其始:将要开始。

65 冲冲:凿冰之声。

66 凌阴:冰室。当是指纳食物于冰室。

67 蚤:早,即清晨。

68 献羔祭韭:指用羔羊和韭菜祭祀。

69 肃霜:指霜降之后,万物收敛,天地之气为之清肃(王先谦说)。

70 涤场:指农事完毕,打谷场已收拾干净。

71 朋酒:两樽酒为朋。飨:这里指会餐。

72 跻:登上。公堂:国公之堂。

73 称彼兕觥:称,举起;兕觥,兕角杯。

74 万寿无疆:互相祝寿之语。疆即边。

【讲评】

这当是一篇根据豳地长期流行的农谚歌谣编制而成的"月令"歌。诗篇通过对农村季节性生产劳动和动植物生长活动情况的描写,展示出了古代农村生活的广阔画面。可以说是一幅真实生动的古田园风物图。诗篇通过自然地叙述,反映了三种人截然不同的人生境遇。一种是"公子",他们是高居于公社机构之上的贵族子弟。诗中对他们着墨不多,也没有从正面描写,只是从他们给农民带来的额外负担上("我朱孔阳,为公子裳","取彼狐狸,为公子裘"),表明了他们是一伙寄生者。另一种是农民,即"我"所代表的阶级。他们是农村公社中的主要生产力,生活很悲惨。冬天,他们住在经"穹窒熏鼠,塞向墐户"处理,方可过冬的破屋里。在寒风"凛冽"中,即使"无衣无褐",也还得到河里去"凿冰",到野外去"载缵武功"。一开春,便得到"南亩"——公田去,在田畯的监督下为公社耕作。妇女们则提着筐子,顺着田间小路整理桑枝,采桑叶。他们从春到冬,耕种、收获、蚕桑、绩织、狩猎,忙个不休。但劳动所得的成果,除有限的一点之外,大部分输入了姓"公"的腰包,被贵族们享受去了。自己只能吃些毛豆、葫芦之类。但他们的人身是比较自由的,因此在丰收之后,还可以杀羊饮酒,到公堂里互相祝贺。在农民的下面,还有生活更为凄惨的"农夫"。诗中或呼之为"尔",他们是公社的集体奴隶,所进行的都是无偿劳动。虽然公社的收入有瓜豆黍稷等多种,而他们只能烧把柴火煮苦菜吃。他们在公社农官的驱使下,除从事农业劳动外,在冬天还得为"公"修理房屋。"昼尔于茅,宵尔索绹",即使黑夜,也不能安休。

从"章旨"上看,首章言越冬春耕之事。越冬之苦,在一个"衣"字;春耕之劳,在一个"食"字。故首六句"谋衣",只计"何以卒岁",从反面写出。后五句"谋食",则着力写始耕,是从正面写出。"于耜"五句写男耕而带入妇、子、田畯,便自有情有韵。二章、三章写春季妇女蚕桑绩织之事。"条桑""载绩",两层相承、相扣,承得顺,扣得紧。四章写秋后田猎之事。从四月、五月缓缓述来,遥与上章"蚕月"相承,与上"八月"相叠,一述女工,一言农事,是多层次写法。田猎之事亦分两层叙写,如临水观花,有一枝两影之妙。五章写治室御寒过冬之事。本在十月,却从五月、六月缓缓述来。由物候之变,到涂塞之事,便觉寒气渐渐逼人,而却无一笔正面写寒。以上数章是终结首章前段之意,重在谋"衣",由衣之御寒而补出居室一事。六章杂叙农桑余事。首二句言果蔬充食,中四句言枣、稻为酒。"断壶"二句,杂叙农事。末二句言农夫之食。零星点缀,如家长数家事,一蔬一果,逐事关心。

虽属琐屑,但却不离一个"食"字。此下数章是终结首章后段之意,即谋食。七章写秋收即秋后之事。八章写年终之事。前言备寒,此言备暑,皆是为未来计。末五句仿佛新年气象。

【问题讨论】

关于《七月》的作者,古今歧说甚多。《毛诗序》以为是周公;王雪山则认为"此野田农民,酬酢往复之辞";季本以为豳人自序其勤力诚心之事;今人又多以为是奴隶或农奴。从诗中"我""尔"两种不同的人称,和"公子""田畯""农夫"的称谓,我们认为编者"我"当是农村公社中一位直接领导农民生产的小官。他编纂的目的是为了掌握节令,更好地领导社员生产。陆奎勋《陆堂诗学》云:"余谓豳国旧必有诗,如后代'消寒''九九'之类,因为润色成章尔。"此说近之。

【集评】

徐光启《诗经六帖讲意》云:"'授'字、'于'字、'举'字、'同'字、'馌'字、'至'字,见其长幼夫妇老少上下,皆有皇皇服事、一息不自安、一人不得闲之意。周家以农事开基,以忠厚立国,即此可见祖宗风化之美,培养之深。"

范王孙《诗志》引《诗弋》云:"鸟语虫鸣,草荣木实,四时成岁,此豳之五行志也;衣桑食稻,敬老慈幼,室家敬和,此豳之礼乐谱也。染人冰人,狩猎祭飨,邦国秉礼,此豳之宪章录也。周公制礼作乐,粉饰太平,不过以此为底稿。"

牛运震云:"此诗以编纪月令为章法,以蚕衣农食为节目,以预备储蓄为筋骨,以上下交相忠爱为血脉,以男女室家之情为渲染,以谷蔬虫鸟之属为点缀,平平常常,痴痴钝钝,自然充悦和厚,典则古雅。此一诗而备三体,又一诗中藏无数小诗,真绝大结构也。有七八十老人语,然和而不傲;有十七八女子语,然婉而不媚;有三四十壮者语,然忠而不戆。凡诗皆专性情,此诗兼各种性情,一派古风,满篇春气。斯为诗圣大作手。"

甫　　田(小雅)

倬彼甫田①,岁取十千②。我取其陈③,食我农人④。

自古有年⑤。今适南亩⑥,或耘或耔⑦。黍稷薿薿⑧,
攸介攸止⑨,烝我髦士⑩。

以我齐明⑪,与我牺羊⑫,以社以方⑬。我田既臧⑭,
农夫之庆⑮。琴瑟击鼓⑯,以御田祖⑰,以祈甘雨⑱。
以介我稷黍⑲,以穀我士女⑳。

曾孙来止㉑,以其妇子㉒。馌彼南亩㉓,田畯至喜。
攘其左右㉔,尝其旨否㉕。禾易长亩㉖,终善且有㉗,
曾孙不怒㉘,农夫克敏㉙。

曾孙之稼,如茨如梁㉚。曾孙之庚㉛,如坻如京㉜。
乃求千斯仓,乃求万斯箱。黍稷稻粱,农夫之庆。
报以介福,万寿无疆!

【注释】

① 倬(chuō):广阔貌。甫田:大田,或以为指公田。

② 十千:形容收获之丰。

③ 陈:旧,指旧粮食。

④ 食(sì):拿东西给人吃。农人:农夫,指农奴。

⑤ 有年:丰年。

⑥ 适:往。南亩:向阳之地。

⑦ 耘:除草。耔:培土护苗根。

⑧ 薿(nǐ)薿:茂盛貌。

⑨ 攸:语助词。介:休息。止:止息。

⑩ 烝:进,召之前来。髦士:英俊之士,此处当指田畯,即公田的农官。

⑪ 齐(zī):指酒(浊酒);明:即"明水"(玄酒)。齐、明、牺、羊为四物,齐明指酒水,牺羊指牺牲物。

⑫ 牺羊:牛羊。

⑬ 社:祭土地神。方:四方,指祭四方之神。

⑭ 臧:善,指田丰产。

⑮ 庆:赐,福。

⑯ 击:击打。

⑰ 御:迎祭。田祖:神农。

⑱ 甘雨:及时雨。

⑲ 介:助。指祭神求雨以助黍丰收。

⑳ 穀:养。士女:男女,泛指群黎百姓。

㉑ 曾孙:指周王。

㉒ 以其妇子:指农夫与妇子。

㉓ 馌(yè):送田头饭。

㉔ 攘其左右:指向左右人让食,使尝饭之口味。

㉕ 旨:美味。

㉖ 禾:禾稼。易:读为移,即倚移,禾盛之貌。长亩:竟亩,满田。

㉗ 终:既。且:又。有:多。

㉘ 曾孙不怒:指周王满意于农夫之勤快与庄稼丰茂而不发怒。

㉙ 克敏:克,能,敏,快捷。指农夫干得又快又好。

㉚ 如茨如梁:茨:指屋盖,形容呈圆形之谷堆如草屋;梁:本指桥梁,因桥梁呈长形,横而隆起,故此以形容长形谷堆。

㉛ 庾:露天粮囤。

㉜ 坻:水中高地。京:高丘。此句是形容谷粒堆集的情形。

【讲评】

　　这是一篇描写周人农事活动的诗篇,是祭神祈年之乐歌。姚际恒据"或耘或耔"、"以祈甘雨",以为是夏时事;方玉润以为诗写"王者祈年因以省耕",为春夏耕耨时事。这首祈年的乐歌,当用于暮春之祭,由诗中言"今适南亩,或耘或耔"可证。诗末言丰收,正是对丰收的祈祷或展望。这可以使我们进一步看到周人以农业为国家根本的态度,帝王率领王子、后妃和诸臣来到田间,亲自过问、观察春耕的情况。就史料本身而言,也是很珍贵的。一章言力农,二章言祭神,三章言省耘,四章言丰收。其间人物活动如画。诗中写周王按照典章的规定和前代君王故事行事,既表现了时王的祇敬之心,也增加了诗的含量和感官的动态美——人物的活动是使诗歌等文学作品永远保持鲜活性的关键。

【集评】

　　孙矿《批评诗经》云:"真率中却有腴味。盖由安插得好,亦以笔净故。若'食陈',若'烝士',若'尝旨否',皆是典故,乃随景插入,既增其态,复核其事,笔力何等高妙。"

王先谦《三家诗义集疏》云:"以社者,蔡邕所谓春藉田祈社稷也。以方者,亦邕所谓春夏祈谷于上帝也。御田祖者,班固所谓享先农也。祈甘雨者,皇甫谧所谓时雩旱祷也。皆春夏王者重农所有事,诗历言之。"

大　　田 (小雅)

大田多稼①,既种既戒②,既备乃事③。以我覃耜④,
俶载南亩⑤。播厥百谷,既庭且硕⑥,曾孙是若⑦。
既方既皁⑧,既坚既好⑨,不稂不莠⑩。去其螟螣⑪,
及其蟊贼⑫,无害我田稚⑬。田祖有神⑭,秉畀炎火⑮。
有渰萋萋⑯,兴雨祈祈⑰,雨我公田,遂及我私⑱。
彼有不获稚,此有不敛穧⑲。彼有遗秉⑳,此有滞穗㉑,
伊寡妇之利㉒。
曾孙来止,以其妇子,馌彼南亩,田畯至喜。
来方禋祀㉓,以其骍黑㉔,与其黍稷㉕。以享以祀,
以介景福。

【注释】

① 大田:犹"甫田",指公田。

② 种:指选种子。戒:械,指修农具。

③ 备:完备。乃事:这些事。

④ 覃耜(sì):锐利的犁头。

⑤ 俶(chù):开始。载:从事。

⑥ 庭:通挺,挺直,直生。硕:大,指肥壮。

⑦ 若:顺。指庄稼长势好,顺曾孙之意。

⑧ 方:房之借,指谷穗始生,籽粒外苞尚未合拢。皁(zào):指籽粒初生,尚未坚实。

⑨ 既坚既好:指籽粒坚实、饱满、形味具好。

⑩ 稂(láng)：谷之有穗而不结实者。莠：似谷的野草，又名狗尾草。

⑪ 螟：食禾心的害虫。螣(tè)：食叶的害虫，即蝗虫。

⑫ 蟊贼：食禾根的害虫，又名蝼蛄。

⑬ 稚：幼禾。

⑭ 有神：有灵。

⑮ 秉畀炎火：此处所言为古之消灭农业害虫之法。畀，给予，此指投入火中。炎火，烈火。

⑯ 有渰(yǎn)萋萋：犹言"渰渰萋萋"，阴云密布之貌。

⑰ 兴雨：当从另本作兴云。祁祁：云盛貌。

⑱ 遂：遍。私：私田。

⑲ 不敛穧(jì)：未及收起的庄稼。

⑳ 遗秉：漏掉的禾束。

㉑ 滞穗：丢到地里的禾穗。

㉒ 利：好处。此指寡妇享利。

㉓ 来方禋(yīn)祀：到来方举行祭上帝之礼。来，到来。方，正在。禋祀，祭昊天上帝的祭礼。

㉔ 骍黑：赤黄色与黑色的牺牲物。即牛羊猪之类。

㉕ 与：加上。

【讲评】

　　本诗与上篇内容大体一致，但所写更全面——从春种到秋收，再写到丰收后对神灵的"报赛"活动。诗中写了从春耕到秋收和祭祀的全过程。所谓"报赛"，是指秋后农事完毕后谢神的祭祀。整篇所表现的纯粹是一派丰收升平景象。一章从春耕言起，二章言夏耘除害，三章言秋成收获，四章写祭祀祈福。

　　本诗值得注意的问题是"跳跃"手法，这是此诗的一种重要的表现手法。如第四章，前四句方言春雨，后五句即言丰收，而且是直写收割后田间遗秉、遗穗，两个镜头的直接组接，中间没有任何过渡，这种极"现代化"的写法，后世文人敢有如此作为，必遭訾评。

【集评】

　　姚舜牧《诗经疑问》云："前篇是祈年之祭，故曰'以我齐明，与我牺羊。'盖黍稷犹未成,不用以荐也。此是报成之祭,故云'以其骍黑,与其黍稷。'盖黍稷既成,始用以荐也。"

方玉润《诗经原始》云:"事极琐碎,情极闲淡,诗偏尽情曲绘,刻摹无遗,娓娓不倦。无非为多稼一语设色生光,所谓愈淡愈奇,愈闲愈妙,盖于烘托法耳。"又云:"描摹多稼,纯从旁面烘托,闲情别致,令人想见田家乐趣,有画图所不能到者。"

载　　芟(周颂)

载芟载柞①,其耕泽泽②。千耦其耘③,徂隰徂畛④。
侯主侯伯⑤,侯亚侯旅⑥,侯彊侯以⑦。有嗿其馌⑧,
思媚其妇⑨,有依其士⑩。有略其耜⑪,俶载南亩⑫。
播厥百谷,实函斯活⑬。驿驿其达⑭,有厌其杰⑮。
厌厌其苗⑯,绵绵其麃⑰。载获济济⑱,有实其积⑲,
万亿及秭⑳。为酒为醴,烝畀祖妣㉑,以洽百礼。
有飶其香㉒,邦家之光㉓。有椒其馨㉔,胡考之宁㉕。
匪且有且㉖,匪今斯今㉗,振古如兹㉘。

【注释】

① 载:则,乃。一说训始。芟(shān):除草。柞(zé):通槎,砍伐树木。
② 泽(shì)泽:通释释,土开解松散貌。一说指耕地犁土之声。
③ 耦:两人并耕叫耦。耘:除草。
④ 隰:低湿地。畛(zhěn):地垅、田界。一说,指田间小路。
⑤ 侯:发语词,犹维。主:君主。伯:伯爵。
⑥ 亚、旅:于省吾以为亚、旅皆大夫。
⑦ 侯彊侯以:旧以为"彊"指身体强壮有余力的人,"以"指雇佣。或以为"以"为弱者。于省吾读此句为"侯彊侯纪"训为"维彊维理",即治理土地之意。
⑧ 嗿(tǎn):同咉。"有嗿"犹"嗿嗿",众人吃食的声音。馌(yè):送到地头的饭菜。
⑨ 思媚其妇:言那可爱的是妇人。思,发语词;媚,美。

⑩ 依：通殷，壮盛貌。指小伙子强壮。或以为指"士"众多。

⑪ 略：形容犁头锋利貌。耜：犁头。

⑫ 俶载南亩：指始耕于向阳之地"南亩"。俶：始；载：事，指耕作。南亩：向阳地。

⑬ 实：种子。函：含，被泥土覆盖。斯：语助辞。活：生气貌。

⑭ 驿驿：接连不断之貌。达：指禾苗破土而出。

⑮ 厌：此处当是形容苗之茁壮。杰：特出，指最先长出的苗。

⑯ 厌厌：禾苗整齐茂盛貌。

⑰ 绵绵：茂密貌。麃（biāo）：指庄稼抽穗扬花。

⑱ 载获：于是收获。济济：人众多貌。

⑲ 有实：犹"实实"，广大貌。此指庄稼收获在场的情景。积：堆积。

⑳ 万亿及秭：周代十千为万，十万为亿，十亿为秭。此极言收获之多。

㉑ 烝畀（bì）：烝，献。畀，给予。祖妣：指男女祖先。

㉒ 苾（bì）：食之香也。此处当指祭品之芬香。

㉓ 光：荣光。

㉔ 椒：当从三家作馥。馨：《说文》："馨，香之远闻也。"这里酒味醇香。

㉕ 胡考：高寿，这里指老人。

㉖ 且（jū）：语气词，此。有：丰收。

㉗ 匪今斯今：言非今年才这般。

㉘ 振古：自古。

【讲评】

《毛序》说："《载芟》，春藉田而祈社稷也。"此说不误。据《南齐书·乐志》说：汉武帝时，班固曾奏用《周颂·载芟》以祈先农。因是春天祭祀社稷神，因此诗中主在描写春耕，而及于秋后的丰收。这是《周颂》中较长的一篇，虽是祭辞，但描写细腻逼真，也充满了生活情趣。诗首两句尤其清新：仿佛听到割草砍树的人声、感受到脚下松软的土地以及春日田野散发出的泥土的清香。这其实是农业民族长久生活直观的经验，诗人不必思考什么技巧，直观感觉让他径直写最使他动心的那些景物。此外诗中写到午休时吃饭的声音，漂亮农妇对她丈夫的亲昵慰问，禾苗生长的情形，秋收的热闹场面，酿酒祭祀的场景……这些都是紧张中的闲笔，"好整以暇"，表现了诗人对生活的热爱。

农耕是周部族兴旺的基础，此后，中国一直以农业生产为立国根本，这是中国古代礼乐文明的根基。诗中描写了春耕的情景,也写到所盼望的秋后丰收。全诗描写真切,给我们留下了宝贵的远古农业生产的记录。

【集评】

孙矿《批评诗经》云:"长章缓调,铺张匀密,摸写亲切,而峭句险字,更自不乏,严整中有活泼,最工最巧。"又云"此描写苗处尤工绝。'函''杰'是险字,'厌厌''绵绵'得态。语不多而意状飞动,所以妙。"

锺惺评点《诗经》云:"前半写田家景象,茅茨鸡犬,历历在目,有让田争席之意。后忽说向宗庙朝廷上去,作大气象,大文字,笔端变化。《豳风》亦然,而体裁不同。"陆化熙说:"'思媚'二句,闲闲点缀,分明画出春耕光景。"

邓翔《诗经绎参》云:"连用六'侯'字,后束一句云'有喰其馌',极写人数喧闹,即饮食之声,亦绘出矣。下又着'思媚'二句婉秀之语,又缀以'有略'句,当时情致如皆写生笔也。'思媚'句描写得之眉目,'有依'句得之形神。"

良　　　耜(周颂)

畟畟良耜①,俶载南亩②。播厥百谷,实函斯活。
或来瞻女③,载筐及筥④,其馕伊黍⑤。其笠伊纠⑥,
其镈斯赵⑦,以薅荼蓼⑧。荼蓼朽止⑨,黍稷茂止。
获之挃挃⑩,积之栗栗⑪。其崇如墉⑫,其比如栉⑬,
以开百室⑭。百室盈止,妇子宁止⑮。杀时犉牡⑯,
有捄其角⑰。以似以续⑱,续古之人⑲。

【注释】

① 畟(cè)畟:耜入土深耕之貌。一说犁头锋利入土之声,犹今言嚓嚓。耜:犁头。

② 俶载南亩:下三句见《载芟》注。

③ 或:有人。

④ 载:背,持。筐、筥(jǔ):两种竹制盛物器,筐形方,筥形圆。

⑤ 馕:同饷,送来的食物。伊:是。黍:黄米,指送来的是黍米饭。

⑥ 笠:笠帽。纠:三合绳。或以为形容笠纠纠缭缭之貌。

⑦ 铚:锄类农具。赵:铲除。一说通削,锋利。

⑧ 薅(hāo):铲除田草。荼蓼(liǎo):荼,苦菜。蓼,草类植物。

⑨ 朽:腐烂。

⑩ 挃(zhì)挃:收割之声。

⑪ 栗栗:众多貌。

⑫ 崇:高。墉:城墙。

⑬ 比:密排。栉:梳子。

⑭ 室:指家族在邑中的仓库。

⑮ 妇子:老婆和孩子。

⑯ 时:是,此。犉(chún)牡:大公牛。

⑰ 捄(qiú):兽角弯曲貌。

⑱ 似、续:继续。似,嗣,与续义同。

⑲ 古之人:指祖先。一说指田祖。

【讲评】

　　这首诗与上一首为姊妹篇,上篇写春季祭祀社稷,因此重在写春耕及庄稼长势之美;本篇则写秋季报答社稷神;故重在描写秋收之丰。诗本质上是向社稷神汇报一年的工作情况,所以把一年辛苦和欢乐的情况仔细述说一遍。正是质朴处,亦诚心处。

【集评】

　　孙矿《批评诗经》云:"与上篇相表里。上篇言苗浓,此篇言获浓。俱言馌言耘,而上阐其意,此貌其状。其构法略相似。"

　　沈守正《诗经说通》云:"首二节耕也,三、四、五节耘也,六节获也,七节丰年之庆也,末节报赛之意也。"

　　陆化熙《诗通》云:"通诗叠叠说下,自有次第,重报赛上,宜以末二句为主。此与《载芟》皆止颂农功之有成,而神贶在言外。"

七、牧 猎 篇

驺 虞（召南）

彼茁者葭^①，壹发五豝^②。吁嗟乎驺虞^③！
彼茁者蓬^④，壹发五豵^⑤。吁嗟乎驺虞！

【注释】

① 茁(zhuó)：草木茂盛貌。葭(jiā)：芦苇初生叫葭。

② 壹发：发即驱赶，壹发，即一驱赶。这是赞美驺虞所管理的畜物繁盛，一驱赶就有很多猪出现。豝(bā)：母猪。一说发是发箭射击。

③ 驺(zōu)虞：管理皇家或诸侯苑囿的官。

④ 蓬：蓬草，叶细如针，根小而植株大，植株呈圆形，至秋干枯，形如乱发。秋风中贴地处断绝，随风滚动，风大则飘于空际，故曰飞蓬。

⑤ 豵(zōng)：小猪。

【讲评】

古代天子或诸侯围猎，先要用军队或青壮年百姓将围场包围起来，逐渐缩小包围圈。一边走，一边紧缩，一边轰赶，野兽就会逐渐向包围圈中心集中，以便参加狩猎的人射击。在皇家或诸侯的苑囿中打猎也是如此。

《左传》诸书就有各诸侯国苑囿名称的记载。这些苑囿一般都有专门的官员管理。百姓是不准入内打猎甚至不能进入打柴割草。这首诗便是对管理官员的赞美，由于他善于管理，所以动物繁殖得很快，一下子就能轰赶出一群野猪，大的小的都有。首章"葭"字写场景，"茁"字点春景。"壹发"写兽盛之景。最后点出驺虞，是着眼处。二章"豵"字见出其蕃衍之盛。

诗的两章都只写到"葭"和"蓬"，说明是包围圈刚刚形成，是在苑囿的边缘地带，就已经有了成群的野猪，这是人们一般情况下预料不到的，即在大家还没有充分准备好的情况下,就跑出了那么多野猪,所以,惊呼之后,就是赞美。

【问题讨论】

此诗古今争论的焦点,在于驺虞为何物上。汉朝今古文家,歧说已出。后世辨之者有欧阳氏《诗本义》、严氏《诗缉》、臧镛《拜经日记》、朱彬《经传考证》、戴震《毛郑诗考正》、魏源《诗古微》、陆奎勋《陆堂诗学》、马氏《通释》、胡氏《后笺》、俞正燮《癸巳类稿》等。当然,因书阙有间,我们也只能择其善者而从之。《新书·礼篇》云:"邹者,天子之囿也。"《周礼·囿人》:"掌囿游之兽禁,牧百兽,祭祀丧纪宾客,共其生兽、死兽之物。"驺虞的职责,当如囿人一样,是掌苑囿兽禁的。要掌握百兽何时交配,何时繁殖,驱驰有法,禁罟得时,百兽便能得到良好的生长。故诗中以盛称畜物的蕃盛,来赞美驺虞。人或释驺虞为猎人,但缺少证据。在周代,司舟叫舟虞(《鲁语》),司管山林的叫山虞(《周礼》),司管田野的叫野虞(《礼记》),司管水泽的叫泽虞(《周礼》),司鸟兽的叫兽虞(《礼记》)。由此推之,驺虞确是司管苑囿的官了。

大 叔 于 田（郑风）

叔于田,乘乘马①。执辔如组②,两骖如舞③。
叔在薮④,火烈具举⑤。襢裼暴虎⑥,献于公所⑦。
将叔无狃⑧,戒其伤女⑨!
叔于田,乘乘黄⑩。两服上襄⑪,两骖雁行⑫。
叔在薮,火烈具扬。叔善射忌⑬,又良御忌⑭。
抑磬控忌⑮,抑纵送忌⑯。
叔于田,乘乘鸨⑰,两服齐首⑱,两骖如手⑲。
叔在薮,火烈具阜⑳。叔马慢忌,叔发罕忌㉑。
抑释掤忌㉒,抑鬯弓忌㉓。

【注释】

① 乘(shèng)马:驷马,马四匹为乘。

② 辔(pèi):马缰绳。组:丝织的宽带。

③ 骖:车两边的马叫骖。

④ 薮(sǒu):指野兽藏身的大草泽。

⑤ 火烈:火光。具举:同时举起。

⑥ 襢(tǎn)裼(xī):脱衣见体叫袒裼。这里指赤膊上阵。暴虎:旧以为徒手搏虎,不确。"暴虎"之"暴",甲骨文字从戈从虎(戲),表示以戈搏虎。《尔雅·释训》:"暴虎,徒搏也。"当是指徒步搏虎。

⑦ 公所:国君所住之地。

⑧ 狃(niǔ):习惯。此劝叔不要习惯于此种行为。

⑨ 戒:警戒。女:汝,指叔。

⑩ 黄:指黄马。

⑪ 两服:一车四马,中央两匹马叫服。上襄:前驾,指两服马并驾于车前。

⑫ 雁行:谓在两旁,如雁之并排飞行。

⑬ 忌:语助辞。

⑭ 御:驾车。

⑮ 抑:语词。磬控:即勒马。

⑯ 纵送:纵马,俗称放松缰绳叫送。送是对控而言的。

⑰ 鸨(bǎo):即杂色的马。

⑱ 齐首:齐头并进。

⑲ 如手:指骖马如两手在旁。

⑳ 阜(fù):旺盛。

㉑ 发罕:发箭稀少。

㉒ 释掤:释,开;掤(bīng),箭筒盖子。这里指揭开箭筒收拾箭。

㉓ 鬯(chàng)弓:将弓放入袋子。鬯即盛弓的袋子。

【讲评】

这首诗赞美郑庄公的弟弟共叔段在狩猎中的表现,歌颂他驾御车马、射箭的精湛技艺以及勇敢搏虎的勇气和无与伦比的武功。同时也描写了在猎火四布的猎场上进行田猎的情景,场面壮观,精神飞动,猎猎有风云气。可以使读者了解到古代大规模狩猎的场面。

一章叙"叔"的好勇及观者之惊惧。从第三者眼中写出,有赞赏,有担心,有劝戒。其精光注射处,全在"叔在薮"一节。知道"叔"在田猎,而看去却是一片火光,不知"叔"所在。忽见火光中有人徒步搏虎,方知是"叔"。写出"叔"在火光中隐现明灭景况,使诗活泼飞腾。二章叙"叔"射御之善。先言叔善射,再言善御,而下单就"御"字上描摹。此双笔单受法。三章叙田猎将毕的从容情景。动静有致,正见精神回注,踌躇满志处。

【问题讨论】

《诗序》说:"《大叔于田》,刺庄公也。叔多才而好勇,不义而得众。"以为此篇是刺郑庄公的。从诗篇内容看,此篇是写贵族大规模田猎的,且这次田猎与"公"有一定联系,不过主要人物是"叔"。这里需要考虑的是《大叔于田》分明是赞颂"叔"的,而《左传》则是言共叔段之贪得无厌。两处记载是相矛盾的,故有人说是段叔的党羽赞美段叔的。今仔细寻绎,似《左传》记载可疑。共叔段之伐郑,是庄公搞的阴谋,可能是一桩冤假错案。清林云铭曾谈及此事。《左传·隐公元年》云:"大叔完聚,缮甲兵,具乘卒,将袭郑。夫人将启之。公闻其期,曰:可矣! 命子封帅车二百乘以伐京。"这里连用了两个"将"字,一个"闻"字。"将"者未然之辞,既然事没有发生,何以知其袭郑? 既然是"袭",当然是秘密行事,庄公为何能得"闻"? 故林云铭《古文析义》云:"毋论袭郑不袭,有期无期,只消用两个'将'字,一个'闻'字,便把夫人一齐拖入浑水中,无可解救,此公之志也。夫以段之骄蹇无状,全无国体,衒臂之谋,不必深辩。乃夫人处深宫严密之地,且当庄公刻刻提防之际,安能与外邑订期,向国门作内应耶?"不难看出,庄公因与段及母有争位之隙,特设机关,立假案,置母、弟于死地。在伐段之前,庄公就屡次与臣下谓段曰:"多行不义,必自毙,子姑待之","将自及","不义不昵,厚将崩"。显然庄公是有预谋的。所谓段之"不义",也是他有意制造的。"京叛大叔段",便是阴谋的成功。郑之史官存档案,自然要说庄公无罪,故极力为庄公圆场,用了许多"将"字。而诗人则以自己的认识写大叔段。所以写得风姿飒爽,才力过人。并写到了他对"公"之诚。

【集评】

孙矿《批评诗经》说:"气骨劲峭,傲然有挟风霜意,便是战国后侠气发轫。"

姚际恒《诗经通论》中说:"描摹工艳,铺张亦复淋漓尽致,便为《长杨》《羽猎》之祖。"

还（齐风）

子之还兮^①，遭我乎猺之间兮^②。并驱从两肩兮^③，揖我谓我儇兮^④。

子之茂兮^⑤，遭我乎猺之道兮。并驱从两牡兮^⑥，揖我谓我好兮。

子之昌兮^⑦，遭我乎猺之阳兮。并驱从两狼兮，揖我谓我臧兮^⑧。

【注释】

① 还：敏捷，灵便之美。

② 遭：遇。乎：于。猺（náo）：山名，在齐国临淄县南十五里。

③ 并驱：并马驰驱。从：追逐。肩：通豜（jiān），三岁豕，这里泛指大兽。

④ 揖：拱手作揖行礼。儇（xuān）：敏捷机灵。

⑤ 茂：才德出众之意。此处当是言其才艺之美。

⑥ 牡：雄性的兽。

⑦ 昌：盛壮而有光彩之貌。

⑧ 臧：壮。

【讲评】

这是一首猎人互相赞美的歌，诗篇以欢快的情调，歌颂了猎人的劳动生活，充满着猎人对劳动生活的快乐感受。请看通篇那十二个"兮"字，是多么的豪放！那九个"我"字，又是多么的自信！那追赶大野猪，追赶豺狼的行为，是多么的英勇！那相揖互誉，又是多么的意气昂扬！反映了生活在大海之滨的民风特色。齐桓公能首起称霸，九会诸侯，率师南图，那恢宏的气概，也当是由齐国的民风所致吧。

一章以敏捷相誉，首句己夸人，末句人夸己，中二句写实景，言人我皆有技能。有此两句，首尾两句方有根柢，见得不是虚夸。"子""我"呼应，"还""儇"相照。尤见特色。二章以才美相誉，三章以壮盛相誉。

【集评】

戴君恩《读风臆评》云："豪爽骏快，读之犹觉有控弦鸣镝、鼻端出火、耳后生风之气。"

方玉润《诗经原始》云:"《还》,刺齐俗以弋猎相矜尚也。序谓刺哀公,然诗无'君''公'字,胡以知其然耶?此不过猎者互相称誉,诗人从旁微哂,因直述其诗,不加一语,自成篇章。而齐俗急功利、喜夸诈之风自在言外,亦不刺之刺也。"

车　　攻(小雅)

我车既攻①,我马既同②。四牡庞庞③,驾言徂东④。
田车既好⑤,四牡孔阜⑥。东有甫草⑦,驾言行狩⑧。
之子于苗⑨,选徒嚣嚣⑩。建旐设旄⑪,搏兽于敖⑫。
驾彼四牡,四牡奕奕⑬。赤芾金舄⑭,会同有绎⑮。
决拾既佽⑯,弓矢既调⑰。射夫既同⑱,助我举柴⑲。
四黄既驾⑳,两骖不猗㉑。不失其驰㉒,舍矢如破㉓。
萧萧马鸣㉔,悠悠旆旌㉕。徒御不警㉖,大庖不盈㉗。
之子于征㉘,有闻无声㉙。允矣君子㉚,展也大成㉛!

【注释】

① 攻:通巩,训固,指田车已修理坚固完好。

② 同:齐,指已选备了毛色、体力、速度齐同的四马(四牡)。

③ 庞庞:马强盛貌。

④ 驾言:驾,驾车;言,同焉。徂东:往东。东指在当时镐京之东的洛阳。

⑤ 田车:用于打猎的车。

⑥ 孔阜:非常强壮。

⑦ 甫草:圃田之草。甫,通圃,即圃田,古泽薮名,在东都畿内。

⑧ 行狩:行狩猎之事。

⑨ 之子:此子,代指周王。苗:夏天打猎曰苗,这里泛指打猎。

⑩ 选徒:犹如今之点名、报数。选,读为算,数数。

⑪ 旐、旄:旐,绘有龟蛇图案的旗杆;旄,头上饰有牛尾的旗。

⑫ 搏:搏杀。敖:地名,在河南荥阳县境内。

⑬ 奕奕:壮盛貌。

⑭ 赤芾金舄(xì):古以为诸侯之服。金舄,用金属装饰的厚底鞋。

⑮ 会同:会合诸侯。有绎:犹绎绎,形容人众盛多之貌。

⑯ 决拾既佽(cì):言射箭时的装束已收拾利索。决,扳指,套在右拇指上,用以钩弓弦。拾,皮革制成的护臂。佽,利,即便利、利索。

⑰ 调:调和,指弓之强弱与箭之轻重都已协调。

⑱ 射夫:弓箭手。同:会合。

⑲ 举柴(zì):举,取;柴,通㧘,指射死的禽兽。

⑳ 四黄:指驾车的四匹黄马。

㉑ 两骖不猗:古大车一车四马,中间的叫服马,两旁的叫骖马。猗,当作倚,不倚即不偏斜。

㉒ 不失其驰:不失驰驱之法。

㉓ 舍矢如破:舍矢,放箭。如破,而破。破,指穿透目标物。

㉔ 萧萧:马鸣声。

㉕ 悠悠:旗帜飘动貌。

㉖ 徒御:步卒与车夫。不警:及下句"不盈",旧以为二"不"字都是语词,"不警"就是"警",即警戒。"不盈"就是"盈"。

㉗ 大庖:国王的厨房。这句言厨房中堆满了猎物。

㉘ 于征:于,往。征,行,此处指田猎归来。

㉙ 有闻无声:能听见车马行进,但无喧哗之声。

㉚ 允、展:二字同义,训诚、确实。

㉛ 大成:成大功。

【讲评】

此诗写周宣王会同田猎。古时天子田猎,多有阅兵与示威的性质。宣王的目的并不在田猎,而在会同诸侯。故诗以出猎起,以会同收。首章写向东出发。开端逗点处,次第了了。二章言出行狩圃田,三章写屯于敖地,四章言诸侯来会。由田猎中插入会同一段,错隔成章,布置既妙,局仗一新。五章言准备射猎,六章言射猎之事,七章言猎获之多。徐光启说:"萧萧""悠悠",已是终事严意。二语形容静治,最为曲尽。王藉诗"蝉噪林愈静,鸟啼山更幽"、杜甫诗"伐木丁丁山更幽",俱出于此。句法妙品。八章赞会同礼成。

【集评】

　　柯汝锷《瓮天录》曰:"'落日照大旗,马鸣风萧萧',自《车攻》诗'萧萧马鸣,悠悠旆旌'二句得来,何等气象！何等笔力！李氏曰:'欧阳公诗:万马不嘶听号令,诸番无事乐耕耘。苏东坡诗:令严钲鼓三更月,野宿貔貅万灶烟。皆是效此而作,风斯下矣。杜明出风字。诗不言风,而风字已于萧萧、悠悠四字中绘出,真乃化工之笔。'"

　　方玉润云:"盖此举重在会诸侯,而不重在事田猎。不过藉田猎以会诸侯,修复先王旧典耳……盖首章东行,是一篇之冒,次、三乃言所至之地:曰甫,圃田也;曰敖,敖山也,皆所期会猎处也。四章诸侯来会,五、六始猎,七收军,八则回跸礼成。此事之始终,即诗之次序也,故非八章不足以尽文之变耳。然则曰会诸侯于东都,何不会之于洛邑,而乃会之于敖、甫之间？且诸侯朝于天子,当先期以至其地,何乃后期始来？此予所谓非假狩猎不足以慑服列邦者也。"

吉　　日（小雅）

吉日维戊①,既伯既祷②。田车既好,四牡孔阜。

升彼大阜,从其群丑③。

吉日庚午,既差我马④。兽之所同⑤,麀鹿麌麌⑥。

漆沮之从⑦,天子之所⑧。

瞻彼中原⑨,其祁孔有⑩。儦儦俟俟⑪,或群或友⑫。

悉率左右⑬,以燕天子⑭。

既张我弓⑮,既挟我矢⑯。发彼小豝⑰,殪此大兕⑱,

以御宾客⑲,且以酌醴⑳。

【注释】

① 吉日:吉利的日子。戊:此处指戊辰日。

② 既伯既祷:祭马祖曰伯,告事求福曰祷。因田猎用马,故祭马祖。

③ 从:追逐。群丑:这里指兽群。

④ 差(chāi):选择。

⑤ 同:聚集。

⑥ 麀(yōu)鹿:母鹿,这里泛指母兽。麌(yǔ)麌:兽众多貌。

⑦ 漆沮:即漆水,因地下湿故曰"沮"。从:驱赶。

⑧ 所:地方。

⑨ 中原:即原野之中。

⑩ 祁:大。或以为假作麎,即牝麋。这里泛指兽。有:丰富。

⑪ 儦(biāo)儦:疾趋貌。俟(sì)俟:缓行貌。

⑫ 或群或友:指三二成群,三兽曰群,二则曰友。

⑬ 悉:尽。率:驱。

⑭ 燕:乐。

⑮ 张弓:拉开弓。

⑯ 挟矢:用手指挟持搭上弓的箭,准备发射。

⑰ 豝(bā):母猪。

⑱ 兕(sì):犀牛类动物。

⑲ 御:进,指将猪牛烹熟进献宾客。

⑳ 酌醴:酌饮美酒。醴,甜酒。

【讲评】

《毛诗序》说:"《吉日》,美宣王田也。"程颐《伊川经说》:"宣王将田而卜吉日,见其慎微,诗人因美之,更称其接下,得群下之自尽,诗中所陈是也。"此说甚是。本篇写周宣王将田猎而卜吉日。诗人赞美了他的谨慎和善待臣下,使群臣能各尽其力。与《车攻》不同的是,《车攻》意在会同诸侯,而此则专事田猎。因而在田猎的场面描写上较《车攻》为细。特别是对群臣驱众兽于天子左右,以待天子发射的情景,颇曲尽人情。以知臣之讨好奉迎、以求欢于君王者,自古已然。

一章言猎前准备,二章言猎于漆水流域。凌濛初曰,此云"庚午",上章只用"戊"字,便不须更及支矣。古法简妙每如此。三章言群臣驱兽奉上。"或群或友",写出野兽性情。四章言猎毕之事。"发"字"殪"字,于野兽的大小、射手心中的分量,写得有分寸、有眼目。

【集评】

徐光启《诗经六帖讲意》云:"《车攻》《吉日》所言田猎之事,春容尔雅,有典有则,有质有文,后世《长杨》《羽猎》《上林》《广成》,未足窥其藩篱也。"

无　　　羊（小雅）

谁谓尔无羊? 三百维群①。谁谓尔无牛? 九十其犉②。
尔羊来思③,其角濈濈④,尔牛来思,其耳湿湿⑤。
或降于阿⑥,或饮于池,或寝或讹⑦。尔牧来思⑧,
何蓑何笠⑨,或负其餱⑩。三十维物⑪,尔牲则具⑫。
尔牧来思,以薪以蒸⑬,以雌以雄。尔羊来思,
矜矜兢兢⑭,不骞不崩⑮。麾之以肱⑯,毕来既升⑰。
牧人乃梦,众维鱼矣⑱,旐维旟矣⑲。大人占之⑳:
众维鱼矣,实维丰年;旐维旟矣,室家溱溱㉑。

【注释】

① 维:为。

② 犉:《毛诗》以为"黄牛黑唇曰犉",《鲁诗》以为"牛七尺为犉"。

③ 思:语助词,相当于兮。下同。

④ 濈(jí)濈:羊角聚集之貌。

⑤ 湿湿:牛反刍时耳扇动貌。

⑥ 或:有的。

⑦ 讹:动。或训觉。

⑧ 牧:牧人。

⑨ 何:通荷,本意是担负,引申为披戴。

⑩ 餱:干粮。

⑪ 物:指牲畜的毛色。

⑫ 牲:祭祀用的牛羊。具:具备。

⑬ 薪、蒸:都是烧饭用的柴,粗曰薪,细曰蒸。

⑭ 矜矜兢兢:形容羊群拥拥挤挤、恐失群之状。

⑮ 骞:亏损,这里指羊零星走失。崩:指羊群惊散。

⑯ 麾:借为挥,挥动。肱:手臂。

⑰ 毕:全。既:尽。升:登高。

⑱ 众:众多。维:乃,下句"维"字为"与"。

⑲ 旐(zhào):绘有龟蛇图案的旗。旟(yú):绘有鹰隼图案的旗。

⑳ 大人:此处指周王。

㉑ 溱溱:通蓁蓁,昌盛貌。即子孙众多。

【讲评】

这首诗赞美周王室牧畜繁兴,描写生动如画。《毛诗序》归之宣王世,其说或是。此诗之描写艺术,历来为人称道。

首章写牛羊之多。二章写牧场情景,宛然如画。方玉润曰:"'尔牲则具'一语,为全诗主脑。盖祭祀、燕飨及日用常馔所需,维其所取,无不具备,所以为盛,固不徒专为牺牲设也。然淡淡一笔点过,不更缠绕,是其高处。若低手为之,不知如何郑重以言,不累即腐。文章死活之分,岂不妙哉!"三章写牧技之高。前三句写牧人之悠闲,中三句写羊群之驯谨,后两句写牧人与羊群之默契。方玉润曰:"此章单写羊,体物入微,文笔一变。"末章由梦而显家室兴旺之兆。凌濛初曰:"忽入梦幻占验,既于点缀物事作波澜,复于描写国象完局面。是何等手眼法力。"又云:"天下原无牛羊如此蕃息,而生聚未众、禾稼未登者,室家丰年,原不待梦而决。然生此占梦一段,正见奇峰陡出,异想天开来耳。"

【文学链接】

柳宗元在《钴鉧潭西小丘记》中对小丘上石头的描写,极有情趣:"……梁之上有丘焉,生竹树。其石之突怒偃蹇,负土而出,争为奇状者,殆不可数。其嵌然相累而下者,若牛马之饮于溪;其冲然角列而上者,若熊罴之登于山。"妙在吸取了本诗第二章对牛羊的描画,又引而申之以写石,又引而申之及于其他动物。柳宗元在继承传统、融会贯通之中的创造,有迹可循,为后学做出了榜样。

【集评】

徐常吉说:"此诗首章言羊之三百,牛之九十,是写牛之群数;角之湿湿,耳之湿湿,是写其众多之形象。二章又言其或降或饮,或寝或讹,则并牛羊之动止闲适,悉从笔端画出。而九十其犉,三十维物,又模写牛羊之色,宛然云锦之在望。

至于牧人之荷蓑笠，负糇粮，取薪蒸，搏禽兽，无不为之弹述。则可见牧人之从容自得，而追随于淡烟微雨之中，出入于峻阪丛林之内，其景色风物，概可想于言外。三章乃言麾之以肱，毕来既升，则所谓日之夕矣，牛羊下来者，又宛然其在目，若搜一牧人图而阅历之也。所谓诗中有画，诗之所以为善状物与？"（《毛诗微言》引）

徐光启说："咏物之诗，题面本狭，只就本事发挥，则淡无义味，故于结尾处必推广言之，然亦要与本题不远，如《葛覃》咏治葛也，末章则言治服以归宁；《七月》次章咏治蚕也，末二句则言女心伤悲；此诗咏考牧也，末章则言丰年之祥，室家之盛。皆随题生意，而与本题不远。此古人作文之法。后世文人多有此样，然与本事十分无涉，亦不足尚也。"

方玉润曰："诗首章'谁谓'二字，飘忽而来，是前此凋敝，今始蕃盛口气。以下人、物杂写，或牛羊并题，或牛羊浑言，或咏羊不咏牛，而牛自隐寓言外。总以牧人经纬其间，以见人、物并处，两相习自不觉其两相忘耳。其体物入微处，有画手所不能到。晋唐田家诸诗，何能梦见此境？末章忽出奇幻，尤为匪夷所思，不知是真是梦，真化工之笔也！"

八、怨 刺 篇

相　　鼠（鄘风）

相鼠有皮^①，人而无仪^②。人而无仪，不死何为！

相鼠有齿，人而无止^③。人而无止，不死何俟^④！

相鼠有体^⑤，人而无礼。人而无礼，胡不遄死^⑥！

【注释】

① 相鼠：当即今之黄鼠。

② 仪：仪容。又仪通义，指礼义。

③ 止：容止，礼节。

④ 俟：等待。

⑤ 体：头脚五体。古音与礼同。

⑥ 遄：快，速。

【讲评】

　　《诗序》云："《相鼠》，刺无礼也。卫文公能正其群臣，而刺在位承先君之化，无礼仪也。"这自然是附会之谈。因前有《定之方中》是赞美文公的，故将《定之方中》后排列的卫诗与卫文公扯在一起。其误自不待细辨。《白虎通·谏诤》篇云："妻得谏夫者，夫妇荣耻共之。诗云：'相鼠有体……'此妻谏夫之诗。"妻谏丈夫，竟如此的咬牙切齿，自然不近情理。即如邹汉勋《读书偶识》所说："谏虽切，直欲其夫死，非温厚之旨。盖恶非礼之人，而愿已死也。"虽然我们无法确定诗篇的作者是平民还是贵族，但诗篇的内容却很清楚。从诗人那愤怒呵斥，无情的诅咒，摩拳擦掌而又无力除恶的思想情绪中，便可以看出，他所抨击的对象乃是"虽居尊位，犹为暗昧之行"的统治者。

全篇以鼠比人，词简而峻厉。而通篇许多"无"字，绘出一个无心肝人的形象，盛怒之气，全聚在许多"死"字上，似点击其额头，叮叮作响。

【集评】

陈仅《诗诵》云："《相鼠》诗直截简老，不留余地，在风诗别是一格。吃紧处在劈头提一'相'字。暗室神明，大庭指视，使无礼人绝无躲闪处。"

牛运震《诗志》："痛呵之词，几于裂眦。取兴不伦，措语令人难堪，为顽梗人说法，不得不尔。"

黍　　离（王风）

彼黍离离①，彼稷之苗②。行迈靡靡③，中心摇摇④。

知我者，谓我心忧；不知我者，谓我何求⑤。

悠悠苍天⑥！此何人哉⑦？

彼黍离离，彼稷之穗。行迈靡靡，中心如醉⑧。

知我者，谓我心忧；不知我者，谓我何求。

悠悠苍天！此何人哉？

彼黍离离，彼稷之实。行迈靡靡，中心如噎⑨。

知我者，谓我心忧；不知我者，谓我何求。

悠悠苍天！此何人哉？

【注释】

① 黍：黄米，又名黍米，一年生草本，高一米左右，穗呈松散下垂状。离离：形容黍之茎叶披散之貌。

② 稷：谷子。

③ 行迈：同行行，迈有远行之意。靡靡：犹迟迟，步行缓慢之貌。

④ 摇摇：忧伤无所诉说之貌。

⑤ 何求：找寻什么。

⑥ 悠悠：犹茫茫，言天之浩茫无际。苍天：青天。

⑦ 此何人哉：这是什么人呀？当指自己活得不像人样。

⑧ 如醉：喻内心因忧伤而昏乱。

⑨ 如噎：喻因忧伤而气逆。

【讲评】

这很像一首流浪歌。诗人可能是一个因故出亡的人（或许是贵族），他流浪颠簸，从广阔的田野走过。凄凉满目，四周寂然，心情非常沉重，而他又不能把忧苦根由揭出，有苦难言。而一般人又不了解他的心情，反说他别有企图，因此他不得不怨天尤人。诗篇以凄婉哀伤的情调，具象了一个长期流亡者的孤寂形象和悲凉的心底。由写景物，到写神态，一步一步地展示出了"诗人"的悲苦情状。最后"苍天"一呼，如风雷忽作，使人震惊，又发人深思，于弦外留下了无穷的音响。故王鏊《震泽长语》云：读《黍离》诸诗，"有言外无穷之感"。当然"因故出亡"之"故"，也有可能就是亡国之痛，或即如《毛诗序》所言。因从诗中所体现出的那种深沉的刻骨之痛，非一般的流浪者所能具备。

第一章一开头即著一"彼"字，见他凄凉满目；结尾一个"此"字，见他忧伤满怀；中间许多"我"，照应首尾，有无限苦痛。虽于痛苦漂流中，浑然不露一字，读之使人如见其颠沛流离、声泪俱下状。第二章通章只变换三字，便见时之推移，忧之发展。三章稷由"苗"而"穗"而"实"，心由"摇摇"而"如醉"，而"如噎"，一层深似一层。

【问题讨论】

《毛诗序》云："《黍离》，闵宗周也。周大夫行役，至于宗周，过故宗庙宫室，尽为禾黍。闵周室之颠覆，彷徨不忍去，而作是诗也。"曹植《令禽恶鸟论》云："昔尹吉甫用后妻之谗，而杀孝子伯奇；其弟伯封求而不得，作《黍离》之诗。"此用韩诗说。《新序·节士》云："卫宣公子寿，闵其兄伋之且见害，作忧思之诗，《黍离》之诗是也。"以上诸说，在先秦古籍中，找不到根据，诗中也看不出蛛丝马迹来。我们只能看到一个苦闷忧伤的灵魂，在徘徊，在颠簸，在哭泣。故郭沫若、余冠英等俱力排旧说，独创新义。郭以为此是旧贵族悲伤自己的破产，余认为是流浪者诉说自己忧思。此实较旧说为胜。

兔 爰 (王风)

有兔爰爰①,雉离于罗②。我生之初③,尚无为④;

我生之后,逢此百罹⑤。尚寐无吪⑥!

有兔爰爰,雉离于罦⑦。我生之初,尚无造⑧;

我生之后,逢此百忧。尚寐无觉!

有兔爰爰,雉离于罿⑨。我生之初,尚无庸⑩;

我生之后,逢此百凶⑪。尚寐无聪⑫!

【注释】

① 爰爰:舒缓之貌。

② 雉:野鸡。离:犹罹,遭,著。罗:捕鸟兽的网。

③ 我生之初:指其早年。

④ 无为:指天下无事。

⑤ 百罹:多种忧患。罹,忧,毒。

⑥ 尚寐无吪(é):吪,动。指一觉睡去不再醒来。

⑦ 罦(fú):捕鸟的网车,辕上有网,设有机关,车覆以捕鸟。

⑧ 无造:与"无为"同。

⑨ 罿(chóng):鸟网之一种。

⑩ 庸:劳也。无劳也是无事之意。

⑪ 百凶:多种灾祸。

⑫ 无聪:不闻。

【讲评】

这是一篇感时伤乱之作,诗义自明。《诗序》:"《兔爰》,闵周也。桓王失信,诸侯背叛,构怨连祸,王师伤败,君子不乐其生焉。"不知何据。诗的时代,《序》以为在桓王时,朱子疑之。清儒又有平王与幽平之际的说法,实难定夺。求其大略,当为东周之初诗。首章以兔雉起兴纷乱之世,而却不下笔描写乱世之状。只从感受诉起,更觉真实生动。"我生之初",宽一笔作衬,更痛。俯仰今昔,无限感慨,便有生不逢辰之感。"尚寐无讹",不堪忧伤之甚。这是处于动乱时代的人们带有共同性的感受。后世忧乱诗"安得山中千日醉,酩然直到太平时","钟鼓馔玉不足贵,但愿长醉不复醒",当祖于此。诗三章反复道其哀伤。

【集评】

范王孙《诗志》引《诗弋》云:"刑罚者生民趋避之路也,欲为善而德既不可脱,欲幸免恶又不可为,唯有寐而不动耳。渊明避乱,而记桃源,欲仙去矣;希夷避乱,而归华山,欲睡隐矣。与此诗同况。"

牛运震《诗志》曰:"惨然亡国音,读此诗如闻老人说开元天宝年间事。"

正　　月（小雅）

正月繁霜①,我心忧伤。民之讹言②,亦孔之将③。
念我独兮,忧心京京④。哀我小心,癙忧以痒⑤。
父母生我,胡俾我瘉⑥？不自我先⑦,不自我后。
好言自口,莠言自口⑧。忧心愈愈⑨,是以有侮⑩。
忧心惇惇⑪,念我无禄⑫。民之无辜⑬,并其臣仆⑭。
哀我人斯⑮,于何从禄⑯？瞻乌爰止⑰,于谁之屋？
瞻彼中林⑱,侯薪侯蒸⑲。民今方殆⑳,视天梦梦㉑。
既克有定㉒,靡人弗胜。有皇上帝㉔,伊谁云憎㉕？
谓山盖卑㉖？为冈为陵。民之讹言,宁莫之惩㉗？
召彼故老㉘,讯之占梦㉙,具曰予圣㉚,谁知乌之雌雄㉛？
谓天盖高？不敢不局㉜;谓地盖厚？不敢不蹐㉝。
维号斯言㉞,有伦有脊㉟。哀今之人,胡为虺蜴㊱？
瞻彼阪田㊲,有菀其特㊳。天之扤我㊴,如不我克㊵。
彼求我则㊶,如不我得。执我仇仇㊷,亦不我力㊸。
心之忧矣,如或结之㊹。今兹之正㊺,胡然厉矣㊻。
燎之方扬㊼,宁或灭之㊽？赫赫宗周㊾,褒姒灭之㊿。

终其永怀(51)，又窘阴雨(52)。其车既载(53)，乃弃尔辅(54)。
载输尔载(55)："将伯助予。"(56)
无弃尔辅，员于尔辐(57)。屡顾尔仆(58)，不输尔载。
终逾绝险(59)，曾是不意(60)。
鱼在于沼(61)，亦匪克乐(62)。潜虽伏矣(63)，亦孔之炤(64)，
忧心惨惨(65)，念国之为虐(66)！
彼有旨酒，又有嘉殽。洽比其邻(67)，昏姻孔云(68)。
念我独兮，忧心慇慇(69)。
仳仳彼有屋(70)，蔌蔌方有谷(71)。民今之无禄(72)，天夭是椓(73)，
哿矣富人(74)，哀此惸独(75)！

【注释】

① 正月：此指周历的正月，即夏历十一月，正是降霜的季节，故说"繁霜"。此处以"繁霜"兴忧伤，并非言自然界的反常。

② 讹言：谣言。

③ 孔：甚，很。将：大，指厉害。

④ 京京：忧愁无法排除之貌。

⑤ 癙(shǔ)忧以痒：言郁忧成疾。癙，忧，郁闷。痒，病也。

⑥ 瘉：病，这里指痛苦。

⑦ 自：在。

⑧ 莠言：坏话。

⑨ 愈愈：忧惧貌。

⑩ 是以有侮：言忧惧是因受人欺侮。

⑪ 惸(qióng)惸：忧虑貌。

⑫ 无禄：无福气。

⑬ 无辜：无罪。

⑭ 并：皆。臣、仆：奴隶。

⑮ 哀：可怜。斯：语气词。

⑯ 于何：在哪里。从禄：得到幸福。

⑰ 爰：犹"之"。此二句是说，看乌鸦将落于谁家屋上。古人认为乌鸦是吉祥物，常集

于富户人家的屋上。

⑱ 中林:林中。

⑲ 侯:维。薪:粗柴。蒸:细柴。

⑳ 殆:危。

㉑ 梦梦:昏昏不明貌。

㉒ 既克有定:指天既然能决定。既,终。

㉓ 胜:通乘,言乘陵人上。

㉔ 有皇:皇皇,光明伟大貌。

㉕ 伊:维。云:犹是。

㉖ 盖:借为盍,训何。

㉗ 宁:何。惩:止,戒。

㉘ 故老:指故旧老臣。

㉙ 讯:询问。占梦:指占梦之官。

㉚ 圣:聪智。

㉛ "谁知"句:乌鸦雌雄外貌相似,很难分辨清楚。

㉜ 局:曲,指伛偻身躯。

㉝ 蹐(jí):本为小步行走,此处指轻轻走,担心地会陷下去。

㉞ 号:喊叫。斯言:此言。

㉟ 伦、脊:道理。脊,通迹,理也。

㊱ 虺(huǐ)蜴:虺,毒蛇类。蜴,蜥蜴,四足蛇。

㊲ 阪田:山坡上的田。

㊳ 菀:菀通郁,茂盛之貌。特:或以为特生之苗。

㊴ 扤(wù):摇动。

㊵ 克:制胜。

㊶ 则:法。

㊷ 执:掌握。"执我"即待我。仇仇:通扱扱,缓,言不急于用我。

㊸ 力:力用、重用。

㊹ 结:缩结圪塔。

㊺ 兹:此。正:政,政治。

㊻ 胡:何。然:如此。厉:通疠,恶,糟糕。

㊼ 燎:即放火烧原野的草木。方:正。扬:旺盛。

㊽ 宁:岂。

㊾ 赫赫:显盛貌。宗周:指西周王都镐京。
㊿ 褒姒:指幽王的宠妃。褒是国名,姒是姓。烕:灭。
(51) 终:既。永怀:深忧。
(52) 窘:困。
(53) 载:装载货物。
(54) 辅:辐旁的斜木,是为加强车子的载重而设的。
(55) 载:则。输:堕落,指货物从车上掉下来。
(56) 将:请。伯:犹今言大哥。
(57) 员:增益。辐:轮上的直木,即辐条。
(58) 仆:旧以为车夫,言多次提醒车夫。
(59) 逾:越过。
(60) 曾:竟。是:此。不意:不在意。
(61) 于沼:于,其;沼,池。
(62) 克:能。
(63) 潜、伏:潜,深藏;伏,伏于水底。
(64) 孔:甚,非常。炤:同昭,明。
(65) 惨惨:正字当作懆(cǎo)懆,忧虑不乐貌。
(66) 为虐:为非作歹。
(67) 洽:通协,和好,融洽。比:亲近。邻:近,指亲近之人。
(68) 云:旋,指周旋回护。
(69) 慇(yīn)慇:忧伤痛苦貌。
(70) 佌(cǐ)佌:佌当为玼之借。玼玼,鲜明貌。此处是形容"屋"之引人注目的。
(71) 蔌(sù)蔌:字当从鲁诗作"速速",迅速。谷(毂):当作"毂",指车。
(72) 无禄:无福,不幸。
(73) 天夭:即"天妖",即天降之妖孽。椓:击。言百姓不幸,遭此妖孽袭击。
(74) 哿(kě):乐,即欢乐。
(75) 惸:通茕,孤独。

【讲评】

这首诗表现了诗人对周王朝所面临危机的深巨忧虑和自己遭遇的无限悲伤,更有巨大的孤独感。

《毛诗序》以此为刺幽王的诗,朱子引或曰:"此东迁后诗也,时宗周已灭矣。其言褒姒灭之,有监戒之意,而无忧惧之情,似亦道已然之事,而非虑其将然之辞。"按:焦澹园亦有同说。据"赫赫宗周,褒姒威之"之语,其说得之。旧以为诗言及褒姒是预知褒姒必亡周。但若是诗人先见之言,则诗中自当展开说褒姒之为害,以使人警觉,何故一言以了之?据上下文,此是言燎原之火难以扑灭,而赫赫之周,褒姒却能使其灭亡,以证明谗人为害之大。周王朝如今处于困穷之时,更当汲取教训,止谗言而正视听,用贤能而远小人。

一章忧谣言之盛。繁霜之寒则阳气不出,谣言之盛则正气不张。气怯情危,开口便呜咽可怜。孤独郁闷使诗人病倒,足见谣言压力之可怖。二章进一步申言谣言之可惧。作者憎恨自己所处的现实。三章自伤无福,后患莫测——经受灾难者非独诗人而已,国家民众将受害无穷。四章言祸自天。五章言谣言不止,是非莫辨。六章言处乱世,不得不慎。"谓天"两句极其沉痛,后世每于黑暗或丧乱之际,忠直之臣多引此以抒其愤。唐诗人孟郊《赠崔纯亮》诗云:"出门即有碍,谁谓天地宽?有碍非遐方,长安大道傍。"(《孟东野集》卷六)苏辙《栾城集》卷十二《同孔常父作张夫人诗》云:"谁言天地宽,网目固自张。古事远不信,近事世所详。"显然都祖述这两句诗意。七章自伤怀才不被重用,连用数"我"字,崎岖凶险之意十足。八章言周亡于褒姒,悲甚,愤甚。九章以车弃辅而输货,喻国无辅而必败。"又窘阴雨",似陡然插入,下文乃点明,将车倒装,章法离奇入妙。十章以固车逾险,喻精诚为国。十一章言自己欲避祸藏身而无所,十二章言坏人朋比为奸,而己独忧国事。十三章叹小人得志,贫富之不公。全篇用韵按部就班,末章急音繁节,至"哿矣富人"以单句一宕一折,无限丰神。老杜《贫交行》收束,调法本此。

朱氏《诗故》认为,此篇共十三章,前八章章八句,后五章章六句。且前八章意已尽,后五章当为错简。

【集评】

陈仅《诗诵》云:"诗至八章'褒姒威之',意尽语绝矣,九章十章忽借车载一喻,作一反一正,离题起波,从虚势中托出用贤实义,笔笔化实为虚,度尽金针矣。"

十 月 之 交 (小雅)

十月之交①,朔月辛卯②。日有食之③,亦孔之丑④。

彼月而微⑤,此日而微。今此下民,亦孔之哀。

日月告凶⑥,不用其行⑦。四国无政⑧,不用其良⑨。

彼月而食,则维其常⑩。此日而食,于何不臧⑪!

烨烨震电⑫,不宁不令⑬。百川沸腾,山冢崒崩⑭。

高岸为谷⑮,深谷为陵。哀今之人,胡憯莫惩⑯。

皇父卿士⑰,番维司徒⑱,家伯维宰⑲,仲允膳夫⑳。

棸子内史㉑,蹶维趣马㉒,楀维师氏㉓,艳妻煽方处㉔。

抑此皇父㉕,岂曰不时㉖!胡为我作㉗,不即我谋㉘?

彻我墙屋㉙,田卒污莱㉚。曰予不戕㉛,礼则然矣。

皇父孔圣㉜,作都于向㉝。择三有事㉞,亶侯多藏㉟。

不慭遗一老㊱,俾守我王。择有车马,以居徂向㊲。

黾勉从事㊳,不敢告劳。无罪无辜,谗口嚣嚣㊴。

下民之孽㊵,匪降自天。噂沓背憎㊶,职竞由人㊷。

悠悠我里㊸,亦孔之痗㊹。四方有羡㊺,我独居忧。

民莫不逸㊻,我独不敢休。天命不彻㊼,我不敢效我友自逸㊽。

【注释】

① 十月:周历十月,即夏历八月。交:交会,指日月交会。

② 朔月:即月朔,指阴历每月初一。辛卯:古人用干支记时,干支相配,这一天正好是辛卯日。

③ 日有食之:据古历学家推算,周幽王六年十月初一辛卯日辰时,即公元前776年9月6日早七时至九时曾发生日食。

④ 亦孔之丑:言甚为可恶。

⑤ 彼:指往日。微:昏暗不明,指月食。

⑥ 告凶:指日、月食,是上天告下民的凶兆。

⑦ 行(háng):轨道。言日月不以其常道运行。

⑧ 四国:指四方诸侯。政:善政。

⑨ 良:指贤良之臣。

⑩ 常:平常。指月食为平常之事。

⑪ 于何:如何。臧:好。

⑫ 烨(yè)烨:闪电貌。震:打雷。

⑬ 宁:安;令:善。

⑭ 冢:山顶。崒(cù),急。此句言地震之突发,令高山忽崩。

⑮ 岸:山崖。

⑯ 胡憯(cǎn)莫惩:言为何不知警戒。

⑰ 皇父(fǔ)卿士:皇父,人名。具体已不可考。下文番、家伯、仲允、聚(zōu)子、蹶
(jué)、楀(jǔ)等皆指具体人。卿士,是周王室的最高执政官。

⑱ 司徒:金文或作司土,周朝掌管土地、人口的最高官员。

⑲ 宰:官名。

⑳ 膳夫:旧以为掌周王饮食之官,据周金文,膳夫传达王命,地位很重要。

㉑ 内史:掌爵禄废置、生杀予夺的册命。

㉒ 趣(cù)马:金文作走马,掌王马匹的官。

㉓ 师氏:据《周礼》是管教育的官。但据金文,则为武职。

㉔ 艳妻:此处指幽王宠妃褒姒。煽:炽盛。方:正。处:居。言褒姒正红得发紫,居于
王之左右。

㉕ 抑:同噫,感叹词。或以为当训作贬,即遏制。

㉖ 岂:其,乃。曰:语辞。时:农闲时,言皇父号令不时。

㉗ 我作:使我劳作。

㉘ 即:就,接近。此言不与我商量。

㉙ 彻:通撤,拆掉。

㉚ 田卒污莱:此言因皇父夺民农时,使民不能正常耕作,故田地低者变成了污水坑,高
者为草所荒芜。卒:尽;污:积水;莱:荒芜。

㉛ 戕:残害。

㉜ 孔圣:特别聪明。此是反语,讽刺皇父。

㉝ 作都于向:邑之大者曰都,此指采地。作都,即建设采地。向,地名。

㉞ 三有事:有事即有司。有司,国之三卿。三卿即司徒、司马、司空。

㉟ 亶侯多藏:亶,信,确;侯,维;藏,当读为臧,善也。

㊱ 慭(yìn):愿,肯。

㊲ 以居徂向:"徂向以居"的倒文。徂,往。二句言皇父择民之富有车马者往居于向。

㊳ 亹勉:努力。

㊴ 嚣(áo 或读 xiāo)嚣:众口毁谤貌。

㊵ 孽:灾殃、祸患。

㊶ 噂(zūn)沓背憎:噂,聚语也。沓,语多沓沓也。王先谦云:"聚则笑语,背则相憎,小人之情状。"

㊷ 职竞:古之成语,当为专事竞逐、纷争竞夺之义。"职竞由人"言纷争非降自天,而是由人造成的。

㊸ 悠悠:忧思貌。里:通悝,忧思。

㊹ 痗(mèi):心中难受,痛苦。

㊺ 羡:余,指富裕。

㊻ 逸:安乐。

㊼ 彻:通辙,即轨辙。此言天命无常,无轨可循。

㊽ 效:效法。

【讲评】

这首诗将日食、地震与人世的政治状态联系起来,诗人预言人间的灾难即将发生,表现了作者对权奸祸国的无限忧虑。首章因日食而忧,恐将有灾难发生。二章言日食是天下失政之兆。三章言天灾巨发示警,而为政者不知警戒。四章言朝廷奸佞用事。与上章"胡憯莫惩"相呼应。五章言皇父兴土木,夺民时,而农田荒芜。放宽一步,更紧。末二句尖冷风隽,宛然贪酷人面目声口。六章责皇父只知营私,不顾周室。七章言己受劳而被谗。八章言独忧劳。收结处,意思亦归于深厚。

诗中把日食、地震与小人当政联系起来,正是天人感应哲学思想的早期反映。诗先言日变于上,次言地变于下,再言人变于中,于是造成了一种天怒人怨的气氛。结尾言自己的"忧劳",既表现了对扰乱这个世界平静的权臣的愤怒,也突出了自己的一片为国之心。整篇诗实情实写,是一首纪实诗。中间把狼狈为奸的朝臣之姓名和职务一一点出,那矛头直指幽王之妻,也就是直指幽王,也就把自己置于这些人的对立面上,他似乎已经不顾一切了,但又无可奈何;在无可奈何之中,又要不断地忧虑、伤心、愤怒、努力,直到死去。至少从周代开始,中国古代正直的知识分子的悲剧命运就这样重复不已了。

【问题讨论】

　　关于诗的时代,《诗序》以为幽王,《郑笺》以为厉王时。历史上曾为这一问题争论不休。据天文学家陈遵妫的研究,周幽王六年十月辛卯,曾发生过日食,与诗中所言正相合。据研究认为幽王二年,陕西境内发生过一次大地震,也与诗中所言相合。据此,则诗产生于幽王时当无可疑。

雨　无　正(小雅)

浩浩昊天①,不骏其德②。降丧饥馑③,斩伐四国④。

旻天疾威⑤,弗虑弗图⑥。舍彼有罪⑦,既伏其辜⑧。

若此无罪,沦胥以铺⑨。

周宗既灭⑩,靡所止戾⑪。正大夫离居⑫,莫知我勚⑬。

三事大夫⑭,莫肯夙夜⑮。邦君诸侯⑯,莫肯朝夕⑰。

庶曰式臧⑱,覆出为恶。

如何昊天,辟言不信⑲!如彼行迈⑳,则靡所臻㉑。

凡百君子㉒,各敬尔身㉓。胡不相畏㉔?不畏于天?

戎成不退㉕,饥成不遂㉖。曾我暬御㉗,憯憯日瘁㉘。

凡百君子,莫肯用讯㉙。听言则答㉚,谮言则退㉛。

哀哉不能言㉜,匪舌是出㉝,维躬是瘁㉞。哿矣能言㉟,

巧言如流㊱,俾躬处休㊲。

维曰于仕㊳,孔棘且殆㊴。云不可使㊵,得罪于天子。

亦云可使,怨及朋友。

谓尔迁于王都㊶,曰予未有室家㊷。鼠思泣血㊸,无言不疾㊹。

昔尔出居㊺,谁从作尔室㊻?

【注释】

① 浩浩:广大貌。昊天:皇天。

② 骏:长,常。言不常赐其德于人。

③ 降丧饥馑:言上天降下了死亡与饥荒。

④ 斩伐:残害。

⑤ 旻(mín)天疾威:《尔雅·释天》注:"旻,犹愍也。愍,万物凋落。"疾威,厉害的威力。此言"一反常态的上天,严厉无情,甚可畏惧"。

⑥ 虑、图:二字同义,都是考虑之意。

⑦ 舍:舍免,释放。

⑧ 伏:隐瞒。

⑨ 沦:率,一说陷。胥:相。铺:通痡,训病,即痛苦。一说训遍。言无罪之人皆陷于痛苦之中。

⑩ 周宗:或以为当作"宗周",指西周镐京。既灭:已灭。

⑪ 戾:定。此言因王室动乱,无处定居。

⑫ 正大夫:指六官之长,天子六卿,即太宰、司徒、宗伯、司马、司空、司寇,皆上大夫。离居:离散。

⑬ 勚(yì):劳苦。

⑭ 三事大夫:指三公,即司徒、司空、司马。一说指太保、太傅、太师。

⑮ 夙夜:早晚。此言不肯早起晚睡为国操劳。

⑯ 邦君:邦国之君,即诸侯。

⑰ 朝夕:与"夙夜"同义。

⑱ "庶曰式臧"二句:言幸望其能为善行,反而出来作恶。庶,幸,希望。臧,善。曰、式,皆语气词。覆:反。

⑲ 辟言:合法度之言(辟训法度)。一说指君王之言,辟,君。言,语气词。

⑳ 行迈:远行。或以为流浪。

㉑ 臻:至。此言如远行之人,不知何处是目的地。

㉒ 凡百君子:指在位群臣。

㉓ 敬:戒慎。

㉔ 畏:敬畏。一说训爱。

㉕ 戎:指犬戎。据《史记·周本纪》,周幽王宠爱褒姒,想杀太子宜臼(后来的平王),立褒姒之子伯服为太子。宜臼的外公申侯一怒之下,勾结犬戎攻打幽王。公元前771年,"遂杀幽王于骊山下。"平王即立后,并未能马上平熄戎祸,遂将河西地赠与晋文

侯,岐西地赠于秦伯。"戎成"指戎祸成,"不退"指犬戎没有退兵。

㉖ 遂:竟。此言饥荒形成而无终结。

㉗ 曾:则。䙾(xiè)御:近侍之臣。䙾,近。

㉘ 惨(cǎn)惨:忧伤貌。瘁:当从另本作悴,即憔悴。

㉙ 讯:当从《鲁诗》作谇,训告。

㉚ 听言:顺听之言。

㉛ 谮言:谮毁之言,谗言。此二句是说那些大夫听到善言则答应;一听到谗言,便吓退了。

㉜ 不能言:指不会巧言善辩的人。

㉝ 匪:彼。出:通拙。

㉞ 躬:体,自身。

㉟ 哿:乐。

㊱ 巧言如流:形容善于言辞,犹言口若悬河,滔滔不绝。

㊲ 休:美好。此言能言善辩之人,佻巧之言如水之流利且善于变化,使其处于高官厚禄之境地。

㊳ 维:虽。于仕:去做官。

㊴ 孔:甚。棘:即紧急、急迫。殆:危险。

㊵ 云不可使:不可听从。此连下数句言不从君言,则得罪于天子,若从君言,就会怨及朋友。

㊶ 王都:据诗所述情势来看,当是指东都。

㊷ 室家:指房产家业。

㊸ 鼠思:忧思。

㊹ 疾:痛疾。

㊺ 出居:离居,指逃离西京之时。

㊻ "谁从"句:谁跟着你为你造房子呢?这是诗人劝离居的大夫迁往东都的话。

【讲评】

    这也是一篇忧伤国事的政治抒情诗。首章怨天之词,怨天实是尤人。二章言国败臣散,王仍不知悔改。三章警告同僚,敬身犯祸。四章言兵灾饥荒不消,大夫不尽其职,己独忧劳成疾。写尽庸臣情状。五章言忠言之人吃苦,巧言之人获福。以此刺周王之昏庸。六章言出仕之难。末章言劝出居者回都,而被拒绝。末二句冷然一问,正使置对不得。

【问题讨论】

1. 关于篇题的问题

就此篇何以"雨无正"为题,古约有五说:一、《毛诗序》以为:"雨,自上下者也,众多如雨,而非所以为政也。"《郑笺》《孔疏》从之。二、《诗集传》载刘安世见《韩诗》,首章多"雨无其极,伤我稼穑"二句,以为取首句为题。《吕记》引董氏见《韩诗》题作"雨无政",章句训"无"为"众"。王先谦以为二说皆不可信。三、朱氏《诗故》以为《雨无正》,与《诗经》中他篇之命名方式不同,"《诗三百》咸即诗语而名篇","或即其人与其事而命之",而"雨无正"三字既不见于篇中,又与篇义无关系,其当是篇中"正大夫"三字之讹。四、林义光以为"雨无正"当为"周无正"之误,金文"周"字与"雨"字相似。五、欧阳修、姚际恒则以为当阙疑,不可强论。按:诸说中林氏说为最善。而欧、姚慎重之态度亦可取。

2. 关于诗篇的时代

关于诗篇的时代,也有三种不同的意见。一、《毛诗》认为是刺幽王的,自当产生于幽王之时。二、《郑笺》以为产生于厉王时。三、朱熹引"或曰"以为东周诗。按:据诗中所言"周宗既灭""戎成不退"等情况来看,这当是西周刚亡、犬戎尚未退去的诗。前人之所以坚持为西周诗,主要在于对末章的解释上,以为末章所言"王都"指镐京。但若说是西周诗,则王都内自当有贵族家财,诗不当言"未有家室"。而且诗又言"昔尔出居",其又指何时呢?显然是指西周为犬戎所灭,贵族逃出京城,平王迁于东都,乱时未定,危机仍存之时。故贵族以东都未有家室为词,不肯就位辅王。

【集评】

万时华《诗经偶笺》云:"通篇情旨曲折,倏而词严义正,极相责备;倏而意折语凄,极相体谅。可极兴、观、群、怨之妙。"

高侪鹤《诗经图谱慧解》云:"此诗总是责离散之人,而情词悲惋激切,忠厚之意蔼然于字句流转之中。"

牛运震《诗志》云:"此东迁以后,瞽御之臣士招讽离次之臣,而责以忠敬之义也。一片笃厚,纯以咨嗟怪叹出之。笔势起落离奇,极浏亮顿挫之妙。"

小　　旻（小雅）

旻天疾威①，敷于下土②。谋犹回遹③，何日斯沮④？

谋臧不从⑤，不臧覆用⑥。我视谋犹，亦孔之邛⑦！

潝潝訿訿⑧，亦孔之哀！谋之其臧，则具是违⑨；

谋之不臧，则具是依。我视谋犹，伊于胡底⑩！

我龟既厌⑪，不我告犹⑫。谋夫孔多⑬，是用不集⑭。

发言盈庭⑮，谁敢执其咎⑯？如匪行迈谋⑰，是用不得于道。

哀哉为犹，匪先民是程⑱，匪大犹是经⑲；维迩言是听⑳，

维迩言是争㉑！如彼筑室于道谋，是用不溃于成㉒。

国虽靡止㉓，或圣或否㉔。民虽靡膴㉕，或哲或谋㉖，

或肃或艾㉗。如彼泉流，无沦胥以败㉘！

不敢暴虎㉙，不敢冯河㉚。人知其一，莫知其他。

战战兢兢㉛，如临深渊㉜，如履薄冰㉝。

【注释】

① 旻（mǐn）天：指一反常态的天，参《雨无正》篇注。一说泛指天。

② 敷：布。下土：与"旻天"相对，土犹"地"，指人间。

③ 谋犹：指计划、政策。回遹（yù）：邪曲不正。

④ 沮：终止。

⑤ 谋臧不从：二句言不听从好的谋略，反而用坏主意。斥责周王善恶不辨。谋臧，即好的计谋。从，听从。

⑥ 覆用：反而采用。

⑦ 邛（qióng）：病，指弊病。

⑧ 潝（xì）：又作歙，有敛聚之意。指小人之相互附和。訿（zǐ）：通訾，有诋毁之意。

⑨ 具：俱。此数句言：小人对好的谋略都反对；对不好的谋略，却都依随，没有一定原则。

⑩ 伊：语词，犹将。胡：何。底：至。言如此下去，国家将何所至（走向何处）。

⑪ 龟:指占卜用的龟甲。

⑫ 犹:道,谋。

⑬ 谋夫:谋士。

⑭ 集:成就。

⑮ 盈庭:充满大庭(朝廷)。指发言的人很多,满庭议论纷纷。

⑯ 执:持,担当。咎:罪过,罪责。

⑰ 匪:彼。行迈:行道之人。谋:咨询、商量。

⑱ 程:效法。

⑲ 大犹:大道,大道理。经:行,遵循。

⑳ 迩言:浅近、没有见地之言。

㉑ 争:争进。

㉒ 溃:遂之假借,即达到之意。此言如同筑室,问谋于路人,所以不能成功。

㉓ 靡止:无福。止,通祉。

㉔ 圣:指贤能、智慧之人。此言国家虽无福气,但圣智与非圣智之人都有。

㉕ 靡膴(wǔ):不多。膴,盛多。

㉖ 哲:明哲。谋:灵敏,善谋。

㉗ 肃:恭谨,严肃。艾(yì):治理。

㉘ 沦胥:相率。此与上句当连读,意谓:不要像流水那样,滔滔流去,不能复返,相率至于败亡之境。

㉙ 暴虎:徒步与虎搏斗。旧以为徒手搏虎,不确。

㉚ 冯(píng)河:无舟渡水,徒涉。

㉛ 战战兢兢:恐惧戒慎之状。

㉜ 临:面对着。

㉝ 履:踏。三句言诗人见国家在危亡之中,惴惴不安,如同面临无底深渊,如同脚踏薄冰之上,时刻担心出事。

【讲评】

　　这是一首志士忧国之诗。揭露周王信小人而远忠贞,感到国事日非,无可奈何,表现出极大的忧惧。一章伤上天降灾,国无善政。钟惺曰:"'敷'字好字面,用在'疾威'上最苦。"二章言小人之同而不和,相互为恶。钟惺曰:"二'具'字已成一雷同世界,国欲不亡,不可得也。"三章伤人多嘴杂,而无良策。一"厌"字写出灵龟性情,而灵龟之性情即人之性情也。四章言无大谋而从浅见之言,故无成功。五章为劝勉之词。姚际恒曰:"此篇本主谋说,故引用《洪范》五事之'谋',而以'圣、哲、肃、艾'连言陪之,读古人书,须觑破其意旨所在,以分主客,毋徒忽略混过也。"六章言己独为国担忧。孙月峰曰:"以上通论谋,皆是实说。维此章寓言微婉,盖叹息省戒,以申其惓惓未尽之意。"末尾三句成为中国古代知识分子做人办事的警句,诚千载不易之座右铭。而为人君者、为执政者,所为牵动全局,尤不可忽焉。篇中反复言"谋",皆由王惑于邪谋而发。诗以"旻天疾威"起,以"如履薄冰"收,中以"谋"字辗转其间,将形势之危急、国事之无着、作者之恐惧,一并托出。

【集评】

方玉润《诗经原始》云:"此必幽王多欲而制,好谋而弗明,故群小得以邪辟进王,心愈回惑而不辨其是非。虽有一二正直臣,而忠不胜奸,朴不胜巧,亦难力与为争……此诗之作所由来欤!"

吴闿生《诗义会通》云:"此篇以谋犹回遹为主,而剀切反复言之,最见志士忧国忠悃勃郁之忱。"

巧 言(小雅)

悠悠昊天①!曰父母且②!无罪无辜,乱如此憮③。
昊天已威④,予慎无罪⑤。昊天泰憮⑥,予慎无辜。
乱之初生,僭始既涵⑦。乱之又生⑧,君子信谗。
君子如怒,乱庶遄沮⑨。君子如祉⑩,乱庶遄已。
君子屡盟⑪,乱是用长⑫。君子信盗⑬,乱是用暴⑭。
盗言孔甘⑮,乱是用餤⑯。匪其止共⑰,维王之邛⑱。
奕奕寝庙⑲,君子作之。秩秩大猷⑳,圣人莫之㉑。
他人有心,予忖度之㉒。跃跃毚兔㉓,遇犬获之㉔。
荏染柔木㉕,君子树之㉖。往来行言㉗,心焉数之㉘。
蛇蛇硕言㉙,出自口矣。巧言如簧㉚,颜之厚矣㉛!

彼何人斯？居河之麋㉜。无拳无勇㉝，职为乱阶㉞。
既微且尰㉟，尔勇伊何？为犹将多㊱，尔居徒几何㊲？

【注释】

① 悠悠：犹茫茫。昊天：皇天，苍天。

② 曰父母且(jū)：此二句是极度悲伤时，呼告天地父母之词。曰、且皆语词。

③ 怃(hū)：大。

④ 已：甚，太过。威：威虐。

⑤ 慎：或训诚，或训审，或训忧。

⑥ 泰怃：大而又大之意。泰，同太，大。

⑦ 僭(jiàn)：潜，谮言。既：尽。涵：容。

⑧ 乱之又生：谓乱继续发展。

⑨ 庶：庶几。遄(chuán)：迅速。沮：终止、制止。

⑩ 祉：喜。喜与怒相对，怒指对小人，喜指对贤人。

⑪ 屡：多次。

⑫ 长：滋长，增长。

⑬ 盗：谮言盗贼之人，即所谓乱臣贼子。

⑭ 暴：急骤，猛烈。

⑮ 盗言：即乱臣贼子之谗言。孔甘：甚甜。

⑯ 餤(tán)：本意是进食，引申为进。

⑰ 匪：彼。止：容止。此连下句言：小人容貌恭敬，只是危害君王。

⑱ 邛(qióng)：病患。

⑲ 奕奕：大貌。

⑳ 秩秩：大貌。大猷：大谋略。

㉑ 莫：通谟，谋，计议。

㉒ 忖(cǔn)度：测度。

㉓ 跃跃：腾跳貌。毚(chán)兔：狡兔。

㉔ 遇犬：兔与犬遇。

㉕ 荏染：柔弱貌。柔木：嘉木。

㉖ 树：树立，栽植。

㉗ 行言：旧有流言、行道之言、轻浮之言、善言、语言数说。

㉘ 数:辨。

㉙ 蛇(yí)蛇:訑訑之借,欺诈貌。硕言:大话,此言大言欺人。

㉚ 巧言如簧:谗巧之言,动听如笙簧之声。

㉛ 颜厚:厚颜无耻。

㉜ 麋:通"湄",水草交接处,即水边。

㉝ 拳:大勇曰拳。

㉞ 职:只,专。

㉟ 微:通癓,足上疮。尰(zhǒng):足肿。此指伤病之躯。

㊱ 犹:通猷,计谋,算计。

㊲ 居:语词,或以为当读蓄。徒:众,党徒。

【讲评】

《毛诗序》谓此诗"刺幽王也。大夫伤于谗,故作此诗。""伤于谗"信然,但是否刺幽王,则很难说。《诗序》将《小雅》中的此类诗作,一并归于刺幽王,不知有何根据。就诗意而言,此不过痛伤君信谗召乱之诗,并无明确的时代标志。而谗言惑听,乃是数千年专制政权内部,永难消解的难题。故读此诗,大可不必限定于某人某事上,涵咏数过,篇中之意,自可了然。

谗言惑听,乃是自人类智慧产生之后普遍的祸根之一。人类产生了智慧,也就同时产生了狡诈和欺骗。谗言乱政,自然就成为数千年专制政权内部永难消解的难题。宫廷内部、君臣之间、大臣之间、上下级之间,往往因谗言使正直之臣遭到冷遇、贬斥、流放,甚至杀戮。当然,社会生活中谗言也无孔不入,父子、夫妇、兄弟、亲戚、朋友,往往因谗言而疏远,甚至反目成仇。但为祸最惨重的是君王,君王信谗,危害全国,殃及百姓。

本诗一章呼告天地,见得伤乱之大。起势陡峭,回环入妙,从无罪遭乱虚写而起,为下文指斥巧言乱政伏笔;二章原乱之所由生;三章原乱之所由长;四章言谗人之心不难识。忽插入正大典则之言,以此箴信谗者,正通篇辣动处;五章斥巧言者之无耻。六章痛斥谗人之为祸。

【集评】

杨廷麟《诗经主意鞭影》云:"通篇皆是伤王之听谗生乱。析言之则首章是大夫伤于谗而自诉求免也,二章言乱于王之信谗也,三章言王信谗以致乱也。总是推本乱之所由生。四章言谗人之心不难知,五章言谗人之言不难辨,末章言谗人之人不难除。皆所以责谗己之人,而见王之不当信也。"

陈仅《诗诵》云:"《巧言》通篇用韵整齐错落,节节相间。最妙是第二章后半及三章,促句换韵。于急拍之中前用四'乱'字三'君子',后用二'君子'三'乱'字,参差点缀。读者但骇其叠浪奔腾,落花翻舞,而不见用韵之迹。正可与《节南山》五章参看。末章上五句'斯''麋''阶'为韵,'勇''膰'又为韵。下三句连韵,两'何'字又复韵,与《行露》首章同调。变化因心,不容拟议。"

巷 伯(小雅)

萋兮斐兮①,成是贝锦②。彼谮人者③,亦已大甚④!

哆兮侈兮⑤,成是南箕⑥。彼谮人者,谁适与谋⑦?

缉缉翩翩⑧,谋欲谮人⑨。慎尔言也⑩,谓尔不信⑪。

捷捷幡幡⑫,谋欲谮言。岂不尔受⑬?既其女迁⑭。

骄人好好⑮,劳人草草⑯。苍天苍天!视彼骄人,矜此劳人⑰。

彼谮人者,谁适与谋?取彼谮人,投畀豺虎⑱!

豺虎不食,投畀有北⑲!有北不受,投畀有昊⑳!

杨园之道㉑,猗于亩丘㉒。寺人孟子㉓,作为此诗。

凡百君子㉔,敬而听之㉕。

【注释】

① 萋、斐:文章相错貌。

② 贝锦:贝形花纹之锦缎。以上二句,是以分别交错之锦文,喻谗人之工巧,犹如女工为集成百采以织作锦文之妙手。

③ 谮人:进谗言之人。

④ 已大甚:言过分。

⑤ 哆(chǐ):张大貌。侈:大话。

⑥ 南箕:星宿名,共四星组成,像簸箕张口之状,以之喻谗者。

⑦ 谁适与谋:此言谗人诡谲奸诈,人们无法与他们共事。适,往。谋,商量事情。

⑧ 缉缉:口舌声。翩翩:往来貌。此句形容谗人交谗之貌。

⑨ 谋欲谮人:阴谋企图害别人。欲,企图。

⑩ 慎:谨慎。

⑪ 信:信实。

⑫ 捷捷:便给之貌,言善以花言巧语取媚于人。幡幡:本音番。又音骈。便便(辨辨)之假借,亦便给之貌。

⑬ 受:言受其谗言诬陷。

⑭ 既其女迁:言终而迁祸于谗言者己身。

⑮ 骄人:为骄横之人,指谗者。好好:小人得志之貌。

⑯ 劳人:忧人。草草:鲁作"慅慅",烦忧之貌。

⑰ 矜:哀悯。此呼告苍天,视察谗者之罪孽,哀悯受害者。

⑱ 投畀:扔给。

⑲ 有北:北方荒漠不毛之地。

⑳ 有昊:昊天。

㉑ 杨园:园名。

㉒ 猗:加,依,靠着。亩丘:丘名。

㉓ 寺人:古代宫中侍御小臣。孟子:寺人之名,即本诗作者。

㉔ 凡:一切。此句指所有的执政者。

㉕ 敬:"儆"之借,警惕戒慎。

【讲评】

　　《毛序》说:"《巷伯》,刺幽王也。寺人伤于谗,故作是诗也。巷伯,奄(阉)官也。"后人或以为"伯"是寺人之长,此说当可信。诗中没有出现"巷伯"字样,王宫中有"永巷",作者孟子大约是负责永巷事物的内官,故以为诗题。诗中只是表示对谗言者的怨恨、愤怒。因为寺人每日时刻不离君上,对接触君上者,对他们与君王的谈话最是听得真切,因此,对进谗者也就特别熟悉。听得多了,与事实加以对比,自然会产生许多感想。积累既久,愤发于中,遂形于歌咏。首二章责谗人罗织伎俩。方玉润曰:"将小人伎俩从喻意一面写足,以下便不费手。"三、四章言谗言者将自食其果。五章呼天而告。方玉润曰:"谮人与受谮于人两面双提,总上起下,为全篇枢纽。"六章言处治谗人之法,以表心头之恨。末章言作诗之意。

【集评】

高侪鹤《诗经图谱慧解》云:"此篇前四章写出谗人公案,而若责之,若悔之。六章'投畀'等句,真千古痛快事,亦千古谗险之人罪案,故有恶恶如《巷伯》之证。而七章用以为戒也。"

牛运震《诗志》云:"痛愤疾呼,明目张胆,'骄人''投畀'二章尽矣,妙在以冷婉发端,以肃重收结,便是怨怒之诗占身分处。"

大　　东(小雅)

有饛簋飧①,有捄棘匕②。周道如砥③,其直如矢④。
君子所履⑤,小人所视⑥。睠言顾之⑦,潸焉出涕⑧。
小东大东⑨,杼柚其空⑩。纠纠葛屦⑪,可以履霜?
佻佻公子⑫,行彼周行。既往既来⑬,使我心疚⑭。
有冽氿泉⑮,无浸获薪⑯。契契寤叹⑰,哀我惮人⑱。
薪是获薪⑲,尚可载也。哀我惮人,亦可息也⑳。
东人之子,职劳不来㉑。西人之子,粲粲衣服㉒。
舟人之子㉓,熊罴是裘。私人之子,百僚是试㉔。
或以其酒㉕,不以其浆㉖。鞙鞙佩璲,不以其长㉘。
维天有汉㉔,监亦有光。跂彼织女㉚,终日七襄㉛。
虽则七襄,不成报章㉜。睆彼牵牛㉝,不以服箱㉞。
东有启明,西有长庚。有捄天毕㉟,载施之行㊱。
维南有箕,不可以簸扬。维北有斗,不可以挹酒浆㊲。
维南有箕,载翕其舌㊳。维北有斗,西柄之揭㊴。

【注释】

① 饛(méng):食物满器貌。簋(guǐ):古代食器,多为陶制或青铜制器。飧(sūn):熟饭。

② 有捄(qiú):犹捄捄,曲而长貌。棘匕:以酸枣木制的饭匙。

③ 周道:通向周京城的大道。砥:磨刀石,这里作动词,言大道像砥石磨过一样平坦。

④ 如矢:形容道之直。

⑤ 履:行走。

⑥ 视:注视。

⑦ 睠(juàn)言:眷然,回首貌。

⑧ 潸焉:流泪貌。

⑨ 小东大东:东指东方诸国,因在西周镐京之东,所以称东。小、大指远近言。像靠近周京的河南省一带即小东;山东省一带即为大东。此指所有的东方国家。

⑩ 杼:织布机的梭子。柚(zhóu):轴之借字,织布机上卷经线的大轴。

⑪ 纠纠:纠绕貌。

⑫ 佻佻:轻薄不奈劳苦之貌。公子:指周贵族公子。

⑬ 既:读为饩,意为给客人送粮草。

⑭ 疚:病,忧虑不安。

⑮ 有冽:犹冽冽,寒凉貌。氿(guǐ)泉:上涌受阻而自旁侧流出的水泉。

⑯ 获薪:砍下的柴薪。

⑰ 契契:忧苦貌。寤叹:不能成寐而叹息。

⑱ 惮人:劳苦疲病之人。

⑲ 薪是获薪:上一"薪"字为动词,即析薪或使之为薪之意。

⑳ 亦可息:当作"不可息"。息,止息、休息。

㉑ 职:只。劳:劳苦。来:勑之借字,慰劳。

㉒ 粲粲:鲜明华丽貌。

㉓ 舟人:周人。

㉔ 百僚:各种家奴。试:任用,从事。

㉕ 或以其酒:"或"字贯四句。

㉖ 浆:薄酒。

㉗ 鞙(juān)鞙:玉美貌。璲:瑞玉。

㉘ 长:指杂玉长佩。此言有人用宝玉之佩;有人则连杂玉长佩也用不上。

㉙ 汉:即天河。

㉚ 跂:即不正。织女三星成三角,故不正。织女:星宿名,由三星组成,在天河北侧。织女神话,始见于此。

㉛ 七襄:织女星在白天七个时辰中要变动七次位置。襄,反,变更。按,以下所言天空星座,都以世间一物为名,但并无世间事物之用。以喻贵族高官地位虽高,但无实

际作用。

㉜ 报章：报，反复，指引线反复织布。章，花纹。

㉝ 睆(huǎn)彼：犹睆睆，星明貌。牵牛：星宿名，又名河鼓、牛郎，在银河南侧，与织女隔河相望，三星组成。

㉞ 服：驾。箱：车厢，此处指车。

㉟ 天毕：天上的毕星，由八颗星组成，状如田猎时的捕兽网。古文字毕，像长柄网之形。

㊱ 载：乃。施：置。之：于。行：道路。

㊲ 挹(yì)：舀取。

㊳ 翕(xī)：吸，引。箕四星，二踵二舌，踵狭而舌广，似向内吸引其舌。

㊴ 揭：举。

【讲评】

　　《毛序》说："《大东》，刺乱也。东国困于役而伤于财，谭大夫作是诗以告病焉。"这个说法应该是有传说依据的。朱子《辨说》说："谭大夫未有考，不知何据，恐或有传耳。"姚际恒也以为谓谭大夫作，"则无可稽"。生于千年之后传说消失的时代，提出这样的疑问，也是正常的。从内容看，这是一首东国诸侯伤于财、困于役的作品。诗中表现了西周中晚期东方各国及各部族受西周惨重盘剥的情形，反映了东方各国的不满情绪。诗中充满了奇特的想象。一章言望周道而伤怀，而暂不说破个中缘由。牛运震云："借周道缓缓引入，有情致，亦自蕴藉容与。末二句陡生感慨，凄绝。"二章写东国伤于财，困于役，道出伤心缘由。三章伤东国不得片刻歇息。四章言东人、西人苦乐不均。五章言东人之苦无可赴告。六章言天星虚设，有名无实。七章继六章申言之。

【集评】

　　孙矿《批评诗经》曰："所征天象，亦是谓徒有虚名而不适于用。以喻财用匮乏，总申杼柚其空意。命意造语俱奇甚。末章再说一遍而意更深一层，绝有奇态。"

　　钟惺评《诗经》曰："此下历数织女、牵牛、启明、长庚、天毕、南箕、北斗。想头甚奇，出语似谵，颠倒淋漓，变幻鼓舞，只是穷极呼天常态，生出许多波澜耳。不必明解，不必深求，如痴人说梦也。晋明帝长星劝一杯酒，语态近似。"

　　张所望云："此诗自'鞙鞙佩璲'以上，叙东国见困之情已尽矣。以后把一个天说来说去,直从望之处,说到怨之处;从不能助东人处,说到反助西人处。皆是空虚中生出,议论纵横,变幻不可端倪。以文辞观之,亦天下之至奇也。"(《毛诗微言》引)

张元芳、魏浣《毛诗振雅》云:"'维南'四语,即申上意,绝望之词非又深一层也。然总不宜认真。要知织女诸星,终古在天,有周盛时,亦曾见之。愁烦之人,物物生悲,失望之时,处处归咎耳。"

陈仅《诗诵》云:"诗后路忽说天文,接连二十句,拉拉杂杂,说完便止,盖正意已在其中,明说有所不可。然翕舌、揭柄,已说到聚敛身上矣。《楚词·天问》之所由昉。老杜《凤凰台》五古,后路忽就凤凰敷说一段,虚虚实实,令人不可捉摸,正合此境。"

方玉润云:"诗本咏政赋烦重,人民劳苦。入后忽历数天星,豪情无羁,几不可解。不知此正诗人之情,所谓'光焰万丈长'也。试思此诗若无后半文字,则东国困敝,纵极写得十分沉痛,亦不过平常歌咏而已,安能如许惊心动魄文字? 所以诗贵有声有色,尤贵有兴有致,此兴会之极而欿举者也。然其驱词寓意,亦非漫无纪律者。四章以上将东国愁怨与西人骄奢两两相形,正喻夹写,已极难堪。'天汉'而下,忽仰头见星,不禁有触于怀,呼天自诉。因杼柚之空而怨及织女机丝亦不成章;因织女虚栅,而怨及牵牛河鼓难驾服箱。不宁唯是,即启明、长庚之分见东西,亦若有所怨及焉,以其徒在天而灿然成行也。于是更南望箕张,北顾斗柄。箕非徒无用,不可以簸扬,反张其舌而若有所噬;斗非徒无益,不可以挹酒浆,反揭其柄而若取乎东。民之困于王者,既若彼其穷;而人之厄于天者,又如此其极。天乎,何其困厄东国若是乎! 民情至此咨怨极矣! 故不必论其辞之有意义无意义也……此中消息非老于文者不知,如非深乎诗者亦未可与论得失也。倘斤斤然字句间求之,讵能免高叟之诮欤? 后世李白歌行,杜甫长篇,悉脱胎于此,均足以卓立千古。《三百篇》所以为诗家鼻祖也。"

荡（大雅）

荡荡上帝①,下民之辟②。疾威上帝③,其命多辟④。
天生烝民⑤,其命匪谌⑥,靡不有初,鲜克有终⑦。
文王曰咨⑧,咨女殷商⑨! 曾是彊御⑩,曾是掊克⑪,

曾是在位⑫,曾是在服⑬。天降滔德⑭,女兴是力⑮。

文王曰咨,咨女殷商! 而秉义类⑯,彊御多怼⑰。

流言以对⑱,寇攘式内⑲。侯作侯祝⑳,靡届靡究㉑。

文王曰咨,咨女殷商! 女炰烋于中国㉒,敛怨以为德㉓。

不明尔德㉔,时无背无侧㉕。尔德不明,以无陪无卿㉖。

文王曰咨,咨女殷商! 天不湎尔以酒㉗,不义从式㉘。

既愆尔止㉙,靡明靡晦㉚。式号式呼㉛,俾昼作夜。

文王曰咨,咨女殷商! 如蜩如螗㉜,如沸如羹㉝。

小大近丧㉞,人尚乎由行㉟。内奰于中国㊱,覃及鬼方㊲。

文王曰咨,咨女殷商! 匪上帝不时㊳,殷不用旧㊴。

虽无老成人㊵,尚有典刑㊶。曾是莫听,大命以倾㊷。

文王曰咨,咨女殷商! 人亦有言㊸:颠沛之揭㊹,

枝叶未有害,本实先拨㊺。殷鉴不远㊻,在夏后之世㊼。

【注释】

① 荡荡:广大空旷之貌。

② 辟(bì):君主。

③ 疾威:暴虐。

④ 命:本性。辟:旧训邪僻。林义光以为"多辟"谓偏转不定。

⑤ 烝民:众人。

⑥ 谌(chén):诚。

⑦ 鲜:少。

⑧ 咨:嗟叹声。

⑨ 女:汝,你。

⑩ 曾:乃,竟然。彊御:为强盛威武之意。字又作强圉。

⑪ 掊克:当读为"悖克"。《太平御览》卷六五二引《尚书大传》云:"老而受刑谓之悖,弱而受刑谓之克。"此当指殷纣王刑罚苛毒,不赦老弱。

⑫ 在位:指处于统治地位。

⑬ 在服:指从事。服,事。

⑭ 慆德:倨慢之德。滔,通慆,傲慢骄横。

⑮ 兴:助长。

⑯ 而:尔、你。秉:操持。义类:俞樾读为"俄戾","'义','俄'之假字,邪也。类与戾通,戾,曲也。义类犹言邪曲也。"

⑰ 怼(duì):怨恨。

⑱ 流言:谣言。

⑲ 寇攘式内:寇盗攘窃之事发生于国内。

⑳ 侯:维,犹有。作:通诅。祝:通咒。诅咒,指祈求鬼神加祸于别人。

㉑ 届:尽。究:穷。

㉒ 枭然:即咆哮。中国:即国中。

㉓ 敛:聚。怨:指怨之事。

㉔ 不明:无知人之明。

㉕ 时:是。韩诗作"以",亦通。无背无侧:《毛传》:"背无臣,侧无人也。"

㉖ 无陪无卿:《毛传》:"无陪贰,无卿士也。"

㉗ 湎:沉溺于酒。

㉘ 不义从式:不应放纵法式。义,宜;式,法。

㉙ 愆:过失,犯错误。尔:你。止:仪态举止。

㉚ 靡明靡晦:言不分白天黑夜。明,白天。晦,晚上。

㉛ 号呼:指酒后狂呼乱叫。

㉜ 蜩:蝉之大而黑色者。蜩螗鸣声嘈杂,此形容时势的混乱。

㉝ 沸:开水。羹:菜汤。此是说政局混乱,如水沸,如羹烂。

㉞ 丧:失败。

㉟ 由行:由此而行。此是说百事尽败,却仍一意孤行。

㊱ 奰(bì):激怒。或以为压迫。

㊲ 覃(tán):延及。鬼方:远方。

㊳ 时:是,善。或以为持久。

㊴ 旧:指旧的典章法制。

㊵ 老成人:旧臣。

㊶ 典刑:法规。刑,通型。

㊷ 大命:国家的命运。倾:倒塌。

㊸ 亦:语助词。

㊹ 颠沛:跌倒。揭:高举,指树木倒地后,根部翘起。

⑤ 拨：当从鲁诗作"败"，拨、败一声之转，即毁坏。

⑥ 鉴：镜子。

⑰ 夏后：夏王，夏代一般称国君为后不称王。

【讲评】

《毛序》说："《荡》，召穆公伤周室大坏也。厉王无道，天下荡荡，无纲纪文章，故作是诗也。"诗是否召穆公所作，实难说定，但说是"伤周室大坏"，大概不成问题。厉王无道而致乱，对周人来说，确是一段伤心的历史。为了真正以史为鉴，彻底扭转国运，使王朝走上康复的道路，诗人只好假借文王谴责商纣王的恶行，希望当朝者醒悟。徐光启曰："始尤于天，而卒自解之，本意不过如此。他却做出许多蹊径。如此发端，亦文之奇绝者也。然其妙处，只在天生二句。"所谓妙在"天生"二句，是说上天生了众民，那么，他就应该爱护百姓，然而代表上天的天子却暴虐之、残害之。其实，在周人的心目中，天命本是无常的，不然周就不可能代替殷，所谓"天命靡常，唯德是辅"。所以，这里责的是天子，即无德之君。妙在模糊，在泛指。前七章借文王斥殷以斥厉王。第八章总结历史借鉴，更直接地告诫时王。

【集评】

邹梧冈《诗经备旨》云："此诗将言厉王之为不善，故首章言天变世乱皆人为不善所致，以启戒王之端。下数章托言文王之叹纣者以刺之。二、三章叹其用人之失，四、五章叹其不修德故有用人之失，六章叹其致乱而不知戒，七章叹不用旧，总是为政之失，八章则叹其将亡，而欲其以往事为鉴也。"

张叔翘云："首章为怨天之辞而自解之，见今日之事，非天所为也。下文每二章一连，各含首章之意。二、三章内有'天降慆德'，四、五章内有'天不湎尔以酒'，六、七章内有'匪上帝不时'，各暗应首章。文有脉络，意极恳至。末章深探乱本，叹其将亡，而欲其殷鉴以结尾。'殷鉴'二句尤妙，若无此语，全不见作诗者托言之意。章法神品。"（《毛诗微言》引）

张以诚《毛诗微言》云："通篇只说殷纣，而忽以'殷鉴'一语，显出鉴殷，精神血脉尽收注于此。驾格极高。"

桑　　柔（大雅）

菀彼桑柔①，其下侯旬②。捋采其刘③，瘼此下民④。
不殄心忧⑤，仓兄填兮⑥！倬彼昊天⑦，宁不我矜⑧。
四牡骙骙⑨，旟旐有翩⑩，乱生不夷⑪，靡国不泯⑫。
民靡有黎⑬，具祸以烬⑭。于乎有哀⑮，国步斯频⑯！
国步蔑资⑰，天不我将⑱。靡所止疑⑲，云徂何往⑳？
君子实维㉑，秉心无竞㉒。谁生厉阶㉓？至今为梗㉔！
忧心慇慇㉕，念我土宇㉖，我生不辰㉗，逢天僤怒㉘。
自西徂东，靡所定处㉙。多我觏痻㉚，孔棘我圉㉛！
为谋为毖㉜，乱况斯削㉝。告尔忧恤㉞，诲尔序爵㉟。
谁能执热㊱，逝不以濯㊲？其何能淑㊳？载胥及溺㊴。
如彼遡风㊵，亦孔之僾㊶。民有肃心㊷，荓云不逮㊸。
好是稼穑㊹，力民代食㊺。稼穑维宝㊻，代食维好。
天降丧乱，灭我立王㊼。降此蟊贼㊽，稼穑卒痒㊾。
哀恫中国㊿，具赘卒荒(51)。靡有旅力(52)，以念穹苍(53)。
维此惠君(54)，民人所瞻(55)。秉心宣犹(56)，考慎其相(57)。
维彼不顺(58)，自独俾臧(59)，自有肺肠(60)，俾民卒狂(61)。
瞻彼中林(62)，甡甡其鹿(63)。朋友已谮(64)，不胥以穀(65)。
人亦有言：进退维谷(66)。
维此圣人，瞻言百里(67)；维彼愚人，覆狂以喜(68)。
匪言不能，胡斯畏忌(69)？
维此良人，弗求弗迪(70)；维彼忍心(71)，是顾是复(72)。
民之贪乱(73)，宁为荼毒(74)。
大风有隧(75)，有空大谷。维此良人，作为式穀(76)；
维彼不顺，征以中垢(77)。

大风有隧,贪人败类⑦⑧。听言则对⑦⑨,诵言如醉⑧⑩。

匪用其良㉛,覆俾我悖㉜。

嗟尔朋友㉝,予岂不知而作㉞? 如彼飞虫㉟,时亦弋获㊱。

既之阴女㊲,反予来赫㊳。

民之罔极㊴,职凉善背㊵。为民不利,如云不克㊶。

民之回遹㊷,职竞用力㊸。

民之未戾㊹,职盗为寇㊺。凉曰不可㊻,覆背善詈㊼。

虽曰匪予㊽,既作尔歌㊾。

【注释】

① 菀(wǎn 或 yù):茂盛貌。桑柔:即柔桑,指柔嫩的桑枝。

② 旬:借为"玄",黑也。此句是说因桑叶浓密,桑下光线幽暗。

③ 刘:"条"之借字,指树之枝条。

④ 瘼(mò):病、疾苦。下民:下层百姓。

⑤ 不殄:不绝。

⑥ 仓兄:通怆怳,悲伤失意貌。填:通陈,长久。

⑦ 倬:光明而广大貌。

⑧ 宁:何。矜:怜悯。

⑨ 骙骙:马奔驰不停息貌。

⑩ 旟旐:画旗。有翩:即翩翩,旌旗翻飞貌。

⑪ 夷:平息。

⑫ 泯:灭。

⑬ 黎:旧有齐、众、黑等训。疑当借为"犁",此句与下文"稼穑卒痒,具赘卒荒"相呼应,是说因战乱,田地荒芜,无人耕种。

⑭ 具:同俱。烬:本指火烧剩的余木。

⑮ 于乎:呜呼,哀痛之声。

⑯ 国步:国家命运。频:急。

⑰ 蔑资:无止。

⑱ 将:扶助。

⑲ 疑:定,定息。

253

⑳ 徂:往。
㉑ 维:为。
㉒ 秉心:存心。无竞:言无穷竟。
㉓ 厉阶:祸端。
㉔ 梗:病,灾害。
㉕ 慇慇:心痛貌。
㉖ 土宇:土地房屋。
㉗ 不辰:不时,指出生不是时候。
㉘ 倬(dàn)怒:疾怒。
㉙ 定处:安身之处。
㉚ 觏痻(mín):遇到灾难。于鬯以为当读作“媾婚”,幽王之难,正出于婚媾之国。
㉛ 孔棘:甚急。圉:边疆。
㉜ 谋:计划。毖:谨慎。
㉝ 乱况:祸乱状况。斯:则、乃。削:减少。
㉞ 忧恤:忧虑,指忧虑国事。
㉟ 序爵:予爵,即给予爵位。
㊱ 执热:守热。
㊲ 逝不:何不。濯:当指沐浴冲澡。
㊳ 淑:善。
㊴ 载:则。胥:相,相率。溺:淹死。
㊵ 遡风:迎着风,指逆风而行。
㊶ 僾(ài):呼吸困难貌。
㊷ 肃心:进取心。
㊸ 荓(pīng):使。不逮:不及。指不能实现。
㊹ 好:喜爱。稼穑:指农业劳动。
㊺ 力民:指尽人之力耕作。代食:代替做官食禄。
㊻ 宝:宝贵。
㊼ 立:同位。立王即在位之王。
㊽ 蟊贼:吃苗根的害虫。
㊾ 卒:尽。痒:病。
㊿ 哀恫:哀痛。
(51) 具:俱、都。赘:通缀,接连。荒:灾荒。

(52) 旅力:体力。
(53) 念:当读为“谂”,告也,告得失。穹苍:苍天。
(54) 惠君:通情达理的君主,即有道之君。
(55) 瞻:瞻仰、仰望。
(56) 秉心:持心、存心。宣犹:光明之道。
(57) 慎:读为“审”,审定也。相:相辅。
(58) 不顺:悖理,指无道之君。
(59) 臧:善。
(60) 自有肺肠:指想法与众不同,别具一副心肝。
(61) 卒狂:全都狂乱。
(62) 中林:林中。
(63) 甡(shēn)甡:众多貌。
(64) 谮:不信任。
(65) 胥:相。以:与。穀:善。
(66) 谷:通欲,谓朋友之间进退维其所欲,不以礼法自持,恣意所为。
(67) 瞻:远望。此句言圣人有远见。
(68) 覆:反而。
(69) 胡:何。
(70) 弗求弗迪:一说此句言对善人不寻求不进用。迪,进用。
(71) 忍心:即有残忍之心的人。
(72) 是:这个,指利禄官爵。顾:顾念。复:通覆,包庇。
(73) 贪乱:欲乱。
(74) 宁:宁愿。荼毒:苦。
(75) 隧:道。
(76) 式穀:用善。言良人之作为,皆用以善道也。
(77) 征:行。
(78) 贪人:贪赃枉法之人。败类:残害同类。
(79) 听言:“听”当读为“圣”,圣、听古音近相通。“圣言”即明哲之言。对:“怼”之借字,怼,恨。
(80) 诵:通颂。诵言,即颂赞之言。本句言颂赞之言如美酒,使他陶醉。
(81) 良:指善人。
(82) 覆:反。俾:使。悖:旧训悖逆,林义光《诗经通解》读为“颠沛”之“沛”,谓:“不用善言,反使我颠沛也。"

㊷ 嗟尔:犹"嗟乎",叹呼声。

㊸ 而:你。作:所作所为。

㊹ 飞虫:指飞鸟。古鸟兽皆可称虫。

㊺ 弋获:射中捕获。

㊻ 既:已经。之:语助,旧训往。阴:通"谙",知悉,了解。女:汝。

㊼ 赫:字亦作嚇,吓。"反予来赫"即"反来赫予"的倒文。

㊽ 罔极:无准则。此句指百姓不守正道,犯上作乱。

㊾ 职:常、只。凉:刻薄。或以为"职凉"同"职谅""职竞",有"简直是""仅只是"之意。

㊿ 不克:不胜。

⑨ 回遹(yù):邪僻。

⑨ 竞:强、争。用力:任用暴力。

⑨ 未戾:没有安定。戾,定。

⑨ 职盗为寇:指百姓在动乱中逃亡而相结为寇。

⑨ 凉:确实。言这样下去,确实感到不行。

⑨ 覆:反而。背:背后。詈:骂。

⑨ 匪予:非予,即不以我为然。

⑨ 既作尔歌:终为你们而歌。既,终。

【讲评】

　　《毛序》说:"《桑柔》,芮伯刺厉王也。"这个记载是比较可信的。《左传·文公十三年》,即称此为"芮良夫之诗"。王符《潜夫论·遏利》篇也有类似的记载。据郑玄说:"芮伯,畿内诸侯,王卿士也,字良夫。"此诗当作于周厉王被国人逐出周京、流亡于彘之后。据史载,周厉王在位时,暴虐侈傲,国人怨声载道。厉王不但不收敛,反而还派"特务"(巫),使监谤者,造成"国人莫敢言,道路以目"的恐怖局势。最终导致了国人造反。概言之,这首诗是西周卿士芮良夫(芮伯)所作,旨在指出王朝必然倾覆的弊端和黑暗。写作时间大约在周厉王被流放到彘以后,时当大乱未已,百姓流窜,而朝臣仍然为非作歹。作者沉痛陈辞,忠愤之情溢于言表。

　　一章叹民之困,二章伤国之乱,三章质祸之根,四章忧生不逢辰,五章言救乱之道,六章言贤者归耕,七章自伤救世无力,八章斥君之昏,九章伤朋友之道倾,十章斥群僚不敢进言,十一章言失民心,十二章斥小人之行,十三章斥王之不能用贤，十四章斥同僚之行，十五、六章言作诗之由。

【集评】

沈守正《诗经通说》云："芮伯世臣，忠愤郁积，又值监谤之世，欲抑则不欲，欲直则不能，故情旨沉绵，不自知其凄婉；文词详娓，不自厌其重复。读者当得其言外之感，不可分章摘句以求之。"

邹梧冈《诗经备旨》云："一章叹病民之可忧，二、三、四章述征役者之怨词，以见民之病之也。五章言用贤可以已乱。六章言世乱而君子不乐仕于朝，七章言降乱无已，虽田野亦不能自安，八章责王不能择相而任小人，九章并刺在位者之不善，十章刺人君用愚人以拒谏，十一章刺人君用忍人以致乱，十二章言君子小人趋向之异，十三章刺王之用贪人以致乱，十四章言其言之可听而小人不见听，十五、六章言小人情状之可恶，虽皆反复以责小人，实以深怒用人之非也。"

瞻　卬（大雅）

瞻卬昊天①，则不我惠②。孔填不宁③，降此大厉④。
邦靡有定，士民其瘵⑤。蟊贼蟊疾⑥，靡有夷届⑦。
罪罟不收⑧，靡有夷瘳⑨。

人有土田，女反有之⑩。人有民人⑪，女覆夺之⑫。
此宜无罪，女反收之⑬。彼宜有罪，女覆说之⑭。

哲夫成城⑮，哲妇倾城⑯。懿厥哲妇⑰，为枭为鸱⑱。
妇有长舌⑲，维厉之阶⑳。乱匪降自天，生自妇人。
匪教匪诲㉑，时维妇寺㉒。

鞫人忮忒㉓，谮始竟背㉔。岂曰不极㉕？伊胡为慝㉖！
如贾三倍㉗，君子是识㉘。妇无公事㉙，休其蚕织㉚。

天何以刺㉛？何神不富㉜？舍尔介狄㉝，维予胥忌㉞。
不吊不祥㉟，威仪不类㊱。人之云亡㊲，邦国殄瘁㊳。

天之降罔㊶,维其优矣㊵。人之云亡,心之忧矣。
天之降罔,维其几矣㊶。人之云亡,心之悲矣!
觱沸槛泉㊷,维其深矣。心之忧矣,宁自今矣㊸?
不自我先,不自我后。藐藐昊天㊹,无不克巩㊺。
无忝皇祖㊻,式救尔后㊼。

【注释】

① 卬:通仰。瞻卬即仰望。昊天:犹皇天。

② 惠:爱。

③ 孔填(chén):很久。

④ 厉:祸患。

⑤ 士民:士卒百姓。瘵(zhài):病,指忧患。

⑥ 蟊贼蟊疾:蟊贼是吃庄稼的害虫,此言蟊贼为害。贼、疾,犹害。

⑦ 夷:平。届:极。

⑧ 罟:读为"辜"。"罪罟"即有罪之人。收:捕。

⑨ 瘳(chōu):病愈。

⑩ 女:汝,指周王。有:占有。

⑪ 民人:人民。

⑫ 覆:反而。

⑬ 收:拘捕。

⑭ 说:通脱,开脱、赦免。

⑮ 哲夫:多谋略之士。城:指国家。

⑯ 哲妇:多谋的妇人。此指幽王宠妇褒姒。倾城:倾败国家。

⑰ 懿:通噫,叹词。厥:其。

⑱ 枭:恶鸟名。鸱:猫头鹰。

⑲ 长舌:喻巧言多嘴。

⑳ 厉:灾祸。

㉑ 匪:当读作"彼"。

㉒ 妇寺:妇人与宦官。

㉓ 鞫:告。忮(zhì):通伎、技,巧。

㉔ 潛(zèn):当借为"憯",曾,犹乃、则。竟:最终。背:违背。

㉕ 极:当训为急,病。此指忧虑。

㉖ 伊胡为慝(tè):此句连上句言,如此大为恶,岂能不急。伊,是,此;胡,大也。

㉗ 贾(gǔ):买卖。三倍:三倍之利,指得利润之多。

㉘ 识:通职,言如贾利三倍之人而主君子之事。

㉙ 无:当为"务"之声误,致力。

㉚ 休:停止。蚕织:养蚕纺织之事。

㉛ 刺:责罚。

㉜ 富:通福,赐福。

㉝ 舍:舍弃不顾。介:大。狄:通逖,远。介狄指深谋远虑。

㉞ 胥:相。忌:忌恨。

㉟ 不吊:不善。朱传训吊作闵。

㊱ 威仪:礼节。类:善。

㊲ 云:语词。亡:逃亡。

㊳ 殄瘁:困病。

㊴ 罔:通荒,降荒犹降灾。

㊵ 优:多。

㊶ 几:危殆。

㊷ 觱(bì)沸:泉水涌出貌。槛泉:槛,通滥,泛滥。此指泛滥的泉水。

㊸ 宁:何。言何自今日开始?

㊹ 藐藐:通邈邈,旷远貌。

㊺ 无不克巩:于省吾读为"无不可恐",以为此言上天可畏。

㊻ 忝:辱没。皇祖:祖先。

㊼ 式救尔后:以救你的子孙。式,用,以。后,后代。

【讲评】

　　周幽王无道,宠信褒姒,起用奸佞,最后弄得天怒人怨,终于导致了西周的灭亡。诗人作诗以记录这一沉痛的史实,用于讽刺周幽王宫闱之乱。诗当作于西周亡国之前,故诗中表现出了对周王、褒姒所作所为的痛恨和对周王朝濒临灭亡的忧伤。最可注意者,诗中对于周王直斥无隐的批评,这在后世的文学作品中,是绝对少见。这也反映了西周诗坛的民主精神。

　　一章呼告天,二章责周王,三章斥褒姒,四章斥妇人干政,五、六二章言人亡国痒,七章自伤生不逢时而望王之一悟。

也许正是因为这首诗谴责了褒姒这样一个祸国的女人,加上殷商末代帝王纣的妲己,两个朝代都毁在女人手里,而《诗经》又是历代儒家的教科书,也就在历史上形成了一个传统,对女祸恨莫如深。

【集评】

吴闿生《诗经会通》云:"首二章述时政之弊,三、四章追咎祸原由于女宠,五、六章哀贤人之亡,末章望之改悔,用意深厚。"

召　　旻(大雅)

旻天疾威①,天笃降丧②。瘨我饥馑③,
民卒流亡④。我居圉卒荒⑤。
天降罪罟⑥,蟊贼内讧⑦。昏椓靡共⑧,
溃溃回遹⑨,实靖夷我邦⑩。
皋皋訿訿⑪,曾不知其玷⑫。兢兢业业⑬,
孔填不宁⑭,我位孔贬⑮。
如彼岁旱,草不溃茂⑯,如彼栖苴⑰。
我相此邦⑱,无不溃止⑲。
维昔之富不如时⑳,维今之疚不如兹㉑。彼疏斯粺㉒,
胡不自替㉓,职兄斯引㉔?
池之竭矣㉕,不云自频㉖?泉之竭矣,
不云自中㉗?溥斯害矣㉘,职兄斯弘㉙,
不烖我躬㉚?
昔先王受命㉛,有如召公,日辟国百里。
今也日蹙国百里㉜,於乎哀哉!维今之人,
不尚有旧㉝。

【注释】

① 旻天疾威:《尔雅·释天》注:"旻,犹愍也。愍,万物凋落。"疾威,厉害的威力。此言"一反常态的上天,严厉无情,甚可畏惧。"

② 天笃:此"天"字疑为"大"字之误。甲骨文与金文中,"大"与"天"每多相通。犹言"大大的"。丧:丧乱。

③ 瘨(diān):害,降灾。饥馑:谷不熟为饥,蔬不熟为馑。

④ 卒:尽,全。

⑤ 居圉(yǔ):言所处之国。卒荒:尽皆荒芜。

⑥ 罪罟:罪辜。

⑦ 蟊贼:吃庄稼的害虫。内讧:内部自相争斗。

⑧ 昏椓:昏、椓皆奄人,昏,其官名也;椓,指椓毁其阴(割去生殖器)的人,即宦官。靡共:不恭敬。共,恭。

⑨ 溃溃:昏乱貌。回遹(yù):邪僻。

⑩ 靖夷:平治。

⑪ 皋皋訿(zǐ)訿:诽谤诋毁人之状。

⑫ 玷:玉上的斑点,此比喻人的污点。

⑬ 兢兢业业:戒慎恐惧貌。

⑭ 孔填(chén):很久。

⑮ 贬:降免。

⑯ 溃茂:丰茂。溃通汇,茂貌。

⑰ 栖苴(chá):栖苴即委地之枯草。

⑱ 相:看。

⑲ 溃:崩溃。止:之。

⑳ 时:是,此,指今时。

㉑ 疚:贫病。兹:此,指此时此地。

㉒ 疏:当即蔬,古所谓的"疏食""粗食",实际上也是以蔬菜居多的饭食。粺(bài):精米。

㉓ 替:废。言小人何不自己引退。

㉔ 职兄斯引:尚益其长。职,尚;兄,同况,滋益;斯,其;引,长。

㉕ 竭:干涸。

㉖ 频:当从《鲁诗》作"濒",水边。

㉗ 中:指泉水的中间。

㉘ 溥：普遍。言普遍受害。

㉙ 弘：广大，发展。

㉚ 栽：同灾。言难道不会灾及我身？

㉛ 先王：指文王、武王。受命：受天命为天子。

㉜ 蹙：收缩。指犬戎入侵，诸侯叛离，国土日削而言。

㉝ 旧：旧德之臣。

【讲评】

　　此篇主在斥小人干政。作者看到天灾人祸频至，既痛心，又忧伤，同时也在期盼有贤臣挽救国难。一章言天降饥馑灾祸，二章言小人乱政祸国，三章言在群小忌害之中生存之艰难，四章以旱象枯草比喻国之败象，五章伤今不如昔，六章警告执政者必将灾及自身，七章思贤臣挽救国家危难。

　　关于此以《召旻》名篇，苏辙《诗集传》解释说："首章称'旻天'，卒章称'召公'，故谓之《召旻》，以别《小旻》而已。"此说可从。

【集评】

　　孙月峰《批评诗经》说："音调凄恻，语皆自哀苦衷出，匆匆若不经意，而自有一种奇峭，与他篇风格又别。淡烟古树入画固妙，却正于触处收，正不必具全景。"

　　陈仅《诗诵》云："《召旻》亡国之音也。章法、句法皆前急而后慢，其节奏亦前噍而后啴。其音哀，其气促，往而不回，其东迁之兆乎？隋王令言听乐而知隋炀之不反，吾于此诗亦然。"

　　吴闿生《诗义会通》说："贤者造乱世，蒿目伤心，无可告愬，繁冤抑郁之情，《离骚》《九章》所自出也。"

九、祝 颂 篇

樛 木_(周南)

南有樛木^①,葛藟累之^②。乐只君子^③,福履绥之^④。

南有樛木,葛藟荒之^⑤。乐只君子,福履将之^⑥。

南有樛木,葛藟萦之^⑦。乐只君子,福履成之^⑧。

【注释】

① 樛木:樛(jiū),树枝向下弯曲的树,称为樛木。

② 葛藟(lěi):一种葛类植物,蔓如葛。累:缠绕。

③ 只:语气词。"乐只"犹言"乐哉"。

④ 福履:福禄,履,禄一声之转。绥(suí):稳定、安定。意为获得福禄,使他安定。

⑤ 荒:掩盖、覆盖。

⑥ 将:宏大、壮大。

⑦ 萦之:同累之。

⑧ 成:成就。

【讲评】

　　这是一篇向人祝福的歌子。每章只换二字,欢快活泼,与《芣苢》同一格调。诗中以青藤缠绕大树比喻人得到上天的福佑,以至他一言一行都福随身至。

　　全诗祝福的气氛浓郁,诗人始终让人们的视线不离开繁茂的葛藟所覆盖的大树,让人们始终笼罩于这一景象所生成的氛围之中,热烈的情绪也就始终不懈。脉络也十分清晰:首言"福履绥之",先安稳下来;继言"福履将之",然后不断发展壮大起来;最后是"福履成之",终于能够成就一番事业。

　　三章诗所言之"樛木"无不冠之以"南","南"绝非一简单的方位词。在周人的心目中,它有向阳的意味,因而有生育、繁衍、富庶的意义。这与周人以农业生产为主要衣食来源有关。《诗经》中所谓"南亩""南东其亩",是对长期农业生产经验的总结。"南"与藤类植物结合起来,也就是神灵崇拜与经验结合起来。再看"福履",福(祸)随履而生,即随人的行为而生其意义。与《尚书·周书》的一些篇章对应地看,可以肯定,在周人的祈求中,至少部分地摆脱了殷商时期主体完全笼罩、依附于神灵的现象,一个大规模的理性觉醒的时代即将来临。从文学的角度讲,《诗经》中自然物的描写,已经更多地渗透着人的理性精神,"神化"的成分减少,主体主动的审美精神在增强,意味着山水审美意识的萌芽。

【文化史拓展】

在《诗经》中,常以藤攀枝条喻人之幸福快乐。如《小雅·南有嘉鱼》:"南有樛木,甘瓠累之。君子有酒,嘉宾式燕绥之。"《大雅·旱麓》:"莫莫葛藟,施于条枚。岂弟君子,求福不回。"此当与原始之植物崇拜有关。原始人因自身防卫力量之薄弱,往往将自然物认作其保护神。在彝族中有崇拜竹子的习俗。象广西隆林、云南富宁等地的彝人,每村都有特种的兰竹,而且每年都要举行祭竹大典。他们相信兰竹的荣枯关系着族人的兴衰。曾有资料说,解放前敌机轰炸彝族居区时,汉人跑进了防空洞,而彝族民众则钻进了竹林。因为他们相信竹林能护佑他们。彝族中还有崇拜松树的习俗。像云南澄江等地的彝民,每年都有大祭松树、向松树祈福的活动。在高山族中有祭祀芋、薯、粟等的活动,在黎族中有崇拜"山猪草"的习俗,满族中有祭柳、娱柳的习俗,阿昌族中有祭神树的习俗,川西南的纳木依人有祭"万年青"的习俗,白族有崇拜榕树与枫树的习俗……像此类记载,在今之少数民族资料中比比可见。《樛木》当与原始的祀藤类植物的祭歌有关。关于藤类植物,有不少神话传说。《异苑》卷二云:"隋县永阳有山,壁立千仞。岩上有石室,古名为神农窟。窟前有百药丛茂,莫不毕备。又别有异藤,花形似菱菜,朝紫、中绿、晡黄、暮青、夜赤,五色迭耀。"《南史·孝义传上》云:解叔谦母病,谦夜于庭中祈福,闻空中语云:此病得丁公藤为酒便愈。《本草》云:唐开元末,隐民姜抚,年几百岁。召至集院,言服常春藤使白发还黑,长生可致。这些传说无疑发酵于原始的藤类植物崇拜。而《本草纲目》又十分详细地说:千岁藟补五脏,益气,续筋骨,长肌肉,久服,轻身不饥耐老,通神明。葛藟之所以有千岁藟之名,与古人的藤树崇拜不无关系。原始人认为神木能给他们以护佑,会给他们带来福祥,因此对它们举行祭祀,在神木前载歌载舞。如云南富宁彝族祭竹时,不仅要作法诵经,还要男女群起而舞,要历时几个小时。他们相信竹能降福于他们,能使他们人丁兴旺。《诗经》中《樛木》以及《南有嘉鱼》《旱麓》,也正蕴含着乞福于葛藟藁木的原始意识在内。不过它们已不是原始的祭歌了,而是脱胎于祭歌的祝福辞。因此它们虽失去了宗教的意味,却还残存着植物崇拜遗迹,以葛藟藁木,象征福禄之绵长无疆。

南 山 有 台（小雅）

南山有台①,北山有莱②。乐只君子③,邦家之基④。
乐只君子,万寿无期!
南山有桑,北山有杨。乐只君子,邦家之光⑤。
乐只君子,万寿无疆!
南山有杞⑥,北山有李。乐只君子,民之父母⑦。
乐只君子,德音不已⑧!
南山有栲,北山有杻⑨。乐只君子,遐不眉寿⑩。
乐只君子,德音是茂⑪!
南山有枸⑫,北山有楰⑬。乐只君子,遐不黄耇⑭。
乐只君子,保艾尔后⑮!

【注释】

① 台:通薹,莎草,可制蓑衣和笠等。

② 莱:藜草,可食用。

③ 乐只:犹"乐哉"。

④ 基:根本。

⑤ 光:荣耀。

⑥ 杞:木名。

⑦ 民之父母:意指其爱民如子,则民尊之如父母。

⑧ 德音:令闻、美誉。已:止。

⑨ 栲、杻(niǔ):皆木名。

⑩ 遐:通胡,训岂、何。眉寿:高寿。

⑪ 茂：盛。

⑫ 枸(jǔ)：木名，一名枸楰(gǔ)。

⑬ 楰(yǔ)：木名，又名苦楸。

⑭ 黄耈(gǒu)：高寿。

⑮ 保：安。艾：养。

【讲评】

　　这是一首为周王颂德祝寿之歌，当用之于燕飨。《诗序》以为"乐得贤"，何楷以为"文王养老之诗"，皆不可取。每章以南山、北山之草木起兴，颇能表其欢快活泼之情，创造出一派欢乐的氛围。一章颂其地位之重，二章颂其声望之高，三章颂其德行之美，四章颂其有美誉，五章祝其有寿有后。结语思远意厚。各章起兴之草木与所歌颂的内容有密切的联系。

【集评】

　　钱天锡《诗牖》云："此诗五章举草木各有伦类。台也莱也，附地者也，故曰'邦家之基'；桑也杨也，叶之沃若者也，故曰'邦家之光'；杞也李也，多子者也，故曰'民之父母'。栲杻也，枸楰也，耐久者也，故曰'眉寿黄耈'。其取材之相当，非直叶韵而已。"

　　张以诚《毛诗微言》引邹泉云："'不已'就时言，是无穷意；'是茂'就地言，是极盛意；'保'即身其用康，'艾'即颐养天和，'尔后'就君子本身说，正无后艰之义。"

　　锺惺云："通诗'德''寿'二字相错，似乱似整，亦非后人笔端。"

天　　保(小雅)

　　天保定尔①，亦孔之固②。俾尔单厚③，何福不除④？

　　俾尔多益⑤，以莫不庶⑥。

　　天保定尔，俾尔戬穀⑦。罄无不宜⑧，受天百禄⑨。

　　降尔遐福⑩，维日不足⑪。

　　天保定尔，以莫不兴⑫。如山如阜⑬，如冈如陵⑭。

　　如川之方至⑮，以莫不增⑯。

吉蠲为饎^⑰，是用孝享^⑱。禴祠烝尝^⑲，于公先王^⑳。

君曰卜尔^㉑，万寿无疆。

神之吊矣^㉒，诒尔多福^㉓。民之质矣^㉔，日用饮食^㉕。

群黎百姓^㉖，遍为尔德^㉗。

如月之恒^㉘，如日之升。如南山之寿，不骞不崩^㉙。

如松柏之茂，无不尔或承^㉚。

【注释】

① 保：保护。定：平安。

② 亦：又。孔：大，甚。之：其。

③ 俾：使。单：本字当作亶，信、厚。

④ 除：通"予"，训赐予。

⑤ 多益：多富，即富有。

⑥ 庶：众多。

⑦ 戬（jiǎn）穀：福禄，亦即幸福。

⑧ 罄（qìng）：尽，指所有的一切。

⑨ 百禄：百福。百，言其多。

⑩ 遐福：远福，即久长、远大之福。

⑪ 维日不足：维通虽，此言因福之多而广远，日日享福也享受不完。

⑫ 兴：兴盛。

⑬ 阜（fù）：高丘。

⑭ 陵：丘陵。

⑮ 如川之方至：如河水方涨。方，并、齐。

⑯ 增：增加。

⑰ 吉蠲（juān）：指吉日斋戒沐浴。蠲，清洁。为饎（chī，亦音 xī）：置办酒食。饎，酒食。

⑱ 孝享：献祭。

⑲ 禴（yuè）祠烝尝：四时祭祖的不同名称。春曰祠，夏曰禴，秋曰尝，冬曰烝。

⑳ 于公先王：指献祭于先公先王。

㉑ 君：先君。指祭祀时扮演先君的神尸。卜：付，给予。或以为"报"。

㉒ 之：是，如此、这样。吊：应训"淑"，即善。

㉓ 诒：送、赠给。

㉔ 质：质朴诚实。

㉕ 日用饮食：日以饮食为事，形容人民质朴之状。

㉖ 群黎：民众，指普通劳动人民。百姓：贵族，即百官族姓。

㉗ 为：读讹，即变化。

㉘ 恒：常，即永恒。

㉙ 骞：亏损。崩：崩溃。

㉚ 或承：即是承。承，继承，承受。

【讲评】

这纯然是一篇臣下对君王的祝福之辞。诗中反复强调的是上天与君王之德，这就是人们常说的周人"敬天保民"思想的表现。须注意的是，诗中所言敬祖，重在继承周部族祖先的德行（《国语》所谓"孝鬼神"，即遵循先祖的作为），也还是敬天保民。所以，诗中虽然讲了许许多多上天神灵赐福的话，关键还是把神灵与百姓对应地联系起来。这是在由殷商文明到周文明转化期，即由完全地依附于神灵到把神与民联系起来的过程中，表现出人的"类觉醒"可贵的理性精神之萌生。

首章言天使君位固而多福。"俾尔"等句，各依次俱足上句。高侪鹤云："'天保'二句未便说福，只是享雍熙太平，安如盘石意。'俾尔单厚'四句，正见所以保定也。"二章言天使君福多无穷。三章言天使之兴盛。"莫不增"与"莫不兴"相应，形容不尽之意。高侪鹤云："此即蒙上二章来，以上文称祝不尽，复形容一番。"四章言先祖福君。五章言福及德，及于黎民，写出太平光景。六章承前四"如"字引申赞扬，总是祝愿无已之词。前后九"如"字，笔端鼓舞。

【问题讨论】

因为诗在《正雅》，因而诗的时代、作者被经师们推到了周初。明清以来，如邹肇敏、何楷、魏源等，又据《逸周书·度邑》"维王克殷"，"定天保"之说，认为此是周公营雒之作。但诗中一点也看不出与周公营雒有何联系。就诗而论，只是一首普通的臣下祝福君主的诗，它的时代应当在西周晚期，可能与《鹿鸣》等诗差不多同时。因为像"万寿无疆"之类的词语，非但不见于西周初的《周书》与《周颂》中，即使西周中期的《大雅》与金铭中，也不曾见到。而在《小雅》及西周夷王以后的金铭中屡屡出现。如《南山有台》："乐只君子，万寿无疆。""乐只君子，万寿无期。"《楚茨》《信南山》："报以介福，万寿无疆。"《大克鼎》："天子其万年无疆。"《小克鼎》：

"永令灵终,万年无疆。"《兮甲盘》:"其眉寿无疆。"《虢季子白盘》:"子子孙孙,万年无疆。"据此推断,《天保》自然不会是周初之作了。

【集评】

谢枋得《诗传注疏》说:"上三章愿天赐君以福禄,下三章愿祖宗赐君以福寿。"

严粲《诗缉》说:"此诗曰厚曰益曰毂,皆以'俾尔'言之,祝君之德也。曰除曰庶曰宜曰兴曰增,皆以'无不''莫不'言之,祝君之福也。正见天下无德外之福也。"

沈守正《诗经说通》说:"人臣以福禄祝其君,不敢自为之词,必称天保定之,先公先王以贻之,尊敬之义也。福一也,既称天,又称神者,忠爱无已,广肆其词,言之不足,又详言之耳。首章首二句,言天之眷君如此,未便说到福君。下四句本'保定''孔固'来,但不可作保定之实。无时不受福,则积之厚矣,故曰'单厚';无事不受福,则数已多矣,故曰'多益'。'何福不除','以莫不庶',正足'单厚''多益'之意,亦可作'单厚''多益'之实。此一正一反,反复相明也。二章'戬毂'二句,亦一正一反相足之词……此便是受百禄,无两层意。'遐福'亦只是'戬毂'、'馨宜',衍之无穷。'唯日不足',是极状其不倦之意。三章'单厚''多益''戬毂''馨宜'之骈集,所谓'亦莫不兴'也……四章未言福而先言祭者,起末二句神福意也,与他处重祭祀者不同。五章人君以天下为家,天下之福,皆君之福也。四句一串说。民皆质实无伪,是民之德也。君无德,民有德,莫非君德,故'遍为尔德'……末章是愿祝无已之词,既欲其如日月之方进,又欲其如南山之久长,又欲其如松柏之代新,皆意有余而言不足之意。"

高侪鹤《诗经图谱慧解》云:"全篇以天神为主,前二章言天福君,三章形容福之盛以结之。四、五章言神之福君,六章复形容福之盛以结之。"

斯　　干 (小雅)

秩秩斯干①,幽幽南山②。如竹苞矣③,如松茂矣。
兄及弟矣,式相好矣④,无相犹矣⑤。
似续妣祖⑥,筑室百堵⑦,西南其户⑧。爰居爰处⑨,
爰笑爰语。

约之阁阁⑩,椓之橐橐⑪。风雨攸除⑫,鸟鼠攸去,
君子攸芋⑬。

如跂斯翼⑭,如矢斯棘⑮,如鸟斯革⑯,如翚斯飞⑰,
君子攸跻⑱。

殖殖其庭⑲,有觉其楹⑳。哙哙其正㉑,哕哕其冥㉒,
君子攸宁㉓。

下莞上簟㉔,乃安斯寝㉕。乃寝乃兴㉖,乃占我梦。
吉梦维何㉗? 维熊维罴㉘,维虺维蛇㉙。

大人占之㉚:维熊维罴,男子之祥㉛;维虺维蛇,
女子之祥。

乃生男子㉜,载寝之床㉝。载衣之裳㉞,载弄之璋㉟。
其泣喤喤㊱。朱芾斯皇㊲,室家君王㊳。

乃生女子,载寝之地㊴。载衣之裼㊵,载弄之瓦㊶。
无非无仪㊷,唯酒食是议㊸,无父母诒罹㊹!

【注释】

① 秩秩:水岸草木之貌。斯:语助词,犹之。干:即岸,水岸。

② 幽幽:深远貌。南山:指终南山。

③ 如:或有。苞:丛生。

④ 式:发语词,无实义。

⑤ 犹:欺诈。

⑥ 似续:继承。似,通嗣,继。妣:本是亡母之称,这里泛指女性先祖。

⑦ 百堵:这里形容筑宫室之多。

⑧ 西南其户:言门户有向西开者,有向南开者。

⑨ 爰:于是。

⑩ 约:捆扎,这里是指用绳索捆扎、固定筑墙板。阁阁:捆扎筑墙板发出的声音。

⑪ 椓:击打,指打土墙。橐(tuó)橐:打土墙的声音。

⑫ 攸:所,是。除:消除。

⑬ 芋:借为宇,这里有庇覆、居住之意。

⑭ 如跂斯翼:指如举踵而立之沉着端正。跂,企。翼,端正。

⑮ 棘:训棱角。

⑯ 革:翅膀。这里当作动词解,有展翅之意。

⑰ 翚(huī):雉类鸟,即锦鸡。此句是形容宫殿色光壮美。

⑱ 跻:登。

⑲ 殖殖:平正貌。

⑳ 有觉:犹觉觉,高大而直立之貌。

㉑ 哙(kuài)哙:通快快,明亮貌。正:指向阳正房。

㉒ 哕(huì)哕:郑训熭熭,宽明貌。或以为深广貌。冥:窈,指深远。

㉓ 宁:安。指安居。

㉔ 莞(guān):通萑,蒲草的一种,可织席。簟(diàn):竹席。

㉕ 乃安斯寝:言安居于此寝室中。

㉖ 兴:起床。

㉗ 维何:是什么。维,是。

㉘ 罴(pí):哺乳动物,似熊而大。

㉙ 虺(huǐ):蛇类动物。

㉚ 大人:此处指周王,即周王占卜。

㉛ 祥:本义为福,这里指吉祥之兆。

㉜ 乃:如果。

㉝ 载:则。

㉞ 裳:下裙。古制上曰衣,下曰裳。

㉟ 璋:一种玉器,形如半圭。圭璋源于远古的石斧石刀。刀斧为男人使用的工具,亦为男性的象征。

㊱ 喤喤:形容婴儿哭声之洪亮。

㊲ 朱芾:朱红色蔽膝。斯皇:犹煌煌,光明貌。

㊳ 室家君王:指一门之中所生的男孩非王即侯。

㊴ 载寝之地:男寝于床,女寝于地,当有阳上阴下之义,非只重男轻女。

㊵ 裼(tì):包小儿的小被,即褓衣。

㊶ 瓦:陶制的纺轮。为女子劳动工具,故亦为女性的象征物。

㊷ 无非无仪:指妇人不要管家中的是(仪,善,指是)非。"无非"指无过失,"无仪"指品性端正。

㊸ 议:商量、考虑。

㊹ 贻：给予。罹：忧。

【讲评】

这是一首赞颂周王新建宫殿落成的诗,诗中描写了宫殿建筑的位置、建筑过程、居住新宫的美好前景。

一章开端描写地势,面水背山,极深静闲远。"秩秩""幽幽"画水意山色。二章言创新业,建新宫。后二句写创业之乐观气氛。三章写建构之坚好。四章写宫殿之壮美。孙月峰云："上章述筑构之坚好,此章说形势之壮丽,下章写气象之宽邃。宫室之美尽矣。简而浓,华而不骋,有境有态,读此便觉《灵光》《景福》俱赘。"五章写宫廷宽明。上章观其外,此章观其内。徐光启曰："此三章状墙垣,状堂,状室,各极其形容,无不中意,可谓文中有画。俱就广林华丽上说,正见君王者之居。"六章写室成安寝而得吉梦。七章写占梦。生育之兆,见出后嗣繁衍、种族昌盛气象。八章贺生男之祥。九章贺生女之祥。

这是中国古代最早的关于宫室建筑的详细描述,具有极高的文化价值。在文学上实开汉代以后宫苑类大赋的先河,使用的也是典型的"赋"法——空间展开式的铺张并陈。

【文化史拓展】

这其实也可认作是古代的《上梁文》。民族志中有大量关于立房、建室、上梁的资料,每一工程都有一定仪式。如土家族上梁完毕,要祭梁,由木匠师傅攀梯登梁,奠酒以贺,其词曰："坐在梁头打一望,主东坐的好屋场;后有青山重重岭,前有玉带水汪汪;左有青松落白鹤,右有梧桐歇凤凰;后园栽有桃和李,前院梅竹芝兰香;二字墙头耸屋档,四周围起红院墙。墙头画有芭蕉绿,墙壁张生请红娘。还有鲤鱼跳龙门,梅花双鹿对中堂。天上七姐若到此,再也不愿回天堂。"满族建屋上梁,也有以酒浇梁仪式,其《上梁歌》云："浇梁头,浇梁头,祖祖辈辈出公侯;浇梁腰,浇梁腰,祖祖辈辈吃犒劳。"佤族盖房子,亦选定吉日,全寨帮忙,当天盖好,寨子中青年男女饮酒庆贺,唱道："最牢的房子已盖好,最大的风也乔不倒……唱吧,跳吧,新房盖得真漂亮。象小羊一样进去看看,象小鸡一样进去踩踩,象老鼠一样窜进去钻钻,新房盖得好,主人福气大。"仫族建房"结尾"时的仪式歌说："今日主家起屋,子孙发达,万代荣昌。"布依族上大梁歌说："远望蓝天亮光光,近看新房喜气洋。新房前后水汪汪,好比明镜亮堂堂。新房后面山一座,犹如凤凰展翅飞方。"开彩门歌说:"两扇金门光生生,两扇银门生碧辉。左边雕有金狮子,右边刻有玉麒麟。早晨开门金鸡叫,夜晚关门凤凰归。主家六畜年年旺,子孙荣华万万春。"象纳西族、壮族等民族,也有建房歌,汉族不少地区,至今上房梁、盖屋顶都要举行仪式。

【问题讨论】

这篇诗中提到了男子"弄璋"、女子"弄瓦"的问题。今人多以为这是男尊女卑观念的早期体现。其实是与原始时代的男女分工有关的。璋是一种玉器,形如半圭,大小不一。郭宝钧《古玉新诠》认为,圭璋源于远古的石斧石刀。从出土文物可知,早期的刀斧形制颇相似。故毛氏说:"半圭为璋。"刀斧为男人使用的工具,上古成年男子有佩石斧之俗,后来"君子佩玉"即由佩石刀斧的古俗演化而来。由石刀石斧演生的圭璋,实际上成了男性的象征。故此处有"弄璋"一说。而瓦,则指的是纺砖。《毛传》:"瓦,纺专也。"但纺专(砖)为何物,各言之不详。段玉裁以为"妇人捻线锤头古用砖为之",清王应奎《柳南随笔》二云:"余见世纺车之式,下有木一纵一横,往往以砖镇之,或于纵木上,或以横木上,盖其摇动也。岂即所谓纺砖乎?"陈子展先生则据甲骨文"专"字之形体以解纺砖之形。今按:所谓纺砖,所谓瓦,所指当即陶制的纺轮。《说文》:"瓦,土器已烧之总名。"是陶制纺轮亦可称瓦。纺轮扁而圆,中有孔,形制如璧。《说苑·杂言》云:"子不闻和氏之璧乎?价重千金,然以之间纺,曾不如瓦砖。"这里所说的瓦砖,就是指与璧形状相似的纺轮,此在原始墓葬中发现甚多。浙江余杭瑶山发现一批良渚文化墓葬,墓葬中出土了大量石(也有玉的)钺(斧)和纺轮。值得注意的是,斧与纺轮是按性别配葬的,分别是男性和女性的象征物。(《文物》1988 年 1 期)这与此诗中"弄璋""弄瓦"的习俗,可说是一脉相承的。

【集评】

牛运震云:"叙作室正身,只中间四章,前段设景布势,后篇撰情生波,极章法结构之妙。篇中有极笃厚语,有极壮丽语,有极奇幻语,错出不竭,曲尽其妙。"

姚际恒《诗经通论》云:"又室成而与后妃寝处,方能诞育。今但轻言莞、簟安寝,即接入梦,其于后妃寝处略而不道,而已在隐约之间。起雅去俗,妙笔! 妙笔!又居此室者,一家和乐好合,无过兄弟、妻子。首章已言兄弟,此处当言妻子。于兄弟则明言之,于妻子则隐言之,此尤作者之自得,而不望后世之人知之也。"

凌濛初《诗逆》云:"因寝而梦,复因梦生占,因占得祥,段段相生,如新笋成竹,逐节剥换。"

棫　　朴(大雅)

芃芃棫朴①,薪之槱之②。济济辟王③,左右趣之④。
济济辟王,左右奉璋⑤。奉璋峨峨⑥,髦士攸宜⑦。
淠彼泾舟⑧,烝徒楫之⑨。周王于迈⑩,六师及之⑪。
倬彼云汉⑫,为章于天⑬。周王寿考⑭,遐不作人⑮?
追琢其章⑯,金玉其相⑰。勉勉我王⑱,纲纪四方。

【注释】

① 芃(péng)芃:同蓬蓬,草木茂盛貌。棫朴:丛生的棫木。

② 薪:薪柴,此处作动词,指取以为薪。槱(yǒu):积木以点燃。

③ 济济:仪容端庄貌。辟王:君王。

④ 左右:周王左右群臣。趣:"趋"之借字,趋附,此当指奔趋助祭。

⑤ 奉:捧。璋:一种玉器。

⑥ 峨峨:盛服严装之貌。

⑦ 髦士:俊士。攸:所。宜:适合。

⑧ 淠(bì):舟行貌。泾舟:泾水之舟。泾,泾水。

⑨ 烝:众。徒:役夫,此指船夫。楫:划船的桨,这里指为划船。

⑩ 于:往。迈:行。旧以为指出征。

⑪ 六师:指天子六军。及:追随,跟从。

⑫ 倬:大而明貌。云汉:天河。

⑬ 章:文章,文彩。此指天河绚烂于天。

⑭ 寿考:长寿,高寿。

⑮ 遐:何。不:为语词。作人:造就新人。宋儒以为"作人"指变化鼓舞人,有振作之意。可从。

⑯ 追琢:雕琢。追,"雕"之借字。章:指外表形式。

⑰ 相:质,指内质。此言其本质如金玉之美。

⑱ 勉勉：勤勉不已貌。

【讲评】

《诗序》以为此言"文王能官人"，《齐诗》认为此言"文王受命则郊，郊乃伐崇"。朱熹认为"此亦咏文王之德"。并云："此诗前三章言文王之德，为人所归。后二章言文之王德，有以振作纲纪天下之人，而人归之……疑多出于周公也。"姚际恒云："此言文王能作士也。"按诸家之说，以朱熹最为近之。但归之于文王，则恐未必了。因为诗中没有明确言及文王，诗的时代也没有明确的标志，很难说它所歌颂的就是文王。从诗的内容上看，此诗是由一祭祀场面写起的。在周代，人们认为国之大事有二，一是祭祀，一是征伐，所以诗先写祭祀，再写征伐。但目的不在写祭祀与征伐的本身，而是要突出周王人才之盛。一章言在祭祀场上"左右趣之""髦士攸宜"，歌颂文德之士盛多；二、三章言及出征，则众徒楫舟，"六师及之"，歌颂武勇之士甚众。第四章则将人才之众归德于周王的能"作人"上。第五章再寻其本，则归结于周王之德上。所以诗的主旨还是在颂德。

诗意在颂德，但不直接写其德，而是用侧面烘托的手法：写左右的"髦士"则言其"奉璋峨峨"，手捧圭璋、服饰整齐（符合礼仪）；写周王则言其"追琢其章，金玉其相"，也还是从外在的服装着眼。中国文学中写人，往往写人物的服饰，从《诗经》到《红楼梦》莫不如此，而且往往是大段的铺张的描写。这成为中国古代文学，特别是叙事文学的一大特征。尤其是讲唱文学，听众不但不嫌啰嗦，反而兴趣盎然。这其中显然隐藏着巨大的审美情趣。

从周人重视礼乐开始，服饰、车马、住房等等就与政治、道德、伦理紧密地联系在一起了。什么样的服饰，不只表明什么样的身份和地位，也表明人物的内在精神和修养。所以，服饰就是"人"本身，写服饰既是写人的外在表现，也是写人物的精神世界，两者不可暂离。

【集评】

方玉润云："其作人之盛也，既美其质，复琢其章，故能焕发成采，如彼云汉之'为章于天'矣，岂不倬然也哉！及其归心也，莫大乎承祭与征伐。文王承祭，奉璋峨峨，无非髦士攸宜，则其作文德之士也可知。文王征伐，六师扈从，有烝徒楫舟，则其作武勇之士也，又可见。盖非徒能官人而已，又有以作之，使其振兴鼓舞而变化焉。"

旱 麓（大雅）

瞻彼旱麓^①，榛楛济济^②。岂弟君子^③，干禄岂弟^④。

瑟彼玉瓒^⑤，黄流在中^⑥。岂弟君子，福禄攸降^⑦。

鸢飞戾天^⑧，鱼跃于渊^⑨。岂弟君子，遐不作人^⑩？

清酒既载^⑪，骍牡既备^⑫。以享以祀，以介景福^⑬。

瑟彼柞棫^⑭，民所燎矣^⑮。岂弟君子，神所劳矣^⑯。

莫莫葛藟^⑰，施于条枚^⑱。岂弟君子，求福不回^⑲。

【注释】

① 旱麓：旱山山麓。

② 榛：木名。楛(hù)：木名，叶如荆而赤，又名赤荆。济济：众盛貌。

③ 岂(kǎi)弟：和易近人。君子：指周王。

④ 干禄：求福。

⑤ 瑟：瑮之借，玉鲜洁貌。玉瓒：即圭瓒，天子祭祀所用的酒器。

⑥ 黄流：指瓒中黄色之酒。

⑦ 攸降：所降。言福禄降于其身。

⑧ 鸢(yuān)：即老鹰。戾天：至天。指飞至天上。

⑨ 渊：深潭。言皆得其所。

⑩ 遐：何。不：为语词。作人：造就新人。

⑪ 载：陈设。或以为承载，言酒载于尊中。

⑫ 骍牡：赤黄色公牛。周人尚赤，故祭祀用骍牡。

⑬ 介：通匄，乞求。景福：大福。

⑭ 瑟：鲜明貌。柞棫：二木名。

⑮ 燎：烧柴祭天。

⑯ 劳：慰劳，劳来。

⑰ 莫莫：茂密貌。或以为莫、莽一声之转，莫莫即莽莽，草木长大之貌。葛藟：藤本植物。

⑱ 施(yì)：蔓延。条枚：山楸树枝。

⑲ 不回：不邪，言求福不以邪道。

【讲评】

这是一篇歌咏周王祭祀而获福的诗。《诗序》云"受祖也"，大概即是此意。朱熹以为是咏文王之德的，则意过泛。古今解诗者都以为此与文王有关，这是没有根据的。诗之所以与《棫朴》排列在一起，是因为两篇中都有"遐不作人"之句，并非意义上有何联系。或据此句而以为此也是言文王育人之诗，则就更非其当了。

诗格调轻快，与大雅各篇有所不同，原因即在于多用"比兴"，风格接近民歌。首章以林木之盛兴周王福禄之多。二章以器、酒之精、醇兴周王福禄之美、厚。三章以鸟鱼各得其所兴人才各得其所用。四章言牲酒备祭，神灵必赐大福。五章言民助祭，神来慰。末章言求福得福。

灵　　台（大雅）

经始灵台①，经之营之。庶民攻之②，不日成之。
经始勿亟③，庶民子来④。王在灵囿，麀鹿攸伏⑤。
麀鹿濯濯⑥，白鸟翯翯⑦。王在灵沼⑧，於牣鱼跃⑨。
虡业维枞⑩，贲鼓维镛⑪。於论鼓钟⑫，於乐辟廱⑬！
於论鼓钟，於乐辟雍！鼍鼓逢逢⑭，矇瞍奏公⑮。

【注释】

① 经：经度。始：高亨以为借为"治"。灵台：台观名，其址在今西安西北。《括地志》说：灵台唐时尚存，孤高二丈。

② 攻：治、建造。

③ 亟：同急。此言周王告诉百姓建台不必太急。

④ 庶民子：指庶民之子，意思是说大人小孩都参加了建造灵台的劳动，表示周王甚得民心。

⑤ 麀（yōu）：母鹿。攸伏：攸，所。伏，伏卧。

⑥ 濯濯：肥美貌。

⑦ 白鸟:指白鹭或白鹤。翯(hè)翯:洁白光泽貌。

⑧ 灵沼:灵台所在地的池塘,因在灵台下,故称灵沼。

⑨ 於:美叹声。牣(rèn):满。言池中满是鱼在跳跃。

⑩ 虡(jù):悬挂钟磬木架的直柱子。业:虡所架横木上的大版,刻如锯齿状,用以悬挂钟鼓磬等乐器。维:与、和。枞:又称崇牙。《孔疏》:"悬钟磬之处,又以彩色为大牙,其状隆然,谓之崇牙。"

⑪ 贲(fén)鼓:大鼓。贲借为鼖。镛:大钟。

⑫ 论:通伦,次序。此指钟鼓排列有序。

⑬ 辟雍:周王朝贵族及子弟举行礼乐大典及接受教育的地方。

⑭ 鼍(tuó)鼓:鼍皮蒙的鼓。鼍,即扬子鳄,皮坚厚,可以制鼓。逢(péng)逢:鼓声。

⑮ 矇瞍:盲人,古代乐师常由盲人充任。公:事。

【讲评】

《孟子·梁惠王篇》:"文王以民力为台为沼,而民欢乐之,谓其台曰灵台,谓其沼曰灵沼,乐其有麋鹿鱼鳖。古之人与民偕乐,故能乐也。"这是最早一段"灵台诗话"。《毛序》也说:"《灵台》,民始附也。文王受命而民乐其灵德,以及鸟兽昆虫焉。"陈奂说:"《皇矣》言伐崇,而《灵台》即言作丰。于伐崇观天命之归,而于作丰验民心之所归往,皆文王受命六年中事。"古今学者也皆以此诗为写文王辟雍之乐的。但诗中并没有明确言及文王。因此谓此诗写周王则可,定位于文王身上,则无明证。

诗的中心在写园囿之乐。园囿中除有灵台、池沼、辟雍等人工建筑之外,还有众多的鸟兽鱼等。古人绘辟雍图,往往绘得很秀气,很有规矩。但据诗中的情况看,这是一片很大的地方,应该是水傍草木茂盛之处,或如水洲。辟雍、灵台即是洲上的建筑。古人说辟雍周围有水环绕,当就是指水洲之类的地方。这里是一定时节中的游乐之所,也是族中子弟集训的地方,一些礼乐大典也在这里举行,故有辟雍为学校之说。诗重在写园囿之乐,故全诗充满了快乐的气氛。一章言灵台功毕之速,以见民之乐事于此。二章民乐事,王乐息,鹿乐处,见万物祥和气象。三章申言鸟兽自得景象。后二章言辟雍之乐。

【集评】

陈仅云:"《灵台》无句不韵,读者讽诵其音节,盱衡其气象,直是一片太和元气,鼓荡弥纶。觉宇宙间无非喜气,心腔中全是乐意,鼓之舞之以尽神。诗所以贵于诵也。"

卷　　阿（大雅）

有卷者阿①,飘风自南②。岂弟君子③,来游来歌,
以矢其音④。

伴奂尔游矣⑤,优游尔休矣⑥。岂弟君子,俾尔弥尔性⑦,
似先公酋矣⑧。

尔土宇昄章⑨,亦孔之厚矣⑩。岂弟君子,俾尔弥尔性,
百神尔主矣⑪。

尔受命长矣⑫,茀禄尔康矣⑬。岂弟君子,俾尔弥尔性,
纯嘏尔常矣⑭。

有冯有翼⑮,有孝有德⑯,以引以翼⑰。岂弟君子,
四方为则⑱。

颙颙卬卬⑲,如圭如璋⑳,令闻令望㉑。岂弟君子,
四方为纲㉒。

凤皇于飞㉓,翙翙其羽㉔,亦集爰止㉕。蔼蔼王吉士㉖,
维君子使㉗,媚于天子㉘。

凤皇于飞,翙翙其羽,亦傅于天㉙。蔼蔼王多吉人㉚,
维君子命,媚于庶人㉛。

凤皇鸣矣,于彼高冈。梧桐生矣,于彼朝阳㉜。
菶菶萋萋㉝,雍雍喈喈㉞。

君子之车,既庶且多㉟。君子之马,既闲且驰㊱。
矢诗不多㊲,维以遂歌㊳。

【注释】

① 卷阿:弯曲的丘陵。

② 飘风:旋风。

③ 岂弟:和气平易。

④ 矢:陈。音指歌声。

⑤ 伴奂:盘桓、逍遥之意。

⑥ 优游:闲暇自得貌。

⑦ 俾尔弥尔性:意祝其长寿,享尽天年。俾,使;弥,终,尽;性,同"生",生命。

⑧ 似:通嗣,继承。先公:指周之先公先王。酋:通猷,谋略,功业。

⑨ 土宇:国土,疆域。昄章:版图。

⑩ 孔厚:非常辽阔。

⑪ 百神:天地山川的众神。主:主祭者。古天子主祭百神。

⑫ 受命:指受天命为天子。

⑬ 茀禄:福禄。茀,通福。康:安康。或以为安,动词,享受。

⑭ 纯嘏(gǔ):大福。

⑮ 冯(píng):可为依者。翼:可为辅佐者。

⑯ 有孝有德:有孝敬者,有修德者。

⑰ 以引:引导。翼:辅助。

⑱ 则:法则。

⑲ 颙(yóng)颙:恭敬温顺貌。卬卬:字通昂,气宇轩昂貌。

⑳ 圭、璋:古代礼器,美玉制成。

㉑ 令:善。

㉒ 纲:纲纪。

㉓ 凤皇:即凤凰。

㉔ 翙(huì)翙:飞行时翅膀发出的声音。

㉕ 爰:犹"与"。

㉖ 蔼蔼:众多貌。吉士:贤士,指周王君臣。

㉗ 君子:指周王。使:役使。

㉘ 媚:爱。指为王所喜爱。

㉙ 傅:通薄,迫近。

㉚ 吉人:犹"吉士"。

㉛ 庶人:民众。

㉜ 于彼朝阳:于鬯《香草校书》云:"'凤皇鸣矣''梧桐生矣'二句,盖当互乙。……梧桐
　　生高冈,凤皇鸣朝阳,亦于义为协。且下文'萋萋菶菶',承梧桐言也;'雝雝喈喈',
　　承凤皇言也。先承梧桐,后承凤皇,则此先梧桐后凤皇,尤显可见矣。"

㉝ 菶(běng)菶萋萋:形容梧桐枝叶茂盛。

㉞ 雝雝喈喈:形容凤鸣声和谐。

㉟ 庶:众多。多:俞樾以为通"侈",指车饰侈丽。

㊱ 闲:熟练。

㊲ 矢诗:陈诗。

㊳ 遂:当训为"进",即进献之意。

【讲评】

　　《毛序》以为这是"召康公戒成王"的诗,《齐诗》以为是召公避暑卷阿而作,王
质《诗总闻》以为是颂文王的,朱子疑是召康公从成王游歌于卷阿之上,因王之歌
而作此诗以为戒的。也有人引《竹书纪年》"成王三十三年,游于卷阿,召康公从"
的记载以为证(见姚际恒引)。各家之说多为推测,《竹书纪年》为晚出之书,亦不
足为凭。从内容上看,这当是周王与群臣出游卷阿,诗人陈诗颂王的歌。诗人可
能是一位地方官,他庆幸周王的到来,赞美周王仪容声誉之美、群臣之贤、扈从之
盛。一章言王来而歌,二章美其能继先公之道,三章美其能主百神之祭,四章美其
能永享大福,五章美有良佐而使其为则四方,六章美其有美誉而能为纲四方,七章
美其有良材恭从,八章美其惠及庶民,九章美其能致太平光景,十章美其车马之
盛,而以进颂歌作结。

　　值得提到的是,第八章用一个专章来写凤凰。这在整部《诗经》中是少见的。
虽然凤凰是虚拟的鸟类,却写得很现实:"高冈",所鸣之地,"梧桐",所鸣之树,"于
彼朝阳",所鸣之时,"菶菶萋萋",梧桐之"象","雝雝喈喈",鸣声之美。这章诗指
示着山水审美意识、山水文化、山水文学的根源,也指示着山水文学必然产生的未
来。就是说,山水文化来源于远古图腾崇拜中自然物的心灵化,来源于农业生产,
在从图腾崇拜到山水审美意识和山水文学发展的漫长的历史进程中,《诗经》是关
键的第一步,《楚辞》是第二步,汉赋是第三步……探索山水文学的产生和发展,离
开《诗经》,那就是切断历史,也切断了文化的根基。

十、杂　感　篇

绿　　衣（邶风）

绿兮衣兮①，绿衣黄里②。心之忧矣③，曷维其已④！
绿兮衣兮，绿衣黄裳⑤。心之忧矣，曷维其亡⑥！
绿兮丝兮，女所治兮⑦。我思古人⑧，俾无訧兮⑨！
絺兮绤兮⑩，凄其以风⑪。我思古人，实获我心⑫。

【注释】

① 衣：上衣。绿衣是古代未嫁女性所穿的衣服，宫中嬖妾服之。

② 里：衣服的衬里。

③ 之：副词，犹多么。

④ 曷：何，有"何时""怎样"的意思。其：犹"可"。已：止。

⑤ 裳：下衣。

⑥ 亡：同已，即与上文之"已"同。

⑦ 女：汝，你。

⑧ 古人：故人，这里指主人公心系之人。

⑨ 俾：使。无訧：即无尤。尤，过错、祸患。

⑩ 絺、绤：粗葛布絺，细葛布绤。

⑪ 凄其：凄然，其犹"然"，形容词语尾助词。

⑫ 获：得，得心，即中意。

【讲评】

　　旧以为这是卫庄姜伤己的诗，刘大白认为是一首悼亡诗，现在大多学者同意刘大白的说法。但仔细阅读发现，诗中缺少夫妻共同生活的影子，因此更确切地说这应该是一首"感旧诗",是睹物思人之作。诗中反复提到"我思古人",即可证明。这"古人",曾是绿衣的主人,至于其是死是活,诗中没有明言,但诗中却充满了凄凉悲伤的气氛。清王士禛《池北偶谈》云:"予六七岁,始入乡塾受《诗》。诵至《燕燕》《绿衣》等篇,便觉怅触欲涕,亦不自知其所以然。"这正是诗篇悲凉忧伤的基调所起到的艺术效果。不过平心读之,这首诗最值得关注的,不是"我"对"古人"的感情,即所谓纯真的友情或如今人所谓的"爱情",而在于为什么要思"古人"上。诗中给出的答案有两条:一、"古人"能使自己"无訧",即能匡正"我",随时提醒"我",以使"我"不犯错误。二、"古人"能"获我心",是"我"的知己,最能体贴"我"。这从两个方面反映了"古人"的为人:从"俾无訧"一点看,她才智出众而且有贤德;从"获我心"一点看,她善解人意而且服务周到。同时也反映了诗人的精神追求,她考虑的不是自己的利益得失,而追求的是"无訧",是人格的健全、完善。

【问题讨论】

首先来看今人"悼亡诗"之说存在的问题。

最有名的悼亡之作当数潘岳的几首《悼亡》诗,其一:"望庐思其人,入室想所历。帏屏无仿佛,翰墨有余迹。流芳未及歇,遗挂犹在壁。怅恍如或存,回惶忡惊惕。如彼翰林鸟,双栖一朝只。如彼游川鱼,比目中路析。春风缘隙来,晨溜承檐滴。寝息何时忘,沉忧日盈积。""庐""室"是夫妻共居的家室,"帏屏"是夫妻共处居室的设置,"遗挂"是妻子的画像。"双栖""比目"是描写男女爱情常用的词语。一望可知这里所思念的是配偶。其他的两首又言:"展转眄枕席,长簟竟床空。床空委清尘,室虚来悲风。""奈何悼淑俪,仪容永潜翳。""衾裳一毁撤,千载不复引。"夫妻生活的内容昭然可见。明人刘嵩《续悼亡篇》是续潘岳之的,其中言:"褰帷怯孤影,入室惊凝尘。稚子啼不闻,亲戚至莫因。中庭掩徒旧,虚位设已新。""褰帷""孤影""入室""稚子啼"等,这些意象,只能用于夫妻间。再看沈约的《悼亡》云:"去秋三五月,今秋还照房。今春兰蕙草,来春复吐芳。悲哉人道异,一谢永销亡。屏筵空有设,帏席更施张。游尘掩虚座,孤帐覆空床。万事无不尽,徒令存者伤。""照房""屏筵""帏席""孤帐""空床"等之类的意象,一看便知悼念的是配偶。温庭筠《丧歌姬》诗云:"玉貌潘郎泪满衣,画罗轻鬓雨霏微。红兰委露愁难尽,白马朝天望不归。宝镜尘昏鸾影在,细筝弦断雁行稀。"这思念的则是亡故情人的娇容。宋戴复古《题亡室真像》:"求名求利两茫茫,千里归来赋悼亡。梦井诗成增怅恨,鼓盆歌罢转凄凉。情钟我辈那容忍,乳臭诸儿最可伤。拂拭丹青呼不醒,世间谁有返魂香。""鼓盆歌"用庄子妻亡鼓盆而歌的典歌,一望便知是悼念妻子的。加之"乳臭诸儿最可伤"之句,更写出了失去母爱的诸儿的可怜。宋蒲寿宬《悼亡》云:"百岁期偕老,半生尘梦讹。方谐委奋事,忍作鼓盆歌。野水悲苹藻,秋风泣薜萝。青灯课子诵,此意念君多。"这与戴复古的诗一样,也出现了"鼓盆歌"和孩子的意象。元丁鹤年《悼亡》云:"别时如玉人,归来死生隔。日暮泣孤坟,音容杳难得。惟余坟上草,犹带罗裙色。""日暮"当是夫妻团聚的时候,而现在看到的却是"孤坟",所想到的是"音容""罗裙色"。著名的苏轼《江城子》"小轩窗,正梳妆"之类的描写,思念的更是丈夫眼中的妻子。《诗经》中也有悼亡的诗,如《葛生》,其云:"角枕粲兮,锦衾烂兮。予美亡此,谁与独旦。""角枕""锦衾"都是夫妇共享之物,而今则只"独"自一人长夜待旦。像这些诗,只能是情人之间的思念,而无法置换为朋友或其他人。可是《绿衣》不同,夫妻共同生活的影子几乎看不到,而"俾无訧""获我心",又完全是挚友之间的语言。故窃以为诗人是在思念一位故人,但她并非"亡妻"。

其次是在周朝礼制的规定下,绿衣是何人所服的问题。

根据《毛传》的解释,绿色是间黄色,不是正色,不应当为衣在上,黄色是正色,不应当为衣在下。那就是说,"绿衣黄裳"不合礼制,因此这里就成为一种单纯的比喻,而非真有"绿衣"了。郑玄感到这样解释大为不妥,于是把"绿衣"认作是"褖衣"之误。因为"褖衣"是周礼中王后六服中之一种,黑色,实际存在。即孔颖达所说:"诗者咏歌,宜因其所有之服而言,不宜举实无之绿衣以为喻,故知当作褖也。"这实际上是郑和毛都认为宫中不应当有绿衣。扬雄《法言·吾子》说:"绿衣三百,色如之何矣!纻絮三千,寒如之何矣!"柳宗元注说:"绿衣虽有三百领,杂色不可入宗庙。纻絮虽有三千纸,单薄不可以御冬。"从这里又可以看出,古代有绿衣,只是非高贵之服。《大戴记·夏小正》传中有一条与绿衣有关的非常重要的信息,其云:"玄也者,黑也。校也者,若绿色然,妇人未嫁者衣之。"孔广森《大戴礼记补注》云:"'校'读为'绞',《礼》有'绞衣',郑君注云:'绞,苍黄之色也。'广森谓:绿之近苍黄者,若俗所称平果绿矣。未嫁者未成人,可以服间色。"邹汉勋《读书偶识》说:"《夏小正》传:'校也者,若绿色然,妇人未嫁者衣之。'《玉藻》:'绞衣以裼之。'郑注:'绞,苍黄之间色。'《说文》:'绿,帛青黄色。'《玉篇》:'绞,绿色,未嫁者衣也。'《集韵》:'何交切。'校、绞、绖盖一字,殆即今之冻绿色也。姜上僭,即所谓嬖人,州吁之母也。嬖人非侄娣,乃御婢之属,僮年供驱使于宫中,故衣未嫁之绿衣。庄公好之,故必备,为之里,为之裳,如下士之服,渐有位号于宫中也。虽有位号,不可衣绿而逼僭姊，故曰上僭也。"王先谦《诗三家义集疏》亦云："任文田云：'绞，苍黄色。'蒋春雨云：'《周礼》王后六服，首曰袆衣玄，末曰褖衣黑，其外内命妇之卑者皆褖衣，盖玄最贵，其色似褖者，惟女子可衣之，命妇即不容僭，玄校殆有夏时之等焉。'案任氏以绞为苍黄色，盖本《玉藻》'麛裘青豻褒，绞衣以裼之。'《郑注》：'绞，苍黄之色也。'绿色在苍黄之间，故任氏以'绞'为'校'，然麛裘白，不当以绿色衣为裼，故皇氏云素衣为正，记者乱言绞耳。且《玉藻》是说君服，非妇人服，亦与《传》不合。蒋引《周礼》，夏固与周不同，《周礼》王后六服末之褖衣，外内命妇亦得服之。若未嫁之妇人，不当于命妇同服，或与夏时之制同服绿，亦未可知。"进而说："古夫人自称曰小童，盖不敢居尊，而自谦为妾。《楚语》云：司马子期欲以其妾为内子，访之左使倚相曰：'吾有妾而愿，欲笄之。'《内则》云：'妾虽老，笄，总角，拂髦。'然则古礼惟内子笄，妾老虽笄，犹必总角。子期云'笄之'，则不复总角，是僭内子，故不可也。总角则犹童，故古曰童妾。据《左氏传》，公子州吁，嬖人之子也。古诸侯一娶九女，夫人而外，惟侄娣左右媵与两媵之侄娣有位号，其余曰贱妾、曰嬖人，必皆总角，犹童女然，其首既为未嫁之总角，其身或亦为未嫁之绿衣矣。"邹、王二人之说很值得思考。《夏小正》注说绿衣"妇人未嫁者衣之"，妇人自是成人之称，成人而未嫁者，正与邹、王二人所说的嬖妾身份合。也就是说，绿衣是宫中婢妾所服。

其三是《绿衣》是何人所歌的问题。

《诗经》各《国风》中的篇次排序规律，一般时代早者、与公室及朝政相关的诗在前，民间讴歌则随于后。《邶风》首篇《柏舟》，序谓是"卫顷公之时"之作，为最早，依次《绿衣》《燕燕》《日月》《终风》四篇，序皆以为是庄姜之作。我们虽然不敢完全相信《诗序》此说，但《绿衣》之后的《燕燕》篇明确说到"先君""寡人"，其为卫公室之作无疑。而《绿衣》"我思古人，俾无訧兮"之类的话，其反映出的作者身份层次，也非一般人可及。因此说《绿衣》与卫公室或庄姜有关，也并非无稽。在没有找到新的反证之前，我们姑从旧说，以此为庄姜之诗。

其四是为何而歌的问题。

上海博物馆《孔子诗论》说："《绿衣》之忧，思古人也。"这对我们解决长期纠绕的诗旨问题一个明确的解答。也就是说，《绿衣》的主旨不是"伤己"，而是"思古人"。结合以上的考证，绿衣是嬖妾所服，那么，诗中之"我"，就是卫公夫人庄姜，而"古人"则是庄姜的侍妾。《毛诗序》将《绿衣》篇的故事定位在"庄姜"与"妾"身上，这应该是有根据的，只不过是解说有误而已。《燕燕序》说："卫庄姜送归妾也。"这反映了庄姜与妾间的亲密关系。由此看来,诗写的是庄姜思念其妾的诗。妾离开了庄姜,是生离还是死别? 是否就《燕燕序》所说的"归妾",也不敢断定。总之是长期伴随自己生活的情同姊妹的妾离开了,留下了她曾服用的绿衣。睹物思人,物是人非,这便有了《绿衣》之歌。这就是《孔子诗论》所说的"《绿衣》之忧,思古人也"。

【集评】

邓翔《诗经绎参》云:"此篇每章首句用一'兮'字成调,而意理语气、轻重低昂各别。一、二章首一'兮'字跌低,第二'兮'字昂起,三章首一'兮'字平置,第二'兮'字更跌低,下句'兮'字乃昂起。四章则二'兮'字长声慨叹而已。"

范王孙《诗志》引《诗测》云:"《绿衣》妇人,其圣贤之徒与! 而且始而'俾无訧',既而'获我心',不可谓之非能反身而有得者。须眉之士,一不得于人,便不胜怨尤,绝无熟思审处之意,亦足羞矣。"

凯　　风 (邶风)

凯风自南①,吹彼棘心②。棘心夭夭③,母氏劬劳④。
凯风自南,吹彼棘薪⑤。母氏圣善⑥,我无令人⑦。
爰有寒泉⑧,在浚之下⑨。有子七人,母氏劳苦。
睍睆黄鸟⑩,载好其音⑪。有子七人,莫慰母心。

【注释】

① 凯风:南风。

② 棘心:小棘树。或为树之赤心。棘树小而多刺,多丛生,此喻兄弟多而不成器。

③ 夭夭:少壮貌。

④ 母氏:母亲。劬劳:辛苦劳累、过度劳累。

⑤ 棘薪:长成的棘树。

⑥ 圣:通达事理。

⑦ 我:儿子自称。令人:善人。

⑧ 寒泉:水名,在濮阳东南的浚城。中国古代往往以水喻女性,此当以寒泉喻母氏。

⑨ 浚(jùn)：即浚城,春秋时属卫国,此当是以寒泉浸润浚城的土地比喻母亲对儿子的爱护和养育。

⑩ 睍(xiàn)睆(huǎn)：当同《韩诗》作"简简",鸟的叫声。

⑪ 载：语气词。

【讲评】

《诗序》说："《凯风》,美孝子也。卫之淫风流行,虽有七子之母,犹不能安其室,故美七子能尽其孝道,以慰其母心而成其志尔。"但没有提出有力的证据。袁仁《毛诗或问》说："卫人有夫死,而以七子不足恃,思再嫁者,七子悔罪自咎,以感其母,卒成守节之志。诗人歌以美之,此《凯风》所以录也。"季本《诗说解颐》则说："卫有七子不能安其母之心,故作此诗以自责,无怨言也。孟子曰:亲之过小而怨,是不可矶也。所谓'过小',必奉养有阙而其母愤怒,诸子欲自劳苦耳。非谓卫之淫风盛行而其母欲嫁也。如此尚得为小过哉!"此二说皆较旧说为胜,而尤以季氏说为善。由于诗中只写了儿子对母亲辛苦不安的愧疚和自责,究竟母亲的遭遇由何引起,无法明知。就诗论诗,这实在是一篇儿子自责之词。这"自责"自当是由家庭问题引起的,但矛盾是发生在父母之间还是兄弟之间,这则无法确定。据孟子说:《凯风》,亲之过小者也。"似纠纷在父母之间。但由诗篇以"棘"自喻,并云"莫慰母心""我无令人",似乎矛盾又在兄弟之间。或因争夺家产兄弟阋墙,引起母亲的伤心,或因父死,母无依赖,婆媳之间的纠葛,兄弟之间的不睦和勾心斗角,使母晚年不得安宁,或因父"不能善待其母"(闻一多说),七子无法插手,而自恨自责,也未可知。这些猜想都有其合理的一面,但也不必执著于一端,正所谓"作者得于心,览者会以意"。诗中反复强调母亲的深恩,字里行间充满着苦楚。

首章言母劳。连用三句比喻,末句始点出"母氏"二字。章法奇特。二章自责。通篇精神在"母氏圣善"二句。"母氏劳苦""莫慰母心",皆从此生出。三章再以浚喻母氏之劳苦。末章言己忧。以鸟有好音娱人,反喻子无令词慰母。

【集评】

袁仁《毛诗或问》说："凡人之养物皆有迹,而惟风之养物则太和嘘拂,入焉而不知,鼓焉而潜化,生育之最妙者也。心夭夭而母劬劳,言其育子之艰;母圣善而无令人,言其报之浅。三节'劳苦',与首章'劬劳'相应。但'劬劳'在生育之初,而'劳苦'在父没之后,伤其劳之无已也。"

北　门（邶风）

出自北门①，忧心殷殷②。终窭且贫③，莫知我艰④。

已焉哉！天实为之，谓之何哉⑤？

王事适我⑥，政事一埤益我⑦。我入自外，室人交遍谪我⑧。

已焉哉！天实为之，谓之何哉？

王事敦我⑨，政事一埤遗我⑩。我入自外，室人交遍摧我⑪。

已焉哉！天实为之，谓之何哉？

【注释】

① 北门：城的北门。

② 殷殷：忧伤貌。

③ 终：既。窭（jù）：房屋简陋狭窄，引申为困窘。

④ 艰：苦，困厄。

⑤ 谓之何：奈之何。

⑥ 王事：此处当是泛指外交、朝聘、会盟、征伐之事，并谓之王事（顾炎武）。适：通擿，投掷。

⑦ 一：整个、全部。埤（pí）、益：都是"加"的意思，此处有强加之意。

⑧ 室人：家里人。交遍：轮番、普遍（全都）。谪（zhé）：即谪，责备。

⑨ 敦：意同前章的"适"。

⑩ 埤遗：同"埤益"。

⑪ 摧：责怪。

【讲评】

《北门》，旧以为"刺仕不得志"，大致不误。主人公外有"王事""政事"之劳，内有妻儿家小之责，位足以勤王事，力不足以养家室，事繁而禄薄，外劳而内怨，可见是一位地位低下的小官吏。君之迫以政事、家人的不予谅解，使他几无所容之地。但是《北门》主人公，没有去分析这种苦难的根源，也没有像《东门行》主人公那样铤而走险。而是以自欺欺人的方式，将一切归之于天命，表现出一种无能、可怜、软弱、颓萎的神态。这种表现,与其说是主人公的个性,勿宁说是民族下层人共同的心理特征。诗篇苦在一个"艰"字,怨在一个"莫知",归在一个"天"字。家窭贫,王事迫,政事堆,室人骂,全是写"艰"字的。"交遍谪""交遍摧",则是写"莫知"。一个"天"字,遥括"艰"字,咽下了多少苦辛! 他的孤独与困苦,只有他自己和冥冥的上天知晓,这真是一首"千古苦恨唯己知"的绝唱。

诗以"出其北门"开头,未必是事实,可以看作是"兴"。北方、北面,皆寒凉之地,以象征诗人所处的现实和心理的境地。每章诗重复着"已焉哉""谓之何哉"两句,层层加深了作者无可奈何、困扰至极的心理状态——上天和人间似乎一齐剥夺了这位小官吏的发言权,他不知道说什么好,那复杂的感受也说不出来,说出来也没人能够理解。

墙　有　茨（鄘风）

墙有茨①,不可埽也②。中冓之言③,不可道也④。
所可道也⑤? 言之丑也⑥。
墙有茨,不可襄也⑦。中冓之言,不可详也⑧。
所可详也? 言之长也⑨。
墙有茨,不可束也⑩。中冓之言,不可读也⑪。
所可读也? 言之辱也。

【注释】

① 茨:旧以为蒺藜,清人郏鼎元以为盖屋的茅草。

② 埽:同扫,除去。

③ 中冓:旧有中夜、宫内诸说。疑"中"当对上"墙"字言,指墙内,冓通诟,当指互相羞辱、吵骂之事。中冓之言,即家内吵闹之事,即今所谓的"家丑"。

④ 道:说。此两句即"家丑不可外扬"意。

⑤ 所:何,或以为倘若。

⑥ 之:则。丑:指丢丑,丢脸。

⑦ 襄:攘,除去。

⑧ 详：细说，悉数。

⑨ 长：此处有话说不完之意。

⑩ 束：捆，指收拾成捆。这里是清除之意。

⑪ 读：本有反复习诵之意，此处当是指反复说，犹今人所谓的"念叨"。

【讲评】

　　旧以为此是讽刺卫宣姜或宣公的诗。《诗序》云："《墙有茨》，卫人刺其上也。公子顽通乎国母，国人疾之而不可道也。"但从诗中看不出来。诗一再强调"不可道"，分明是有劝解、掩盖之意。若是刺宣公、宣姜，何必掩遮？从诗的内容分析，《墙有茨》应该是劝说家庭纷争的诗。私有制的存在，是家庭纠纷的根源。婆媳、妯娌之间，十有八九因争夺家产而发生矛盾。但这些矛盾是情与理交织在一起的，不可纯以理解，也不可纯以情说，所以俗话云："清官难断家务事。"妇道人家对于这类矛盾的态度是，若在自己头上，则责婆婆，骂妯娌，说个没完没了。若在别人头上，则装作大度劝告说"家丑不可外扬""说出去怕人笑话"等。《墙有茨》反映的当是这种情况。反复唠叨，一遍又一遍地劝说，却讲不出什么更新的道理来。这很像是劝架婆的伎俩（若谓劝说者是男性，便觉语气不合），仿佛可见三五村妇手执针线，边做活边拉家常的情景。

　　值得注意的是，诗篇连用了十二个"也"字。"也"字本来是散文用语，而且是春秋时期散文表现肯定、舒缓口气的语气词。这首诗用这么多"也"字，直绘出老妪悠悠道来的语气、语重心长的神情，于自然中见奇妙，于反复中见真情。像这样的题材，这样的写法，是后世诗人不敢写，也写不出的。

　　首章一个"丑"字，说得尽情尽理。前用比喻，后则明义，中心只三个字："不可道"。平词缓调，言烦语长，纯是村妇的苦心肠。首章以理劝，二章以情劝。"详""长"二字，道出婆媳、姑嫂、妯娌的真性情。三章唠唠叨叨，啰啰嗦嗦，无非是三个字"说不得"。是老妪口舌，慈妇心肠。

【问题讨论】

　　《毛诗序》认为此诗是讽刺"公子顽通乎国母"的，儿子和父亲另外的老婆结婚同居，在文明人看来，自然是乱伦的事，因而今人遵循旧说，而申之为"讽刺卫国统治者的荒淫无耻"。此说的主要根据，是《左传》关于卫公室的记载。《左传·闵公二年》曰："初惠公即位也少，齐人使昭伯烝于宣姜。不可，强之，生齐子、戴公、文公、宋桓夫人、许穆夫人。"这个结论其实是错误的。宣公通庶母,宣姜通庶子,这并非淫乱,乃是古代家长制家庭的婚姻形态。如果说这叫私通,那么所生自然为私生子,自当受到家庭和社会的歧视,可是为什么他们还有继承君位的权力呢?显然是说不通的。请看《左传》:"晋侯之入也,秦穆姬属贾君也,晋侯(惠公)烝于贾君(惠公长嫂)"(僖公十五年)。"晋献公娶于贾,无子,烝于齐姜(武公妾),生秦穆夫人及太子申生"(庄公二十八年)。"楚之讨陈夏氏也,庄公欲纳夏姬……王以予连尹襄老。襄老死于邲,不获其尸,其子黑要烝焉"(成公二年)。《左传》中类似的记载很多,可知这种情况不仅存于卫国,在其他国家也很盛行。这种习俗,汉唐时在少数民族中还广为流行。今据《通志》所记略列如下:夫馀:兄死妻嫂。匈奴:父死妻其后母,兄死皆娶其妻妻之。乌桓:其俗妻后母,报(通)寡嫂。突厥:父兄伯叔死,子弟及侄等妻其后母世叔母嫂。吐谷浑:父兄死,妻后母、嫂等。宕昌:父母伯叔兄弟死者,即以继母、世叔母及嫂弟妇为妻。这说明,公子顽的行为,在当时是合乎社会规范的。这样,所谓《墙有茨》讽刺"公子顽通乎国母"之说,自然就是不能成立了。

君 子 偕 老 (鄘风)

君子偕老①,副笄六珈②。委委佗佗③,如山如河④,
象服是宜⑤。子之不淑⑥,云如之何!
玼兮玼兮⑦,其之翟也⑧。鬒发如云⑨,不屑髢也⑩。
玉之瑱也⑪,象之揥也⑫,扬且之皙也⑬。胡然而天也⑭!
胡然而帝也⑮!
瑳兮瑳兮⑯,其之展也⑰。蒙彼绉絺⑱,是绁袢也⑲。
子之清扬⑳,扬且之颜也㉑。展如之人兮㉒!邦之媛也㉓!

【注释】

① 君子:旧以为指卫宣公。偕老:一同到老。
② 副:妇女的首饰,如同步摇。笄(jī):古人头上固定冠的横簪。六珈(jiā):珈是副笄上的玉饰。今按:"六"当是"其"字之误。"其"古文或作"亓",与六字形近易讹。

"其"训为"有"。

③ 委委佗佗:形容举止从容,雍容自得。

④ 如山如河:形容仪态稳重深沉。

⑤ 象服:绘有文饰的礼服,贵族夫人所服。宜:适宜。

⑥ 不淑:旧释为不善。

⑦ 玼(cǐ):衣服颜色鲜明貌。

⑧ 翟:这里指有野鸡纹饰的礼服。

⑨ 鬒(zhěn):头发稠而黑。如云:形容头发像云一样稠密。

⑩ 髢(tì):为装饰而带的假发。

⑪ 瑱(tiàn 亦音 zhèn):耳瑱,又叫充耳,垂于两鬓边当耳处。

⑫ 象搋(tí):以象骨或象牙作成的搔首簪。

⑬ 扬:额色方正叫扬。且(jū):语气词。晳:面色白净。

⑭ 胡然:为何这样。而:其。

⑮ 帝:上帝。或以为帝子、神女。

⑯ 瑳(cuō):鲜明貌。

⑰ 其之展也:言鲜明夺目是她所穿的展衣。展有二解:一以为浅红色的纱衣;一以为白色的礼服。

⑱ 蒙:罩。绉絺(zhòu chī):精细的葛布。

⑲ 绁袢(xiè pàn):袢字或音 fán,《毛传》以为"当暑绁延之服也。"《朱传》以为:"绁袢,束缚意。以展衣蒙絺绤而为之绁袢,所以自敛饬也。"不知孰是。

⑳ 清扬:指目光明亮。

㉑ 颜:指容颜美,有光彩。

㉒ 展:王先谦训为乃,当从。

㉓ 邦:国家。媛:美人。

【讲评】

　　《君子偕老》,《毛诗》认为刺宣姜,三家诗无异说。不过这正与《墙有茨》所谓刺宣姜一样,乃是对上古礼俗不理解而下的妄断。理解此诗的关键,全在"子之不淑"一句。古人释"不淑"为"不善",虽不算误,但与此实不甚合。淑,金文作弔,不淑即不弔。《日知录》云:"人死,谓之不淑,《礼记》'如何不淑'是也。生离亦谓之不淑,《诗·中谷有蓷》遇人之不淑'是也。失德亦谓之不淑,《诗·君子偕老》'子之不淑,云如之何'是也。国亡亦谓之不淑,《逸周书》'王乃升汾之南阜以望商邑曰:呜呼不淑'是也。"《左传·襄公十三年》:"君子以吴为不弔",《大诰》:"弗弔天降割于我家",《多士》:"弗弔闵天大丧于殷",不淑、不弔、弗弔都有不幸之意。此诗之"不淑",也当释为不幸。否则难通。

从诗篇的描写中,可以看出这里所写的乃是卫国一位夫人的形象。结合历史传说分析诗旨,这可能指宣公强占儿媳之事。齐姜以绝代之姿,未遇翩翩少年,而却阴差阳错,嫁给了一个糟老头儿,而且是嫁给了她曾以为是公公的老朽。这在当日必是轰动朝野的大新闻。开首"君子偕老",反映了人们对美满婚姻的向往和祝愿。而"子之不淑"一句,顿作痛惜之辞,表明了事情的意外,也表现了人们对宣姜不幸遭遇的同情。这是齐姜嫁到卫国之后,诗人对她的不幸深为同情所作的诗。

首章写嫁时行装仪态。"君子偕老",自是心中意。中间四句,绘画出美人风姿,"子之"二句,忽顿笔作惋惜语。与开首句成反照之势。二章写容貌服饰之美。"其之翟也",是从远看;"鬒发如云",是从上看;"玉之瑱也",是从侧看,"象之揥也",是从后看;"扬且之皙也",是正看。俏丽百媚,难以形容,故又疑"天帝"使她如此。犹如李白之写杨贵妃:"若非群玉山头见,会向瑶台月下逢。"三章写女子淡妆浓抹,总不失为美。忽而写服饰,忽而写容貌,忽而写眼神。千回百转,终于逗出一个"媛"字来。"邦之媛也"一句,遥与上"子之不淑"照应,是慨叹,也是痛惜。作者通篇所写重在头饰和服饰,直到最后才以"子之清扬,扬且之颜也"这两句画龙点睛,表现了这位女子绝代之美。

【集评】

戴君恩《读风臆评》云:"零零星星,不拾一物,绮密回环,变眩百怪,《洛神》《高唐》,不足为丽也。"

毛先舒《诗辨坻》云:"'玼兮玼兮'一章,写美人惊艳,便是宋玉《二招》之祖。而中通两句为一处,七字成韵,法亦相类也。"

陈继揆《读风臆补》云:"通诗造句用韵,有忽缦忽促、乍阴乍阳之妙。"

王照圆《诗说》云:"《君子偕老》诗笔法绝佳。通篇止'子之不淑'二句,明露讽刺,余均叹美之词,含蓄不露。如'副笄六珈''象服是宜',是说服饰之盛;'委委佗佗,如山如河',是说仪容之美。通篇俱不出此二意。'玼兮玼兮'以下,复说服饰之盛;'扬且之皙'以下,复说仪容之美。'瑳兮瑳兮'以下,又是说服饰之盛;'子之清扬'以下,又是说仪容之美。抑扬反复,咏叹淫佚,句句有一'子之不淑'在,言下蕴藉可思。至笔法之妙,尤在首末二句。首云:'君子偕老',忽然凭空下以一语,上无缘起,下无联缀。乃所谓声罪致讨,义正词严,是《春秋》笔法。末云'邦之媛也',诎然而止,悠然而尽。一'也'字如游丝袅空,余韵绕梁,言外含蕴无穷,是文章歇后法。"

硕　　人（卫风）

硕人其颀①,衣锦褧衣②。齐侯之子③,卫侯之妻。

东宫之妹④,邢侯之姨⑤,谭公维私⑥。

手如柔荑⑦,肤如凝脂⑧。领如蝤蛴⑨,齿如瓠犀⑩。

蓁首蛾眉⑪。巧笑倩兮⑫,美目盼兮⑬。

硕人敖敖⑭,说于农郊⑮。四牡有骄⑯,朱幩镳镳⑰,

翟茀以朝⑱。大夫夙退⑲,无使君劳⑳。

河水洋洋㉑,北流活活㉒。施罛濊濊㉓,鳣鲔发发㉔,

葭菼揭揭㉕。庶姜孽孽㉖,庶士有朅㉗。

【注释】

① 硕人:犹言美人。古代硕、大,多有美意。其颀:颀颀,长貌,这里形容身材苗条。

② 衣锦褧衣:即穿着锦制的罩衣。前一"衣"字为动词。褧衣,罩衣。

③ 齐侯之子:齐侯的女儿。古时女儿也称子。

④ 东宫:太子之宫。齐太子之妹,证明她是嫡夫人所生。

⑤ 邢:国名,周公子所封地。姨:妻子的妹妹称姨。

⑥ 谭:国名,嬴姓,为齐桓公所灭。私:女子谓姊妹之夫为私。

⑦ 荑(tí):初生的茅芽。这里是形容手的滑柔嫩白。

⑧ 凝脂:凝结的膏脂,比喻皮肤白而润。

⑨ 领:脖颈。蝤(qiú)蛴(qí):木中所生的长白虫。这是比喻庄姜脖颈白而长。

⑩ 瓠(hù)犀(xī):葫芦籽,比喻牙齿的洁白整齐。

⑪ 蓁(qín):虫名。似蝉而小,额顶方广而正。这里比喻庄姜的额广而方正。蛾眉,比

喻眉细长而曲。

⑫　倩：笑貌。

⑬　盼：眼睛黑白分明貌。

⑭　敖敖：高大貌。

⑮　说：同税，舍止。农郊：近郊。

⑯　有骄：健壮貌。

⑰　朱幩（fén）：马口衔铁两边的朱帛装饰。镳（biāo）镳：美盛之貌。

⑱　翟茀（fú）：用野鸡毛装饰的车子蔽盖。朝：朝见国君。

⑲　夙退：早退。

⑳　无使君劳：不要使君过于劳累。

㉑　洋洋：水流盛大貌。

㉒　北流活（guō）活：胡渭《禹贡锥指》云："河至大伾撇谎内西北，折而北，经朝歌之东，故谓之北流。"活活，水流声。

㉓　施罛（gū）：设鱼网。溁溁（huò），鱼网入水声也。

㉔　鱣（zhān）：鲤鱼之一种。鲔（wěi）：形似鱣鱼而青黑。发（pō）发：鱼跳动貌。

㉕　葭（jiā）菼（tǎn）：芦荻。揭揭：高貌。

㉖　庶姜：庶，多。这里指齐国陪嫁的众女子。孽（niè）孽：《毛传》："盛饰也。"

㉗　庶士：指护送的众小伙儿。朅（qiè）：武壮貌。

【讲评】

这是一首古代著名的咏美人的诗篇。诗写齐庄姜刚嫁到卫国时，卫国人对她美丽姿容的赞叹。

《左传·隐公三年》云："卫庄公娶于齐东宫得臣之妹，曰庄姜，美而无子，卫人所为赋《硕人》也。"这是关于《硕人》诗的最早的记载。诗篇就庄姜之美为中心，上下左右，频频说起。开口就说"硕人其颀"，是言庄姜身材之美；"齐侯之子，卫侯之妻，东宫之妹"，是言名分之美；姐妹皆适公侯，是尊荣之美；族谱显赫，令人骇叹不已——五大显贵，无非自亲，何等荣耀，何等气派！起得轻便，收得有力。二章写容貌之美。连用六个比喻，活绘出美人无比艳丽的姿态。前五句作静态描写，"手如"五句，是容颜之美；后两句作动态描写，连美人情性也一并画出。"倩""盼"二字，化静为动，尤为传神，可谓《高唐》《洛神》蓝本。夫人之从容，新郎之得意，观者之赞叹，皆在不言之中。三章言初嫁时。于郊整装不敢造次，是"礼情之美"；"四牡"二句,是壮盛之美;末二句作十分爱护体贴语,已见举国庆喜之义。婉媚含蓄。四章写随从之盛。赞美庄姜已到尽头,此章则另起一端,从宽处着笔,盛称齐之富饶,以作渲染。连用许多叠字,使文势飞动,盛势扑面而来。而"庶姜""庶士",是盛隆之美。一时将无边的美好,送入卫人眼中,使人感叹咏唱而情不能尽。

【集评】

陆次云《尚论持平》卷一引吕愚庵云:"诗咏妇人姿色,莫过于《君子偕老》《硕人其颀》。两诗盱衡称宣姜,似一则《神女赋》。"

田雯《古欢堂集》卷十八云:"风人之旨,往往含蓄不露,意在言外。读《硕人》篇,大概可睹矣。首章言族类之美,二章言容貌之美,三章言始来亲厚之意,皆未说出。卒章似可以露矣,'河水洋洋'五句,只极状嫁来时所历之境,却以'庶姜'二语终之。婉挚多风,蕴藉有味,非善读诗者不知也。杜甫之诗无以复加,其去三百篇远甚。如'千家今有百家存,哀哀寡妇诛求尽''独使至尊忧社稷,诸君何以答升平',俱少含蓄,亦大失三百篇遗意矣。"

猗　　嗟(齐风)

猗嗟昌兮①,颀而长兮②。抑若扬兮③,美目扬兮④,
巧趋跄兮⑤,射则臧兮⑥。
猗嗟名兮⑦,美目清兮⑧,仪既成兮⑨。终日射侯⑩,
不出正兮⑪。展我甥兮⑫!
猗嗟娈兮⑬,清扬婉兮⑭。舞则选兮⑮,射则贯兮⑯。
四矢反兮⑰,以御乱兮⑱。

【注释】

① 猗嗟:赞叹之辞。昌:壮盛之貌。

② 颀而:指身材高大。而,然。

③ 抑若扬:"抑若"犹"懿然",即美的样子。扬,前额开阔。

④ 扬:有飞扬之意。

⑤ 巧趋:灵巧的步趋。跄:步伐矫健。

⑥ 则:即。臧:好。因射箭中的,围观者为之叫好,故"臧"指射中。

⑦ 名:名借为明,训昌盛,美其容貌之盛。

⑧ 清:眼睛明亮貌。

⑨ 仪:威仪,或以为礼,或以为容仪。成:具备,一说完毕。

⑩ 侯:箭靶。

⑪ 正:箭靶的中心,也叫"的"。

⑫ 展:诚。甥:旧以为外甥,因鲁庄公是齐国的外甥。

⑬ 娈:健壮而美好貌。

⑭ 清扬:总上"清兮""扬兮"而言。清,目之美也;扬,眉之美也。婉:美好貌。

⑮ 舞:舞蹈,是射礼中的一项程序。选:齐也,指舞则合于节奏,进退齐整而不乱。

⑯ 贯:指穿透箭靶的兽皮,形容力大。

⑰ 四矢反兮:古代举行射礼有五种射法,"四矢贯侯",是其中之一,把四支箭射在靶子的四角,形成"井"字形,叫"井仪"。反,指把贯在箭靶上的箭收回来。

⑱ 御:抵御,防御。指用这高超的武功抵御暴乱。

【讲评】

这是一篇赞美男性美的诗作,在文学史上十分少见。篇中描写的这位美男子的身份,有点像鲁庄公。《左传·庄公十一年》记载,鲁庄公曾用金仆姑射倒宋国的大力士南宫长万,可见其射技确非平平。同时鲁庄公为齐之外甥和女婿,此与诗中所咏也相符合。惠周惕《诗说》云:"《猗嗟》之咏鲁庄也,先辨其长短,次审其眉目,终得其趋跄步武弯弓执矢之状。非亲见而环观之,不能详悉如是,是为鲁庄适齐时作可知也。"并以为此诗作于鲁庄公二十二年如齐纳币之日。虽无确证,也足以服人。

在诗篇中,我们所见到的则是一位体貌俊伟、射技超群的壮美男子。诗篇一开头就先描写了他的丰满高大的身材。首以"猗嗟"发端,有无限感慨。一个"昌"字显示了他的盛壮,一个"颀"字显示了他的高大。一个"抑"(懿)字描写出了他端庄的伟貌,接着诗人又从动态上描写他的眼神,他的步趋。这个形象是多么的光彩夺目! 所以诗人,紧接着用一个"名"(明)来赞美他。俗语说"男才女貌"。如果仅仅从外表上来描写一个男子的美,那是远远不够的。所以诗人接着从才能方面来描写。射技之精,出之目光之锐敏,故诗人先用一个"清"字写出他的目神,再言射礼的结果。到第三章再将他的容貌、舞姿、射技、理想总夸一番。不禁使人暗暗喝彩。诗篇连用了十七个"兮"字,表现了诗人赞叹不已的神情。

全诗描写了一个过程,通过人物的行动展示他的才艺和精神风貌。随着诗人层层展开对人物各个方面的展示,我们仿佛看到了庄子所描绘的庖丁解牛的表现——最后取回"井仪"四箭的动作,实在是像庖丁那样"提刀而立,为之四顾,为之踌躇满志"的神态。但他所关心的是国家的安全,"四矢反兮,以御乱兮",那动作仿佛在说:看天下谁敢作乱!这四枝箭所射就是他的结果!

《诗序》说此篇是刺鲁庄公的,所以后世解诗者多在"刺"字上下功夫,将一篇好端端的赞美诗,说得玄而又玄。徐笔洞云:"曰'颀而长',有空负伟形意;曰'抑若扬',有不能自扬而抑于人意;曰'巧趋跄兮',有拙处意;曰'射则臧兮',有不臧处意;曰'仪既成',有不成意;曰'不出正',有徒徒终日意。"又云:"使其一发而在梁,安得鲂鱼之唯唯(指《敝笱》篇,旧以为'鲂鱼唯唯',指文姜自由出入,与齐襄通淫)?再发而在山(指《南山》篇所咏事),安得有雄狐之绥绥?何不锻穿《载驱》之鞹箭,焚'发夕'之庐,控弦断乘辖之绥,舍拔剪四骊之尾,且也不难穿申繻之札(申繻曾谏鲁桓携文姜入齐),不难洞彭生之胸(彭生是受齐襄之命杀死鲁桓的凶手),祝、禚、防、谷(文姜与齐襄私会地)之间,不难执弓矢从事,而奈何徒负此长技也?公一射夫已哉!"(见范氏《诗志》引)此说可谓妙语如珠,然与诗篇欣赏的笔调却不相协调。

【集评】

牛运震《诗志》云:"画美女难,画美男子尤难。看他通篇写容貌风度,十分妍动,与《君子偕老》篇各尽其妙。"

园　有　桃(魏风)

园有桃,其实之殽①。心之忧矣,我歌且谣②。

不我知者,谓我士也骄③!彼人是哉④,子曰何其⑤?

心之忧矣,其谁知之?其谁知之,盖亦勿思⑥!

园有棘⑦,其实之食。心之忧矣,聊以行国⑧。

不知我者,谓我士也罔极⑨。彼人是哉,子曰何其?

心之忧矣,其谁知之? 其谁知之,盖亦勿思。

【注释】

① 之殽:之,是;殽,动词,吃。

② 歌、谣:合乐曰歌,徒歌曰谣,这里泛指歌唱。

③ 士:通指统治阶级的人士。

④ 是:如此。

⑤ 何其:犹奈何、如何。此二句当是主人公面对此种情况,无可奈何的感叹。

⑥ 盖:与"盍"同,何不。此句是诗人心怀巨大的忧愁而又毫无办法,聊以自解、自宽的说法。

⑦ 棘:本意是酸枣树,这里当指红枣。

⑧ 行国:周游于国中。

⑨ 罔极:罔,无;极,中。这里有没有法纪或"没准儿"的意思。

【讲评】

　　这是一首贤士忧国之诗。他的主张,他对国家的忧虑,都无人理解。他既无法改变现实,也不能改变自己的主张,于是愤激、忧闷,无可奈何。

　　从诗中不难看出诗人的处境、感情,与屈原是有诸多相同之处——忠诚正直而人皆以为其"骄",陈说利害而人皆以为其"罔极";满腔忠愤,至于"国中"无人理解,诗人之孤独至于此极! 可以说这是一篇北国的《离骚》。它的文辞虽然短,而它的情思却是那样的深长。诗人似乎是受着很大的压抑,他不想说什么,但又不能不说什么。他是一位无力的弱者,没有办法挽救世风,可他却是一位有心者,又不能不思考这些问题。可是他的心情无人理解,而且被加上了"骄"和"罔极"的罪名,世俗在嘲弄他,痛苦在折磨他。但他没有像屈原那样以自杀解除苦闷,也没有像司马迁那样,寻求积极的发泄方式,而是企图以"勿思"来超脱现实。两章诗可谓长歌当哭,悲声哀婉。先以"桃"起兴,一折而点出忧字,见得其忧不在己,而在国。再折而言人议论,见得举国蒙昧。三折而言无人知,见得孤愤难平。四折而自遣,本该"勿思"而又不能不思,见得其忧国之心深切刻骨如此! 中国古代士人的爱国情结似乎一开始就如夫妇情人之恋,纵使是一厢情愿,也至死不渝,结果是"自诒伊戚"——虽然是自我安慰,"到底意难平"! 在忍受孤独的痛苦中确认自我生命的价值。

全诗有波澜,有顿挫,吞吐含蓄、婉转曲折中,正有无限忧伤和悲愤。这正是中国古代士人的悲剧形式,像只冒烟无明火的一堆湿柴,那悲愤之气逐渐弥漫空间,绵延不绝。

【问题讨论】

为什么这篇诗要以"桃"起兴呢?这里应该有奥秘,并非一般的起兴。汪梧凤以为"桃为果之下品,棘则枣之小者,均非美材,而实殽登俎,喻所用之非人也。"其说恐非。谚有"桃李不言,下自成蹊",不正可说明其华之艳,其食之美吗?古人有言:"桃李倩粲于一时,时至而杀。至于松柏,经隆冬而不凋,蒙霜雪而不变,可谓得其性矣。"因桃李艳于一时,故在中国的政治诗歌中,多以喻趋炎附势之辈,如刘禹锡的两篇游玄都观诗:"玄都观里桃千树,尽是刘郎去后栽","百亩中庭半是苔,桃花净尽菜花开"。诗中的桃即是指那红极一时、不顾国家安危的权贵。明王越《边行即事》"不知上国闲桃李,开到东风第几枝",也是以桃李喻权臣的。此外储光羲"诏书植嘉禾,众言桃李好",李白"开花必早落,桃李不如松",皆有讥讽之义。《园有桃》疑即此类诗之先河。园喻朝廷,桃、棘隐指红极一时而不虑国事之辈。

【集评】

姚舜牧《诗经疑问》云:"此必国家用非人而乱国,是其为士者有深忧焉……心忧而'歌且谣','聊以行国',如屈原行吟泽畔之谓。'歌谣'言不平之鸣,而顾谓其'骄';'行国'怀无穷之思,而顾谓其'罔极'。士君子忧时愤俗之心不谅于世,每如此。"

范氏《诗志》云:"心忧而'歌谣',欲闻于朝;心忧而'行国',欲喻于众。此于奏牍谟谋之外,别有苦心。总如行吟泽畔(指屈原),寓有无限悲慨在。"

陈继揆《读风臆补》亦云:"'我歌且谣',如屈原行吟泽畔之类。"

牛运震《诗志》云:"哀思缭绕,较《黍离》更惨一倍。两'盖亦勿思',低头看声,多少呜咽摧挫。"

吴德旋《初月楼文续钞》云:"至其言深切沉郁,反复致意,后之读者如见其痛哭流涕之状。如闻其太息痛恨之声,而时卒莫能瘳也。悲夫,自《园有桃》诗人而后,屈灵均似之。"

伐　　檀（魏风）

坎坎伐檀兮①，寘之河之干兮②，河水清且涟猗③。
不稼不穑④，胡取禾三百廛兮⑤？ 不狩不猎⑥，
胡瞻尔庭有悬貆兮⑦？ 彼君子兮⑧，不素餐兮⑨！
坎坎伐辐兮⑩，寘之河之侧兮⑪，河水清且直猗⑫。
不稼不穑，胡取禾三百亿兮⑬？ 不狩不猎，
胡瞻尔庭有悬特兮⑭？ 彼君子兮，不素食兮！
坎坎伐轮兮，寘之河之漘兮⑮，河水清且沦猗⑯。
不稼不穑，胡取禾三百囷兮⑰？ 不狩不猎，
胡瞻尔庭有悬鹑兮⑱？ 彼君子兮，不素飧兮⑲！

【注释】

① 坎坎：伐木声。檀：木名。木质坚硬，宜于作车。

② 寘：置，放。木经浸水，可使木质坚实耐用，故造车伐木要置于水畔。干：通岸，即
河岸。

③ 涟：涟即"澜"之或体，《说文》："大波为澜，从水阑声。涟，澜或从连。"猗（yī）：语
助词。

④ 稼穑：种称"稼"，收称"穑"。

⑤ 胡：何。禾：百谷的通称。三百廛：一家所耕的地叫一廛。三百廛即三百家。

⑥ 狩猎：冬猎曰狩，宵猎曰猎。这里是泛言打猎。

⑦ 貆（huán）：哺乳动物，形似猪而小，穴居山野。

⑧ 君子：指统治者。

⑨ 素餐：白吃饭。

⑩ 辐：车轮的辐条。

⑪ 侧：边，旁。

⑫ 直：直波。与辐之直、岸之侧相照应。

⑬ 亿：万万曰亿。

⑭ 特：三岁的大兽。

⑮ 漘(chún)：水边。

⑯ 沦：即水中小漩涡。

⑰ 囷(qūn)：圆形粮仓。

⑱ 鹑：雕（于省吾说）。旧以为鹌鹑。

⑲ 飧(sūn)：熟食。与上"餐""食"意同，只是变文押韵。

【讲评】

　　这是一首伐木工人之歌。他们一边劳动，一边歌唱，既唱出了劳动创造世界的光辉思想，也唱出了对不平等社会的不满。诗篇在乐观愉快的情调中，也蕴含着怨刺的意识。诗人没有用激烈的口吻去怒斥剥削者，也没有表现出与这种不合理制度抗争的思想，而只是讽刺几句，使自己不平的心情得到安慰，然后又"坎坎伐檀"，愉快的歌唱起来。这里体现了极大的忍耐精神与善良心性。

　　在艺术上，诗篇也颇具特色。第一章首二句以檀、干、涟押韵，檀是树木，形象是高大的；干即岸，涟即澜，是大波，三者形象都是高大的。第二章辐、侧、直为韵，辐条是直形的；侧从则，则又有法则、正直之意；"直"则是直波，三者的形象都是直的。第三章轮、漘、沦为韵，轮是圆形的，漘是水崖呈圆状者，沦是旋转的波纹，形象都是圆的。这样每章所伐之物，所置之地，所见之波都相互映照，显现出了和谐的意境。欢乐的情绪也由此而展开。其次，诗篇在叙述上也很有层次，首章言伐檀。前二句写劳动场景。"坎坎"二字，摹砍伐勤苦气象，带写"河水"一笔，映带摇曳，诗境淡雅。虽是闲笔，却自有情。中两诘问，语势突兀。末二句反笔收束，笔意冷然。时而叙事，时而推情，时而断制。或自乐而歌，或对指而呼"尔"，或遥指而示"彼"。虽在苦中，在讥刺，却有乐观气象。二章言伐辐，三章言伐轮，既反映了紧张的劳动场景，也反映了劳动的顺序和过程。

【问题讨论】

　　《伐檀》一诗，旧约有数说：一、《诗序》云："刺贪也。在位贪鄙，无功而食禄。君子不得进仕尔。"二、《文选》注引张揖云："《伐檀》，刺贤者不遇明王也。"三、朱熹《诗序辨说》："此诗专美君子不素餐。《序》言刺贪，失其旨矣。"四、吕祖谦《读诗记》："国人见君子在下如此，小人在位如彼，乃责之曰：汝未尝稼穑，禾何为而积？汝未尝狩猎，貆何为而来？汝独不见夫彼河干之君子，义不素餐，亲伐檀以自食者乎？此特旁观者之辞，若所谓伐檀之君子，方且陶陶不改其乐，岂较短量长者哉？"

五、何楷《诗经世本古义》云:"《伐檀》,魏女闵伤怨旷而作。"他以檀喻夫,河喻妇,檀可以为车远离河。六、梁寅《诗演义》云:"《伐檀》,美君子隐居之志也。伐檀将以为车,而置之河干,乃不为用,以兴君子有道而不仕。"七、朱谋㙔《诗故》云:"非刺贪也,父老训勉子弟之词也。魏人勤于治,谨于供上。父老居常,辙以耕稼狩猎之务,勉其子弟。"八、丰坊《申培诗说》:"《伐檀》,君子能其宦而不用,魏人慕之,而作是诗。比而兴也。"九、钱澄之《田间诗学》:"檀坚而难伐,犹贤者之难进也;伐檀而置之河干,犹进贤而弃之无用之地也。"十、牟庭《诗切》:"《伐檀》刺储卿也。"十一、《樗园诗评》云:"诗有兢兢用世之心,陶士行运甓,得孺子自耕;范仲淹居官,记俸养之费与一日所为之事足相质,否则卧寝不安,奉公之义也。"又云:"生而无益,客处亦素餐也;故西山之薇白吃不得,空谷之刍亦难消受,不得官禄已也。"十二、方玉润《诗经原始》云:"《代檀》,伤君子不见用于时,而又耻受无功禄也。"十三、焦琳《诗蠲》云:"同力伐檀以为辐为轮,比贪人极虑深谋殖货。虽其难得,必巧其经营以渔之也。车以行陆,河干、河侧、河漘则无所用之。比贪人日食不过一升,夜眠不过七尺,而财必求盈库,粟必求盈仓,不但身不能用,目亦未尽亲见之。积余无用,如河之无所用辐轮也。"今人又多以为是奴隶反抗剥削的诗篇。其实这就是《韩诗》所谓"劳者歌其事"之例。(陈子展先生说)

【集评】

戴君恩《读风臆评》云:"忽而叙事,忽而推情,忽而断制,羚羊挂角,无迹可寻。后人更能效步否?"

牛运震《诗志》云:"起落转折,浑脱傲岸,首尾结构,呼应灵紧,此长调之神品也。"

陈仅《诗诵》云:"《伐檀》诗刺贪意,全在对面照出,美不仕者之廉,以刺在位之贪,正所谓言乙而意在刺甲也。首三句宜著急。"

蟋 蟀 (唐风)

蟋蟀在堂①,岁聿其莫②。今我不乐,日月其除③。
无已大康④,职思其居⑤。好乐无荒⑥,良士瞿瞿⑦。
蟋蟀在堂,岁聿其逝⑧。今我不乐,日月其迈⑨。

无已大康,职思其外⑩。好乐无荒,良士蹶蹶⑪。

蟋蟀在堂,役车其休⑫。今我不乐,日月其慆⑬。

无已大康,职思其忧。好乐无荒,良士休休⑭。

【注释】

① 蟋蟀:虫名,又名促织。一般夏秋之际始鸣,预示天将寒。

② 岁:岁时。聿:语助词,或训为乃。其:将。莫:暮,此处指岁暮。

③ 日月:指光阴。除:去。

④ 无已:犹"无以",犹云不可如此。大康:大乐。

⑤ 职:通"直",训"当"。居:处,指所处的地位。

⑥ 荒:荒淫,废弛。

⑦ 良士:贤德之士。瞿瞿:惊顾之貌,指警惕。

⑧ 逝:去,流逝。

⑨ 迈:行,言光阴逝去。

⑩ 外:指意外之事,即所谓"居安思危"之意。

⑪ 蹶蹶:勤敏劳苦貌。

⑫ 役车:劳役之车。

⑬ 慆:过。

⑭ 休休:当为"畜畜"借字,畜畜,勤劳之貌。

【讲评】

　　《诗序》:"刺晋僖公也。俭不中礼,故作是诗以闵之,欲其及时以礼自虞乐也。"《诗集传》:"唐俗勤俭,故其民间终岁劳苦,不敢少休。及其岁晚务闲之时,乃敢相与燕饮为乐。"朱谋㙔《诗故》则申之曰:"非刺僖公也。民俗岁晚务闲,相与燕饮而交相儆也。蟋蟀八月在宇,九月在户。云'在堂',则户下矣。是黍稷告成之时也。物变时移,不知老之将至,可无聚族类邻曲以燕乐之乎?然时不我与,毋安于逸乐而亡其职业。"其说略为近之。姚际恒认为,诗言"良士","既非君上,亦不必尽是细民,乃士大夫之诗也"。此可补朱氏之不足。苏辙认为每章前四句与后四句意相矛盾,当为君、臣告语之辞。似亦可备一说。细按诗意,这当是一首朋友的劝戒歌,在简单语句的背后蕴涵了中国文化的中庸精神。其主旨是写行乐的,可是它不是鼓吹狂欢的乐,而是有节制的乐。这是古代士人典型的心理状态。一章劈首便道"蟋蟀在堂",顿感秋气肃杀,心底凄凉,人生易老。陡接"今我不乐",正是顺势而来,猛然觉悟,当及时行乐,方不负此生。但传统的积习,又突遇"无已大康"的警告,拦腰截住,遂翻出"职思其居"一语,点醒耳目。末尾以"好乐无荒"对应前面的"今我不乐",又以"良士瞿瞿"对应"职思其居"。擒纵开合,自有其妙。字里行间,表现了作者复杂矛盾的内心世界,也表现了在需要享乐与需要遵守社会规范、担当社会责任之间的矛盾的统一。在面对这矛盾的时候,古代知识分子总是要使个人服从群体,情感要服从规范,个体生命的需要服从社会责任,这才是个体生命价值之所在,直至"杀身成仁"。

【集评】

戴君恩《读风臆评》云:"正意只在'好乐无荒'四字耳。却从'今我不乐'二句倒翻来,而急以'无以大康'一句唱住。何等抑扬,何等转折!"

《诗志》引《诗揆》云:"吾读此诗,开口蟋蟀一语,便觉意绪茫茫,百端交集,盖人畏老,岁怕寒,止虫一鸣,懒妇亦惊,伏腊宴饮,循例作乐,总是整顿残冬,汲汲焉为来年拮据也。诗之所以善立言也。"

傅恒《诗义折中》云:"《蟋蟀》,劝思也。人情莫不好乐,然患大康,而至于荒。荒则失业,将有忧矣;荒则失心,并不知其有忧矣。故治荒莫若思,思者,心之职也。思欲其详,又恐其杂,故贵慎也;思欲其深,又恐其远,故贵近也。欲近而慎,必先思居。居者,所处之位也。素其位而思,则无处不有当为之事,不敢杂矣;无时不有当尽之功,不暇远矣。"

葛　　生（唐风）

葛生蒙楚①,蔹蔓于野②。予美亡此③,谁与？独处④!

葛生蒙棘,蔹蔓于域⑤。予美亡此,谁与？独息⑥!

角枕粲兮⑦,锦衾烂兮⑧。予美亡此,谁与？独旦⑨。

夏之日,冬之夜⑩。百岁之后,归于其居⑪。

冬之夜,夏之日。百岁之后,归于其室⑫。

【注释】

① 葛生蒙楚:葛,蔓生植物;楚即荆条;蒙,覆盖。

② 蔹:蔓生植物,一名乌蔹草,二月生苗,多在林中作蔓。

③ 予美:我的爱人,指丈夫。

④ 与:共处。

⑤ 域:墓地。

⑥ 息:寝息。

⑦ 角枕:即方而有角的枕。粲:文采鲜明貌。

⑧ 锦衾:即锦被。或以为观其角枕之粲,锦衾之烂,则其成家未久也。烂:灿烂。

⑨ 独旦:独睡至旦。

⑩ "夏之日"两句:夏天日长,冬天夜长,二句互出,以见其度日如年的感受。

⑪ 其居:指已死者的坟墓。

⑫ 其室:同其居。

【讲评】

这是一首悼亡诗。从墓地凭吊至于归家所见,处处凄凉,字字思念,痛彻心肝。诗的末两章说"归于其居""归于其室",而其所"归",则为"百岁"以后的事,无疑是指坟墓言的。"其"则是指所思之人。而且诗的首二章既写原野,又写坟墓,写得那样荒凉悲切。所以,有关这首诗主题,"悼亡说"更为确切。

此诗在艺术上颇具特色。一章言出门所见,描写出了一片凄楚荒凉的景象,造成了悲伤惋恻的基调。首二句言所见野外荒凉景况,即江淹所谓"蔓草萦骨,拱木敛魂"。"美"字系"亡"字,惨痛至极。"谁与?独处!"分为两截,有呜咽不忍言之状,令读之者想见其声泪俱下光景。二章再就上章意更叠一层,心情更为凄惨。三章言入室所见所思,枕衾是关情之物,物在人离,本不忍见,而"粲兮""烂兮",偏又耀人眼目,更增得许多凄凉。"独旦"二字奇峭,有长夜漫漫,无限苦楚在。四章言"夏日""冬夜",而不露"思"字,更见忧愁难消遣之景况。"日""夜"紧顶"独旦"来,"百岁"紧顶"日""夜"来。末章言后事。"冬夜""夏日",此换句特妙,有时光流转、物换星移之慨。"归于其居""归于其室",照应前章三个"谁与",拍合紧密。此即古人所谓"前注之而后顾之"之法。这样千回百转,越辗越深,越转越悲。故陆澧云:"此诗甚悲,读之使人泪下。"通篇诗人自诉真情,可谓天成。没有一个"死"字,而其人之不存之意自见;没有一个"思"字,而又无字不在思。

【问题讨论】

《诗序》云：“《葛生》，刺晋献公也。好攻战，则国人多丧矣。”据此后人有二说，一谓思存，一谓悼亡。思存说：季氏《诗说解颐》曰：“程子以此诗思存者，非悼亡者，而华谷则直以为悼亡。今观诗意，角枕锦衾之粲烂，夏日冬夜之怀思，岂悼亡所宜言乎？但‘予美亡此’，则知其或已丧亡而心犹冀其归也，其情亦可哀矣。”范氏《诗渖》曰：“晋自武公以后，用兵之多未有过献公者。序以刺献公是也。古注及程朱皆不作悼夫之亡，而严华谷独主此说。今玩诗文意尚和缓，似异于寡妇之噍杀。然曰‘予美亡此，谁与独处’，曰‘百岁之后，归于其居’，则唐人所谓‘其存其没家莫闻’者，殆仿佛似之矣。”这是力辨此为思存之作者，但也只是为《毛诗》圆场，并没有在诗的本身下功夫。悼亡说：牟应震云：“《葛生》，悼亡也。上二节过墓生哀；中一节睹物怀人；末二节则曦日之矢也。问：或以为此夫亡送葬之作。曰：葛生蒙蔓，即墓有宿草之意，与新葬不符，曰予美，曰谁与，亦非女子口吻，曰百岁之后，归于其居，在女子自是当然，在男子倍觉多情也。三百篇中岂尽贞女，无一义夫哉！”左宝森《说经呓语·葛生说》曰：“《葛生》，嫠妇祭墓之词也。前二章由郊野而至墓域，见夫葛蒙敛蔓，宿草萋萋，慨然叹曰：‘予美亡此，谁与处息乎？’自伤未亡人不能相从于地下也。三章归家适寝，见锦衾角枕，而言己之块然独处，耿耿不寐，以至于旦也。末二章则之死靡他，一任寒暑往来，忧思无已，惟俟异日之同穴耳。苟其夫未死，第久役不归，不望其归家聚首而遽为是不祥语也，夫岂人情？或曰：墓祭非古也，嘉礼不野合。生不野合，故死不墓祭。然《周礼·冢人》有‘祭墓为尸’之条，《礼记》：‘子路赠颜渊曰：‘去国则哭于墓而后行。反其国不哭，展墓而入。’《孟子》云：‘东郭墦间之祭。’则《礼经》固有明文矣。”此说甚有理。

【集评】

刘沅《诗经恒解》云：“妇哭之词，后世不少，然务求漫远，转少情文。此但就初处恒情反复嗟咏，而意已恳到，乃至浅至深之文也。”

牛运震《诗志》云：“此篇章法结构一意贯串，拙厚惋恻，绝妙悼亡词。以为闺思之诗，便没却诗人用意处。”

陈仅《诗诵》云：“此诗五章，前二章为一调，中一章承上章而变之，以作转纽。‘独旦’二字，为下‘日夜’‘百岁’之引端。篇法于诸诗中，别出一格。”

陈继揆《读风臆补》引刘帝臣云：“潘岳《寡妇赋》曰：‘晞形影于几筵，驰精爽于邱墓。静阖门以穷居，块茕独而靡依。’即首二章意也。‘归空馆而自怜，抚衾裯以叹息。夜漫漫以悠悠,寒凄凄以凛凛。'即第三章意也。'要吾君兮同穴,之死矢兮靡他。'即末章意也。是直作此诗之注脚矣。"

采　苓(唐风)

采苓采苓①,首阳之巅②。人之为言③,苟亦无信④。
舍旃舍旃⑤,苟亦无然⑥。人之为言,胡得焉⑦?
采苦采苦⑧,首阳之下。人之为言,苟亦无与⑨。
舍旃舍旃,苟亦无然。人之为言,胡得焉?
采葑采葑⑩,首阳之东。人之为言,苟亦无从⑪。
舍旃舍旃,苟亦无然。人之为言,胡得焉?

【注释】

① 苓:旧以为甘草。当指莲,苓与莲通用。

② 首阳:首阳山在今山西省永济县南,又名雷首山。

③ 为言:伪言,即虚假之言。

④ 苟:诚、实。无:勿、不要。

⑤ 舍旃:舍之,即言抛弃谎话。旃,之,代词。

⑥ 然:是。

⑦ 得:正确。

⑧ 苦:今临汾一带人所谓的苦菜即败酱草。

⑨ 与:许可、赞许。

⑩ 葑:即芜菁,又叫蔓菁。

⑪ 从:听从。

【讲评】

　　这是劝人勿信谗言之作。《诗序》以为刺献公,说诗者则多以申生、骊姬之事附会之,实不可从。苓(莲)生于水,葑(蔓菁)生于圃,《本草》把"苦"列为隰草类植物。所以这三种植物都非首阳山所宜有。但诗中说"采于首阳",这是劝说者故意设为不可信之情况，以证明谗言之不可听。湖南龙山有扯谎歌云："自从未唱扯谎歌，风吹石头滚上坡，去时看见牛生蛋，转来看见马长角。四两棉花沈了水，一副磨子泅过河。"用意正与此同。

　　一章劝说伪言不可听信，开口便言采莲山巅，大奇。犹如唱颠倒歌，荒唐自不待言。而下紧言"伪言"，劝之"无信""无然""舍旃"，词调和缓，语重情长。"胡得焉"句，倒扑一笔，令人反省！二章劝说伪言不可赞同，三章劝说伪言不可跟着走。"信"，信于心；"与"，许于口；"从"，随其行。一层深似一层。

【集评】

　　马瑞辰《毛诗传笺通释》云："秦诗言隰有苓，是苓宜隰不宜山之证。《埤雅》言葑生于圃，何氏楷又言苦生于田，是三者非首阳山所宜有。而诗言采于首阳者，盖故设为不可信之言，以澄谗言之不可听，即下所谓人之伪言也。"

渭　　　阳 (秦风)

　　我送舅氏[①]，曰至渭阳[②]。何以赠之？路车乘黄[③]。
　　我送舅氏，悠悠我思。何以赠之？琼瑰玉佩[④]。

【注释】

① 舅氏：母亲的兄弟称舅氏。

② 曰：语词。至：到，至于。渭阳：旧以为渭水北岸。

③ 路车：诸侯乘坐的车子，路有大的意思。乘黄：指驾车的四匹黄马。

④ 琼瑰：珠玉之类。玉佩：玉石做成的佩饰，如璜、璧之类。

【讲评】

　　《诗序》云："《渭阳》，康公念母也。康公之母，晋献公之女。文公遭丽姬之难，未反，而秦姬卒。穆公纳文公，康公时为太子，赠送文公于渭之阳，念母之不见也。我见舅氏如母存焉。及其即位思而作是诗也。"韩、鲁二家也以为是秦康公送其舅晋文公之作。

秦康公的母亲,是晋献公之女(秦穆公的夫人),晋文公是晋献公的儿子,因此,康公与晋文公是甥舅关系。晋文公遭丽姬之难出走,还没有回到晋国时,而康公之母已亡。穆公接纳晋文公时,康公为太子,当晋文公被秦穆公以武力送回晋国(做国君)时,康公送文公于渭水之阳(水北曰阳),写了这首诗,表现了他对母亲的怀念——所谓"我见舅氏如母存焉"(《诗序》)。首章写送行之地,有远送不忍别离之意。赠之以物,是致别情意。二章写送别之情,赠以"琼瑰","瑰"与"归"古音近,当有愿其顺利归回之意。

【文学链接】

此篇言甥舅之情,颇得后人赏识,如魏明帝为母筑馆,名为"渭阳"。杜甫诗有"寒空巫峡曙,落日渭阳情"。后人以"渭阳"呼舅,即源于此。

【集评】

《论诗》则云:"晋人渡河袭位,而念母不在意,吉凶不宜并言也。试想与子犯及河投璧事,文公固猜忌人耳。康公已规其微,故讽咏之间,只以悠悠我思念情,而不显言之。"(《诗志》引)

姜文灿《诗经正解》云:"康公之送重耳,一片甥舅至情。殷殷自不容已。说者谓秦无文章,唯《渭阳》一诗,令人读之怆然,悲心顿兴;骨肉之想,如行虚墓而闻秋蛩之鸣也。"

权 舆 (秦风)

於我乎夏屋渠渠①,今也每食无余。于嗟乎不承权舆②!
於我乎每食四簋③,今也每食不饱。于嗟乎不承权舆!

【注释】

① 於我乎:"我"当读为"何",古字通。夏屋:古有二解,一以为大宫室;一以为大具,即盛馔。古代学者多从后说。渠渠:盛隆或广敞貌。
② 于嗟乎:悲叹声。不承权舆:承,继承;权舆:当初。

③ 簋:古代的盛餐具。圆形,有耳。四簋犹今言四个盘子。

【讲评】

这是一首没落贵族对今不如昔生活的叹息。从诗中所写的情形看,是贵族对过去生活的向往,对目前生活的悲叹,反复咏叹,总是今不如昔之意。表现了没落者无可奈何的悲观情绪。

《诗序》:"刺康公也。忘先君之旧臣,与贤者有始而无终也。"后儒多据此而发挥之,如《诗弋》云:"无余、无饱,简弃极矣,犹徘徊叹息,而咏《权舆》,是弹铗而歌之陋习也。"《诗古微》云:"《权舆》诗人,其冯谖之流乎?"《诗渖》云:"《秦风》十篇,刺弃贤者三,而以《权舆》殿,是逐客之所以绍述也。"

黄中松《诗疑辨证》云:"唐明皇时,薛令之为东宫官,曰:'朝日上团团,照见先生盘。盘中何所有?苜蓿长阑干。饭涩匙难剜,羹稀箸易宽。'遂去。亦此诗之意也夫。"上亦可备一说。

隰 有 苌 楚 (桧风)

隰有苌楚①,猗傩其枝②。夭之沃沃③,乐子之无知④。

隰有苌楚,猗傩其华。夭之沃沃,乐子之无家⑤。

隰有苌楚,猗傩其实。夭之沃沃,乐子之无室⑥。

【注释】

① 苌楚:植物名。又叫羊桃。

② 猗傩:同婀娜,柔媚貌。

③ 夭:柔嫩而和舒之貌。沃沃:肥美有光泽貌。

④ 子:指苌楚。知:郑以为匹,即匹配。

⑤ 无家:指无家室之累。一说指未有成家。

⑥ 室:指家室。

【讲评】

　　这首诗所表现的是一种厌世的悲观情感。其所悲叹的原因有二,一是生之烦恼,所以羡慕草木之无知;二是家室之累,所以才羡慕草木之无家。不过人生之苦恼,可以来自破落,也可以来自重赋,可以来自乱离,也可以来自贫困,可以来自社会,也可以来自家庭。总之,这是在苦闷现实中生活着挣扎着的人们共同的心理状态。因此这首诗所反映的社会生活就有了相当的广度。它不是一个人的声音,而是无数的为生活所折磨的人的怨苦,是苦难的时代所给予人的精神压抑,是家庭、社会和时代的共同悲剧。

蓼　莪(小雅)

蓼蓼者莪①,匪莪伊蒿②。哀哀父母,生我劬劳③!

蓼蓼者莪,匪莪伊蔚④。哀哀父母,生我劳瘁⑤!

缾之罄矣⑥,维罍之耻⑦。鲜民之生⑧,不如死之久矣!

无父何怙? 无母何恃?⑨出则衔恤⑩,入则靡至⑪。

父兮生我,母兮鞠我⑫。拊我畜我⑬,长我育我⑭,

顾我复我⑮,出入腹我⑯。欲报之德,昊天罔极⑰!

南山烈烈⑱,飘风发发⑲。民莫不穀⑳,我独何害㉑!

南山律律㉒,飘风弗弗㉓。民莫不穀,我独不卒㉔!

【注释】

① 蓼(lù)蓼:长大貌。莪:萝蒿,又名莪蒿、抱娘蒿。

② 伊:是。

③ 劬劳:辛勤劳苦。

④ 蔚:又名马新蒿。

⑤ 瘁:劳累,困病。

⑥ 缾:"瓶"之或体,盛水、酒的器皿。罄:器中空也。

⑦ 罍:古代青铜酒器,较瓶为大,肚大口小。

⑧ 鲜民:即寡民、穷独之民。

⑨ "无父"两句:怙、恃,均为依靠、凭借义。

⑩ 衔恤:含忧。恤,忧。

⑪ 靡至:无亲人。至,犹亲。

⑫ 鞠:养育。

⑬ 拊:抚,抚爱。畜:养育。

⑭ 长:养育使长大。育:教育。

⑮ 顾:看护、照料。复:通覆,庇护。

⑯ 腹:即抱。

⑰ 罔极:无常、无准则。

⑱ 南山:终南山。烈烈:山高峻险阻貌。

⑲ 飘风:暴起之疾风。发发:疾风之声,犹今言"呼呼"。

⑳ 穀:善。

㉑ 害:灾害。

㉒ 律律:峍之借,山势突起貌。

㉓ 弗弗:犹"发发"。

㉔ 不卒:不得终养父母。卒,终,指终养。

【讲评】

这是一篇少见的写孝子情感的诗。写得非常动情,感人至深。首二章伤父母生己之劳。父母上叠'哀哀'字,凄绝。不说父母已殁,只说生我劬劳、劳瘁便住,气怯语塞,幽痛呜咽。三章言失去父母之悲。"久矣"字袅袅不断,如闻长号之声。后四句吞吐饮泣。四章言父母大德而己不能终养之痛。姚际恒曰:"勾人眼泪,全在这无数'我'字。"末二章伤己之不幸。牛运震云:"至此泪尽声绝,惟余嘘叹缭绕以终之。"

【历史链接】

《晋书·王裒传》言:王裒隐居教授,以父死非罪,每"读诗至'哀哀父母,生我劬劳',未尝不三复流涕,门人受业者,并废"蓼莪"之篇。"《南齐书·顾欢传》言:欢在天台山开馆聚徒,"受业者常近百人。欢早孤,每读诗至'哀哀父母',辄执书恸泣,学者由是废《蓼莪》篇不复讲。"《宋史·燕王德昭传》言:德昭子惟吉"每诵诗至《蓼莪》篇,涕泗交下,宗室推其贤孝。"

【集评】

朱善《诗解颐》曰:"彼父母俱存者,犹未知是诗之悲也。若父母既没,诵是诗而不三复流涕者,是亦非人子也。"

方玉润《诗经原始》云:"诗首尾各二章,前用比,后用兴;前说父母劬劳,后说人子不幸,遥遥相对。中间二章,一写无亲之苦,一写育子之艰,备极沉痛,几于一字一泪,可抵一部《孝经》读。固不必问其所作何人,所处何世,人人心中皆有此一段至性至情文字在,特其人以妙笔出之,斯成为一代至文耳!"又云:"此诗为千古孝思绝作,尽人能知。维序必牵及'人民劳苦',以'刺幽王',不惟意涉强牵,即情亦不真。盖父母深恩,与天无极,孰不当报?唯欲报之,而或不能终其身以奉养,则不觉抱恨终天,凄怆之情不能自已耳。"

阅读参考书目

中国

[1] （汉）毛亨撰：《毛诗故训传》，《十三经注疏》，中华书局，1980 年。

[2] （汉）毛亨撰：《毛诗序》，《十三经注疏》，中华书局，1980 年。

[3] （汉）郑玄撰：《毛诗笺》，《十三经注疏》，中华书局，1980 年。

[4] （唐）孔颖达撰：《毛诗正义》，《十三经注疏》，中华书局，1980 年。

[5] （唐）陆德明撰：《毛诗音义》，《十三经注疏》，中华书局，1980 年。

[6] （宋）戴溪撰：《续吕氏家塾读诗记》，影印《文渊阁四库全书》，台湾商务印书馆，1986 年。

[7] （宋）范处义撰：《诗补传》，影印《文渊阁四库全书》，台湾商务印书馆，1986 年。

[8] （宋）辅广撰：《诗童子问》，影印《文渊阁四库全书》，台湾商务印书馆，1986 年。

[9] （宋）李樗撰：《毛诗李黄集解》，影印《文渊阁四库全书》，台湾商务印书馆，1986 年。

[10] （宋）林岊撰：《毛诗讲义》，影印《文渊阁四库全书》，台湾商务印书馆，1986 年。

[11] （宋）吕祖谦撰：《吕氏家塾读诗记》，影印《文渊阁四库全书》，台湾商务印书馆，1986 年。

[12] （宋）欧阳修撰：《诗本义》，影印《文渊阁四库全书》，台湾商务印书馆，1986 年。

[13] （宋）苏辙撰：《诗集传》，《续修四库全书》，上海古籍出版社，1995 年。

[14] （宋）王质撰：《诗总闻》，影印《文渊阁四库全书》，台湾商务印书馆，1986 年。

[15] （宋）魏了翁撰：《毛诗要义》，《续修四库全书》，上海古籍出版社，1995 年。

[16] （宋）谢枋得撰：《续修四库全书》，上海古籍出版社，1995 年。

[17] （宋）严粲撰：《诗缉》，影印《文渊阁四库全书》，台湾商务印书馆，1986 年。

[18] （宋）杨简撰：《慈湖诗传》，影印《文渊阁四库全书》，台湾商务印书馆，1986 年。

[19] （宋）朱熹撰：《诗经集传》，影印《文渊阁四库全书》，台湾商务印书馆，1986 年。

[20] （元）何英撰：《诗经疏义增释》，影印《文渊阁四库全书》，台湾商务印书馆，1986 年。

[21] （元）胡一桂撰：《诗集传附录纂疏》，《续修四库全书》，上海古籍出版社，1995 年。

[22] （元）梁益撰：《诗传旁通》，影印《文渊阁四库全书》，台湾商务印书馆，1986 年。

[23] （元）刘瑾撰：《诗传通释》，影印《文渊阁四库全书》，台湾商务印书馆，1986 年。

[24] （元）刘玉汝撰：《诗缵绪》，影印《文渊阁四库全书》，台湾商务印书馆，1986 年。

[25] （元）许谦撰：《诗集传名物钞》，影印《文渊阁四库全书》，台湾商务印书馆，1986 年。

[26] （元）朱公迁撰：《诗经疏义会通》，影印《文渊阁四库全书》，台湾商务印书馆，1986 年。

[27] （明）曹学佺撰：《诗经剖疑》，《续修四库全书》，上海古籍出版社，1995 年。

[28] （明）陈组绶撰：《诗经副墨》，《四库全书存目丛书》，齐鲁书社，1997 年。

[29] （明）范王孙撰：《诗志》，《四库全书存目丛书》，齐鲁书社，1997 年。

[30] （明）丰坊伪申培撰：《诗说》，《丛书集成新编》，台湾新文丰出版公司，1985 年。

[31] （明）丰坊伪子贡撰：《诗传》，《丛书集成新编》，台湾新文丰出版公司，1985 年。

[32] （明）丰坊撰：《鲁诗世学》，《四库全书存目丛书》，齐鲁书社，1997 年。

［33］(明)冯复京撰：《六家诗名物疏》，影印《文渊阁四库全书》，台湾商务印书馆，1986 年。

［34］(明)冯时可撰：《诗臆上下卷》，明万历刻本万历己丑序刊本。

［35］(明)顾梦麟撰：《诗经说约》，《续修四库全书》，上海古籍出版社，1995 年。

［36］(明)顾起元撰：《诗经金丹》，日本内阁文库藏明刊本。

［37］(明)郝敬撰：《毛诗原解》，《续修四库全书》，上海古籍出版社，1995 年。

［38］(明)何楷撰：《诗经世本古义》，影印《文渊阁四库全书》，台湾商务印书馆，1986 年。

［39］(明)贺贻孙撰：《诗触》，《续修四库全书》，上海古籍出版社，1995 年。

［40］(明)胡绍曾撰：《诗经胡传》，《四库未收书辑刊》，北京出版社，1999 年。

［41］(明)黄道周撰：《诗经琅玕》，日本内阁文库有藏本。

［42］(明)黄文焕撰：《诗经嫏嬛》，光绪刻本。

［43］(明)黄佐撰：《诗经通解》，日本内阁文库藏嘉靖癸未序刊本。

［44］(明)季本撰：《诗说解颐》，影印《文渊阁四库全书》，台湾商务印书馆，1986 年。

［45］(明)江环撰：《诗经阐蒙衍义集注》，日本内阁文库藏明万历刊本。

［46］(明)李先芳撰：《读诗私记》，影印《文渊阁四库全书》，台湾商务印书馆，1986 年。

［47］(明)李资干撰：《诗经传注》，日本尊经阁藏明崇祯癸酉序刊本。

［48］(明)梁寅撰：《诗演义》，影印《文渊阁四库全书》，台湾商务印书馆，1986 年。

［49］(明)凌濛初撰：《诗逆》，《四库全书存目丛书》，齐鲁书社，1997 年。

［50］(明)陆化熙撰：《诗通》，《续修四库全书》，上海古籍出版社，1995 年。

［51］(明)陆燧撰：《诗筌》，日本尊经阁文库藏明刊本。

［52］(明)吕柟撰：《毛诗说序》，《四库全书存目丛书》，齐鲁书社，1997 年。

［53］(明)骆日升撰：《诗经正觉》，日本尊经阁文库藏明刊本。

［54］(明)倪复撰：《诗传纂义》，《四库全书存目丛书》，齐鲁书社，1997 年。

［55］(明)钱天锡撰：《诗牖》，《四库全书存目丛书》，齐鲁书社，1997 年。

［56］(明)沈守正撰：《诗经说通》，《四库全书存目丛书》，齐鲁书社，1997 年。

［57］(明)唐汝谔撰：《毛诗蒙引》，和刻本。

［58］(明)万时华撰：《诗经偶笺》，《续修四库全书》，上海古籍出版社，1995 年。

［59］(明)徐奋鹏撰：《诗经尊朱删补》，《诗经铎振》，日本内阁文库藏。

［60］(明)徐光启撰：《毛诗六帖讲意》，《四库全书存目丛书》，齐鲁书社，1997 年。

［61］(明)许天赠撰：《诗经正义》，《四库全书存目丛书》，齐鲁书社，1997 年。

［62］(明)杨廷麟撰：《诗经听月》，日本尊经阁文库藏明刊本。

［63］(明)姚舜牧撰：《重订诗经疑问》，影印《文渊阁四库全书》，台湾商务印书馆，1986 年。

［64］(明)张次仲撰：《待轩诗记》，影印《文渊阁四库全书》，台湾商务印书馆，1986 年。

［65］(明)朱朝瑛撰：《读诗略记》，影印《文渊阁四库全书》，台湾商务印书馆，1986 年。

［66］(明)朱谋㙔撰：《诗故》，影印《文渊阁四库全书》，台湾商务印书馆，1986 年。

［67］(明)朱善撰：《诗解颐》，影印《文渊阁四库全书》，台湾商务印书馆，1986 年。

［68］(明)邹泉撰：《新刻七进士诗经折衷讲意》，日本尊经阁藏万历癸未刻本。

［69］(明)邹之麟撰：《诗经翼注讲意》，日本内阁文库藏晚明刻本。

［70］(清)陈百先撰：《诗经备旨》，清光绪十三年刻本。

［71］(清)陈大章撰：《诗传名物集览》，影印《文渊阁四库全书》，台湾商务印书馆，1986 年。

［72］（清）陈奂撰：《诗毛氏传疏》，《续修四库全书》，上海古籍出版社，1995年。

［73］（清）陈仅撰：《诗诵》，《续修四库全书》，上海古籍出版社，1995年。

［74］（清）陈启源撰：《毛诗稽古编》，影印《文渊阁四库全书》，台湾商务印书馆，1986年。

［75］（清）陈寿祺、陈乔枞撰：《三家诗遗说考》，《续修四库全书》，上海古籍出版社，1995年

［76］（清）陈玉树撰：《毛诗异文笺》，《续修四库全书》，上海古籍出版社，1995年。

［77］（清）程晋芳撰：《毛郑异同考》，《续修四库全书》，上海古籍出版社，1995年。

［78］（清）邓翔撰：《诗经绎参》，清同治六年孔氏刻本。

［79］（清）丁晏撰：《毛郑诗释》，《续修四库全书》，上海古籍出版社，1995年。

［80］（清）段玉裁撰：《毛诗故训传定本》，《续修四库全书》，上海古籍出版社，1995年。

［81］（清）段玉裁撰：《诗经小学》，《续修四库全书》，上海古籍出版社，1995年。

［82］（清）范家相撰：《三家诗拾遗》，影印《文渊阁四库全书》，台湾商务印书馆，1986年。

［83］（清）方苞撰：《朱子诗义补正》，《续修四库全书》，上海古籍出版社，1995年。

［84］（清）方玉润撰：《诗经原始》，《续修四库全书》，上海古籍出版社，1995年。

［85］（清）方宗诚撰：《说诗章义》，《续修四库全书》，上海古籍出版社，1995年。

［86］（清）冯登府撰：《三家诗遗说》，《续修四库全书》，上海古籍出版社，1995年。

［87］（清）傅恒等撰：《御纂诗义折中》，影印《文渊阁四库全书》，台湾商务印书馆，1986年。

［88］（清）顾栋高撰：《毛诗订诂》，《四库未收书辑刊》，北京出版社，1999年。

［89］（清）顾广誉撰：《学诗详说》，《续修四库全书》，上海古籍出版社，1995年。

［90］（清）顾镇撰：《虞东学诗》，影印《文渊阁四库全书》，台湾商务印书馆，1986年。

［91］（清）胡承珙撰：《毛诗后笺》，《续修四库全书》，上海古籍出版社，1995年。

［92］（清）胡文英撰：《诗经逢原》，《四库未收书辑刊》，北京出版社，1999年。

［93］（清）胡文英撰：《诗疑义释》，《四库未收书辑刊》，北京出版社，1999年。

［94］（清）黄梦白、陈曾撰：《诗经广大全》，《四库全书存目丛书》，齐鲁书社，1997年。

［95］（清）黄位清撰：《诗绪余录》，《续修四库全书》，上海古籍出版社，1995年。

［96］（清）惠栋撰：《毛诗古义》，《丛书集成续编》，台湾新文丰出版公司，1984年。

［97］（清）姜炳璋撰：《诗序补义》，影印《文渊阁四库全书》，台湾商务印书馆，1986年。

［98］（清）姜文灿撰：《诗经正解》，《四库全书存目丛书》，齐鲁书社，1997年。

［99］（清）姜兆锡撰：《诗传述蕴》，《四库全书存目丛书》，齐鲁书社，1997年。

［100］（清）焦循撰：《毛诗补疏》，《续修四库全书》，上海古籍出版社，1995年。

［101］（清）李黼平撰：《毛诗紬义》，《续修四库全书》，上海古籍出版社，1995年。

［102］（清）李富孙撰：《诗经异文释》，《续修四库全书》，上海古籍出版社，1995年。

［103］（清）李塨撰：《诗经传注》，《丛书集成三编》，台湾新文丰出版公司，1984年。

［104］（清）李光地撰：《诗所》，影印《文渊阁四库全书》，台湾商务印书馆，1986年。

［105］（清）李灏撰：《诗说活参》，《四库未收书辑刊》，北京出版社，1999年。

［106］（清）李诒经撰：《诗经蠹简》，《四库未收书辑刊》，北京出版社，1999年。

［107］（清）梁中孚撰：《诗经精义集钞》，山西大学图书馆藏道光丁亥刻本。

［108］（清）林伯桐撰：《毛诗通考》，《续修四库全书》，上海古籍出版社，1995年。

［109］（清）刘始兴撰：《诗益》，《续修四库全书》，上海古籍出版社，1995年。

［110］（清）刘沅撰：《诗经恒解》，清咸丰十四年刻本。

［111］（清）龙起涛撰：《毛诗补正》，《四库未收书辑刊》，北京出版社，1999年。

［112］（清）陆奎勋撰：《陆堂诗学》，《续修四库全书》，上海古籍出版社，1995年。

［113］（清）罗典撰：《凝园读诗管见》，《四库未收书辑刊》，北京出版社，1999年。

［114］（清）马瑞辰撰：《毛诗传笺通释》，《续修四库全书》，上海古籍出版社，1995年。

［115］（清）牟庭撰：《诗切》，齐鲁书社，1983年。

［116］（清）牟应震撰：《诗问》，《续修四库全书》，上海古籍出版社，1995年。

［117］（清）牛运震撰：《诗志》，空山堂藏版嘉庆五年校刊。

［118］（清）潘克溥撰：《诗经说铃》，《四库未收书辑刊》，北京出版社，1999年。

［119］（清）钱澄之撰：《田间诗学》，影印《文渊阁四库全书》，台湾商务印书馆，1986年。

［120］（清）秦松龄撰：《毛诗日笺》，《续修四库全书》，上海古籍出版社，1995年。

［121］（清）冉觐祖撰：《诗经详说》，《四库全书存目丛书》，齐鲁书社，1997年。

［122］（清）阮元撰：《三家诗补遗》，《续修四库全书》，上海古籍出版社，1995年。

［123］（清）沈镐撰：《毛诗传笺异义解》，《续修四库全书》，上海古籍出版社，1995年。

［124］（清）沈青崖撰：《毛诗明辨録》，《四库未收书辑刊》，北京出版社，1999年。

［125］（清）汪绂撰：《诗经诠义》，《丛书集成三编》，台湾新文丰出版公司，1984年。

［126］（清）汪龙撰：《毛诗异义》，《丛书集成续编》，台湾新文丰出版公司，1984年。

［127］（清）汪梧凤撰：《诗学女为》，《续修四库全书》，上海古籍出版社，1995年。

［128］（清）王先谦撰：《诗三家义集疏》，《续修四库全书》，上海古籍出版社，1995年。

［129］（清）王心敬撰：《丰川诗说》，《四库全书存目丛书》，齐鲁书社，1997年。

［130］（清）魏源撰：《诗古微》，《续修四库全书》，上海古籍出版社，1995年。

［131］（清）夏味堂撰：《诗疑笔记》，《续修四库全书》，上海古籍出版社，1995年。

［132］（清）夏炘撰：《读诗札记》，《续修四库全书》，上海古籍出版社，1995年。

［133］（清）徐璈撰：《诗经广诂》，《续修四库全书》，上海古籍出版社，1995年。

［134］（清）徐华岳撰：《诗故考异》，东京帝国大学图书㧑闻斋刻本。

［135］（清）许伯政撰：《诗深》，《四库全书存目丛书》，齐鲁书社，1997年。

［136］（清）严虞惇撰：《读诗质疑》，影印《文渊阁四库全书》，台湾商务印书馆，1986年。

［137］（清）姚炳撰：《诗识名解》，影印《文渊阁四库全书》，台湾商务印书馆，1986年。

［138］（清）姚际恒撰：《诗经通论》，《续修四库全书》，上海古籍出版社，1995年。

［139］（清）张沐撰：《诗经疏略》，《四库全书存目丛书》，齐鲁书社，1997年。

［140］（清）张叙撰：《诗贯》，《四库全书存目丛书》，齐鲁书社，1997年。

［141］（清）朱鹤龄撰：《诗经通义》，影印《文渊阁四库全书》，台湾商务印书馆，1986年。

［142］（民国）丁惟汾撰：《诗毛氏传解诂》，诂雅堂丛书本。

［143］（民国）焦琳著：《诗蠲》，民国铅印本。

［144］（民国）李九华撰：《毛诗评注》，四存学校铅印本，1925年。

［145］（民国）林义光著：《诗经通解》，台湾中华书局，1986年。

［146］（民国）林义光撰：《诗经通解》，台湾中华书局，1986年。

［147］（民国）马其昶撰：《诗毛氏学》，1916年铅印本。

［148］（民国）王闿运撰：《毛诗补笺》，清光绪民国间刻湘绮楼全集本。

［149］（民国）吴闿生撰：《诗义会通》，中华书局，1959年。

［150］（民国）易顺豫撰：《共和诗史发微》，南京印书馆，1940年。

［151］（民国）张慎仪撰：《诗经异文补释》，蔓园丛书抄本。

［152］陈子展著：《诗经直解》，复旦大学出版社，1983年。

［153］程俊英，蒋见元注：《诗经注析》，中华书局，1996年。

［154］褚斌杰注：《诗经全注》，人民文学出版社，1999年。

［155］董治安主编：《诗经词典》，山东教育出版社，1989年。

［156］费振刚等注：《诗经类传》，吉林人民出版社，2000年。

［157］高亨注：《诗经今注》，上海古籍出版社，1980年。

［158］刘大白著：《白屋说诗》，北京书店，1983年。

［159］刘毓庆等撰：《诗义稽考》，学苑出版社，2006年。

［160］刘毓庆注：《诗经考评》，商务印书馆，2019年。

［161］聂石樵主编，雒三桂、李山注：《诗经新注》，齐鲁书社，2000年。

［162］孙作云著：《诗经与周代社会研究》，中华书局，1966年。

［163］王宗石注：《诗经分类诠释》，湖南教育出版社，1993年。

［164］闻一多著：《闻一多全集》第3、4卷，湖北人民出版社，1993年。

［165］向熹编，郭锡良校：《诗经词典》，四川人民出版社，1986年。

［166］于省吾著：《泽螺居诗经新证》，中华书局，1982年。

［167］余冠英注译：《诗经选》，人民文学出版社，1979年。

［168］袁梅注：《诗经译注》，青岛出版社，1999年。

［169］张树波撰：《国风集说》，河北人民出版社，1993年。

日本

［1］安井衡撰：《毛诗辑疏》，东大人文社科系汉籍中心藏《崇文丛书》本。

［2］安藤龙撰：《诗经辨话器解》，静嘉堂文库藏嘉永四年序写本。

［3］赤松弘撰：《诗经述》，早稻田大学藏写本。

［4］大田元贞撰：《诗经纂疏》，静嘉堂文库藏写本。

［5］东条弘撰：《诗经标识》，东大图书馆藏嘉永三年（1850）抄本。

［6］冈白驹撰：《毛诗补义》，东大图书馆藏延享三年（1746）刊本。

［7］龟井昱撰：《毛诗考》，国会图书馆藏写本。

［8］户崎允明撰：《古注诗经考》，静嘉堂文库藏写本。

［9］皆川愿撰：《诗经绎解》，国会图书馆藏文化九年（1812）平安书肆刊本。

［10］金子济民撰：《诗传纂要》，静嘉堂文库藏写本。

［11］仁井田好古撰：《毛诗补传》，国会图书馆藏文政六年（1823）刊本。

［12］三宅重固撰：《诗经笔记》，《道学资讲》，名古屋市蓬左文库藏本。

［13］山本章夫撰：《诗经新注》，东大图书馆藏明治三十六年（1903）真下正太郎等铅印本。

［14］上田元冲撰：《说诗小言》，岩瀬文库藏写本。

［15］伊藤善韶撰：《诗解》，筑波大学藏宽政十年（1798）写本。

［16］中村之钦撰：《笔记诗集传》，内阁文库藏明和元年（1764）刊本。

［17］冢田虎撰：《冢注毛诗》，无穷会图书馆藏享和元年（1801）序刊本。

［18］猪饲彦博撰：《诗经集说标记》,静嘉堂文库藏写本。

［19］竹添光鸿撰：《诗经会笺》,东京大正九年(1920)据上海商务印书馆本印本。

朝鲜

［1］成海应撰：《诗类》,《韩国经学数据集成·诗经8》,成均馆大学校,1995年。

［2］丁若镛撰：《诗经讲义》,《韩国经学数据集成·诗经9》,成均馆大学校,1995年。

［3］丁学详撰：《诗名多识》,《韩国经学数据集成·诗经11》,成均馆大学校,1995年。

［4］金义淳撰：《讲说－诗传》,《韩国经学数据集成·诗经4》,成均馆大学校,1995年。

［5］金种厚撰：《诗传札録》,《韩国经学数据集成·诗经16》,成均馆大学校,1995年。

［6］李炳宪撰：《孔经大义考》,《韩国经学数据集成·诗经12》,成均馆大学校,1995年。

［7］李瀷撰：《诗经疾书》,《韩国经学数据集成·诗经3》,成均馆大学校,1995年。

［8］林泳撰：《读书札録·诗传》,《韩国经学数据集成·诗经1》,成均馆大学校,1995年。

［9］朴世堂撰：《诗经思辨録》,《韩国经学数据集成·诗经2》,成均馆大学校,1995年。

［10］朴文镐撰：《诗集传详说》,《韩国经学数据集成·诗经14》,成均馆大学校,1995年。

［11］申绰撰：《诗次故》,《韩国经学数据集成·诗经7》,成均馆大学校,1995年。

［12］申绰撰：《诗经异文》,《韩国经学数据集成·诗经7》,成均馆大学校,1995年

［13］沈大允撰：《诗经集传辨正》,《韩国经学数据集成·诗经12》,成均馆大学校,1995年。

［14］尹廷琦撰：《诗经讲义续集》,《韩国经学数据集成·诗经13》,成均馆大学校,1995年。

［15］赵得永撰：《诗传讲义》,《韩国经学数据集成·诗经10》,成均馆大学校,1995年。

［16］正祖撰：《经史讲义》,《韩国经学数据集成·诗经16》,成均馆大学校,1995年。